U0948509

诗词名家讲

叶嘉莹 主编

陈斐 执行主编

汉魏南北朝诗选注

郭预衡 辛志贤 聂石樵 邓魁英 韩兆琦

选注

中国出版集团

東方出版中心

图书在版编目（CIP）数据

汉魏南北朝诗选注 / 郭预衡等注释. —上海：东方出版中心, 2020.8

ISBN 978-7-5473-1626-9

Ⅰ. ①汉… Ⅱ. ①郭… Ⅲ. ①古典诗歌－注释－中国－魏晋南北朝时代 Ⅳ. ①I222.735

中国版本图书馆CIP数据核字（2020）第065722号

丛书主编 叶嘉莹
执行主编 陈 斐
出版统筹 梁 惠
责任编辑 赵 明
封面设计 今亮后声 HOPESOUND pankouyugu@163.com

汉魏南北朝诗选注

郭预衡 辛志贤 聂石樵 邓魁英 韩兆琦 选注

出版发行 东方出版中心
地　　址 上海市仙霞路345号
邮政编码 200336
电　　话 021- 62417400
印 刷 者 上海中华商务联合印刷有限公司

开　　本 890mm×1240mm 1/32
印　　张 14.75
字　　数 363千字
版　　次 2020年8月第1版
印　　次 2020年8月第1次印刷
定　　价 68.00元

“诗词名家讲”丛书总序

叶嘉莹

中国是一个诗的国度。孔子说:“不学诗,无以言。”读诗不仅可以雅化言辞,而且能够美化心灵。我之喜爱和研读古典诗词,本不出于追求学问、知识的用心,而是出于古典诗词中所蕴涵的一种感发生命对我的感召和召唤。在我看来,兴发感动的力量与作用,正是中国古典诗歌所具含的一种极可宝贵的质素。中国传统诗论早就对此做过深入阐发。《诗大序》述及诗歌创作时,即曾提出“诗者,志之所之也”及“情动于中而形于言”的说法,可见内心情志之有所兴起感发的活动,实在乃是诗歌创作的一种基本动力。真正伟大的诗人,不仅用生命来写作诗篇,而且用生活来实践诗篇。优秀的诗篇,往往蓄积了古代伟大之诗人的所有心灵、智慧、品格、襟抱和修养。所以,中国有着源远流长的“诗教”传统,非常重视读者读诗时兴发感动、变化气质的作用。孔门说诗,就一直重视诗之“兴”的作用,既说“兴于诗”,又说“诗可以兴”。在中国文化之传统中,诗歌最可宝贵的价值和意义,就正在于它可以从作者到读者之间,不断传达出一种生生不已的感发的生命,让人葆有一颗关怀宇宙万物与社会人生的不死的心灵。

而我们讲诗的人所要做的，就正是要引导读者体认诗歌中兴发感动的作用，使诗人的心魂得到又一次再生的机会。不过诗人的品质各不相同，写作能力也高下各异，因而一个优秀的说诗人，就不仅应具有能体认诗歌中之兴发感动之生命的能力而已，还需要有一种能分辨出其作品中之感发生命之品质与其写作艺术之高下的修养，并且能加以传述、说明，使聆讲者也能有此种感发与分辨，如此才可以说完成了一种对诗歌中感发生命之传承的责任与使命。

现在喜欢诗词的朋友越来越多，但市面上真正能够引导人领会诗篇所蕴涵的感发之生命的读物却极为罕见。有鉴于此，我们经过详细调查、反复斟酌，编选了这套“诗词名家讲”丛书，按专题分辑推出。所选书籍，大都是夏承焘、程千帆、钱仲联、霍松林等 20 世纪国学根底深厚、研究和创作兼擅的名家泰斗为大众撰写的诗词普及读物。这些读物，往往言简意赅，深入浅出，既能传达古典诗词的神髓，又可切合现代读者的需求。而且，它们已经经过时间的检验和淘洗，具备了和中华优秀诗词一样的“经典”属性。通过阅读它们，读者朋友们不仅可以了解关于诗词的基本知识，领略鉴赏和创作诗词的主要法门，而且可以“尚友古人”，与千百年来的诗人做朋友，感受那一颗颗关怀宇宙万物与社会人生的不死的心灵，让自己的心灵也得到陶冶、净化。

读诗的好处，就在于可以培养我们拥有一颗美好的活泼不死的心灵。我们作为一个现代人，虽然不一定要再学习写作旧诗，但是如果能学会欣赏诗歌，则对于提升我们的性情品质，实在可以起到相当的作用。孔子与他的学生子夏讨论“巧笑倩兮，美目盼兮，素以为绚兮”的诗句，可以使子夏联系到“礼后乎”的修养。王国维也从晏殊、欧阳修等人的相思怨别之词，联想到“古今之成大事业、大学问者”的三种境界。凡此种种都说明，在中国的诗词中，确实存在有一条绵延不已的、感发之生命的长流。希望这套“诗词名家讲”丛书，能够引领广大的读者朋友们，不仅可以体认到这条生命的长流，在兴发感动中获得生命的享受与快乐，而且可以汇入到这条绵延数千年的生命长流中来，为之推波助澜，使之永不枯竭！

前　言

本诗选共收作品300篇，其时间跨度是自汉至隋八个朝代。从更准确的意义上说，也许称之为“汉魏晋南北朝隋诗选”更好一点，但这样字数太多，难说难记，所以最后我们还是姑且用了现在的这个书名，叫“汉魏南北朝诗选注”。

从刘邦建汉到隋朝灭亡，前后共经历了八百多年。在这段时间里，有稳定统一的局面，也有动荡分裂的局面。这是我国对世界经济、文化发展作出过巨大贡献的时代；也是我们国内各兄弟民族大交流、大融汇，从而使我们整个中华民族更加发展、更加壮大的时代。在这漫长的八百年里，我国的诗歌发展也是取得了巨大成就的，它继承、发扬了先秦的《诗经》、《楚辞》的光荣传统，广泛、生动地反映了这一历史时期的社会生活；在诗体的形式，抒情的方法，语言的运用，以及音节、韵律的斟酌上，也都大胆而富有创造性地进行了种种探索与尝试，并取得了显著的成绩。这是我国诗歌发展史上的一个重要阶段，它为唐代诗歌的更大繁荣，准备了条件。

从刘邦建国（前206）到汉献帝退位（220），中间四百多年，人称为两汉。这是我国政治、经济空前强大，文化繁荣并取得伟大成就的时代。这个时代风靡一时的文学是辞赋，但是辞赋的思想内容和艺术成就都不高，而真正代表汉代文学高峰的是散文，其次是诗歌。也许是汉代文人都把精力用去创作辞赋和写散文了吧，因此，文人的诗歌创作成就不高，如司马相如的《郊祀歌》、韦孟的《讽谏诗》等，大都仿效《诗经》，平板呆滞。梁鸿的《五噫歌》、张衡的《四愁诗》，是在楚辞的影响下写出来的，感情真挚，文笔流畅，但是这样的作品数量甚少。倒是这个时期的几个政治家的急就短章，如项羽的《垓下歌》，刘邦的《大风歌》、《鸿鹄歌》，刘彻的《秋风辞》，使人读起来更感到豪气逼人。

代表汉代诗歌成就的是乐府，这是被当时国家的音乐机关所采集保存下来的民歌。据《汉书·艺文志》记载，武帝时期经由乐府机关采来的诗歌数量很多，包括的地域也很广，但今天大都见不到了。从宋人郭茂倩《乐府诗集》所收录的汉代乐府民歌看，大部分是东汉时期的作品，而且数量也不太多，只有六七十篇。但是它们广泛地反映了汉代的社会生活，反映了劳动人民的疾苦，传达出了被压迫人民的心声。而这些内容，又往往是从那些风靡一时的辞赋和那些庄严肃穆、体国经野的散文中所见不到的，它是《诗经》中十五国风的继续。它发展了《诗经》"饥者歌其食，劳者歌其事"的现实主义传统，在运用凝炼的口语化的语言叙述故事、刻画人物上，比《诗经》有了更大的进步。从诗歌形式上说，汉代乐府正处在由先秦的四言体和骚体向五言体、七言体发展过渡的阶段。这些无名作家们对四言、五言、杂言都作了反复的钻研与尝试，并基本上使五言体趋于成熟，其杰出的代表就是《孔雀东南飞》。这是我国古代诗歌史上最长的一篇作品，它代表青年男女向吃人的家长制旧礼教提出了血泪的控诉，表现了人们对美好婚姻的热烈追求与向往。这首长诗以它深刻的社会意义和它完美的艺术形式，在我国诗歌史上永远放射着瑰丽的光彩。

在汉代乐府的影响下，在东汉末年的动乱生活中，一批有成就的文人诗歌出现了，其代表作是《古诗十九首》。它们反映了时代的动荡，社会的乱离，通过流利的诗句，抒发着一种人生的苦辛和年命的悲叹。它把叙事、写景、抒情融而为一，达到了极其自然和谐的境地。它的语言浅近，不借雕琢，完全像随口道出，但又无一处不生动，无一处不妥帖。《文心雕龙》说它是“五言之冠冕”，《诗品》说它“天衣无缝，一字千金”，虽然有些溢美之嫌，但也确实道出了一部分实际。这是汉末文人学习民间歌谣，从而使自己的五言创作达到成熟的标志。这是“建安文学”的先声。

“建安”是汉代的末代皇帝——献帝刘协的年号(196—220)。早在刘协即位前，爆发了反抗汉代腐朽统治的黄巾农民大起义，这次起义后来被统治阶级镇压下去了，但是在镇压农民起义的过程中，却形成了一大批拥兵自强、割据一方的军阀势力。这些军阀之间，连年混战，把曾经繁盛富庶的中原地区造成了“出门无所见，白骨蔽平原”的一片惨象。直到建安后期，许多军阀在兼并战争中被消灭了，才逐渐形成了魏、蜀、吴三国鼎立的局面，而其中又以曹魏的势力最大。曹魏的政治中心是邺城(今河北省临漳西南)，后来又建都洛阳。邺城和洛阳在当时不仅是魏国的，而且也是中华全国的文化中心。所谓“建安文学”、“正始文学”，实际上就是以邺城、洛阳为中心的魏国文学；蜀国和吴国都没有留下来多少真正可以称为文学的东西。

“建安文学”以诗歌为代表，建安作家又以曹氏父子为代表。曹操的诗以四言、五言两体成就最大，使用的全是乐府体裁，明显地表现着汉末作家在学习汉代乐府的基础上发展自己诗歌创作的痕迹。曹操的四言诗悲壮慷慨，震烁古今，前少古人，后无来者。曹丕的成就不如其父与其弟，但却有两首七言诗别开生面，在七言体的发展上有重要作用。建安时期最杰出的诗人是曹植，他的作品内容广泛、思想积极，表现了一种奋发向上的豪迈气派。在形式上，他对四言、六言、杂言全都作过摸索与尝试，而成就最高、对文学发展贡献最大的是五言诗。钟嵘的《诗品》曾说他的制作是“粲溢今古，卓尔不群”，说曹植在诗人当中的地位是“譬人伦之有周孔，鳞羽之有龙凤，音乐之有琴笙，女工之有黼黻”，评价得简直不能再高了。除曹氏父子外，当时的诗人还有王粲、刘桢等，但留下来的作品都不多。

建安诗歌的伟大成就，在于它直接继承了汉代乐府和汉末文人五言诗的现实主义传统，深刻地反映了建安时代的社会动乱，抒发了作者们关心人民疾苦，愿为削平战乱、重建和平安定生活而奋斗的慷慨之情。这种反映社会动乱、反映民生疾苦的内容，这种凄凉哀怨的思想情绪，这种积极进取、献身事业的壮气英风，合起来就是后人所说的“梗概而多气”，也就是被后人所称道的所谓“建安风骨”。这种风格气派的形成，是与这个时代的作者们的身世经历以及他们的世界观紧密联系的。唐代元稹在《唐故工部员外郎杜君墓系铭序》中说：“建安以后，天下文士遭罹兵战，曹氏父子鞍马间为文，往往横槊赋诗，故其遒文壮节，抑扬哀怨，悲离之作，尤极于古。”论述得十分切当。建安诗歌是我国诗歌史上五言诗的第一次大丰收，对后世影响极大。

继建安文学之后的是“正始文学”，其代表作家是嵇康和阮籍。正始是魏帝曹芳的年号（240—248），这时曹氏宗室的势力日微，大权日益落入司马氏手中。司马氏为了篡权的目的，一方面收罗亲信，一方面诛杀忠于曹魏的人。名教提得很响，法网日渐其严。这时一些不满现实、不愿依附司马氏的人，为了逃避诛杀，便扯起了希求隐逸、企慕老庄的幌子。他们蔑弃名教，以酒浇愁，口里说着不问世事，但又按捺不住满腹的牢骚，所以嵇康终于被杀，阮籍仅得幸免。嵇康的人品可贵，诗作留得不多；阮籍有《咏怀》诗八十二首，是当时的主要诗人。

阮籍的诗歌在《诗品》中是被钟嵘列为上品的，但是我们看《咏怀》诗，一个突出的感觉就是建安诗歌的那种关心离乱、反映和同情人民疾苦的内容不见了，取而代之的是一种忧患个人得失的哀叹；那种奋发上进、改变现实的慷慨雄心不见了，取而代之的是一种消极隐遁、保命养生的老庄哲学。但是，他毕竟又不能真正地做到"忘世"，于是又恍忽迷离地时而流露出一些愤世的不平。所以钟嵘一方面说阮籍诗"厥旨渊放，归趣难求"，一方面又说他"颇多感慨之词"。阮籍诗曾经受过古人的推崇，对后世也有一定的影响，这是他那个时代的政治现实又通过他这种以老庄思想为基调的世界观的特殊反映。以今天的观点看来，阮籍诗恐怕就不能与建安诗歌相提并论了。

司马氏于公元 265 年篡魏建国，于 289 年灭吴，国内又出现了一个短暂的统一局面，这就是西晋。西晋统治集团从一开始就极其荒淫腐朽，他们沿袭并发展了曹魏以来的九品中正制度，门阀观念极其严重，朝政经常被一批极为平庸甚而是极为昏聩的人所把持，而真正有才干的出身于中下层的人则得不到任用。这个时期的作家不少，经常被人称道的有"三张"（张协、张载、张亢）、"二陆"（陆机、陆云）、"两潘"（潘岳、潘尼）、"一左"（左思），此外还有张华、傅玄、郭璞等。但以今天的观点看来，真正有成就的作家并不多，大批的是一些出身名门贵族，或者是投靠在贵戚豪族门下以阿谀奉承讨生活的人。他们的思想庸劣，生活卑俗，专门靠着模拟古人、玩弄词采过日子。例如陆机，这是被钟嵘列为上品，称之为"文章之渊泉"的，但读其作品，却使人感到空洞无物，留给读者的只是一个"才高词赡，举体华美"的空架子。西晋时期成就较大的作家是左思，他的诗歌今存十四首，其中有八首《咏史》诗写得最好。他以矫健的笔力、高亢的激情，愤怒地批判了当时那种腐朽的、令人窒息的门阀制度，表现了自己才高志壮、敢于冲击世网的旷迈情怀。和陆机等人的那种单从形式上对建安诗歌的亦步亦趋的模拟相比，左思的作品倒是更加接近建安风骨的。他的诗名为“咏史”，实为“咏怀”，为后代诗歌的这样一种抒情方式作了新的开端。

西晋的统一局面只维持了十几年，随后国内便出现了司马氏皇族内部的“八王之乱”，紧接着便是匈奴族的南下，整个北中国陷入了“五胡”的混战之中，西晋王朝也就由此告终了。公元 317 年，司马睿在建康（今南京市）建立的东晋政权，是一个被世家旧族所挟持的小王朝，司马氏本身从一开始就没有它的独立性。这个王朝在它所存在的百余年中，抛开它的尚清谈、讲玄理、无力而且也无心恢复中原不说，即使是在它所盘踞的建康一带，战乱和政变也是接连不停的。例如王敦、苏峻、王恭、桓温、桓玄，有的打破京师，有的悍然称帝；再加上孙恩、卢循的农民大起义，这个偏安王朝哪里还有一天安定的日子呢！奇怪的是，这个时期的文学竟然也和它的政治一样的腐败透顶，《文心雕龙·时序》云：“自中朝贵玄，江左称盛，因谈余气，流成文体。是以世极迍邅，而辞意夷泰，诗必柱下之旨归，赋乃漆园之义疏。”以孙绰、许询为代表的作家们完全置国家和人民于不顾，他们写出的玄言诗“平典似道德论”，毫无情致可言。然而这种恶劣的诗风却一直统治了东晋文坛一百年，直到陶渊明出现，才发生新的变化。

陶渊明是东晋末期，或者说是晋宋之交的最杰出的诗人，也是我国整个诗歌史上的杰出诗人之一。他出身低微，性情孤傲，看不惯当时官场的尔虞我诈、勾心斗角，更不愿卷入叛乱频仍的政治旋涡。他的诗表现了他对当时上层社会的极端憎恶与否定，表现了他不与恶势力同流合污的傲岸情操，抒发了他退隐田园后虽然生活艰苦，但却能摆脱世俗、远离祸网的怡然自得的情趣。由于接触劳动人民，他的诗反映了一部分当时农村的现实，还产生了一种人人劳动、家家温饱、无剥削无压迫的桃花源的社会理想，这是难能可贵的。陶渊明的诗平淡自然，具有浓郁的生活气息。他能用极简练、看来像是极平常的语言创造出极其高超的艺术境界。陶渊明是汉魏以来现实主义诗歌传统的真正继承者，他的诗在当时独树一帜，对我国后代的诗歌发展也产生了极其巨大的影响，唐代的王维、孟浩然、韦应物、柳宗元，宋代的苏轼、辛弃疾，甚至一直到清朝晚年的龚自珍都对他的为人极其景慕，对他的作品欣赏、仿效不已。

与东晋文人诗坛的死气沉沉相比，东晋和宋、齐时代的民歌却放射出异彩。这些民歌主要可分两大类，一类叫《吴声歌曲》，一类叫《西曲歌》，都收在郭茂倩《乐府诗集》的《清商曲辞》里。此外尚有《神弦曲》、《长干曲》、《西洲曲》等也应该属于南朝民歌。《神弦曲》见于《清商曲辞》，《长干曲》、《西洲曲》见于《杂曲歌辞》。《西洲曲》的艺术成就极高，是南朝民歌中无与伦比的杰作。

南朝民歌的思想内容比较单一，几乎都是描写男女爱情的，其中有的表现了劳动人民对爱情生活的热烈追求和对束缚人的封建礼教的大胆抗争，但其中也有不少是商人与歌女之间的唱和之作。单就内容而论，南朝民歌当然是无法与汉代乐府相比的。这大概与南朝民歌的发源地都是当时的重要商业城市有关，同时也与南朝统治阶级当时搜集保存这些民歌的目的和情趣密不可分。南朝民歌在形式上的共同点是好用五言四句，好用比喻，好用隐语、双关语，风格清新活泼。它们的内容和形式对当时的文人创作曾经产生过巨大的影响，其中有消极的一面，它使文人的创作更加浮靡空虚了；但也有积极的一面，它使那些杰出的作家们由此吸收艺术营养，去充实发展他们自己的作品。我们试读一下谢朓、庾信，尤其是唐代大诗人李白的创作，就可以深切地理解南朝民歌对我国诗歌发展的作用是如何地不可低估了。这些五言四句的体制，为日后五言绝句的形成作出了大致的规范。

与南朝民歌相比，北朝民歌无论其思想内容，还是其艺术形式，就完全是另外一种面貌了。以今天所能见到的北朝民歌看，大部分是北魏时代的作品。北魏建国于东晋太元十一年(386)，后来逐渐平定、统一了北方，成为与南方宋、齐、梁、陈并立的北方政权。北魏是一个尚武的民族，北方的风土人情也与江南大不一样，北朝的民间诗歌就特别突出地表现了这一点。

北朝民歌今天保存下来的只有七十来首，见郭茂倩《乐府诗集》中的《横吹曲辞》。它基本上是延续了汉代乐府民歌的传统，反映的社会生活较广，表现出的现实主义精神较强，诸如战争徭役、人民疾苦、北地风光、骑射生活，或多或少的都有所反映。而其中最为杰出、永传不朽的作品是《木兰诗》。它描写了一位代父从军的女英雄，表现了劳动人民不畏艰险、不怕牺牲的英雄气质，和热爱家乡、热爱亲人，为解除亲人危难而不惜贡献个人一切的崇高美德。同时这又是一篇提高女权，为被压迫妇女伸张正义，使她们扬眉吐气的杰作。《木兰诗》与《孔雀东南飞》前后交相辉映，雄视千古诗坛。

从公元420年刘裕建宋，到公元589年隋朝灭陈，中经宋、齐、梁、陈四代，因为它们全都建都于建业，所以人们通常称之为南朝。南朝四代的政治，除宋初的三十几年比较可观外，其余都是非常腐朽的，而且积衰积弱，每况愈下。统治阶级荒淫奢侈，迷信神佛，而且往往又都提倡文学，卖弄风雅，因此南朝的好几个帝王也都俨然活像一个文学家。不过文学在他们手下也就变得愈来愈淫靡，愈来愈成为统治阶级的玩物了，其顶点便是梁陈时代的宫体诗。在这样的氛围中，应该加以鉴别提出的诗人是谢灵运、鲍照、谢朓和庾信。

谢灵运是由晋末过渡到宋初的诗人，和陶渊明大致同时，但是他们的社会地位和生活经历是完全不同的。谢灵运是大贵族，由于在政治上感到不得意，因而肆意遨游，寄情山水。谢灵运对于诗歌的贡献，是以他个人的创作使诗歌发展完成了由玄言向山水的过渡。《文心雕龙·明诗》云："宋初文咏，体有因革，庄老告退，而山水方滋。"认真地说来，谢灵运的诗歌在内容上是没有什么可取的，它一般都是先有一些山水景物的描写，而后就是讲佛理，发议论，真正的感情很少；而且往往又多是时而可以见到几个好句子，而通篇仍是生涩板滞，常使人难以卒读。但是尽管如此，谢灵运对山水诗的开创之功仍是不能抹杀的，他比那只靠着"体裁绮密"、"错采镂金"取胜的颜延年要强得多。

南朝最有才华、诗歌成就最高的作家是鲍照。鲍照出身寒微，一生坎壈不遇，最后死于乱兵之中。他的思想和创作与左思很相似，但是诗歌成就比左思高多了。他继承了汉魏诗歌的现实主义传统，猛烈地批判了黑暗的门阀制度，表现了昂扬激越的爱国思想和勇敢豪迈的进取精神，他反映了当时任何其他作家所没有反映的社会现实。在诗歌形式上，他除了大量地写作五言诗外，还创造性地运用了七言和杂言，在这方面，《拟行路难十八首》是他的代表作。这些作品的思想深刻，感情奔放，音节顿挫激扬，富于变化。萧子显说他"发唱惊挺，操调险急，雕藻淫艳，倾炫心魂"(《南齐书·文学传论》)，恐怕还是有些道理的。鲍照的诗歌讲究形式，但是因为它有内容，所以为任何南朝诗人所不及。鲍照的乐府诗，尤其是《拟行路难十八首》，不论是思想内容，还是风格形式，都对唐代作家如李白、高适、岑参等产生过重要影响。

谢朓是齐武帝永明年间(483—493)最有成就的诗人，与之同时并与之气类相似的作家还有沈约等。谢朓继承了谢灵运的山水题材，在风格上变得更加清新流丽了，例如他的名句"余霞散成绮，澄江静如练”，“天际识归舟，云中辨江树”等，在诗歌史上是一直被人称道的，唐代大诗人李白就曾对谢朓念念不已。但是，和谢灵运的毛病一样，谢朓诗的内容多是空洞不足取的，而且也往往是“有句无篇”。谢朓及其同时代作家对诗歌发展的贡献，在于永明新诗体的形成，也就是声律说的确立。

写诗讲究音韵美，这个问题早在曹植就已经开始了，沈德潜说曹植的诗是“五色相宣，八音朗畅”（《古诗源》）；沈约说他“正以音律调韵，取高前式”（《宋书·谢灵运传论》）。但是问题的自觉提出，并从理论、实践上加以确立运用的乃是在齐梁。《梁书·庾肩吾传》云：“齐永明中，文士王融、谢朓、沈约，文章始用四声以为新变，至是转拘声韵，弥尚丽靡，复逾于往时。”《南史·陆厥传》云：“吴兴沈约、陈郡谢朓、琅琊王融以气类相推毂。汝南周颙，善识声韵，约等文皆用宫商，将平上去入四声以此制韵，有平头、上尾、蜂腰、鹤膝。五字之中，音韵悉异；两句之内，角徵不同，不可增减，世呼为永明体。”四声说的确立是我国语言学史上的一件大事；四声八病说运用于诗歌创作，也是我国诗歌发展史上的一个重要问题。由此开始，五言诗除了旧有的建安、陶渊明以来的这种被后世称为“古诗”的形式外，又逐渐出现了一种讲究平仄韵律的新诗体，这就是律诗，或者照唐人的说法叫做“近体诗”。

南北朝的最后一个优秀诗人是庾信。庾信是梁朝著名宫廷文人庾肩吾的儿子。庾氏父子和徐摛、徐陵父子都以写作宫体诗闻名。梁朝末年，庾信奉命出使西魏，被扣留。后来不久梁朝灭亡，跟着西魏政权又被宇文氏所篡夺，改国号曰北周，而庾信也被迫在北国住了下来。面对着自己的国破家亡，面对着异国的风物人情，庾信的内心是无限凄苦的。这就使他后期写作的诗文具有了他以前从所未有的真情实感，他描写了北国边塞的风沙，抒发了漂泊羁旅的愁怀，他的诗虽然冷落凄苦，但其中却增加了一股刚健遒劲的成分。当我们读到“阵云平不动，秋蓬卷欲飞”，“轻云飘马足，明月动弓弰”这种诗句的时候，我们仿佛已经嗅到了唐代边塞诗的气息。

在诗歌形式上，庾信不仅发展了“永明体”，使五言律诗和五言绝句的形式更加趋于完成了，而且还进一步发展了七言形式。他的《燕歌行》尽管还有堆砌典故的弊病，但不能否认那已经是一首形式完备的、有感情的七言歌行了。他的《乌夜啼》、《秋夜望单飞雁》、《代人伤往二首》，已经初步具备了七律、七绝的规模。庾信是唐代诗歌的先驱，杜甫曾称道他，说“庾信文章老更成，凌云健笔意纵横”，又说“庾信平生最萧瑟，暮年诗赋动江关”。于此也就可见庾信在唐代诗人心目中的地位了。

与庾信的年代相同，还有一个诗人叫王褒，他的生平遭际以及诗歌创作的风格都与庾信相似，他的《渡河北》、《关山月》凄凉悲壮，刚健质朴，同样也是唐代边塞诗的先导。因为其成就不如庾信，所以这里不再介绍。

北周于公元 580 年灭掉北齐，统一了北方，第二年，北周政权被杨坚所篡取，于是隋朝开国。至公元 589 年，隋军南下，又灭掉了江东的陈朝，至此，南北对立、分裂了二百多年的中华民族又重新统一起来。只是由于隋朝存在的时间不长，所以隋朝的文学不论是内容还是形式上都没有形成一代特色，恰如秦朝之于汉朝一样，隋朝的政治、经济、文化都是唐代政治、经济、文化的前奏。隋代比较重要的诗人，如卢思道、杨素、薛道衡等，都是由北周过渡下来的。他们都承续了庾信、王褒晚期诗歌的模样，写出了一些较好的篇章，如卢思道的《从军行》、杨素的《出塞》、薛道衡的《昔昔盐》等，数量尽管不多，但它们都已经俨然像是唐代初年的边塞诗了。

以上是我们所理解的这八百年间诗歌发展的概貌。对于其中的汉魏部分，人们的分歧不大，历来都是评价很高的；对于晋宋以下则不然，从总体上讲，说它们好话的很少。李白曾说："自从建安来，绮丽不足珍。"韩愈更说："齐梁及陈隋，众作等蝉噪。"措辞激烈，仿佛有点全盘否定了。其实平心而论，对于南北朝的文人诗歌我们应看到两面，它们有内容空洞、片面追求辞藻声律的弊病，这是不可否认的；但是他们也有不能忽视的成就，一者是其中有鲍照、庾信等杰出作家，二者是他们对形式，尤其是对声律发展有突出的贡献。没有好的内容，徒具华美的外表，这是可厌的；如果既有好的内容，又有好的形式，像《文心雕龙》所说的"义味腾跃而生，辞气丛杂而至。视之则锦绘，听之则丝簧，味之则甘腴，佩之则芬芳"，使内容和形式达到高度的统一，使诗歌真正成为一种艺术，这有什么不好呢！唐代是我国诗歌艺术发展的顶峰，这是没有异议的，但它绝不是凭空而降。《诗经》、《楚辞》对唐诗发展是有影响的，但是影响更大、更直接的是汉魏南北朝诗。在旧有的基础上，唐代作家们有吸收、有扬弃，有批判、有继承。他们批判否定其形式主义倾向，与继承发展其现实主义传统是一个问题的两方面。至于在各种风格、各种流派、各种形式的探索、积累上，八百年来各个有名与无名的作家们，都对唐代诗歌的发展繁荣，作出了不可否认的贡献。

也正是为了帮助读者了解这个时期的诗歌发展形势，为了更好地批判继承这一部分文学遗产，我们选编了这本《汉魏南北朝诗选注》。我们编选的原则是：一，尽量照顾各个时期、各种风格和流派的广泛性；二，尽量突出重要作家；三，注意民间文学。我们总的目的是要让读者能读到尽可能多的优秀作品，从而在批判的继承上能够有所收获。我们的注释尽量通俗简明，对于一些词语艰深或意思含混的句子，我们都做了一些串通。引用材料，尽量注明出处。每首诗后，都有简短解析，以提示本篇的思想意旨及其艺术特征。作家介绍除叙述其生平思想、诗歌成就外，一般还比较全面地介绍一下他的文学成就，以帮助读者了解其全人。

在编写过程中，王汝弼先生给看了魏晋两段的部分稿子，在此表示谢意。由于编者自己的水平有限，而且又是个集体合作的东西，因此各部分之间就难免会有一些不平衡、不一致，缺点和错误还是不可避免的，希望读者同志给我们提出宝贵意见。

韩兆琦执笔

一九八〇年五月于北京师大

目录

汉诗

魏诗

晋诗

南北朝诗

隋诗

汉诗

刘　邦

刘邦（前256—前195），字季，沛县丰邑（今江苏丰县）人。秦末农民起义领袖之一。他于公元前206年率军攻破咸阳灭秦，又于公元前202年灭项羽，建立了汉朝，史称汉高祖。在掌握了最高统治权力的八年中，刘邦在政治、经济等方面都采取了许多进步措施，并先后平定了诸异姓王的叛乱，这些都有利于西汉初年的经济恢复和中央集权的巩固，在历史上起了进步作用。刘邦作有《大风歌》和《鸿鹄歌》。

大风歌

大风起兮云飞扬[1]。
威加海内兮归故乡[2]。
安得猛士兮守四方[3]！

✤注释

[1] 兮：语助词，古音读如“阿”，犹今口语“啊”。

[2] 加：凌驾。海内：四海之内，犹言“天下”。“威加海内”意谓“威镇天下”。

[3] 安得：怎得。这句是说，希望得到猛士镇守四方。

✤评析

《大风歌》见《史记·高祖本纪》和《汉书·高帝纪》，汉人称为《三侯之章》，《艺文类聚》始称之为《大风歌》，《乐府诗集》收入《琴曲歌辞》，题为《大风起》。公元前195年，刘邦东讨淮南王英布，西归途中，经过他的家乡沛县，邀集故人父老子弟宴饮，在宴席上由一百二十个小儿歌唱助兴，他击筑（一种弦乐器）并作了这首诗。作品表现了刘邦对当时局面虽已初定，但整个国家尚未巩固，尤其是外族威胁严重存在的忧虑之情。风格雄豪质朴，震烁古今。

项籍

项籍(前232—前202),字羽。下相(今江苏宿迁市西)人,秦末农民起义领袖之一。巨鹿(今河北平乡县)一战,他击溃秦军主力,扭转了起义局势,建立了卓越功勋。公元前206年灭秦后,项羽自立为西楚霸王。在以后的五年中,他与刘邦争天下,进行了数十次的战争。公元前202年垓下(在今安徽灵璧县东南)一战,项羽全军覆灭,他自刎于乌江(今安徽和县乌江镇)。

垓下歌

力拔山兮气盖世。
时不利兮骓不逝[1]。
骓不逝兮可奈何!
虞兮虞兮奈若何[2]!

✤注释

[1] 骓:青白杂色的马,是项羽常骑乘的一匹骏马。这句是说,虽乘乌骓骏马,也难突破汉军重围。

[2] 虞:项羽宠姬。若:你。这句是说,虞啊虞啊!我又如何安排你啊!

✣评 析

《垓下歌》见《史记·项羽本纪》和《汉书·项籍传》,《乐府诗集》收入《琴曲歌辞》,题为《力拔山操》。公元前202年十二月,项羽驻兵垓下,兵少食尽,被刘邦军围之数重。夜晚,项羽听到四面汉军皆楚歌,他预感到大势已去,饮酒帐中,悲歌慷慨,并作了这首歌诗,表现了他英雄末路、无可奈何的悲凉之情。

刘 彻

刘彻(前156—前87),即汉武帝。公元前140—前87年在位。刘彻是一位有雄才大略的君主,他承继景帝的政策,对内完成了真正的统一,对外解除了匈奴的威胁,在政治上、经济上都实行了一些重要的改革措施。刘彻经过五十多年的经营,使汉朝的文治武功都达到了前所未有的高度。

刘彻仿效古代的采诗制度,创立了乐府机关,使之掌管宫廷音乐,兼采民间歌谣和乐曲。这对乐府诗的发展起了一定的作用。他本人也能歌善赋,今存《悼李夫人赋》一篇,《瓠子歌》二首,《秋风辞》和《李夫人歌》各一首。

瓠子歌(二首)

瓠子决兮将奈何[1]? 浩浩洋洋兮闾殚为河[2]。
殚为河兮地不得宁,功无已时兮吾山平[3]。
吾山平兮巨野溢[4],鱼沸郁兮柏冬日[5]。
正道弛兮离常流[6],蛟龙骋兮方远游[7]。
归旧川兮神哉沛[8],不封禅兮安知外[9]?
为我谓河伯兮何不仁[10],泛滥不止兮愁吾人。
啮桑浮兮淮泗满[11],久不反兮水维缓[12]。

✤注释

[1] 瓠子：地名，在今河南濮阳县西南，瓠子河自此分黄河水，东出经今山东鄄城、郓城县南，折而东北流，历梁山、东阿等县，至茌平县东注古济水。

[2] 浩浩、洋洋：二词皆水盛貌。《史记》原作"皓皓旰旰"，今据《汉书》改。闾：犹"虑"，"闾"、"虑"古时同音通用，是"大抵"、"大凡"的意思。殚：尽。这二句是说，河决瓠子，浩浩洋洋，大抵皆成泽国了。

[3] 吾山：一名"鱼山"，在今山东东阿县。这二句是说，塞河久无功，洪水高与山平，人民不得安宁。

[4] 巨野：古泽薮名，又名"大野泽"，在今山东巨野县北，北连梁山泊。

[5] 沸郁：同"沸渭"，众多之貌。柏：读与"迫"同，近。这二句是说，河溢巨野，遍地皆鱼，虽然时已近冬，而洪水仍在泛滥。

[6] 正道：河的正道。《史记》误作"延道"，今据《汉书》校改。弛：坏。离：失。

[7] 骋：直驰貌。

[8] 旧川：指河的故道。沛：大貌。

[9] 封禅：古祭祀名，报天之功曰封，报地之功曰禅。这二句是说，希望河伯用巨大神力，使黄河水还故道；我如不东禅泰山，又怎知函谷关外有如此严重水灾。

[10] 谓：告。河伯：河神。

[11] 啮桑：地名，在江苏沛县西南。浮：漂没。淮：水名，源出河南桐柏山，东流经安徽、江苏，至盱眙县注入洪泽湖。泗：水名，源出山东泗水县陪尾山，西南流经曲阜、兖州等县，至济宁市南注入运河。

[12] 水维：颜师古注云："水维，水之纲维也。"即"水文"、"水流"。这二句是说河决瓠子淹没啮桑亭，溢入淮、泗，事已二十多年，尚不能使黄河北还故道，塞河工程进展太迟缓了。

✤评析

《瓠子歌二首》，载《史记·河渠书》和《汉书·沟洫志》，《乐府诗集》收入《杂歌谣辞》。汉武帝元光三年（前132），黄河决入瓠子河，东南流经巨野泽，与淮河、泗水相通，梁、楚一带连年被灾。元封二年(前109),武帝东禅泰山还,亲临瓠子决河,沉白马、玉璧以祭河神,令群臣从官自将军以下皆负薪置决河。当时东郡民皆烧草,因而柴薪少,则令伐淇园之竹为楗以塞决河。武帝痛悼塞河久而无功,乃作《瓠子歌二首》。《古诗赏析》评云:"二歌悲悯为怀,笔力古奥。帝王著作,冠冕西京(西汉)。"第一首是写河决瓠子,梁、楚一带灾情之严重,塞河之事,再不容缓。

其　二

河汤汤兮激潺湲[1],北渡迂兮浚流难[2]。
搴长茭兮沉美玉[3],河伯许兮薪不属[4]。
薪不属兮卫人罪[5],烧萧条兮噫乎何以御水[6]?
颓林竹兮楗石菑[7],宣房塞兮万福来[8]!

✣ **注释**

[1] 汤汤:水流貌。潺湲:水激貌。

[2] 迂:远也。浚:疏导。这二句是说,黄河往南决流,北道迂远,欲浚导之使其北归旧道,事极困难。

[3] 搴:取。茭:竹索。原作"茭",据《汉书》颜师古注校改。

[4] 薪:草。属:连缀。这二句是说,沉美玉求河神福佑,伐淇园之竹塞决口,但柴薪不属,功难速成。河伯许兮句:犹上文"河伯不仁"之意。

[5] 卫:东郡瓠子,古卫国地。罪:过。

[6] 噫乎:感叹词。这二句是说,东郡人皆烧草,田野萧条,因无柴薪可供塞决。

[7] 颓:下坠也。楗:《汉书》作"揵"。沈钦韩云:"《元和志》:李冰作揵尾堰,以防江决。破竹为笼,圆径三尺,长十丈,以石实中,累而壅水,此下竹为楗之法。"菑:沈钦韩云:"菑,读如《诗笺》'炽菑'之'菑',即《宋志》所云'马头锯牙'也,俗谓之'矶咀'。"这句是说,下竹楗作为石菑(矶咀),堵塞瓠子决口。

[8] 宣房：一作“宣防”，宫名，在今河南濮阳县西南瓠子堤上。瓠子塞决成功后，汉武帝立宫于堤上，名曰“宣房宫”。

✤评 析

第二首是写塞河本事，祝其功成来福。

秋风辞

秋风起兮白云飞，草木黄落兮雁南归。
兰有秀兮菊有芳[1]，怀佳人兮不能忘。
泛楼船兮济汾河[2]，横中流兮扬素波[3]。
箫鼓鸣兮发棹歌[4]，欢乐极兮哀情多[5]。
少壮几时兮奈老何！

✤注 释

[1] 秀：草本植物开花叫“秀”。芳：香气。“兰有秀”与“菊有芳”，是互文见义，兰有秀也有芳，菊有芳也有秀。

[2] 泛：浮。泛楼船，即“乘楼船”的意思。汾河：源出山西宁武县管涔山，西南流纵贯全省，至万荣县西北入黄河。

[3] 扬素波：激起白色波浪。

[4] 棹歌：划船时唱的歌。

[5] 极：尽。

✤评 析

《秋风辞》见《汉武帝故事》，《乐府诗集》收入《杂歌谣辞》。据《汉武帝故事》说，有一次汉武帝巡游河东汾阴（今山西万荣县荣河城北汾水南岸），祭后土（土神），并泛舟汾河，在舟中与群臣宴饮时作此诗。这首诗有感叹人生易老的思想。

梁鸿

梁鸿，东汉隐士，生卒年不详。字伯鸾，扶风平陵（今陕西咸阳市西北）人。尝受业于太学，家贫好学，崇尚气节，与妻孟光隐居霸陵山中，以耕织为业。因事过洛阳，作《五噫歌》，章帝读后大为不满，下令搜捕他，他于是更姓改名，避居于齐鲁。不久又南去吴郡（今江苏苏州市），病死在那里。

梁鸿著作十余篇，有集二卷，今已不传。诗作除《五噫歌》外，还有《适吴诗》和《思友诗》，均见《后汉书·梁鸿传》。

五噫歌

陟彼北芒兮[1]，噫[2]！
顾瞻帝京兮[3]，噫！
宫阙崔嵬兮[4]，噫！
民之劬劳兮[5]，噫！
辽辽未央兮[6]，噫！

注释

[1] 陟：登高。北芒：一作“北邙”，又称“邙山”，在河南洛阳城北。

[2] 噫：感叹词。

[3] 顾瞻：看。一作“顾览”。帝京：洛阳。

[4] 宫阙：宫殿。崔嵬：高大貌。

[5] 劬劳：劳苦。

[6] 辽辽：远貌。这句是说，人民漫长的苦难没完没了。

✤评析

《五噫歌》原载《后汉书·梁鸿传》，《乐府诗集》收入《杂歌谣辞》。这是一篇抨击大兴土木、劳民伤财的诗。诗人登北邙山远望，看到京都宫阙的豪华，联想到人民无穷尽的劳苦。诗的字里行间，充满了对帝王穷奢极欲的谴责，对人民苦难的深刻同情。清代张玉穀所著《古诗赏析》评云："无穷悲痛，全在五个'噫'字托出，真是创体。"

张 衡

张衡(78—139),字平子。东汉南阳西鄂(今河南南阳城北鄂城寺)人。他历任南阳主簿、太史令、侍中、河间王相,后征拜尚书,卒年六十二。

张衡是伟大的科学家,他曾创制用壶漏带动的浑天仪和测定地震的地动仪。所著《灵宪论》和《浑天仪图注》,是天文学的重要文献。他在文学方面的代表作品,大赋有《二京赋》,是模仿班固《两都赋》之作;小赋《归田赋》,对后世抒情骈赋的发展有重大影响;诗歌传有四言的《怨篇》,五言的《同声歌》和七言的《四愁诗》。有辑本《张河间集》。

四愁诗

我所思兮在太山[1],欲往从之梁父艰[2]。
侧身东望涕沾翰[3]。
美人赠我金错刀[4],何以报之英琼瑶[5]。
路远莫致倚逍遥[6],何为怀忧心烦劳[7]?

我所思兮在桂林[8],欲往从之湘水深[9]。
侧身南望涕沾襟。

美人赠我金琅玕[10],何以报之双玉盘。
路远莫致倚惆怅,何为怀忧心烦伤?

我所思兮在汉阳[11],欲往从之陇坂长[12]。
侧身西望涕沾裳。
美人赠我貂襜褕[13],何以报之明月珠[14]。
路远莫致倚踟蹰,何为怀忧心烦纡[15]?

我所思兮在雁门[16],欲往从之雪纷纷。
侧身北望涕沾巾。
美人赠我锦绣段[17],何以报之青玉案[18]。
路远莫致倚增叹,何为怀忧心烦惋[19]?

✤注释

[1] 所思:指所思念的人。太山:即“泰山”,在山东泰安市北。

[2] 从:追随。梁父:又作“梁甫”,是泰山南面的一座小山。

[3] 翰:衣襟。

[4] 金错刀:有两说:一说指用黄金镀过刀环或刀把的佩刀,一说指王莽铸的一种刀币,两说均见《文选》李善注。作为馈赠的珍物,前一说似较好。错:镀金。

[5] 英琼瑶:发光的美玉。英,是“瑛”的假借字,玉的光泽。琼、瑶都是美玉。

[6] 莫致:无法送达。倚:“猗”的假借字,犹今口语“啊”。“倚惆怅”、“倚踟蹰”、“倚增叹”的“倚”字与此同。逍遥:彷徨不安。

[7] 烦劳:烦恼。劳:忧。

[8] 桂林:秦郡名,汉改置为郁林郡,治布山,即今广西贵县。

[9] 湘水:源出广西兴安县海阳山西麓,东北流入湖南省境,至湘阴县注入洞庭湖。

[10] 金琅玕:用金叶镶着的美玉,即所谓的“金镶玉”。金:一作“琴”。琅

玗：似玉的美石。

[11] 汉阳：东汉明帝改天水郡为汉阳郡，治冀县，在今甘肃甘谷县南。

[12] 陇坂：即陇山，在陕西陇县西北六十里。《三秦记》说："陇坂九回，不知高几许，欲上者七日乃越。"

[13] 襜褕：直襟，代指直襟的衣服。

[14] 明月珠：《后汉书·西域传》说，大秦国（古指罗马帝国）产明月珠。

[15] 烦纡：烦闷。

[16] 雁门：古郡名，东汉雁门郡治阴馆，在今山西代县西北。

[17] 锦绣段：成匹的锦绣。段：与"端"同义。一说，段，是"缎"、"锻"的假借字，作"履后跟"解。

[18] 案：古时放食物的小几，形如今日有短脚的托盘。一说，案，古"椀（碗）"字。

[19] 惋：怨。

✤ 评析

本诗最早见于《文选》，诗前有短序，说这首诗乃张衡做河间王相时所作。因为感到天下渐弊，郁郁不得志，于是"依屈原以美人为君子，以珍宝为仁义，以水深雪雰为小人，思以道术为报，贻于时君，而惧谗邪不得以通"，所以写了这首《四愁诗》。据近人考订，说这篇序文乃后世编集张衡诗文的人增损有关史料写成的，不是张衡自己所作，但可作为分析本诗寓意时的参考。

张衡在这篇作品里，借写怀人愁思而抒发了自己的伤时忧世之情。全诗分四章，各章结构相同，作者采用民歌重章叠咏的手法，反复咏叹，借以突出主题，加重抒情气氛。文辞婉丽，感情真切动人。

赵　壹

赵壹，东汉灵帝（168—189）时名士，生卒年不详。字元叔，汉阳西县（今甘肃天水市西南）人。为人恃才傲物，不受征辟。他曾几次受诬陷几至于死，赖友人拯救得免。因作《刺世疾邪赋》，抒写他对世事不平的愤激之情。原有集二卷，已佚。另有《穷鸟赋》，见《后汉书》本传。

疾邪诗（二首）

河清不可恃，人寿不可延[1]。
顺风激靡草[2]，富贵者称贤[3]。
文籍虽满腹[4]，不如一囊钱。
伊优北堂上[5]，抗脏倚门边[6]。

注释

[1] 河清：语出《左传·襄公八年》："俟河之清，人寿几何？"古人传说黄河一千年清一次，黄河一清，清明的政治局面就将出现。这两句是说，人的寿命有限，无法等待乱世澄清之时。

[2] 激：指猛吹。靡：倒下。

[3] 这两句是说，柔草为顺风猛吹，纷纷往一边倒下，富贵的人众口称贤。

[4] 文籍：文章典籍，代指才学。

[5] 伊优：逢迎谄媚之貌。北堂：指富贵者所居。

[6] 抗脏：高尚刚正之貌。一作“肮脏”。倚门边：是“被疏弃”的意思。

✤评析

《疾邪诗二首》见于《刺世疾邪赋》，原载《后汉书·赵壹传》。二诗托为秦客和鲁生所歌，指斥小人窃据高位，豪强把持一切，刚直有才的贤士多被埋没。第一首为秦客所歌。

其二

势家多所宜[1]，咳唾自成珠[2]。
被褐怀金玉[3]，兰蕙化为刍[4]。
贤者虽独悟[5]，所困在群愚。
且各守尔分[6]，勿复空驰驱[7]。
哀哉复哀哉，此是命矣夫！

✤注释

[1] 势家：有权有势的人。

[2] 这两句是说，有权势的人随便说一句什么话，都被视同珍宝。

[3] 被褐：披着短褐的人，借指贫穷的人。金玉：借喻美好的才德。

[4] 兰蕙：两种香草名。刍：饲草。这两句是说，贫穷的人虽有美好的才德，也不为人重视，就如兰蕙被视为刍草。

[5] 独悟：犹“独醒”。《楚辞·渔父》中有“众人皆醉我独醒”的话。

[6] 尔分：你的本分。

[7] 空驰驱：白白奔走。这两句是说，贤而贫的人只应安守本分，就是积极奔走也无用。这是愤激之辞。

✤评析

第二首乃鲁生对秦客的答歌。

辛延年

辛延年，东汉人，生平事迹不详。

羽林郎

昔有霍家姝[1]，姓冯名子都[2]。
依倚将军势[3]，调笑酒家胡[4]。
胡姬年十五[5]，春日独当垆[6]。
长裾连理带[7]，广袖合欢襦[8]。
头上蓝田玉[9]，耳后大秦珠[10]。
两鬟何窈窕[11]，一世良所无[12]。
一鬟五百万[13]，两鬟千万余。
不意金吾子[14]，娉婷过我庐[15]。
银鞍何煜爚[16]，翠盖空踟蹰[17]。
就我求清酒，丝绳提玉壶。
就我求珍肴，金盘脍鲤鱼[18]。
贻我青铜镜，结我红罗裾[19]。
不惜红罗裂，何论轻贱躯[20]！
男儿爱后妇，女子重前夫。
人生有新旧，贵贱不相逾[21]。
多谢金吾子[22]，私爱徒区区[23]。

✤注释

[1] 霍家：指霍光家。霍光，西汉昭帝时任大司马大将军。姝：古时对美男子的称呼。一作“奴”。

[2] 冯子都：据《汉书·霍光传》说，冯子都是霍光家的“奴监”（家奴头子），颇受宠幸。

[3] 依倚：依仗。

[4] 酒家胡：卖酒的胡女。汉朝人称西域商人为“贾胡”。

[5] 姬：古时对妇女的美称。

[6] 当垆：指卖酒。当：值。垆：用土垒的卖酒柜台。

[7] 裾：衣服的前襟。连理带：连结前襟的衣带。古时无纽扣，是用带子连结两边衣襟。

[8] 广袖：宽大的衣袖。合欢：一种象征和合欢乐的图案花纹的名称。

[9] 蓝田：山名，在陕西蓝田县东三十里，据《汉书·地理志》说，此山出美玉。

[10] 这句是说，胡姬耳后发簪的两端垂有大秦国（古指罗马帝国）所产宝珠。

[11] 鬟：古时一种呈环形的发髻。何：犹“何其”。窈窕：美好貌。

[12] 良所无：实在没有。

[13] 五百万：与下文的“千万余”，都是指胡姬发髻上装饰品的价值。

[14] 金吾子：执金吾，掌管羽林军的高级军官。冯子都乃霍光的家奴，并非执金吾，胡姬称他“金吾子”，是一种表示尊敬的泛称。又窦景任执金吾，正可作为本诗是为讽刺窦景而作的佐证。

[15] 娉婷：《集韵》：“美好貌。”这里是“嬉皮笑脸”的意思。

[16] 煜爚：光彩耀目。

[17] 翠盖：用鸟羽作装饰的车盖，代指华丽的车。空：“无缘无故”的意思。踟蹰：徘徊不前貌。

[18] 脍：细切的肉。此处作动词用，细切。

[19] 这两句是说，冯子都赠给胡姬一面铜镜，并要将它系在胡姬的前襟上。是写冯子都调戏胡姬的轻狂之态。

[20] 何论：哪管，不顾，与上文的“不惜”同义。轻贱躯：胡姬自称。

[21] 逾：逾越。这两句是说，一个人对待爱情不能喜新厌旧，何况我是民

家女，更不愿高攀。

[22] 多谢：郑重告诉。谢：以词相告。

[23] 徒区区：白白献殷勤。《广雅》说："区区，爱也。"

✤评析

本诗始见于《玉台新咏》，《乐府诗集》收入《杂曲歌辞》。

羽林，是汉皇家禁卫军，羽林郎是羽林军的高级军官。这诗是叙述酒家女子胡姬抗拒霍家豪奴冯子都调戏的故事，与羽林郎并无关系，可能是用乐府旧题讽咏当时新事。东汉和帝时，外戚窦宪为大将军，声势煊赫，一门骄横，尤其是其弟执金吾窦景，掌管羽林军，经常纵容其部属强夺民财，掳掠民女，人民避之如寇仇。朱乾《乐府正义》认为此诗乃借用历史题材讽刺窦景而作，此说近是。

作者采用民歌夸张铺陈的手法，在诗中成功地刻画了高尚纯洁、鄙视豪门的胡姬的形象，是文人学习民歌的杰作。

宋子侯

宋子侯，东汉人，生平事迹不详。

董娇饶

洛阳城东路[1]，桃李生道傍，
花花自相对，叶叶自相当[2]。
春风东北起，花叶正低昂[3]。
不知谁家子[4]，提笼行采桑，
纤手折其枝，花落何飘飏[5]！
请谢彼姝子[6]："何为见损伤[7]？"
"高秋八九月，白露变为霜。
终年会飘堕[8]，安得久馨香[9]？"
"秋时自零落，春月复芬芳。
何时盛年去[10]，欢爱永相忘[11]。"
吾欲竟此曲[12]，此曲愁人肠。
归来酌美酒，挟瑟上高堂[13]。

✤ **注释**

[1] 洛阳：东汉京城。

[2] 相当：与"相对"同义，是"对称"的意思。

[3] 这六句是写洛阳城东路上，桃李盛开，花叶掩映，迎风低昂。《古诗赏析》云：“写景之中，逗出盛年欢爱影子。”

[4] 子：《正字通》云：“女子亦称子。”

[5] 飘飏：指落花缤纷之貌。

[6] 请谢：请问。彼姝子：那个美貌女子。

[7] 何为见损伤：为何受到你的攀折？见：被。这二句是花对折花女子的问语。

[8] 飘堕：飘落。

[9] 安得：怎能。馨香：芳香。这四句是折花女子对花的答语，是说秋高严霜降，花总要飘落的，怎能终年馨香？

[10] 盛年：少壮之年。

[11] 这四句又是花对折花女子的答语，也是花自慰的话，是说花落犹可复荣，而人的盛年一去，则欢爱永忘。言外之意是女子命比花还苦。

[12] 竟：尽，终。

[13] 最后四句是说，我本想唱完这支曲子，可是这支曲子太使人难过了，只有饮酒作乐，以解我愁。这是诗人无可奈何的宽解语。

✤评析

《董娇饶》，始见于《玉台新咏》，《乐府诗集》收入《杂曲歌辞》。董娇饶，女子名，疑是当时的著名歌姬。在后来的唐人诗中多作为美女典故用，并且都是歌姬一类。此诗是以花拟人，设为问答，伤悼女子命不如花。

秦　嘉

秦嘉，字士会，陇西郡（治狄道，在今甘肃临兆县南）人。生卒年不详。桓帝时，为郡吏。后为郡上计入京，留为黄门郎。数年后病卒。秦嘉的作品今存者只有《与妻徐淑书》、《重报妻书》两篇文章和《赠妇诗》三首。

赠妇诗（三首选二）

人生譬朝露，居世多屯蹇[1]。
忧艰常早至，欢会常苦晚。
念当奉时役[2]，去尔日遥远。
遣车迎子还，空往复空返[3]。
省书倍凄怆，临食不能饭。
独坐空房中，谁与相劝勉？
长夜不能眠，伏枕独辗转。
忧来如循环，匪席不可卷[4]。

✣注释

[1] 屯蹇：《周易》上的两卦名，都是表示艰难不顺之意。故人们通常借用此语以指艰难阻滞。

[2] 奉时役：即指为上计吏被派遣入京。

[3] 遣车迎子：秦嘉入京离家时，其妻徐淑正卧病在其父母处。秦嘉当时曾派车去接她，还给她写了一封信(《与妻徐淑书》)。不知因何原因，徐淑未回，只是给他写了一封回信。子，古代尊称对方，犹如今之称“您”。

[4] 匪席不可卷：《诗经·柏舟》：“我心匪席，不可卷也。”原意是以席子可卷，人心不可卷，来说明自己的思想意志不可改变。这里是借以说自己的忧愁无法收拾。匪，同“非”。

✤ 评析

秦嘉《赠妇诗》共三首，这里选的是第一首和第三首。这是秦嘉为郡上计入京前，写给其妻徐淑的。作品表现了诗人对其妻子的想念和留恋，表现了夫妻之间的深切友爱之情。虽社会意义不大，但感情真挚，是早期比较成熟的文人五言诗。

其　二

肃肃仆夫征[1]，锵锵扬和铃[2]。
清晨当引迈[3]，束带待鸡鸣。
顾看空室中[4]，髣髴想姿形[5]。
一别怀万恨，起坐为不宁。
何用叙我心，遗思致款诚[6]。
宝钗好耀首，明镜可鉴形。
芳香去垢秽，素琴有清声[7]。
诗人感木瓜，乃欲答瑶琼[8]。
愧彼赠我厚，惭此往物轻。
虽知未足报，贵用叙我情[9]。

✤ 注释

[1] 肃肃：疾速貌。仆夫：车夫。

[2] 和铃：古代车上系着的铃。系于轼者谓之和，系于衡者谓之鸾。

[3] 引迈：起程，上路。迈：远行。

[4] 顾看：回望。

[5] 髣髴：同"仿佛"，隐隐约约的样子。

[6] 遗思：指写信，即《重报妻书》。

[7] 宝钗、明镜、芳香、素琴是秦嘉临行前留赠徐淑的东西。其《重报妻书》有云："间得此镜，既明且好，形观文彩，世所希有，意甚爱之，故以相与。并致宝钗一双，价值千金。龙虎组履一緉（一双），好香四种各一斤。素琴一张，常所自弹也。明镜可以鉴形，宝钗可以耀首，芳香可以馥身去秽，麝香可以辟恶气，素琴可以娱耳。"诗中乃又撮述其意。

[8] 诗人：指《诗经》的作者。《诗经·卫风·木瓜》："投我以木瓜，报之以琼琚"；"投我以木桃，报之以琼瑶"。都是说要拿更好更珍贵的东西报答对方。

[9] 用：以。二句是说，虽知我这点微薄之物不能报答你对我的深恩，但可贵的是可以用它来表达一点我的心情。

乐　府

乐府，原本是汉代音乐机关的名称。创立于西汉武帝时期，其职能是掌管宫廷所用音乐，兼采民间歌谣和乐曲。魏晋以后，将汉代乐府所搜集、演唱的歌诗统称之为“乐府”，于是乐府便由音乐机关名称一变而为可以入乐诗体的名称。刘勰《文心雕龙·乐府篇》说：“乐府者，声依永，律和声也。”标志着“乐府”这一名称含义的演变。

汉乐府诗许多是“感于哀乐，缘事而发”的民间歌谣，在内容上反映了当时广阔的社会生活，在艺术上具有“刚健清新”的特色，它和《诗经》的“风诗”，奠定了我国诗歌的现实主义基础。汉代乐府诗的形式，有五言、七言和杂言，这是后世五、七言诗的先声。汉代乐府民歌是我国诗歌史上的一份珍贵的遗产。

宋人郭茂倩编集的《乐府诗集》一百卷，是一部乐府歌辞的总集，上起陶唐，下止五代，搜集资料十分丰富。又其各篇的“解题”，对各种曲调、各篇曲辞发展演变的叙述，也极详备。

战城南

战城南，死郭北[1]，野死不葬乌可食[2]。为我谓乌：“且为客豪[3]！野死谅不葬[4]，腐肉安能去子逃[5]！”

水深激激[6]，蒲苇冥冥[7]，枭骑战斗死[8]，驽马徘徊鸣[9]。梁筑室[10]，何以南，何以北[11]？禾黍不获君何食[12]？愿为忠臣安可得？思子良臣[13]，良臣诚可思：朝行出攻，暮不夜归[14]！

✣ 注释

[1] 郭：外城。这两句中的城南、城北为互文见义，是说城南、城北都有战争，也都有战死的人。

[2] 野死：战死荒野。乌：乌鸦。传说乌鸦嗜食死尸腐肉。这句说，战士尸遗荒野，正好供乌鸦啄食。"乌可食"三字极写作者哀悼之情。

[3] 客：指战死者，死者多为异乡人，故称之为"客"。豪："嚎"的借字，今通作"号"，号哭。

[4] 谅：揣度之词，犹今口语"想必"。

[5] 安能：怎能。子：指乌。这三句是作者对乌的要求。余冠英说："古人对于新死者，须行招魂的礼，招时且号且说，就是'号'。诗人要求乌先为死者招魂，然后吃他。"

[6] 激激：清澈貌。

[7] 冥冥：幽暗貌。这里指蒲苇的葱郁。

[8] 枭骑：勇健的骑兵战士。枭：勇。

[9] 驽马：劣马。徘徊：彷徨不进貌。

[10] 梁筑室：指战争中在桥上构筑工事营垒。梁：桥。一说，梁，表声的字。

[11] 何以北：一作"梁何北"。这两句是说，桥上构筑了营垒，河南、河北的交通断绝。

[12] 禾黍：泛指田野种植的谷物。这句是说，战争影响生产，禾黍不获，租赋则无所出。

[13] 子、良臣：指战死者。

[14] 这两句指战士出攻阵亡。

✣ 评析

《战城南》，是一篇乐府古辞，载《乐府诗集》的《鼓吹曲辞》

中，是“汉铙歌十八曲”之一。这是一首哀悼阵亡战士、诅咒战争的民歌，通过描写前方战士暴尸荒野，后方田园荒芜，禾黍不获，谴责了连年战争给人民带来的灾难。

有所思

有所思[1]，乃在大海南。何用问遗君[2]？双珠玳瑁簪[3]，用玉绍缭之[4]。闻君有他心，拉杂摧烧之[5]。摧烧之，当风扬其灰。从今以往，勿复相思！相思与君绝[6]！鸡鸣狗吠[7]，兄嫂当知之。妃呼豨[8]！秋风肃肃晨风飔[9]，东方须臾高知之[10]！

✤注释

[1] 有所思：指她所思念的那个人。

[2] 何用：何以。问遗：“问”、“遗”二字同义，作“赠与”解，是汉代习用的联语。

[3] 玳瑁：是一种龟类动物，其甲壳光滑而多文采，可制装饰品。簪：古人用以连接发髻和冠的首饰，簪身横穿髻上，两端露出冠外，下缀白珠。

[4] 绍缭：犹“缭绕”，缠绕。

[5] 拉杂：堆集。这句是说，听说情人另有所爱了，就把原拟赠送给他的簪、玉、双珠堆集在一块砸碎，烧掉。

[6] 相思与君绝：与君断绝相思。

[7] 鸡鸣狗吠：犹言“惊动鸡狗”。古诗中常以“鸡鸣狗吠”借指男女幽会。

[8] 妃呼豨：表声的字，“本自无义，但补乐中之音”。一说，表叹息之声。

[9] 肃肃：即“飕飕”，飕飕，风声。晨风飔：据闻一多《乐府诗笺》说：晨风，就是雉鸡，雉鸡常晨鸣求偶。飔当为“思”，是“恋慕”的意思。一说，“晨风飔”，晨风凉。

[10] 须臾：不一会儿。高：是“皜”、“皓”的假借字，白。“东方高”，日出东

方亮。这二句是说，在秋风飔飔的清晨，听到雉鸡求偶的鸣叫，我的心更烦乱了，太阳会察知我的心的纯洁无瑕。

✣ 评析

《有所思》亦“汉铙歌十八曲”之一。这是一首情诗，写一个女子要和曾经与她相爱的男子断绝情谊。作品以作为爱情表志的珠、簪为线索，叙写了女子热烈的爱，沉痛的恨，以及决定要和负心男子断绝的整个过程。

上 邪

上邪[1]！我欲与君相知[2]，长命无绝衰[3]。山无陵[4]，江水为竭，冬雷震震[5]，夏雨雪[6]，天地合[7]，乃敢与君绝[8]！

✣ 注释

[1] 上邪：犹言“天啊”。上，指天。邪，同“耶”。

[2] 相知：相爱。

[3] 命：古与“令”字通，使。这两句是说，我愿与你相爱，让我们的爱情永不衰绝。

[4] 陵：大土山。

[5] 震震：雷声。

[6] 雨雪：降雪。

[7] 天地合：天与地合而为一。

[8] 乃敢：才敢。“敢”字是委婉的用语。

✣ 评析

《上邪》，亦“汉铙歌十八曲”之一。这是一篇女子自誓之辞，连用五件不可能有的事为誓，用以表示她对爱情的忠贞不渝。叙写五事，或用三言，或用四言，语句跌宕，毫不露排比的痕迹，生动而深刻地展显了主人公的性格特征。

江　南

江南可采莲，莲叶何田田[1]！鱼戏莲叶间。鱼戏莲叶东，鱼戏莲叶西，鱼戏莲叶南，鱼戏莲叶北[2]。

✤注释

[1] 田田：莲叶浮水之貌。

[2] 这四句是明写鱼游，隐喻青年男女在劳动过程中的友好嬉戏。

✤评析

《江南》，乐府古辞，始见《宋书·乐志》，《乐府诗集》收入《相和歌辞·相和曲》。这是一首描写江南人采莲时欢乐情景的优美民歌，《乐府解题》云："《江南》，古辞，盖美芳晨丽景，嬉游得时也。"

乌　生

乌生八九子，端坐秦氏桂树间。唶我[1]！秦氏家有游遨荡子[2]，工用睢阳强[3]，苏合弹[4]。左手持强弹两丸[5]，出入乌东西[6]。唶我！一丸即发中乌身，乌死魂魄飞扬上天。阿母生乌子时，乃在南山岩石间[7]。唶我！人民安知乌子处？蹊径窈窕安从通[8]？白鹿乃在上林西苑中[9]，射工尚复得白鹿脯[10]。唶我！黄鹄摩天极高飞[11]，后宫尚复得烹煮之。鲤鱼乃在洛水深渊中[12]，钓钩尚得鲤鱼口[13]。唶我！人民生各各有寿命，死生何须复道前后[14]！

✤ 注 释

[1] 唶我：象声词，指乌的哀鸣。我，语尾助词。

[2] 游遨荡子：即荡子。“游”、“遨”、“荡”三字同义。

[3] 工用：善用。睢阳：汉睢阳县，古宋国的都城，在今河南商丘市南。相传宋景公时有一个弓匠造了一张强弓（硬弓），能射几百里远。

[4] 苏合：西域月氏国所产的一种香料。“苏合弹”是用苏合香和泥制作的弹丸。

[5] 这句意思是左手执强弓，右手拿两颗苏合弹丸。

[6] 这句是说，秦氏子转游在乌的前后左右，想伺机射杀乌。

[7] 南山：指终南山，在陕西西安市南。

[8] 蹊径：狭窄的小道。窈窕：山水幽深貌。

[9] 上林苑：汉宫苑名，在今陕西西安市西，苑内放养禽兽，供皇帝游猎。

[10] 这句是说射工射得白鹿，制成肉干。

[11] 黄鹄：天鹅。

[12] 洛水：源出陕西洛南县冢岭山，东南流入河南省境，经洛阳至巩县注入黄河。

[13] 以上数句是由珍养在上林苑中的白鹿，高飞在天空中的黄鹄，潜游在深渊中的鲤鱼，统统难以逃生，以喻当时社会现实的极端险恶。

[14] 死生：复词偏义，死。这二句是说，人的寿夭由命，死的迟早又何须计较。这是诗人含着血泪的控诉。

✤ 评 析

《乌生》，一名《乌生八九子》，乐府古辞，属《相和歌·相和曲》。本诗由乌的惨死，说到白鹿、黄鹄、渊鱼都难逃生，最后慨叹人世的祸福难测，寿夭由命。这是东汉末年那个动乱时代文人“动辄得咎”的恐惧心理的反映。

平陵东

平陵东[1]，松柏桐[2]，不知何人劫义公[3]。劫义公，在高堂下[4]，交钱百万两走马[5]。两走马，亦诚难，顾见追吏心中恻[6]。心中恻，血出漉[7]，归告我家卖黄犊。

✤注 释

[1] 平陵：汉昭帝墓，在今陕西咸阳市西北。

[2] 松柏桐：指墓地。仲长统《昌言》说："古之葬者，松、柏、梧桐以识坟。"

[3] 义公：古时对"好人"的美称。一说，义公是姓义的人。

[4] 高堂：指官府衙门。

[5] 走马：善跑的马。这句意思是说，官吏责令义公必须交钱百万外加两匹走马，而后才能获得释放。

[6] 顾见："顾"、"见"二字同义，看见。追吏：逼索财物的官吏。恻：悲痛。

[7] 漉：渗出。这句是说，因悲痛心血都要渗出来了。一说，"漉"作"流尽"解。

✤评 析

《平陵东》，乐府古辞，属《相和歌·相和曲》。崔豹《古今注》及《乐府诗集》引《乐府解题》均云，本篇乃西汉末年翟义的门人哀悼翟义起兵讨王莽兵败见害而作，考以翟义事迹，与本诗诗义不合，此说不可信。

这是一首控诉贪官暴吏恶行的故事诗。通过义公被绑架、受勒索这一事件，揭发了汉代官吏无法无天的残民暴行，反映了当时阶级迫害的严重程度。本诗每三句一节，每节的第一句，都重复上一句的最后三个字，这是民歌中常用的"顶针续麻"的手法，用反复吟咏，以加强诗的抒情气氛。

陌上桑

日出东南隅[1]，照我秦氏楼。秦氏有好女[2]，自名为罗敷[3]。罗敷喜蚕桑[4]，采桑城南隅。青丝为笼系[5]，桂枝为笼钩[6]。头上倭堕髻[7]，耳中明月珠[8]，缃绮为下裙[9]，紫绮为上襦[10]。行者见罗敷，下担捋髭须[11]。少年见罗敷，脱帽著帩头[12]。耕者忘其犁，锄者忘其锄。来归相怨怒，但坐观罗敷[13]。一解。

使君从南来[14]，五马立踟蹰[15]。使君遣吏往，问是谁家姝[16]。"秦氏有好女，自名为罗敷。""罗敷年几何？""二十尚不足，十五颇有余[17]。""使君谢罗敷[18]，宁可共载否[19]？"罗敷前置辞[20]："使君一何愚[21]！使君自有妇，罗敷自有夫。"二解。

"东方千余骑，夫婿居上头[22]。何用识夫婿[23]？白马从骊驹[24]；青丝系马尾[25]，黄金络马头；腰中鹿卢剑[26]，可直千万余[27]。十五府小史[28]，二十朝大夫[29]，三十侍中郎[30]，四十专城居[31]。为人洁白皙[32]，鬑鬑颇有须[33]。盈盈公府步[34]，冉冉府中趋[35]。坐中数千人，皆言夫婿殊[36]"。三解。

✣注释

[1] 日出东南隅：春天日出东南方。这句点出采桑养蚕的节令。

[2] 好女：美女。

[3] 自名：自道姓名。一说，"自名"犹言"本名"。

[4] 喜：一作"善"。

[5] 青丝：青色丝绳。笼：指采桑用的竹篮。

[6] 笼钩：竹篮上的提柄。

[7] 倭堕髻：即"堕马髻"，其髻偏在一边，呈欲堕之状，是东汉时一种时兴的发式。

[8] 明月珠：宝珠名。据《后汉书·西域传》说，大秦国(古指罗马帝国)产明月珠。

[9] 缃：浅黄色。

[10] 襦：短衣。

[11] 捋：用手顺着抚摩。髭：口上边的胡子。

[12] 著：显露。帩头：同“绡头”，古人束发用的丝巾。

[13] 坐：因。这二句是说，耕者、锄者因观罗敷晚归，引起夫妻争吵。

[14] 使君：东汉人对太守、刺史的称呼。

[15] 五马：闻人倓《古诗笺》云：汉制“太守驷马而已，其有加秩中二千石，乃右骖(驷马的右边加一骖马)，故以‘五马’为太守美称”。

[16] 姝：美女。

[17] 颇：少，略微。

[18] 谢：问。

[19] 宁可：是“愿意”的意思。《说文》徐锴注云：“今人言宁可如此，是愿如此也。”这二句是吏人转达太守对罗敷的问语，是说使君问你，愿否同他一道乘车而去。

[20] 置辞：同“致辞”，答话。

[21] 一何：犹“何其”，相当今口语“何等地”、“多么地”。一，语助词。

[22] 上头：行列的最前面。

[23] 何用：是“用何”的倒语，意即“根据什么……”。

[24] 骊驹：深黑色的小马。

[25] 系：绾结。

[26] 鹿卢：同“辘轳”，古时长剑之首用玉作鹿卢形。

[27] 直：同“值”。以上四句是罗敷用夸耀其夫的高贵服饰，借以说明其夫的高贵身份。

[28] 府小史：太守府的小吏。史，官府小吏。“十五”及下文的“二十”、“三十”、“四十”皆指年龄。

[29] 朝大夫：在朝廷任大夫的官职。

[30] 侍中郎：皇帝的侍从官。汉制侍中乃在原官职上特加的荣衔。

[31] 专城居：为一城之主，如太守、刺史之类的大官。这四句是罗敷夸其丈夫官运亨通，步步高升。

[32] 洁白皙：面容白净。
[33] 鬑鬑：鬓发疏长貌。这句是说，略有一些疏而长的美须。
[34] 盈盈：行步轻盈貌。"公府步"、"府中趋"，犹旧日所谓的"官步"。
[35] 冉冉：行步舒缓貌。
[36] 殊：是"人才出众"的意思。

✤ 评析

《陌上桑》，乐府古辞，《乐府诗集》收入《相和歌·相和曲》。这篇古辞始见于《宋书·乐志》，题作《艳歌罗敷行》，《玉台新咏》题作《日出东南隅行》。

《陌上桑》是写采桑女罗敷严词拒绝太守无理调戏的故事。本诗成功地塑造了罗敷这个美丽坚贞，敢于斗争而又善于斗争的妇女形象；同时它也揭露了汉代高官大吏横暴荒淫的面目。诗中写罗敷的美貌一节，在艺术上别具一格，除一句正写，全是从见之者神态、举止的失常去写，而罗敷之美自见。

本诗分三解。"解"犹"章"，是乐诗的段落。

长歌行

青青园中葵[1]，朝露待日晞[2]。
阳春布德泽[3]，万物生光辉[4]。
常恐秋节至，焜黄华叶衰[5]。
百川东到海，何时复西归？
少壮不努力，老大徒伤悲！

✤ 注释

[1] 葵：有锦葵、蜀葵、向日葵等，这里代指花草树木。
[2] 晞：因日晒而干。
[3] 阳春：春天。德泽：恩惠，这里指春天的阳光雨露。

[4] 这两句是说，春天的阳光雨露，使万物都焕发出生命力的光彩。

[5] 焜黄：植物枯黄貌。华：同“花”。

✤ 评析

《长歌行》是一篇《相和歌·平调曲》古辞。歌词共三首，这是其中的第一首。《文选》五臣注说：“言当早崇树事业，无贻后时之叹。”此篇乃是一首咏叹万物盛衰有时，人当奋发自励的诗。

猛虎行

饥不从猛虎食[1]，暮不从野雀栖[2]。
野雀安无巢[3]？游子为谁骄[4]？

✤ 注释

[1] 饥不从猛虎食：喻不蹈非法以求饱。

[2] 暮不从野雀栖：喻不涉非礼以纵情。

[3] 安无：岂无。

[4] 骄：是“自重自爱”的意思。

✤ 评析

《猛虎行》，乐府古题，属《相和歌·平调曲》。本篇是一首赞美游子洁身自好，不作非礼之事的诗。见《文选》陆机《猛虎行》注和《乐府诗集·题解》，二书均未正载其辞，疑非全章。

相逢行

相逢狭路间，道隘不容车。
如何两少年[1]，夹毂问君家[2]。
君家诚易知，易知复难忘。

黄金为君门，白玉为君堂。
堂上置樽酒[3]，作使邯郸倡[4]。
中庭生桂树[5]，华灯何煌煌[6]。
兄弟两三人[7]，中子为侍郎[8]。
五日一来归[9]，道上自生光，
黄金络马头，观者盈道傍。
入门时左顾[10]，但见双鸳鸯[11]，
鸳鸯七十二，罗列自成行。
音声何噰噰[12]，鹤鸣东西厢。
大妇织绮罗，中妇织流黄[13]，
小妇无所为，挟瑟上高堂。
丈人且安坐[14]，调丝方未央[15]。

✣ **注 释**

[1] 如何两少年：《乐府诗集》原作“不知何少年”。“夹毂”不应只是一人，今据《玉台新咏》校改。

[2] 毂：车轮中心的圆木，辐聚其外，轴贯其中。这里代指车。夹毂：犹“夹车”。这两句是说，两个少年站在车的两旁而问。

[3] 置樽酒：指举行酒宴。

[4] 作使：犹“役使”。邯郸：汉代赵国的都城，在今河北邯郸城西南。倡：歌舞伎。赵国女乐，闻名当时。

[5] 中庭：庭中，院中。

[6] 华灯：雕刻非常精美的灯。

[7] 兄弟两三人：兄弟三人。从下文“中子”、“三妇”可证。“两”字无意义。

[8] 侍郎：官名。《后汉书・百官志》：“侍郎三十六人，作文书起草。”秩各四百石。

[9] 五日一来归：汉制中朝官每五日有一次例休，称“休沐”。

[10] 左顾：回顾。

[11] 双鸳鸯：鸳鸯为匹鸟，总是成对并游。双鸳鸯，就是“双双的鸳鸯”，汉乐府诗中常用这种省字法。

[12] 噰噰：音声相和貌，这里形容众鹤和鸣之声。

[13] 流黄：或作“留黄”、“骝黄”，黄间紫色的绢。

[14] 丈人：子媳对公婆的尊称。《论衡·气寿篇》说：“尊翁妪为丈人。”

[15] 调丝：弹奏（瑟）。丝，指瑟上的弦。未央：未尽。“方未央”或作“未遽央”，“未遽央”与“未央”同义。这句是说，弹瑟正在进行。

✤评析

《相逢行》，乐府古辞，一名《相逢狭路间行》，又名《长安有狭斜行》，属《相和歌·清调曲》。诗中极力描写富贵之家宅舍之富丽，生活之豪华，这反映了当时达官贵人的养尊处优，醉生梦死；而“观者盈道傍”，“君家诚……难忘”等语，则反映了作者的艳羡心理。

陇西行

天上何所有？历历种白榆[1]。
桂树夹道生[2]，青龙对道隅[3]。
凤凰鸣啾啾[4]，一母将九雏[5]。
顾视世间人，为乐甚独殊[6]。
好妇出迎客，颜色正敷愉[7]，
伸腰再拜跪，问客平安不？
请客北堂上，坐客毡氍毹[8]。
清白各异樽[9]，酒上正华疏[10]。
酌酒持与客，客言主人持[11]。
却略再拜跪[12]，然后持一杯。
谈笑未及竟[13]，左顾敕中厨[14]，促令办粗饭，慎莫使稽留[15]。
废礼送客出[16]，盈盈府中趋，
送客亦不远，足不过门枢[17]。
取妇得如此[18]，齐姜亦不如[19]。
健妇持门户[20]，一胜一丈夫[21]。

✤注释

[1] 历历：分明貌。白榆：星名，在北斗星旁。

[2] 桂树：指星。道：指"黄道"，又称"光道"。古人认为黄道是太阳绕地运行的轨道。

[3] 青龙：星名，指东方七宿。隅：旁。

[4] 凤凰：星名，就是鹑火。啾啾：指凤鸣声。

[5] 将：引领。一说，养也。九雏：九子。《西京杂记·文木篇赋》："凤将九子。"是指凤凰星的尾宿九星。

[6] 独殊：特殊。

[7] 敷愉：同"敷蒲"，花开貌。颜色敷愉，是说好妇容貌鲜丽如花。一说，"敷愉"犹"怤愉"，和悦貌。

[8] 氍毹：毛织的地毯。这句是说，请客人坐在地毯上。

[9] 清白各异樽：清酒、白酒都有，请客选用。

[10] 华疏：犹"敷疏"，盛貌。一说，"华"是瓜果；"疏"同"蔬"，蔬菜。"酒上正华疏"，是说上酒的时候把果蔬端正一下。

[11] 客言主人持：是说客人请女主人先持饮一杯。

[12] 却略：即"略却"，稍稍退后。

[13] 竟：尽，完毕。

[14] 左顾：回顾。中厨：内厨，后厨房。

[15] 稽留：久留。

[16] 废礼：罢礼。

[17] 枢：门扇的转枢。这句是说，女主人送客到门口而止。

[18] 取妇：同"娶妇"。

[19] 齐姜：周朝齐侯的女儿。古人以"齐姜"作为高贵或美好女子的

代称。

[20] 健妇：精明能干的女子。

[21] 一胜一丈夫：一作“亦胜一丈夫”，或作“胜一大丈夫”，均通。

✤评析

《陇西行》，一名《步出夏门行》，乐府古辞，属《相和歌·瑟调曲》。汉陇西郡治狄道，在今甘肃临洮县西南，是通西域的要道，当时沿途住户，多兼营客店、酒馆生意。这篇就是一首赞美陇西好妇善持门户的诗。诗的前八句用天上物物成双、凤凰和鸣起兴，反衬陇西好妇的独持门户，为乐独殊。“取妇得如此，齐姜亦不如”，诗人赞叹之情，溢于言表。

东门行

出东门，不顾归[1]。来入门，怅欲悲[2]。盎中无斗米储[3]，还视架上无悬衣[4]。拔剑东门去[5]，舍中儿母牵衣啼[6]：“他家但愿富贵[7]，贱妾与君共餔糜[8]。上用仓浪天故[9]，下当用此黄口儿[10]。今非[11]！”“咄[12]！行！吾去为迟！白发时下难久居[13]。”

✤注释

[1] 顾：思，念。

[2] 怅：失意貌。

[3] 盎：肚大口小的瓦罐。

[4] 架：晋乐所奏作“桁”，衣架。

[5] 这句是说，男主人公决定再次出走。

[6] 舍中儿母：指主人公的妻子。

[7] 他家：别家。

[8] 餔：吃。糜：粥。

[9] 用：因。仓浪天：苍天。仓浪：乃叠韵联绵字，青苍色。

[10] 黄口儿：幼儿。这二句是妻子用天道、人情劝说丈夫安贫守法。

[11] 今非：是说今去铤而走险不对。

[12] 咄：指丈夫因妻子一再劝阻而发出的埋怨声。

[13] 这四句是说，我要走了！我现在出门都已经晚了！我头上的白发已不时地脱落，实难再在家久待了！

✤评析

《东门行》，汉乐府古辞，属《相和歌·瑟调曲》，是写一个男子，由于不甘再忍受官府的残酷压榨，被迫铤而走险。本诗通过对主人公具体行动和内心矛盾斗争的描写，特别是两段感人的对话，使人物的形象栩栩如生，跃然纸上。

饮马长城窟行

青青河畔草，绵绵思远道[1]。
远道不可思[2]，宿昔梦见之[3]。
梦见在我傍，忽觉在他乡[4]。
他乡各异县，展转不相见[5]。
枯桑知天风，海水知天寒[6]。
入门各自媚[7]，谁肯相为言[8]！

客从远方来，遗我双鲤鱼[9]。
呼儿烹鲤鱼，中有尺素书[10]。
长跪读素书[11]，其中意何如：
上言加餐饭[12]，下言长相忆[13]。

✤注释

[1] 绵绵：连绵不断之貌。这里义含双关，由看到连绵不断的青青春草，

而引起对征人的缠绵不断的情思。远道：犹言“远方”。

[2] 不可思：是无可奈何的反语。这句是说，征人辗转远方，想也是白想。

[3] 宿昔：一作“夙昔”，昨夜。《广雅》云：“昔，夜也。”

[4] 这二句是说，刚刚还见他在我身边，一觉醒来，原是南柯一梦。

[5] 展转：同“辗转”。不相见：一作“不可见”。

[6] 枯桑知天风，海水知天寒：闻一多《乐府诗笺》云：“喻夫妇久别，口虽不言而心自知苦。”

[7] 媚：爱。

[8] 言：《广雅》云：“言，问也。”这二句是说，别人回到家里，只顾自己一家人亲亲热热，可又有谁肯来安慰我一声？

[9] 双鲤鱼：指信函。古人寄信是藏于木函中，函用刻为鱼形的两块木板制成，一盖一底，所以称之为“双鲤鱼”。按，以鱼象征书信，是我国古代习用的比喻。

[10] 尺素：指书信。古人写信是用帛或木板，其长皆不过尺，故称“尺素”或“尺牍”。这句是说，打开信函取出信。

[11] 长跪：古代的一种跪姿。古人日常都是席地而坐，两膝着地，犹如今日之跪。长跪是将上躯直耸，以示恭敬。

[12] 餐饭：一作“餐食”。

[13] 这二句是说，信里先说的是希望妻子保重，后又说他在外对妻子十分想念。

✣评 析

《饮马长城窟行》，又名《饮马行》，最早见于《文选》题为“乐府古辞”。《乐府诗集》收入《相和歌辞·瑟调曲》。这是一首闺妇思夫的诗，上半写闺妇因丈夫久出不归，日夜怀念的孤凄之情；下半写闺妇接读丈夫来信时的惊喜情状。本诗情切语真，读之如闻其声，如见其人。

妇病行

妇病连年累岁，传呼丈人前一言[1]。当言未及得言，不知泪下一何翩翩[2]。属累君两三孤子[3]，莫我儿饥且寒，有过慎莫笪笞[4]，行当折摇[5]，思复念之[6]！

乱曰[7]：抱时无衣，襦复无里。闭门塞牖[8]，舍孤儿到市[9]。道逢亲交[10]，泣坐不能起。从乞求与孤买饵[11]。对交啼泣，泪不可止。"我欲不伤悲不能已。"探怀中钱持授交。入门见孤儿，啼索其母抱[12]。徘徊空舍中[13]。"行复尔耳[14]！弃置勿复道[15]"。

✣ 注 释

[1] 丈人：古时对男子的称呼，这里是病妇称她的丈夫。

[2] 翩翩：泪流不止貌。

[3] 属累：连累，拖累。一说，属，同"嘱"，嘱托；累，牵累。似不妥。

[4] 笪笞：犹今口语"捶打"。"笪"、"笞"二字同义，都是"打"的意思。

[5] 行当：将要。折摇：即"折夭"，夭折。

[6] 这二句是说，我不久就要离开人世了，希望你今后还能常想到我对你的这番嘱咐。

[7] 乱：古时称乐曲的最后一章。

[8] 牖：窗户。

[9] 舍：放置。这二句是说，将门窗关好，把孩子放在家里，独自到市上去。

[10] 亲交：亲近的朋友。

[11] 饵：糕饼之类的食品。从：从而。这三句是说，路上碰到一位朋友，他哭得坐不起来，于是就请求朋友代为孤儿买饵。

[12] 索：求。这二句是说，孤儿见父亲空手回家，哭喊着要妈妈抱。

[13] 空舍：是说房子里一无所有。

[14] 行复尔耳：又将如此。尔，如此。

[15] 道：说。这二句是说，不久孩子们也将和他妈妈一样贫病死去，什么也别说了！

评析

《妇病行》是乐府古辞，属《相和歌・瑟调曲》。通过一个病妇的家庭悲剧，描绘了汉代劳动人民在残酷的剥削压迫下的生活惨象。诗中的病妇临死托孤、父求与孤买饵、孤儿啼索母抱几个细节写得好，深刻表现了本诗的悲剧主题。

孤儿行

孤儿生，孤儿遇[1]，生命独当苦。父母在时，乘坚车，驾驷马。父母已去[2]，兄嫂令我行贾[3]。南到九江[4]，东到齐与鲁[5]。腊月来归，不敢自言苦。头多虮虱，面目多尘土[6]。大兄言办饭，大嫂言视马[7]。上高堂[8]，行取殿下堂[9]，孤儿泪下如雨。使我朝行汲，暮得水来归。手为错[10]，足下无菲[11]。怆怆履霜[12]，中多蒺藜；拔断蒺藜肠肉中[13]，怆欲悲。泪下渫渫[14]，清涕累累。冬无复襦[15]，夏无单衣。居生不乐，不如早去[16]，下从地下黄泉[17]。春气动，草萌芽，三月蚕桑，六月收瓜。将是瓜车[18]，来到还家。瓜车反覆[19]，助我者少，啗瓜者多[20]。“愿还我蒂[21]，兄与嫂严，独且急归[22]，当兴校计[23]。”

乱曰：里中一何诿诿[24]，愿欲寄尺书[25]，将与地下父母[26]：兄嫂难与久居。

✤注释

[1] 遇：遭遇。

[2] 已去：已死。

[3] 行贾：出外经商。行贾，在汉代被看作贱业。

[4] 九江：指九江郡，西汉治寿春，东汉治阴陵。

[5] 齐：西汉置齐郡，东汉为齐国，治临淄，今山东淄博市临淄城北。鲁：汉鲁国治鲁县，即今山东曲阜市。

[6] 这句原作"面目多尘"，刘兆吉在《关于孤儿行》一文中说，句末可能脱"土"字，今据补。

[7] 视马：照看骡马。

[8] 高堂：正屋，大厅。

[9] 行：复。取："趣"字的省文。趣，古同"趋"，急走。

[10] 手为错：是说两手皴裂如错石（磨刀石）。一说，"错"应读为"皵"，皮肤皴裂。

[11] 菲：与"扉"通，草鞋。

[12] 怆怆：悲伤貌。一说，怆怆应读为"跄跄"，疾走之貌。履霜：踏着冬霜。

[13] 肠：即"腓肠"，是足胫后面的肉。

[14] 渫渫：泪流貌。

[15] 复襦：短夹袄。

[16] 早去：早死。

[17] 黄泉：犹言"地下"。这三句是说，活在世上受苦，还不如早点死去，到地下去跟随在父母身边。

[18] 将是瓜车：推着瓜车。将：推。是：此，这。

[19] 反覆：同"翻覆"。

[20] 啗：同"啖"，吃。

[21] 蒂：瓜蒂。俗话"瓜把儿"。

[22] 独且：据王引之说，"独"犹"将"；"且"，句中语助词。

[23] 校计：犹"计较"。这四句是说，我要赶快回家了，希望你们将瓜蒂还给我，因为哥嫂待我刻薄，又要有一番争吵。

[24] 里中：犹言"家中"。译译：吵闹声。这句是说，孤儿远远就听到兄嫂

在家中叫骂。

[25] 尺书：书信。

[26] 将与：捎给。

✤ 评析

《孤儿行》一名《孤子生行》，又名《放歌行》，是一篇《相和歌·瑟调曲》古辞。本诗描述一个孤儿受兄嫂虐待的故事，所写虽然是一个家庭的事情，然而却反映了整个宗法社会的封建压迫问题。作者在诗中倾注了对孤儿的无限同情，揭露了地主阶级的凶恶面目，有广泛的社会意义。

诗的首三句点出“孤儿苦”，是全诗的基调。接着通过孤儿“行贾”、“行汲”、“收瓜”三个小故事，极写兄嫂对幼弟的百般虐待。故事曲折多变，文字波澜起伏，有很强的感人力量。

艳歌行

翩翩堂前燕[1]，冬藏夏来见。
兄弟两三人，流宕在他县[2]。
故衣谁当补[3]？新衣谁当绽[4]？
赖得贤主人[5]，览取为吾组[6]。
夫婿从门来[7]，斜柯西北眄[8]。
“语卿且勿眄[9]，水清石自见[10]。”
石见何累累，远行不如归[11]。

✤ 注释

[1] 翩翩：疾飞貌。

[2] 流宕：同“流荡”。他县：外县。

[3] 谁当补：“谁给补”的意思。当：担当。

[4] 绽：同“组”、“袒”，原义是“裂缝”，这里是“缝补”、“缝制”的意思。《说

文》段玉裁注云："古者衣缝解（裂开）曰组，今俗谓绽。以针补之曰组，引申之，不必故衣亦曰缝组。"

[5] 贤主人：指女房东。

[6] 览：是"揽"的假借字，取。这二句是说，多亏好心的女房东给我补旧衣，缝新衣。

[7] 夫婿：女房东的丈夫。

[8] 斜柯：叠韵联绵字，犹今口语"歪斜"。一作"斜倚"，疑是依义改字。眄：斜着眼。这句是说，丈夫产生了猜疑。

[9] 卿：古人相互之间的尊称，犹今口语的"您"。

[10] 水清石自见：比喻事情真相终能弄清楚。这二句是说，请您别怒目相待，真相终可大白。

[11] 这二句是说，事情真相虽然已清清楚楚了，但还是不如回自己的家好。

✤ 评析

《艳歌行》古辞二首，属《相和歌·瑟调曲》，这是其中的第一篇，是一首游子思乡的诗。本诗写一家弟兄两三个，为生活所迫，流荡异乡。他们事事碰到困难，还遭受"莫须有"的猜疑，因而兴起归乡之思。

白头吟

皑如山上雪[1]，皎若云间月[2]。
闻君有两意[3]，故来相决绝[4]。
今日斗酒会[5]，明旦沟水头[6]，
躞蹀御沟上[7]，沟水东西流。
凄凄复凄凄[8]，嫁娶不须啼。
愿得一心人，白头不相离。
竹竿何嫋嫋[9]，鱼尾何簁簁[10]。

男儿重意气[11],何用钱刀为[12]!

✤ 注释

[1] 皑:白。

[2] 皎:洁白。

[3] 两意:犹“二心”,与下文“一心”相对。

[4] 决绝:断绝。决,一作“诀”。

[5] 斗:酒器。

[6] 明旦:明日。

[7] 躞蹀:小步徘徊貌。御沟:指环绕宫墙或流经宫苑的渠水。

[8] 凄凄:悲伤貌。

[9] 嫋嫋:柔弱貌。

[10] 簁簁:余冠英以为犹“漇漇”,形容鱼尾像濡湿的羽毛。在中国歌谣里钓鱼常是男女求偶的象征隐语。这两句意思是说,二人在情意相投的时候,正如用竹竿钓鱼一样,竹竿是多么柔长,鱼又是多么欢悦活泼。

[11] 意气:情义。

[12] 钱刀:钱币。刀:刀币。为:语末疑问词。这二句是说,男子应当重爱情,而今何以为了钱刀而抛弃了我。

✤ 评析

《白头吟》,一作《皑如山上雪》,汉乐府古辞,属《相和歌·楚调曲》。是写一个被遗弃的女子,向她的情人表示决绝的诗,它反映了封建社会广大妇女的不幸和痛苦。

梁甫吟

步出齐城门[1],遥望荡阴里[2]。
里中有三墓,累累正相似[3]。
问是谁家墓,田疆古冶子[4],

力能排南山[5]，文能绝地纪[6]。

一朝被谗言[7]，二桃杀三士。

谁能为此谋？国相齐晏子[8]。

✤注释

[1] 齐城：齐都临淄，在今山东淄博市临淄城北八里。

[2] 荡阴里：又名"阴阳里"，在今临淄城南。

[3] 累累：连缀之貌。这二句是说，三坟相邻，坟形大略相似。

[4] 田疆古冶子：据《晏子春秋·谏下篇》载，公孙接、田开疆和古冶子三人，事齐景公，以勇力闻名于世。晏婴因他们三人，"上无君臣之义，下无长率之伦，内不以禁暴，外不可威敌，此危国之器也"。他劝景公设计除掉他们，景公同意了他的意见，因将二桃赠给三士，让他们计功食桃。公孙接自报有搏杀乳虎的功劳，田开疆自报曾两次力战却敌，于是各取了一桃。最后古冶子说："当年我跟随君上渡黄河，战车的骖马被大鼋鱼衔入砥柱中流，我年少又不会游水，却潜行逆流百步，顺流九里，杀死了大鼋鱼。当我左手拿着马，右手提着鼋头跳出水面的时候，岸上的人们都误认为是河伯。我可以说最有资格吃桃子，二位何不还回桃子？"公孙接、田开疆二人听后皆羞愧自刎而死。古冶子见此，凄然地说："二友皆死，而我独生，不仁；盛夸己功，羞死二友，不义；所行不仁又不义，不死则不算勇士。"因此，他也自刎而死。

[5] 排：推也，这里是"推倒"的意思。南山：指齐城南面的牛山。

[6] 绝：毕，尽。地纪：犹"地纲"。"天纲"与"地纪"，指天地间的大道理，如"仁"、"义"、"礼"、"智"、"信"等。这二句是说，三士文武兼备，既有排倒南山的勇力，并且深明天地纲纪的真谛。一说，三士以勇力出名，无所谓文，"文"当作"又"。这两句诗，似本《庄子·说剑篇》："此剑上决浮云，下绝地纪。"《庄子》两句都是说剑，这两句都是说勇。"地纪"就是"地基"。

[7] 一朝：一旦。

[8] 晏子：齐国大夫晏婴，历事灵公、庄公、景公三朝，乃齐国名相。

✤评析

《梁甫吟》,《乐府诗集》收入《相和歌·楚调曲》。郭茂倩《题解》云:"梁甫,山名,在泰山下。《梁甫吟》盖言人死葬此山,亦葬歌也。又有《泰山梁甫吟》,与此颇同。"又朱嘉徵云:"《梁甫吟》,歌'步出齐城门',哀时也。无罪而杀士,君子伤之,如闻《黄鸟》哀音。"此诗当本是悼念三士无罪被杀之作,后来才流传为一般葬歌。旧题诸葛亮作,前人已辨其非。

怨歌行

新裂齐纨素[1],鲜洁如霜雪[2]。
裁为合欢扇[3],团团似明月[4]。
出入君怀袖,动摇微风发。
常恐秋节至,凉飚夺炎热[5]。
弃捐箧笥中[6],恩情中道绝。

✤注释

[1] 裂:截断,指布织成匹时从织机上扯下来。新裂:犹言"新织成"。齐纨素:齐国所产纨、素最有名,代指精美的绢。

[2] 鲜洁:《文选》作"皎洁"。

[3] 合欢:古代一种图案花纹,用以象征和合欢乐之意。汉诗中还有"合欢襦"、"合欢被"等词,都是因为襦上、被上有合欢图案故云。

[4] 团团:圆貌。

[5] 飚:疾风。一作"风"。这句是说,秋风吹走炎热。

[6] 箧笥:小箱。

✤评析

《怨歌行》,汉乐府古辞。《文选》、《玉台新咏》、《乐府诗集》等均谓班婕妤作,今从《歌录》定为无名氏作品。这诗以扇比女子，以秋至天凉团扇就被“弃捐箧笥中”，隐喻男子一旦变心，女子也就将被无情抛弃。

蜨蝶行

蜨蝶之遨游东园[1]，奈何卒逢三月养子燕[2]，接我苜蓿间[3]。持之我入紫深宫中[4]，行缠之傅欂栌间[5]。雀来燕[6]。燕子见衔脯来，摇头鼓翼何轩奴轩[7]。

✣ 注 释

[1] 蜨蝶：蝴蝶。蜨，“蝶”的本字。余冠英云：“本篇三个‘之’字，还有末句的‘奴’字，都与诗义无关，似乎宜是表声的字。”

[2] 卒：同“猝”。养子燕：正在哺雏的燕子。

[3] 接：遇，碰到。苜蓿：一种多年生草本植物，是重要的牧草和绿肥作物，又名“紫花苜蓿”。

[4] 紫深宫中：阴森森的屋子里。宫：室。

[5] 缠傅：捆缚。傅：疑是“缚”字形近音同之讹。欂栌：古代指“斗拱”。

[6] 雀来燕：语义不详。

[7] 轩轩：高举貌。这二句是说，乳燕见大燕衔着蝴蝶来喂他们，都摇着头，鼓着翅，扑着向前争食。

✣ 评 析

《蜨蝶行》，乐府古辞，《乐府诗集》收入《杂曲歌辞》。本诗是写蜨蝶自叙如何被燕子捉去喂乳燕的悲惨遭遇。全诗都用蜨蝶的口吻去写，非常真切别致。

伤歌行

昭昭素明月[1]，辉光烛我床[2]。

忧人不能寐，耿耿夜何长[3]！
微风吹闺闼[4]，罗帷自飘扬[5]。
揽衣曳长带[6]，屣履下高堂[7]。
东西安所之[8]，徘徊以彷徨。
春鸟翻南飞，翩翩独翱翔。
悲声命俦匹[9]，哀鸣伤我肠。
感物怀所思[10]，泣涕忽沾裳。
伫立吐高吟[11]，舒愤诉穹苍[12]。

✤注 释

[1] 昭昭：明也。素明月：一作“素月明”。

[2] 烛：照。

[3] 耿耿：心不安貌。

[4] 闺闼：指内室。闼：内门。

[5] 罗帷：纱帐。

[6] 揽衣：犹“披衣”、“穿衣”。揽：取。曳：拖。

[7] 屣履：犹今口语“趿着鞋”。

[8] 安所之：何往。这句是说，往东呢还是往西。

[9] 命俦匹：招呼伴侣。

[10] 所思：指所思念的人。

[11] 伫立：久立。

[12] 穹苍：苍天。

✤评 析

《伤歌行》，乐府古辞，《乐府诗集》收入《杂曲歌辞》。《文选》、《乐府诗集》、《古乐府》都说是古辞，只有《玉台新咏》说是魏明帝作品。这是一首写女子怨恨丈夫远走不归的诗。

悲 歌

悲歌可以当泣[1]，远望可以当归[2]。
思念故乡，郁郁累累[3]。
欲归家无人，欲渡河无船。
心思不能言[4]，肠中车轮转[5]。

✤注 释

[1] 可以：这里是“聊以”的意思。当：代替。

[2] 这二句的意思是，“惟其欲泣，所以悲歌；惟不能归，所以远望”（张玉穀《古诗赏析》）。

[3] 郁郁：愁闷貌。累累：失意貌。

[4] 思：悲也。

[5] 这二句是说，思乡的悲愁憋闷在心里，就像车轮在肚肠中滚来转去。

✤评 析

《悲歌》，乐府古辞。《乐府诗集》目录作《悲歌行》，载于《杂曲歌辞》。这是一首描写游子思乡的诗，诗人用浑朴自然的语句，写出了游子深切的百转愁思。

古诗为焦仲卿妻作并序

汉末建安中[1]，庐江府小吏焦仲卿妻刘氏[2]，为仲卿母所遣，自誓不嫁。其家逼之，乃投水而死。仲卿闻之，亦自缢于庭树。时人伤之，而为此辞也。

孔雀东南飞，五里一徘徊[3]。“十三能织素[4]，十四学裁衣，十五弹箜篌[5]，十六诵诗书。十七为君妇，心中常苦悲。君既为府吏，守节情不移[6]。鸡鸣入机织[7]，夜夜不得息。三日断五匹[8]，大人故嫌迟[9]。非为织作迟，君家妇难为。妾不堪驱使[10]，徒留无所施[11]。便可白公姥[12]，及时相遣归[13]。”

府吏得闻之，堂上启阿母[14]：“儿已薄禄相[15]，幸复得此妇。结发同枕席[16]，黄泉共为友[17]。共事二三年，始尔未为久[18]。女行无偏斜[19]，何意致不厚？[20]”阿母谓府吏：“何乃太区区[21]！此妇无礼节，举动自专由[22]。吾意久怀忿，汝岂得自由？东家有贤女，自名秦罗敷。可怜体无比[23]，阿母为汝求。便可速遣之，遣去慎莫留！”府吏长跪告，伏惟启阿母[24]：“今若遣此妇，终老不复取[25]！”阿母得闻之，槌床便大怒[26]：“小子无所畏，何敢助妇语！吾已失恩义[27]，会不相从许[28]！”

府吏默无声，再拜还入户。举言谓新妇[29]，哽咽不能语[30]：“我自不驱卿[31]，逼迫有阿母。卿但暂还家，吾今且报府[32]，不久当归还，还必相迎取[33]。以此下心意[34]，慎勿违吾语。”新妇谓府吏：“勿复重纷纭[35]！往昔初阳岁[36]，谢家来贵门[37]。奉事循公姥[38]，进止敢自专[39]？昼夜勤作息[40]，伶俜萦苦辛[41]。谓言无罪过，供养卒大恩[42]。仍更被驱遣，何言复来还？妾有绣腰襦[43]，葳蕤自生光[44]。红罗复斗帐[45]，四角垂香囊[46]。箱帘六七十[47]，绿碧青丝绳[48]。物物各自异，种种在其中。人贱物亦鄙，不足迎后人[49]，留待作遗施[50]，于今无会因[51]，时时为安慰，久久莫相忘。”

鸡鸣外欲曙，新妇起严妆[52]。著我绣袂裙[53]，事事四五通[54]：足下蹑丝履[55]，头上玳瑁光[56]。腰若流纨素[57]，耳著明月珰[58]。指如削葱根，口如含朱丹[59]。纤纤作细步[60]，精妙世无双。上堂谢阿母，母听去不止[61]。“昔作女儿时，生小出野里，本自无教训，兼愧贵家子。受母钱帛多[62]，不堪母驱使。今日还家去，念母劳家里。”却与小姑别[63]，泪落连珠子[64]：“新妇初来时，小姑始扶床，今日被驱遣，小姑如我长。勤心养公姥，好自相扶将[65]。初七及下九[66]，嬉戏莫相忘。”出门登车去，涕落百余行。

府吏马在前，新妇车在后，隐隐何甸甸[67]，俱会大道口。下马入车中，低头共耳语：“誓不相隔卿[68]，且暂还家去，吾今且赴府。不久当还归，誓天不相负。”新妇谓府吏：“感君区区怀[69]。君既若见录[70]，不久望君来。君当作磐石[71]，妾当作蒲苇[72]。蒲苇纫如丝，磐石无转移[73]。我有亲父兄[74]，性行暴如雷，恐不任我意，逆以煎我怀[75]。”举手长劳劳[76]，二情同依依。

入门上家堂，进退无颜仪[77]。阿母大拊掌[78]：“不图子自归[79]！十三教汝织，十四能裁衣，十五弹箜篌，十六知礼仪，十七遣汝嫁，谓言无誓违[80]。汝今无罪过，不迎而自归？”兰芝惭阿母[81]：“儿实无罪过。”阿母大悲摧[82]。

还家十余日，县令遣媒来。云“有第三郎，窈窕世无双[83]，年始十八九，便言多令才[84]”。阿母谓阿女：“汝可去应之。”阿女衔泪答[85]：“兰芝初还时，府吏见丁宁[86]，结誓不别离。今日违情义，恐此事非奇[87]。自可断来信，徐徐更谓之[88]。”阿母白媒人：“贫贱有此女[89]，始适还家门[90]；不堪吏人妇，岂合令郎君[91]？幸可广问讯[92]，不得便相许。”

媒人去数日，寻遣丞请还[93]，说“有兰家女，承籍有宦官[94]”。云“有第五郎，娇逸未有婚，遣丞为媒人，主簿通语言[95]”。直说“太守家，有此令郎君，既欲结大义，故遣来贵门[96]”。阿母谢媒人：“女子先有誓，老姥岂敢言[97]？”阿兄得闻之，怅然心中烦[98]。举言谓阿妹：“作计何不量[99]！先嫁得府吏，后嫁得郎君，否泰如天地[100]，足以荣汝身。不嫁义郎体，其往欲何云[101]？”兰芝仰头答：“理实如兄言。谢家事夫婿，中道还兄门，处分适兄意[102]，那得自任专？虽与府吏要[103]，渠会永无缘[104]！登即相许和[105]，便可作婚姻。”

媒人下床去，诺诺复尔尔[106]。还部白府君[107]：“下官奉使命，言谈大有缘。”府君得闻之，心中大欢喜。视历复开书[108]，便利此月内，六合正相应[109]。“良吉三十日，今已二十七，卿可去成婚[110]。”交语速装束[111]，络绎如浮云[112]。青雀白鹄舫，四角龙子幡[113]，婀娜随风转[114]；金车玉作轮，踯躅青骢马[115]，流苏金镂鞍[116]。赍钱三百万[117]，皆用青丝穿。杂彩三百匹[118]，交、广市鲑珍[119]。从人四五百，郁郁登郡门[120]。

阿母谓阿女："适得府君书，明日来迎汝。何不作衣裳？莫令事不举[121]！"阿女默无声，手巾掩口啼，泪落便如泻。移我琉璃榻[122]，出置前窗下。左手持刀尺，右手执绫罗，朝成绣袂裙，晚成单罗衫。晻晻日欲暝[123]，愁思出门啼。

府吏闻此变，因求假暂归[124]。未至二三里，摧藏马悲哀[125]。新妇识马声，蹑履相逢迎，怅然遥相望，知是故人来。举手拍马鞍，嗟叹使心伤[126]。"自君别我后，人事不可量，果不如先愿，又非君所详。我有亲父母，逼迫兼弟兄，以我应他人，君还何所望[127]！"府吏谓新妇："贺卿得高迁[128]！磐石方且厚，可以卒千年[129]；蒲苇一时纫，便作旦夕间[130]。卿当日胜贵[131]，吾独向黄泉。"新妇谓府吏："何意出此言！同是被逼迫，君尔妾亦然。黄泉下相见，勿违今日言！"执手分道去，各各还家门。生人作死别，恨恨那可论！念与世间辞，千万不复全[132]。

府吏还家去，上堂拜阿母："今日大风寒，寒风摧树木，严霜结庭兰[133]。儿今日冥冥[134]，令母在后单。故作不良计，勿复怨鬼神[135]！命如南山石，四体康且直[136]。"阿母得闻之，零泪应声落。"汝是大家子，仕宦于台阁[137]。慎勿为妇死，贵贱情何薄[138]？东家有贤女，窈窕艳城郭[139]。阿母为汝求，便复在旦夕[140]。”府吏再拜还，长叹空房中，作计乃尔立[141]。转头向户里，渐见愁煎迫[142]。

其日牛马嘶[143]，新妇入青庐[144]。庵庵黄昏后[145]，寂寂人定初[146]。“我命绝今日，魂去尸长留[147]。”揽裙脱丝履[148]，举身赴清池[149]。府吏闻此事，心知长别离。徘徊庭树下，自挂东南枝。

两家求合葬，合葬华山傍[150]。东西植松柏，左右种梧桐。枝枝相覆盖，叶叶相交通[151]。中有双飞鸟，自名为鸳鸯，仰头相向鸣[152]，夜夜达五更。行人驻足听[153]，寡妇起彷徨。多谢后世人，戒之慎勿忘[154]。

✤注释

[1] 建安：东汉献帝年号，公元196年至219年。建安中，即建安年间。

[2] 庐江府：汉代郡名，郡治起初在今安徽省庐江市西，汉末徙今安徽省潜山市。府，指郡守的官府。

[3] 这两句是以孔雀起兴，意思是说，孔雀向东南飞去，但因留恋它的配偶而边飞边徘徊顾盼。

[4] 素：白色的丝绢。这句是说，兰芝十三岁就会织素。从这一句到“及时相遣归”句都是兰芝向仲卿说的话。

[5] 箜篌：亦作“空侯”，古代的一种拨弦乐器，形状和筝、瑟相似。

[6] 苦悲：痛苦悲伤。这四句是说，兰芝自十七岁嫁到焦家后，因仲卿忠于职守，平时寄宿府中不常回家，兰芝受虐待无处倾诉，所以心中悲伤痛苦。《玉台新咏》本在此句下有“贱妾留空房，相见常自稀，彼意常依依”三句。

[7] 入机织：到织布机上去织布。

[8] 断：把织成的布截断，从织机上取下来。匹：同“疋”，据《汉书·食货志》记载，当时布帛幅宽二尺二寸、长四丈为一匹。

[9] 大人：对长辈的尊称，这里是兰芝称呼其婆母。故：故意。

[10] 妾：兰芝自称。不堪：不胜任，受不住。

[11] 无所施：没有用处。

[12] 白公姥：禀告婆母。公姥：公婆，从全诗看，仲卿父已不在，所以公姥在这里是偏义复词，指婆母。

[13] 及时：趁早，赶快。遣归：打发回去，休弃。

[14] 堂上：应作“上堂”。启：禀告。

[15] 禄相：古人迷信认为一个人的富贵贫贱都是命中注定的，而且“骨法为禄相表”（王符《潜夫论·相列》），从骨相中就可以看出命运的好坏。这句是说，我的骨相已注定了我运乖命薄。

[16] 结发：即束发。古时男子二十岁束发加冠，女子十五岁束发而笄。就是把头发扎结起来，表示已经成年。

[17] 黄泉：地下之泉。人死葬于地下，故黄泉是指人的死亡。

[18] 尔：如此，这里是指二人婚后的共同生活。这二句是说，我们到一起才二三年，开始这样的生活还不久。

[19] 偏斜：不正。

[20] 何意：想不到。不厚：不厚遇，不喜爱。

[21] 区区：指见识狭小、目光短浅。

[22] 自专由：即自专、自由，自作主张，不受管束。

[23] 可怜：可爱。这句是说，秦罗敷模样可爱，没人比得上。

[24] 长跪：古人席地而坐，为表示恭敬就将上身伸直，成长跪的姿势。伏惟：古人说话时常用以表示卑谦的发语词。

[25] 终老：直到死，一辈子。取：同“娶”。

[26] 槌：同“捶”，击。槌床：即敲打着床。

[27] 失恩义：恩断义绝。

[28] 会：将必定。从许：依从允许，答应。从这句以上是第一段，写兰芝嫁到焦家后，受婆母虐待和被驱遣的经过。

[29] 举言：发言。新妇：即媳妇。

[30] 哽咽：因悲痛而声气阻塞。

[31] 自：本。卿：古时君呼臣，或平辈间互称，这里是对妻子的昵称。

[32] 报府：一作“赴府”，到郡府去。

[33] 相迎取：去把你接回来。

[34] 下心意：安下心，沉住气。

[35] 重纷纭：再找麻烦。这句的意思是说，不要再多事接我回来了。

[36] 初阳岁：冬末春初的季节。

[37] 谢家：辞家。

[38] 奉事：即侍奉。这句是说，自己侍奉婆母总是顺着她的心意。

[39] 进止：举止、行动。这句是说，自己的举止行动哪里敢自作主张？

[40] 作息：操作和休息。在这里是偏义复词，即操作、劳动。

[41] 伶俜：孤独的样子。萦：缠绕。这句是说，自己一直孤独而又辛苦。

[42] 谓言：自以为。供养：侍奉。这二句是说，我本以为自己没有什么过错，只要好好侍奉婆母报答她的恩德就行了。

[43] 绣腰襦：一种绣花的短袄。

[44] 葳蕤：草木茂盛的样子。这里是形容刺绣的花样，花繁叶茂，闪闪发光。

[45] 斗帐：一种上狭下宽的床帐，形如覆斗。红罗复斗帐，即红罗做的双层斗帐。

[46] 香囊：装有香料的小口袋。

[47] 箱帘：箱子和镜奁。帘：又作“奁”，镜奁，梳妆匣子。

[48] 绿碧：形容青色。是说箱帘用青丝绳系着。

[49] 后人：后来者，指仲卿将来再娶的妻子。

[50] 做遗施：作为赠送人用的东西。遗：赠送。又作“遣”。

[51] 因：机会。无会因，没有见面的机会。

[52] 严妆：郑重地梳妆打扮。

[53] 绣袂裙：绣花的袂裙子。袂：同“袷”，今作“夹”。

[54] 这二句是说，兰芝要尽量打扮得齐整，穿好绣袂裙后，需要做的事还有四五件。指下文的穿鞋、插簪、系带、戴耳珰。关于这二句还有以下几种说法：一是“极意装束”，尽量打扮得满意；二是“数数迟延，以捱晷刻”，因不忍离去而有意地拖延时间；三，“或是心烦意乱，一遍两遍不能妥帖”。可参考。

[55] 蹑：踩。这里当穿讲。

[56] 玳瑁：即瑇瑁，一种像龟似的爬行动物，其甲壳有光泽，可做妆饰品。玳瑁光，玳瑁簪在发光。

[57] 若：或“著”之误。流：飘动。纨素：纨和素都是细绢。这句是说，腰上束着精致柔软的白绢带在飘动。

[58] 珰：耳环一类的妆饰品。

[59] 削葱根：削尖了的葱白。朱丹：一种红色的宝石。这二句是形容兰芝的手指白嫩而尖细，和嘴唇的红艳。

[60] 纤纤：细小。这句是形容兰芝走路时迈着小碎步。

[61] 母听去不止：婆母听任她去，并不留阻。此句一本作“阿母怒不止”。

[62] 钱帛：指彩礼。这二句是说，接受了您很多聘礼，却不能很好地受您使唤。

[63] 却：还，再。

[64] 泪落连珠子：眼泪像一串串珍珠似的不断流下来。

[65] 这四句是说：兰芝初来时，小姑刚刚能扶床站立，而现在已经长得和自己一般高了，所以可以很好地侍奉老人。按前面曾说“共事二三年”，兰芝嫁到焦家只有二三年，小姑不能这样快地长大。这四句诗均见于唐代顾况的《弃妇行》，所以前人每疑此四句非本篇原有，可能是后人所加。

[66] 初七及下九：七月初七是七夕，古时妇女在这天晚上供祭织女，乞巧。每月的十九日是“下九”，妇女们停止针黹集聚在一起游戏玩耍，叫“阳会”。

[67] 隐：同“轞”。甸：同“軥”。隐隐、甸甸都是车声。

[68] 隔：犹“绝”，断绝。

[69] 区区怀：自己的真诚心意。

[70] 见：被、蒙。录：记。见录：记着我。

[71] 磐石：大石。磐石沉重不能移动，以喻忠诚不变。

[72] 蒲苇：蒲草和苇子，皆水草，柔韧不可折断，以喻爱情的坚贞。

[73] 纫：当作“韧”。转移：移动。这二句是说，我要像蒲苇一样柔韧不折，你要像磐石一样牢固不移。

[74] 亲父兄：从下文来看兰芝父已不在，此指亲兄。

[75] 逆：违逆。这句是说，违背我的意愿，使我内心痛苦。

[76] 劳劳：忧伤。这句是说，二人挥手告别，悲伤不已。以上是第二段，写兰芝被迫离开焦家时与仲卿分手的情况。

[77] 进退：偏义复词，即进见。无颜仪：没脸，难为情。

[78] 拊掌：拍手，这里是一种表示惊讶的动作。

[79] 不图：没想到。

[80] 无誓违：誓，或是“諐”之误。“諐”，是“愆”的古字。无諐违，即无过失。另一说：誓违，即违誓。《说文》：“誓，约束也。”无违誓，即不违反婆家的约束（规矩）。二说皆可通。

[81] 惭阿母：感到没有脸面见母亲。

[82] 大悲摧：非常悲痛忧伤。摧：疑作“慛”，忧伤。

[83] 窈窕：容貌美好。

[84] 便言：善于辞令，有口才。便：同“辩”。令：美好。

[85] 衔泪：含泪。衔，一作“含”。

[86] 丁宁：嘱咐。今作“叮咛”。见叮咛，受到仲卿的叮嘱。

[87] 奇：佳、好。这句是说，恐怕这样做很不好。

[88] 来信：指县令派来的媒人。这二句是说，还是回绝了媒人，等以后慢慢地再说吧。

[89] 贫贱：我家门第低贱，这是刘母自谦之词。

[90] 适：出嫁。这句是说，刚刚出嫁就被休弃回了娘家。

[91] 这二句是说，她连吏人妇都当不了，怎么能配得上贵公子呢！

[92] 问讯：打听消息。这句是说，希望你去多打听一些别人家的姑娘。

[93] 寻：不久。丞：县丞，官名。寻遣丞请还，是说不久，被派去向太守请示事情的县丞回来了。

[94] 承籍：承继先辈的户籍、家世。有宦官：家中有做官为宦的人。这二句是县丞转述太守的话。兰家女，应作“刘家女”，指兰芝。

[95] 娇：娇美。逸：特出，超过一般。娇逸，即特别娇美。主簿：官名，府、县中掌管档案文书的官员。此处应是指郡府的主簿。以上四句还是县丞的话，意思是说，太守的第五个儿子娇美非凡，现在还没有结婚，太守派遣我当媒人，还让主簿去传达太守的话。

[96] 直说：直截了当地说。结大义：做亲家，结成婚姻关系。以上四句是

县丞到刘家说亲的话。

[97] 老姥：刘母自称，即"老妇"。

[98] 怅然：愤恨不满的样子。

[99] 作计：作决定，打主意。不量：欠思考，不好好衡量。

[100] 否：恶运。泰：好运气。这句是说，二次结婚一好一坏，真有天渊之别。

[101] 其往：一作"其住"，可以。意思是说，长这样下去又将怎么办呢？

[102] 处分：决定，处理。

[103] 要：同"约"，约定。

[104] 渠：他，指仲卿。渠会，即和他相会。无缘：没有缘分，没有机缘。

[105] 登即：立即，马上。

[106] 诺诺复尔尔：好了，好了，就这样办吧。

[107] 还部：回到府衙。白：回报。府君：指太守。

[108] 视历、开书：为互文，即为挑选吉日而查检历书。《隋书·经籍志》载有《六合婚嫁历》，大约就是古时结婚择吉所用的历书。开，一作阅。

[109] 便：就。利：适宜。六合：古人迷信认为结婚必须选择六合相应的吉日。《南齐书·礼志》说："五行说十二辰为六合，月建与日辰相合也。"即子与丑、寅与亥、卯与戌、辰与酉、巳与申、午与未相合，为六合。六合相应就吉利。

[110] 良吉：良辰吉日。以上三句是太守吩咐县丞的话。

[111] 交语速装束：向各处传话让赶快筹办婚事。交：让，打发。

[112] 络绎：连续不绝。为娶亲作准备的人多得像浮云一样连续不断。

[113] 青雀白鹄舫：青雀舫和白鹄舫，是贵人乘坐的画舫。龙子幡：可能是一种画有龙形的幡旗。舫的四角插着幡。

[114] 婀娜：飘拂动摇的样子。这里是指龙子幡。

[115] 踯躅：缓步前进。青骢马：青白杂毛的马。

[116] 流苏：用五彩羽毛做成的穗子。金镂鞍：即金雕鞍，用金属雕镂的马鞍。

[117] 赍：赠送。

[118] 杂彩：各种颜色的缎料。

[119] 交、广：交州和广州。交州，汉郡名，今广东、广西等地。广州，三国

吴置，在今广东省。市：购买。鲑珍：珍贵的海味。这句是说，还有从交州、广州买来的珍贵海产。建安时还没有广州之称，所以此句可能是后人修改加添的。又，余冠英说：这句诗似可读成上一下四句，“交”同“教”，“广市鲑珍”就是广泛购买鲑珍。

[120] 郁郁：盛多的样子。这里是形容人马物品之多。登郡门：登当作“发”，发郡门，即从郡邑出发。又，登郡门，是说齐集在府门前面，亦可通。从这句以上是第三段，写兰芝回到娘家后的痛苦处境，和太守、阿兄逼嫁的经过。

[121] 莫令事不举：不要让事情办得不周全。

[122] 琉璃榻：琉璃，即玻璃。榻：一种矮而窄的小床。琉璃榻：即镶嵌着琉璃或玉石的榻。

[123] 晻晻：日色昏暗无光的样子。暝：天黑，日落。

[124] 求假：请假。

[125] 摧藏：或即“凄怆”的假借字。又，藏同“脏”，摧藏即摧挫肝肠。这句是说马亦悲哀而长鸣。

[126] 嗟叹使心伤：是说兰芝的悲叹使人听了为之伤心。

[127] 以上八句是兰芝对仲卿说的话。

[128] 高迁：高升，这里指兰芝再嫁太守之子。

[129] 卒：终。这两句是以磐石自喻说，我像磐石一样方正、厚实，可以保持千年不变。

[130] 旦夕间：一朝一夕之间，极言其暂短。

[131] 日胜贵：一天比一天富贵高升。

[132] 这二句是说：决定与人世长辞，无论如何也不能再活下去了。

[133] 严霜结庭兰：寒霜冻坏了庭兰。这三句是仲卿用自然现象来比喻他和兰芝所受到的迫害。

[134] 日冥冥：黄昏日落。这是比喻自己生命即将结束。

[135] 不良计：不好的主意。这两句是说，这都怪母亲自己打的主意不好，不要去埋怨鬼神。

[136] 南山石：比喻寿命如山之高，如石之固。四体：四肢，指身体。直：舒坦、顺适。

[137] 台阁：即尚书台。这两句是说，你是大家的子弟，先辈在台阁做

过官。

[138] 贵贱情何薄：意思是说，你的身份比兰芝高贵，所以休弃了她并不算薄情。

[139] 艳城郭：艳于城郭之人，比全城的人都美。

[140] 便复在旦夕：很快就可以得到回信儿。

[141] 作计乃尔立：自杀的主意就这样确定了。乃尔：如此，这样。

[142] 愁煎迫：为忧愁所煎熬逼迫，极端痛苦。

[143] 牛马嘶：牛马嘶叫，是说迎亲的牛车马骑之多。

[144] 青庐：一种用青布搭成的帐篷，是古时举行婚礼的地方。据段成式《酉阳杂俎》记载："北朝婚礼，青布幔为屋，在内门外，谓之青庐，于此交拜迎妇。"

[145] 庵庵：同"晻晻"。

[146] 人定初：人们刚刚安息的时候。或"人定钟"初鸣时，即亥时初刻，相当于今之晚九点钟。

[147] 我命绝今日：这二句是兰芝临死时的自语。

[148] 揽裙：撩起裙子。

[149] 举身：纵身。

[150] 华山：应是庐江郡的一个小山。

[151] 交通：连接在一起。

[152] 相向鸣：相对而鸣。

[153] 驻足：停下脚步。

[154] 多谢：多多致意。戒之：记住，引以为戒。这是作者劝告世上做家长的话。

以上是第四段，写兰芝和仲卿为反抗封建势力的迫害而相继自杀的结局。

✣评析

这首诗最早见于徐陵的《玉台新咏》，未载作者姓名。《乐府诗集》把它收在"杂曲歌辞"中，题为《焦仲卿妻》。后来人们常取诗之首句，名之为《孔雀东南飞》。

《孔雀东南飞》是我国文学史上一首优秀的民间叙事诗，叙述的是汉代末年庐江郡小吏焦仲卿和妻子刘兰芝的婚姻悲剧。诗前小序说明事情发生在东汉建安年间。当时人们出于同情,把他们的悲剧编成故事诗传诵。后来经过文人的不断加工修润,在将近三百年后才被写定。

这首长达一千七百多字的长诗,通过焦仲卿夫妇的悲剧,反映了在封建势力压迫下青年男女的不幸遭遇,和他们宁死不屈的反抗精神,深刻有力地揭露了封建礼教、封建家长制的罪恶,具有很强的社会意义和思想意义。

这首叙事诗不但故事情节交代得清楚,场面景物描写得细致,而且通过生动、具体的行动和对话,成功地塑造了几个性格比较鲜明的人物形象。诗歌语言也自然、活泼,具有很强的表现力。在叙述和描写中往往充满抒情色彩,表现了作者强烈的爱憎。《孔雀东南飞》在思想和艺术方面都达到了很高的成就,一千多年来为广大读者所喜闻乐见,在文学史上占有重要的地位。

枯鱼过河泣

枯鱼过河泣[1],何时悔复及[2]?
作书与鲂鲊[3],相教慎出入[4]。

✤注释

[1] 枯鱼:干鱼。

[2] 何时悔复及:是“后悔无及”的意思。

[3] 作书:写信。鲂:形似鳊鱼。鲊:鲢鱼。

[4] 相教:相告。

✤评析

《枯鱼过河泣》,《乐府诗集》收入《杂曲歌辞》。这首诗写一个遭遇横祸的人,以枯鱼自比,警告亲友凡事要小心谨慎。

咄唶歌

枣下何攒攒[1]！荣华各有时[2]。
枣欲初赤时，人从四边来。
枣适今日赐[3]，谁当仰视之[4]？

✤注释

[1] 攒攒：聚貌。一作“纂纂”。

[2] 荣华各有时：“荣”、“华”同义，不应说“各有时”，疑应作“荣谢各有时”。

[3] 适：犹“若”也。赐：《玉篇》云：“赐，空尽也。”

[4] 当：犹今口语“还”的意思。这二句是说，假如今日是没枣的时候，那还有谁在枣树下仰首看呢？

✤评析

《咄唶歌》，汉乐府古辞，见《乐府诗集》卷七十四《枣下何纂纂》题解。“咄唶”，叹声。此诗是用枣之荣谢有时作比喻，借以咏叹世态人情的炎凉。

上山采蘼芜

上山采蘼芜[1]，下山逢故夫[2]。
长跪问故夫：“新人复何如[3]？”
“新人虽言好，未若故人姝[4]。
颜色类相似[5]，手爪不相如[6]。”
“新人从门入，故人从阁去[7]。”
“新人工织缣[8]，故人工织素[9]。
织缣日一匹[10]，织素五丈余。

将缣来比素，新人不如故[11]。”

✤ 注 释

[1] 蘼芜：香草名，其叶风干后可作香料。

[2] 故夫：前夫。

[3] 新人：新妇。

[4] 故人：前妻。姝：好。

[5] 颜色：容貌。

[6] 手爪：指纺织等女工技巧。这四句是故夫的话。

[7] 閤：旁门。这两句是说，当日新妇从正门被迎进来，弃妇从旁门含泪离去。是弃妇追述令人心酸的往事。

[8] 缣：黄绢。

[9] 素：白绢。

[10] 匹：汉制布帛长四丈为“匹”。

[11] 以上六句是故夫从新妇的女工技巧不及前妻，怨“新人不如故”。

✤ 评 析

《上山采蘼芜》，《乐府诗集》未收，《玉台新咏》作《古诗》，《太平御览》引作《古乐府》。通篇以问答成章，是乐府中常用的形式，《太平御览》的处理较妥。这是一篇弃妇与前夫在途中偶然相遇时问答之辞。作品通过弃妇的不幸遭遇，反映了在封建社会妇女受压迫受损害的悲惨地位，揭露了“故夫”喜新厌旧又怨新不如旧的市侩心理。

十五从军征

十五从军征，八十始来归。
道逢乡里人[1]：“家中有阿谁？”
“遥望是君家，松柏冢累累[2]。”

兔从狗窦入[3]，雉从梁上飞[4]，
中庭生旅谷[5]，井上生旅葵[6]。
舂谷持作饭，采葵持作羹。
羹饭一时熟，不知饴阿谁[7]。
出门东向看，泪落沾我衣！

✣ 注释

[1] 乡里：家乡。

[2] 冢：高坟。累累：连缀不绝貌，此指荒坟一个挨一个的情状。

[3] 狗窦：狗出入的洞。

[4] 雉：野鸡。

[5] 中庭：院中。旅谷：野生的谷子。《后汉书·光武纪》李贤注："旅，寄也，不因播种而生故曰旅。"

[6] 葵：草名，一名"冬葵菜"，其叶嫩时可食。

[7] 饴：同"饲"，拿食物给人吃。一作"贻"。

✣ 评析

本篇见《乐府诗集》的《横吹曲辞·梁鼓角横吹曲》，题为《紫骝马歌辞》。在本篇首句"十五从军征"的前面还有八句，据《乐府诗集》引《古今乐录》云："从'十五从军征'以下是古诗。"本诗是叙述一个服役六十五年的老兵家破人亡的悲剧，这是汉代不合理的兵役制所制造的千千万万个家庭悲剧当中的一个典型实例。

古八变歌

北风初秋至，吹我章华台[1]。
浮云多暮色，似从崦嵫来[2]。
枯桑鸣中林[3]，络纬响空阶[4]。

翩翩飞蓬征[5]，怆怆游子怀[6]。

故乡不可见，长望从此回[7]。

✤ 注 释

[1] 章华台：楚国离宫名，在今湖北潜江市西南，春秋昭公七年（前535）楚灵王所建。

[2] 崦嵫：山名，在甘肃天水市西，下有虞泉，古代传说云是日所入处。

[3] 枯桑鸣中林：指秋日林中的枯桑飒飒作响。

[4] 络纬：一名"莎鸡"，秋季鸣虫，因其声如纺线，故俗称"络纱娘"、"络丝娘"。

[5] 飞蓬：草名，《商子》："飞蓬遇飘风，而行千里。"征：行。

[6] 怆怆：悲貌。这两句是以飞蓬的顺风飘扬，喻游子的千里流荡，触景伤怀，怆然而悲。

[7] 此回：此次。

✤ 评 析

据《选诗拾遗》云，古有《九曲八变》之歌，今全篇无传，惟《八变》独存，《古诗源》收入《汉乐府古辞》。这是一首悲秋思乡的诗。

古 歌

秋风萧萧愁杀人[1]，出亦愁，入亦愁，座中何人，谁不怀忧？令我白头。胡地多飚风[2]，树木何修修[3]。离家日趋远，衣带日趋缓。心思不能言，肠中车轮转。

✤ 注 释

[1] 萧萧：寒风之声。

[2] 胡地：古代胡人居北方，故后即用以代指北方。飚风：暴风。

[3] 修修：与"翛翛"通，鸟尾敝坏无润泽貌，这里借喻树木的干枯。

✣ 评 析

《古歌》是一首作客胡地思念家乡的诗。《乐府诗集》未收,张玉穀《古诗赏析》收入《汉杂曲歌辞》,丁福保《全汉诗》收入《杂歌谣辞》。

古 歌

高田种小麦,终久不成穗[1]。
男儿在他乡[2],焉得不憔悴[3]。

✣ 注 释

[1] 终久:同“终究”。

[2] 他乡:异乡,外地。

[3] 焉得:怎能。憔悴:病瘦貌。

✣ 评 析

本篇见《齐民要术》卷二孙注,《古诗赏析》收入《汉杂曲歌辞》。这是一首游子怀乡的小诗,用小麦种在高田难成穗,以喻男儿居异乡最易憔悴。《古诗源》评云:“兴、意若相关若不相关,所以为妙。”

郑白渠歌

田于何所?池阳谷口[1]。
郑国在前[2],白渠起后[3]。
举臿如云[4],决渠为两[5]。
水流灶下,鱼跃入釜[6]。
泾水一石,其泥数斗,
且溉且粪,长我禾黍[7]。

衣食京师，亿万之口[8]。

✤注释

[1] 池阳：汉县名，在今陕西泾阳县西北二里。谷口：白渠引泾水处，在今陕西礼泉县东北黑石湾村。

[2] 郑国：指郑国渠，秦始皇元年（前246），采纳韩国水工郑国的建议所凿。渠自中山西瓠口（在今陕西礼泉县东北惠民桥西）引泾水东流，经今泾阳、三原、富平等县，至蒲城县注于洛河，长三百余里，溉田四万余顷，于是关中成为沃野。唐代以后，郑国渠始渐堙废。

[3] 白渠：汉武帝太始二年（前95），采用赵中大夫白公的建议所凿。白渠"首起谷口，尾入栎阳（今陕西西安市临潼区北古城屯）"，中经泾阳、三原、临潼等地，至渭南市北注于渭河，长达二百里，可溉田四千五百余顷，民以富饶。今泾惠渠，约当古白渠的旧道。

[4] 臿：一作"锸"，即"锹"。

[5] 这二句是说，人们凿渠，举臿如云，挥汗如雨。

[6] 水流灶下，鱼跃入釜：原书缺此二句，今据《汉纪》补。二句是极写生活用水之便。

[7] 这二句是说，渠水肥，既可灌溉，又可代粪，有助于农作物的生长。

[8] 京师：西汉京城长安，在今陕西西安城西北。这二句是说，因有郑白渠的灌溉之利，使京城亿万人口的衣食，得到充足的供应。

✤评析

这篇歌辞始见于《汉书·沟洫志》，《乐府诗集》收入《杂歌谣辞》。这首歌是赞扬郑国、白公所凿二渠溉田利民的巨大作用。

刺巴郡守诗

狗吠何喧喧[1]？有吏来在门。
披衣出门应[2]，府记欲得钱[3]。
语穷乞请期[4]，吏怒反见尤[5]。

旋步顾家中[6]，家中无可为[7]。
思往从邻贷，邻人言已匮[8]。
钱钱何难得[9]，令我独憔悴[10]。

✣ **注释**

[1] 喧喧：吵闹声。

[2] 应：应酬。

[3] 府记：政府的教令。

[4] 语：诉说。

[5] 见：被。尤：过失，这里作动词用，谴责。这二句是说，因为诉说贫穷，请求缓期，反而受到官吏的谴责。

[6] 旋：转。顾：看。

[7] 这二句是说转身回家查看，结果毫无办法。

[8] 已：自已。匮：竭，尽。这二句是说，想从邻居借点钱，邻人说他们家也没有钱了。

[9] 何难得：多么难得。

[10] 憔悴：忧愁貌。

✣ **评析**

本诗见《华阳国志·巴志》。据说东汉桓帝时，巴郡（治江州，在今重庆市城西）太守李盛，贪财重赋，苦害人民，人们因作此诗以刺之。作品反映了当时官吏们的凶恶和在他们压榨下的劳动人民的困窘生活。

城中谣

城中好高髻[1]，四方高一尺[2]。
城中好广眉[3]，四方且半额[4]。
城中好大袖[5]，四方全匹帛。

✤注释

[1] 城中：指西汉京都长安城中。“高髻”和“广眉”、“大袖”，都是汉朝时兴的妇女妆饰。

[2] 以上两句，《帝范》卷四引《汉书》作“宫中好高髻，城外高一尺”。

[3] 广眉：画宽阔眉毛。

[4] 且：将。

[5] 大袖：宽大的衣袖。

✤评析

《城中谣》，原载《后汉书·马廖传》，《玉台新咏》收录此诗，题为《童谣歌》，《乐府诗集》收入《杂歌谣辞》，题为《城中谣》。马廖（东汉初年人，马援子）鉴于“改政移风，必有其本”，“吏不奉法，良由慢起京师”，因引录这则谣辞作喻，说明“上行下效”的严重意义。

京都谣

直如弦，死道边。曲如钩，反封侯。

✤评析

这篇童谣最初见《后汉书·五行志》，《乐府诗集》收入《杂歌谣辞》。汉质帝死后，太尉李固主张迎立长而聪明的清河王刘蒜为帝，而大将军梁冀则为了便于自己操纵，力主立幼而昏庸的蠡吾侯刘志为帝。刘志即位（即汉桓帝）的当天，梁冀暗杀李固于狱，并暴尸道路；而附和梁冀的胡广、赵戒、袁汤等都封了侯爵。这首谣辞即反映了人民对李固守正被杀的同情，和对胡广等因谄媚权贵而得加官晋爵的愤慨与蔑视。

小麦谣

小麦青青大麦枯，谁当获者妇与姑[1]。
丈夫何在西击胡[2]。吏买马，君具车[3]。
请为诸君鼓咙胡[4]。

✤ **注 释**

[1] 当：担当。妇与姑：媳妇和婆婆。

[2] 丈夫：成年男子。一作“丈人”。

[3] 吏、君：均指官吏。

[4] 胡：是“喉”的同音假借字。咙胡：即“咙喉”，喉咙。“鼓咙胡”，是说敢怒而不敢言。

✤ **评 析**

《小麦谣》始见《后汉书·五行志》，《乐府诗集》收入《杂歌谣辞》，题作《后汉桓帝初小麦童谣》。东汉桓帝元嘉（151—152）初年，凉州诸羌侵扰边疆，汉王朝发兵大举反击。因为征调男丁太多，田间劳动全归妇女承当，劳力差，田园荒芜；而官吏们照旧“买马”、“具车”，一味讲究生活享受，而毫不关心百姓的死活。“鼓咙胡”一语，反映了广大劳动人民的愤怒之情。

桓灵时谣

举秀才[1]，不知书。察孝廉[2]，父别居[3]。
寒素清白浊如泥[4]，高第良将怯如黾[5]。

✤ **注 释**

[1] 秀才：才学优异的人。汉武帝立的选举科目之一，令郡国每年荐举秀才一人，供朝廷选用。

[2] 孝廉：事亲孝处事廉的人。也是汉武帝立的选举科目之一。

[3] 父别居：意谓“子不孝”。别居：分居。这二句是说，当时的“秀才”无“才”，“孝廉”不“孝”。

[4] 寒素：清贫。

[5] 高第：高门大宅。黾：蛙。据《丹铅总录》云：“怯如黾”，“《晋书》作‘怯如鸡’，盖不得其音而改之”。今据正。这二句是说，所谓“寒素清白”的循吏，原来污浊如泥；而所谓“高第良将”，却怯懦如蛙。

✤ 评 析

本篇见葛洪《抱朴子·审举篇》，《乐府诗集》辑录其中的前四句，收入《杂歌谣辞》。这首民谣用简洁犀利的语言，猛烈地抨击了东汉桓灵之世的选举制度和用人制度。

古 诗

这里所说的古诗，是指东汉末年下层文人在学习乐府民歌的基础上开始创作的最早的一批五言诗，其中包括有名的“古诗十九首”和伪李陵、苏武诗。这些诗的作者都已失传，所以我们就只好统称这部分无名氏的作品为“古诗”。

“古诗十九首”是东汉末年一些下层失意文人的作品，所写的多是游宦无成、游子思乡和闺妇怨别之类的内容，反映了当时动乱生活的一个侧面。由于它们风格相近，所以萧统编《文选》时将它们编为一组，题为《古诗十九首》，后来《古诗十九首》就成了这组五言诗的专称。这些诗的艺术成就较高，钟嵘《诗品》说它“天衣无缝，一字千金”；谢榛《四溟诗话》说它“格古调高，句平意远，不尚难字，而自然过人”。

李陵诗三首，苏武诗四首，最早也是见于萧统《文选》。从各个方面考察，这些诗都不可能出自李陵、苏武之手。它们也应该是东汉末年（或者甚至还要晚一点）的作品。所以我们称之为伪李陵、苏武诗。

“古诗十九首”和伪李陵、苏武诗的出现，标志着我国文人五言诗已经达到了成熟的阶段。

行行重行行

行行重行行[1]，与君生别离[2]。
相去万余里[3]，各在天一涯[4]。
道路阻且长[5]，会面安可知？
胡马依北风[6]，越鸟巢南枝[7]，
相去日已远[8]，衣带日已缓[9]。
浮云蔽白日，游子不顾反[10]。
思君令人老，岁月忽已晚。
弃捐勿复道[11]，努力加餐饭[12]！

✤注释

[1] 重：又。这句是说行而不止。

[2] 生别离：是"生离死别"的意思。屈原《九歌·少司命》："悲莫悲兮生别离。"

[3] 相去：相距，相离。

[4] 涯：方。

[5] 阻：艰险。

[6] 胡马：北方所产的马。

[7] 越鸟：南方所产的鸟。"胡马依北风，越鸟巢南枝"，是当时习用的比喻，借喻眷恋故乡的意思。

[8] 已：同"以"。远：久。

[9] 缓：宽松。这句意思是说，人因相思而躯体一天天消瘦。

[10] 顾反：还返，回家。顾：返也。反：同"返"。

[11] 弃捐：抛弃。

[12] 这两句是说，这些都丢开不必再说了，只希望你在外保重。

✤评析

本篇是《古诗十九首》的第一首，《玉台新咏》列为枚乘作品。

这是描写一个女子对其离家远行爱人的思念的诗。诗中运用比兴手法表达难言的无限深情，话语不多，而余意无穷。

西北有高楼

西北有高楼，上与浮云齐。
交疏结绮窗[1]，阿阁三重阶[2]。
上有弦歌声，音响一何悲！
谁能为此曲？无乃杞梁妻[3]。
清商随风发[4]，中曲正徘徊[5]。
一弹再三叹，慷慨有余哀[6]。
不惜歌者苦[7]，但伤知音稀[8]。
愿为双鸿鹄[9]，奋翅起高飞[10]。

✤注释

[1] 疏：透刻。绮：有花纹的细绫。这句是说窗上透刻着像细绫花纹一样的格子。

[2] 阿阁：四面有曲檐的楼阁。这句是说，阿阁建在有三层阶梯的高台上。

[3] 无乃：是"莫非"、"大概"的意思。杞梁妻：杞梁妻的故事，最早见于《左传·襄公二十三年》，后来许多书都有记载。据说齐国大夫杞梁，出征莒国，战死在莒国城下。其妻临尸痛哭，一连哭了十个日夜，连城也被她哭塌了。《琴曲》有《杞梁妻叹》，《琴操》说是杞梁妻作，《古今注》说是杞梁妻妹朝日所作。这两句是说，楼上谁在弹唱如此凄惋的歌曲呢？莫非是像杞梁妻那样的人吗？

[4] 清商：乐曲名。清商曲音清越，宜于表现哀怨的情绪。

[5] 中曲：乐曲的中段。徘徊：指乐曲旋律回环往复。

[6] 慷慨：《说文》："壮士不得志于心也。"

[7] 惜：痛。

[8] 知音：识曲的人，借指知心的人。相传俞伯牙善鼓琴，钟子期善听琴，子期死后，伯牙再不弹琴，因为再没有知音的人。这两句是说，我难过的不只是歌者心有痛苦，而是她内心的痛苦没有人理解。

[9] 鸿鹄：据朱骏声《说文通训定声》说："凡鸿鹄连文者即鹄。"鹄，就是"天鹅"。一作"鸣鹤"。

[10] 高飞：远飞。这二句是说，愿我们像一双鸿鹄，展翅高飞，自由翱翔。

✤评析

本篇是《古诗十九首》的第五首，《玉台新咏》列为枚乘的作品。这是感叹知己难遇的诗。诗以听歌起兴，由高楼上的哀音引出听歌人对歌者的同情和感慨。

涉江采芙蓉

涉江采芙蓉[1]，兰泽多芳草[2]。
采之欲遗谁？所思在远道[3]。
还顾望旧乡[4]，长路漫浩浩[5]。
同心而离居[6]，忧伤以终老[7]。

✤注释

[1] 芙蓉：荷花的别名。

[2] 兰泽：生有兰花的沼泽。

[3] 远道：犹言"远方"。

[4] 旧乡：故乡。

[5] 漫浩浩：犹"漫漫浩浩"，形容路途的遥远无尽头。

[6] 同心：古代习用的成语，多用于男女之间的爱情或夫妇感情融洽。

[7] 终老：终生。

✤评析

本篇是《古诗十九首》的第六首，《玉台新咏》列为枚乘作品。

这是一首写游子思乡怀人的诗。

明月皎夜光

明月皎夜光，促织鸣东壁[1]。
玉衡指孟冬[2]，众星何历历[3]。
白露沾野草，时节忽复易[4]。
秋蝉鸣树间，玄鸟逝安适[5]？
昔我同门友[6]，高举振六翮[7]；
不念携手好，弃我如遗迹[8]。
南箕北有斗[9]，牵牛不负轭[10]。
良无盘石固[11]，虚名复何益！

✣ **注释**

[1] 促织：蟋蟀。

[2] 玉衡：指北斗七星中的第五星至第七星。北斗七星形似酌酒的斗：第一星至第四星成勺形，称斗魁；第五星至第七星成一条直线，称斗柄。由于地球绕日公转，从地面上看去，斗星每月变一方位。古人根据斗星所指方位的变换来辨别节令的推移。孟冬：冬季的第一个月。这句是说，由玉衡所指的方位，知道节令已到孟冬（夏历的七月）。

[3] 历历：分明貌。一说，历历，行列貌。

[4] 易：变换。

[5] 玄鸟：燕子。安适：往什么地方去？燕子是候鸟，春天北来，秋时南飞。这句是说，天凉了，燕子又要飞往什么地方去了？

[6] 同门友：同窗，同学。

[7] 翮：鸟的羽茎。据说善飞的鸟有六根健劲的羽茎。这句是以鸟的展翅高飞比喻同门友的飞黄腾达。

[8] 这句是说，就像行人遗弃脚印一样抛弃了我。

[9] 南箕：星名，形似簸箕。北斗：星名，形似斗（酌酒器）。

[10] 牵牛：指牵牛星。轭：车辕前横木，牛拉车则负轭。"不负轭"是说不拉车。这二句是用南箕、北斗、牵牛等星宿的有虚名无实用，比喻朋友的有虚名无实用。

[11] 盘石：同"磐石"，大石。

✤ 评析

本篇是《古诗十九首》的第七首，是一篇失意文人慨叹世态炎凉的诗。以悲秋起兴，从时节的变易说到人情的翻覆，最后则抒发对那些不念旧交的人的无限愤慨。

冉冉孤生竹

冉冉孤生竹[1]，结根泰山阿[2]。
与君为新婚[3]，菟丝附女萝[4]。
菟丝生有时，夫妇会有宜[5]。
千里远结婚，悠悠隔山陂[6]。
思君令人老，轩车来何迟[7]？
伤彼蕙兰花[8]，含英扬光辉[9]；
过时而不采，将随秋草萎[10]。
君亮执高节[11]，贱妾亦何为[12]？

✤ 注释

[1] 冉冉：柔弱貌。

[2] 泰山：即"太山"，犹言"大山"，"高山"。阿：山坳。这两句是说，柔弱的孤竹生长在荒僻的山坳里，借喻女子的孤独无依。

[3] 为新婚：指订婚，非出嫁。

[4] 菟丝：一种旋花科的蔓生植物，女子自比。女萝：一说即"松萝"，一种缘松而生的蔓生植物，以比女子的丈夫。这句是说，二人都是弱者。

[5] 宜：适当的时间。这两句是说，菟丝及时而生，夫妇亦当及时相会。

[6] 悠悠：遥远貌。山陂：山坡。这二句是说，路途遥远，结婚不易。

[7] 轩车：有篷的车。这里指迎娶的车。这二句是说，路远婚迟，使她容颜憔悴。

[8] 蕙、兰：两种同类香草。女子自比。

[9] 含英扬光辉：花含苞待放。英：犹“花”。

[10] 萎：枯萎，凋谢。这四句是说，蕙兰过时不采，它将随着秋草一同枯萎了。这是对婚迟的怨语。

[11] 亮：同“谅”，料想。

[12] 贱妾：女子谦称。这两句是说，君想必守志不渝，我又何苦自艾自怨。这是自慰之词。

✤ 评析

本篇是《古诗十九首》的第八首，《玉台新咏》收入《古诗八首》，《乐府诗集》收入《杂曲歌辞》。这是一首女子埋怨婚迟的诗。

庭中有奇树

庭中有奇树[1]，绿叶发华滋[2]。
攀条折其荣[3]，将以遗所思。
馨香盈怀袖[4]，路远莫致之[5]。
此物何足贡[6]？但感别经时[7]。

✤ 注释

[1] 奇树：犹“嘉木”，美好的树木。

[2] 滋：当“繁”解。“发华滋”，花开得正繁盛。

[3] 荣：犹“花”。

[4] 馨香：香气。

[5] 致：送达。

[6] 贡：献。一作“贵”。

[7] 这二句是说，这枝花本不值得远寄给你，不过离别久了，借以表达怀念之情罢了。

✤ 评析

本篇是《古诗十九首》的第九首，《玉台新咏》列为枚乘作品。这是一首写女子怀念出门远行情人的诗。

迢迢牵牛星

迢迢牵牛星[1]，皎皎河汉女[2]。
纤纤擢素手[3]，札札弄机杼[4]；
终日不成章[5]，泣涕零如雨[6]；
河汉清且浅，相去复几许[7]！
盈盈一水间[8]，脉脉不得语[9]。

✤ 注释

[1] 迢迢：远貌。牵牛星：俗称“牛郎星”，是天鹰星座的主星，在银河南。

[2] 皎皎：明貌。河汉：即银河。河汉女：指织女星，是天琴星座的主星，在银河北。织女星与牵牛星隔河相对。

[3] 擢：举，摆动。这句是说，织女摆动她的纤纤素手。

[4] 札札：机织声。

[5] 终日不成章：是用《诗经·大东》语意，说织女终日也织不成布。《诗经》原意是织女徒有虚名，不会织布；这里则是说，织女因害相思，而无心织布。章：指布匹上的经纬纹理。

[6] 零：落。

[7] 几许：犹言“几何”。这两句是说，织女和牵牛二星彼此只隔着一条银河，相距才有多远！

[8] 盈盈：水清浅貌。间：隔。

[9] 脉脉："眽眽"的俗写，含情相视貌。

✤ 评析

本篇是《古诗十九首》的第十首，《玉台新咏》列为枚乘作品。这诗是借天上织女忆牵牛的故事，写人间男女相思之情。

驱车上东门

驱车上东门[1]，遥望郭北墓[2]。
白杨何萧萧，松柏夹广路[3]。
下有陈死人[4]，杳杳即长暮[5]；
潜寐黄泉下[6]，千载永不寤[7]。
浩浩阴阳移[8]，年命如朝露[9]；
人生忽如寄，寿无金石固。[10]
万岁更相送[11]，圣贤莫能度[12]；
服食求神仙，多为药所误。
不如饮美酒，被服纨与素[13]。

✤ 注释

[1] 上东门：洛阳城东面三门最北头的门。

[2] 郭北：城北。洛阳城北的北邙山上，古多陵墓。

[3] 白杨、松柏：古代多在墓上种植白杨、松、柏等树木，作为标志。

[4] 陈死人：久死的人。陈：久。

[5] 杳杳：幽暗貌。即：就，犹言"身临"。长暮：长夜。这句是说，人死后葬入坟墓，就如同永远处在黑夜里。

[6] 潜寐：深眠。

[7] 寤：醒。

[8] 浩浩：流貌。阴阳：古人以春夏为阳，秋冬为阴。这句是说，岁月的推移，就像江河一样浩浩东流，无穷无尽。

[9] 年命：犹言“寿命”。

[10] 忽：匆遽貌。寄：旅居。这两句是说，人的寿命短促。

[11] 更：更迭。万岁：犹言“自古”。这句是说，自古至今，生死更迭，一代送走一代。

[12] 度：过也，犹言“超越”。这句是说，圣贤也无法超越“生必有死”这一规律。

[13] 被：同“披”。这四句是说，服丹药，求神仙，也没法长生不死，还不如饮美酒，穿绸缎，图个眼前快活。

✤ 评 析

本篇是《古诗十九首》的第十三篇，《乐府诗集》收入《杂曲歌辞》。这是一首宣扬人生如寄、及时行乐思想的诗。作品由遥望北邙山上，荒坟累累，说到人生必有死，圣贤不免，求仙求长生都是虚幻，最后引出不如饮美酒，被纨素，及时行乐。这反映了东汉末年一些人的消极颓废心理。

客从远方来

客从远方来，遗我一端绮[1]。
相去万余里，故人心尚尔[2]。
文采双鸳鸯[3]，裁为合欢被[4]；
著以长相思[5]，缘以结不解[6]。
以胶投漆中，谁能别离此[7]？

✤ 注 释

[1] 端：犹“匹”。古人以二丈为一“端”，二端为一“匹”。

[2] 故人：古时习用于朋友，此指久别的“丈夫”。尔：如此。这两句是说，尽管相隔万里，丈夫的心仍然一如既往。

[3] 鸳鸯：匹鸟。古诗文中常用以比夫妇。这句是说，绮上织有双鸳鸯的

图案。

[4] 合欢被：被上绣有合欢的图案。合欢被取“同欢”的意思。

[5] 著：往衣被中填装丝绵叫“著”。绵为“长丝”，“丝”谐音“思”，故云“著以长相思”。

[6] 缘：饰边，镶边。这句是说，被的四边缀以丝缕，使连而不解。缘与“姻缘”的“缘”音、义并同，故云“缘以结不解”。

[7] 别离：分开。这两句是说，我们的爱情犹如胶和漆黏在一起，任谁也无法将我们拆散。

✤ **评 析**

本篇是《古诗十九首》中的第十八篇，是一首民歌意味很浓的闺情诗。诗中多用谐音双关语，是其特点。

明月何皎皎

明月何皎皎，照我罗床帏[1]。
忧愁不能寐[2]，揽衣起徘徊[3]。
客行虽云乐，不如早旋归[4]。
出户独彷徨，愁思当告谁？
引领还入房[5]，泪下沾裳衣[6]！

✤ **注 释**

[1] 罗床帏：罗帐。

[2] 寐：入睡。

[3] 揽衣：犹言“披衣”，“穿衣”。揽：取。

[4] 旋归：回归，归家。旋：转。

[5] 引领：伸颈，“抬头远望”的意思。

[6] 裳衣：一作“衣裳”。

✤评析

本篇是《古诗十九首》的最后一首，《玉台新咏》列为枚乘作品。这是一首闺妇思夫的诗。开头写月夜思夫，愁苦难眠；最后写有苦没法说，泪下沾衣；中间插入对征夫的揣度，“客行虽乐，不如早归”，更显得笔曲意圆。

携手上河梁

携手上河梁[1]，游子暮何之[2]？
徘徊蹊路侧[3]，悢悢不得辞[4]。
行人难久留，各言长相思[5]，
安知非日月[6]，弦望自有时[7]？
努力崇明德，皓首以为期[8]。

✤注释

[1] 河梁：河桥。

[2] 何之：何往。

[3] 蹊路侧：路旁。

[4] 悢悢：惆怅貌。一作“恨恨”，犹“恳恳”。不得辞：说不出话来。

[5] 各言：互相倾诉。

[6] 日月：复词偏义，月。

[7] 弦：月半时叫“弦”，阴历每月初七、初八为上弦，二十三、二十四为下弦。望：月满叫“望”，阴历大月十五，小月十六为望。这两句是说，月有缺时也有圆时，我们也应后会有期。这是安慰的话。

[8] 崇：高，这里是“提高”的意思。皓首：白首，借喻老年。这二句是说，我们应为提高品德，终生努力。这是互相勉励的话。

✤评析

这是一首送友远别的诗。最早见于《文选》，题为《李少卿

(陵)与苏武诗》,一说是李陵在匈奴送苏武南归之作。但这种说法,南朝宋颜延之在《庭诰》一文中就已指出:“元(原)是假托,非尽陵制。”据近人考证,所谓李陵诸作,都是东汉末年人的作品,作者不可考。

结发为夫妻

结发为夫妻[1],恩爱两不疑。
欢娱在今夕,燕婉及良时[2]。
征夫怀往路[3],起视夜何其[4]?
参辰皆已没[5],去去从此辞。
行役在战场[6],相见未有期。
握手一长叹,泪为生别滋[7]。
努力爱春华[8],莫忘欢乐时。
生当复归来,死当长相思。

注释

[1] 结发:束发,借指男女始成年时。古时男年二十、女年十五束发,以示成年。

[2] 燕婉:欢好貌。

[3] 怀往路:想着出行的事。“往路”一作“远路”。

[4] 夜何其:语出《诗经·庭燎》:“夜如何其?”是说“夜晚何时”?其,语尾助词。

[5] 参、辰:二星名,代指所有星宿。这句是说,星星都已隐没,天将放晓了。

[6] 行役:赴役远行。

[7] 生别:生离死别。一作“别生”。滋:多。

[8] 春华:春光,借喻少壮时期。

✤评析

这是一首丈夫应征赴役留别其妻的诗。最早见于《文选》,题为《苏子卿(武)诗》,共四首,《玉台新咏》只收录了这一首,题为《苏武留别妻》。据近人考订,这四首都是东汉末年人的作品,作者不可考。

烛烛晨明月

烛烛晨明月[1],馥馥秋兰芳[2]。
芬馨良夜发,随风闻我堂。
征夫怀远路,游子恋故乡[3]。
寒冬十二月,晨起践严霜。
俯观江汉流,仰视浮云翔[4]。
良友远别离,各在天一方。
山海隔中州[5],相去悠且长。
嘉会难再遇,欢乐殊未央[6]。
愿君崇令德[7],随时爱景光[8]。

✤注释

[1] 烛烛:明貌。

[2] 馥馥:香貌。秋兰:《文选》原作“我兰”,今据刘履《选诗补注》校改。

[3] 游子:诗人自谓。这两句是说,您想再往南走,我却思返故乡。与下文“良友远别离,各在天一方”联系起来看,则此篇乃客中送客的诗。

[4] 江汉:长江和汉水,是友人将要去的地方。浮云翔:白云飘动。这四句是说,友人到达江汉时的节令和景物。

[5] 山海:泛指山河。中州:指古豫州(今河南省)。古豫州因居九州之中,故称“中州”。这是送别友人的地方。

[6] 未央:未尽。这二句是说,今后难再见面,应好好欢乐一番。

[7] 令德:美德。

[8] 景光：犹“光景”，光阴。这二句是对友人勉励的话，是说要珍惜光阴，随时注意提高品德。

✤ 评析

这是一首送友南行的诗。《文选》题作《苏子卿诗》，实乃无名氏的作品。

魏诗

曹 操

曹操(155—220),字孟德,沛国谯(今安徽亳州)人,是我国古代著名的政治家、军事家和文学家。东汉末年,以黄巾军为代表的农民革命武装,从根本上动摇了东汉王朝的腐朽统治。曹操在镇压农民起义的过程中建立了一支地主武装,接着他又“挟天子以令诸侯”,逐个地打败了其他地方割据势力,最后统一了北方,形成了与吴、蜀相峙的三国鼎立局面,并为日后的晋朝进一步统一全国创造了条件。与此同时,他又采取了一些打击豪强、抑制兼并、广行屯田的措施,对当时中原地区的经济发展起了一定的促进作用。

曹操的一生大半是在战乱中度过的,因而他的作品也突出地反映了当时的社会动乱,表现了他统一天下的雄心,思想积极,风格慷慨悲壮。他的诗今存二十余首,都是采用的乐府古题,明显地表现了对汉代乐府的继承关系。他的文章也一变东汉以来的典雅繁缛,而以“清峻通侻”著称,显示着他崇尚刑名,反对儒学传统的突出特点。鲁迅先生曾称他是一个“改造文章的祖师”。

曹操的著作今有辑本《曹操集》,诗歌注本以黄节的《魏武帝诗注》较为详备。

薤露行

惟汉廿二世[1]，所任诚不良[2]。
沐猴而冠带[3]，知小而谋强。
犹豫不敢断[4]，因狩执君王[5]。
白虹为贯日，己亦先受殃[6]。
贼臣持国柄[7]，杀主灭宇京[8]。
荡覆帝基业，宗庙以燔丧[9]。
播越西迁移[10]，号泣而且行[11]。
瞻彼洛城郭，微子为悲伤[12]。

✤注 释

[1] 惟：发语词。廿二世：即指汉灵帝。从刘邦建国传至汉灵帝共二十二世。

[2] 所任：指外戚何进，何进是汉灵帝何皇后的异母兄，中平元年为大将军，《后汉书》有传。

[3] 沐猴：猕猴。冠带：顶冠系带。沐猴冠带是指穿戴像人而实际没有人的本事。《史记·项羽本纪》记载韩生曾骂项羽说："人言楚人沐猴而冠耳，果然。"这里是用以骂何进等占据高位而没有实际才干的人。

[4] 这句是指何进处置宦官事。灵帝时，宦官张让、段珪等把持政权。中平六年(189)灵帝死，何进、袁绍等谋诛宦官，何太后不同意，于是何进也就犹豫不决，不敢下手了。这时袁绍等又商定密令前将军董卓带兵进京，企图让他们从外面施加压为，以助成此事。结果张让、段珪等先动手杀了何进。下句"己亦先受殃"即指此。事情详见《后汉书·何进传》。

[5] 这句是指少帝刘辩被张让等挟持外逃事。灵帝死后，刘辩即位(史称少帝)，当时宫廷里正进行着剧烈的火并。张让等杀了何进后，袁绍带兵进宫要杀尽一切宦官。张让等挟持少帝刘辩及其弟陈留王刘协外逃小平津。狩：打猎，这里代指皇帝外出。《左传·僖公二十八年》，

晋文公在河阳召集各国诸侯开会，把周天子也叫去了。孔子认为以臣召君不成体统，所以他在写《春秋》时，故意讳称曰“天子狩于河阳”，后世遂相沿称天子外出、外逃都叫做“出狩”。执：挟持，拘留。以上二句是说，由于何进的犹豫寡断，结果造成了皇帝的被劫持外出。

[6] 白虹贯日：白色的虹霓横贯太阳。古代以为这是国家将有大变乱的征兆。据说战国时的聂政刺韩傫和荆轲刺秦王时，都出现过白虹贯日的现象。其实这都是后世星气家们的捏造附会。以上二句是说，天空出现星变，何进自己也被杀了。

[7] 贼臣：指董卓，《后汉书》、《三国志》都有传。国柄：即指国家大权。

[8] 这句是指少帝被杀、洛阳被焚事。张让等劫持少帝和陈留王外逃后，中途又遇到尚书卢植的攻击，张让、段珪等都被杀死。这时董卓的大兵已到，董卓倚仗武力把持了朝权，他杀掉了少帝与何太后，另立陈留王刘协为帝（即汉献帝）。东方诸郡闻讯后，联合起兵讨董卓。董卓烧掉了洛阳的宫殿，挟持汉献帝迁都长安。宇京：京城，指洛阳。

[9] 宗庙：太庙，泛指洛阳的宫殿。燔：焚烧。

[10] 播越：颠沛。

[11] 且行：行走。且，同“徂”，去也。以上二句是说，皇帝、后妃、大臣们都被董卓挟持着，哭哭啼啼地向长安转移。

[12] 微子：殷纣王的哥哥，据说他在殷朝灭亡之后，曾有一次路过殷朝的故都，看到那种宫室残破、到处长满禾黍的样子，就伤心地作了一篇《麦秀》之诗，以抒发自己的感慨。事见《尚书大传》。这里作者是以微子自比，感叹洛阳故都的残破。

✤评析

《薤露行》是汉代乐府的曲调名，属《相和歌·相和曲》。薤是韭类植物，薤露易晞以喻人的年命短速。这本来是一首挽歌，出殡时挽柩者唱的，这里是作者按旧题写作的新辞。作品谴责了汉灵帝的用人不当，谴责了何进的软弱无能，反映了由张让、董卓之乱所造成的国家崩溃与社会乱离。东汉王朝的腐朽早在汉桓帝时就已经极其严重了，后来又受到了黄巾大起义的猛烈冲击，再经过张让、董卓等这一场统治阶级内部的大火并，于是东汉王朝彻底垮台，从此中国又进入了一个四分五裂、互相混战的局面。作者感慨乱离、同情人民苦难，首先追溯这一段历史是有道理的。

蒿里行

关东有义士[1]，兴兵讨群凶[2]。
初期会盟津[3]，乃心在咸阳[4]。
军合力不齐，踌躇而雁行[5]。
势利使人争，嗣还自相戕[6]。
淮南弟称号[7]，刻玺于北方[8]。
铠甲生虮虱，万姓以死亡。
白骨露于野，千里无鸡鸣。
生民百遗一，念之断人肠。

注释

[1] 关东：指函谷关（在今河南省新安县东）以东。义士：指袁绍等举义兵讨董卓的各路将领。

[2] 讨群凶：指讨伐董卓及其婿牛辅，其部将李傕、郭汜等恶人。中平六年（189），汉灵帝死，少帝刘辩即位，何进等谋诛宦官，不成，被宦官所杀；袁绍袁术攻杀宦官，朝廷大乱；董卓带兵进京，驱逐袁绍、袁术，废除刘辩，另立刘协为帝（献帝），自己把持了政权。初平元年（190），袁术、韩馥、孔伷等东方各路军阀同时起兵，推袁绍为盟主，曹操为奋威将军，联兵西向讨董卓。

[3] 盟津：也称孟津，在今河南省孟州市南。相传周武王起兵伐纣时，中途曾和联盟反纣的八百诸侯会合于此地。这里用“会盟津”代指各路讨董卓军队的联盟义举。

[4] 乃心咸阳：指心向汉朝王室。《尚书·康王之诰》：“虽尔身在外，乃心

罔不(无不)在王室。”这里是化用其句。咸阳：秦代的国都，这里代指长安，当时汉献帝已被董卓挟持由洛阳迁到了长安。以上二句是说，这些讨董卓的各路人马，开始时也都说是拥护长安的帝室。

[5] 雁行：鸿雁的行列，比喻诸军列阵后观望不前的样子。以上二句是说，各路会师后，在敌人面前却表现为各怀鬼胎，一个个互相观望，畏缩不前。

[6] 嗣还：随即。还，同“旋”。戕：残害。东方各路军阀退兵后，随即互相残杀起来。

[7] 指袁绍的从弟袁术于建安二年(197)在淮南寿春(今安徽寿县)称帝的事。

[8] 指初平二年(191)袁绍等私刻皇帝印玺，图谋废黜汉献帝，拥立幽州牧刘虞为傀儡皇帝的事。当时袁绍屯兵河内(今河南省沁阳市)，与淮南对举，故曰“北方”。

✤评析

蒿里，指死人所处之地。蒿，同薨，枯也，人死则枯槁，故云。《蒿里行》是汉乐府《相和歌·相和曲》中的一个曲调名，是当时人们送葬时所唱的挽歌。这里是曹操按照旧题写作的新辞。作品叙述了袁绍等军阀讨伐董卓不成，转而互相攻战，给人民造成了深重灾难。这表现了作者对割据势力的痛恨，和对人民苦难的同情，同时也暗含着作者要削平战乱，建立一个统一国家的愿望。

苦寒行

北上太行山[1]，艰哉何巍巍！
羊肠坂诘屈[2]，车轮为之摧。
树木何萧瑟[3]，北风声正悲。
熊罴对我蹲[4]，虎豹夹路啼。

溪谷少人民[5]，雪落何霏霏！
延颈长叹息，远行多所怀。
我心何怫郁[6]，思欲一东归[7]。
水深桥梁绝，中路正徘徊。
迷惑失故路[8]，薄暮无宿栖[9]。
行行日已远，人马同时饥。
担囊行取薪，斧冰持作糜[10]。
悲彼东山诗[11]，悠悠使我哀。

✤注 释

[1] 太行山：蜿蜒于河南与山西、河北境上的大山。当时曹操讨伐高干的进军路线是从河内（今河南武陟）出发，取道怀泽（今山西晋城），袭击上党（今山西长治一带），中途要翻越太行山，方向是由南而北，所以诗中说“北上太行山”。

[2] 羊肠坂：地名，在今山西省壶关县东南。坂：斜坡。诘屈：即崎岖，山路盘回纡曲的样子。

[3] 萧瑟：萧条冷落。

[4] 罴：大熊（棕熊）。

[5] 溪谷句：吴淇《六朝选诗定论》说：山区的人都是住在低洼近水之处（溪谷），说“溪谷少人民”，则整个地区之荒凉可知。与后面的“薄暮无宿栖”互相呼应。

[6] 怫郁：愁闷不乐。

[7] 思欲句：指怀念东方的家乡谯郡而言。也有人认为是怀念他的根据地邺下。

[8] 故路：原来应走的道路。

[9] 薄暮：向晚，傍晚。薄：迫近。

[10] 斧冰：砍取冰块。斧字用作动词。糜：粥。

[11] 东山诗：指《诗经·豳风》中的《东山》，这是一首描写多年征戍在外的士兵在回家途中思念家乡的作品。汉代人说它是赞美周公的，说

是“周公东征，三年而归，劳（慰问）归士。大夫美之，故作是诗也”（《诗序》）。曹操在这里引出《东山》诗，显然是以周公自比的。

✤评析

《苦寒行》是乐府曲调名，属《相和歌·清调曲》。这个曲调大约就始于曹操。

汉献帝建安十年（205），曹操摧垮了袁绍在河北区的统治，袁绍的外甥高干以并州（今太原一带）投降曹操。后来高干听说曹操准备北征乌桓，于是又叛变了曹操，派兵把守壶关口（在今山西省长治市东南）。建安十一年（206）正月，曹操翻越太行山，讨伐高干。三月，高干败亡。《苦寒行》大约就作于这个时期。作品表现了当时军旅生活的艰难，格调悲凉凄苦，带有建安诗歌的典型特征。

却东西门行

鸿雁出塞北，乃在无人乡。
举翅万余里，行止自成行。
冬节食南稻，春日复北翔。
田中有转蓬[1]，随风远飘扬。
长与故根绝，万岁不相当[2]。
奈何此征夫[3]，安得去四方[4]？
戎马不解鞍，铠甲不离傍。
冉冉老将至[5]，何时反故乡？
神龙藏深泉[6]，猛兽步高岗[7]。
狐死犹首丘[8]，故乡安可忘！

✤注释

[1] 转蓬：飞蓬，菊科植物，古诗中常以飞蓬比喻征夫游子背井离乡的漂

泊生活。

[2] 不相当：不相逢，指飞蓬与本根而言。

[3] 奈何：如何，这里有“可叹”、“可怜”的意思。

[4] 安得：怎能。去：离开，避免。以上两句的意思是，可叹这些征夫们，怎样才能免除这种四方漂泊的苦楚呢？

[5] 冉冉：渐渐。

[6] 深泉：应作“深渊”，唐人抄写古书时常把“渊”字改为“泉”，以避唐高祖李渊之讳。

[7] 猛兽：应作“猛虎”，唐人为李渊之父李虎避讳，常把“虎”字改写作“兽”。

[8] 狐死句：屈原《哀郢》中有“鸟飞反故乡兮，狐死必首丘”。首丘：头向着自己的窟穴。狐死首丘是古来的一种说法，用以比喻人不该忘记故乡。最后四句以龙、虎、狐的不离故地，不忘窟穴，来反比征夫们的流离辗转，有家不能归。

✤ 评析

《却东西门行》是乐府曲调名，属《相和歌·瑟调曲》。此曲大约亦始于曹操。作品反映了当时的社会乱离，反映了从军征战的漂泊流离之苦，表现了一种怀念故乡、向往和平安定生活的情绪。

观沧海

东临碣石[1]，以观沧海。
水何澹澹[2]，山岛竦峙[3]。
树木丛生，百草丰茂。
秋风萧瑟[4]，洪波涌起。
日月之行，若出其中；
星汉灿烂[5]，若出其里。

幸甚至哉，歌以咏志[6]。

✤注释

[1] 碣石：山名，在今河北省乐亭县西南。也有说当时的碣石山今已沉陷海中。曹操袭击乌桓的进兵路线是经由卢龙塞(塞道自今天津蓟州区起，经喜峰口，东至冷口)直插柳城，回师途中曾经过碣石山，故有登临之举。

[2] 何：多么。澹澹：浩荡平满的样子。

[3] 山岛：指碣石山，当时的碣石山在海边上。竦峙：高峻挺拔的样子。

[4] 萧瑟：秋风声。

[5] 星汉：天河。

[6]"幸甚"二句：是乐工合乐时加上去的，并无实际意思。《步出夏门行》全诗四首，每首后面都有这么两句。幸：幸运。至：极。

✤评析

《观沧海》是《步出夏门行》的第一首。《步出夏门行》是汉乐府曲调名，属《相和歌·瑟调曲》。曹操曾用这个旧题写过新辞，全诗共四首，前面有"艳"(序歌)。

正当东汉末年，中原地区军阀混战的时候，活动在辽西一带的乌桓民族强盛起来。他们攻汉州郡，掠虏汉民，成为北部的严重边患。建安十年(205)，曹操打垮了袁绍在河北的统治，袁绍死，袁绍的儿子袁谭、袁尚逃到乌桓中去了。当时曹操的处境是，南有盘踞荆襄一带的刘表、刘备，北有袁氏兄弟勾结的乌桓，形势是严峻的。曹操采用了谋士郭嘉的意见，于建安十二年(207)八月，出奇兵袭击乌桓，大破乌桓于柳城(今辽宁省兴城市西南)。九月，胜利回师。曹操的《步出夏门行》就作于回师的途中。《观沧海》描写了碣石山下深秋的海景，通过写景自然巧妙地抒发了作者对于当时的社会动乱，生计艰难，人心不定的种种忧虑，并暗含着他削平割据、稳定时局、建功立业的壮志雄图。作品情景交融，境界场面极其壮阔。

龟虽寿

神龟虽寿[1],犹有竟时[2]。
腾蛇乘雾[3],终为土灰。
老骥伏枥[4],志在千里;
烈士暮年[5],壮心不已。
盈缩之期[6],不但在天;
养怡之福[7],可得永年[8]。
幸甚至哉,歌以咏志。

✤注释

[1] 神龟:传说中的一种长寿龟。寿:长寿。

[2] 竟:终极,终了。

[3] 腾蛇:传说中的一种能驾雾飞行的蛇。腾:也作"螣"。

[4] 骥:千里马。伏枥:卧在马棚里,形容马老病的样子。枥:马棚。

[5] 烈士:重义轻生,有志建功立业的人。

[6] 盈缩之期:指人的寿命长短。盈:满,长。缩:短。

[7] 养:保养。怡:愉快。

[8] 永年:长寿。这二句是说,如果能使人的身体和精神经常保持安静愉快,就能健康长寿。

✤评析

《龟虽寿》是《步出夏门行》的第四首。作品从哲学角度表现了作者对人生的看法,他否定方士们关于神仙的种种妄谈,也否定当时社会上流行的那种消极颓废和及时行乐,而表达了自己的一种自强不息、老当益壮的进取精神与豪迈气概。

短歌行

对酒当歌[1],人生几何?
譬如朝露[2],去日苦多[3]。
慨当以慷[4],幽思难忘[5]。
何以解忧?唯有杜康[6]。
青青子衿[7],悠悠我心[8]。
但为君故,沉吟至今[9]。
呦呦鹿鸣,食野之苹[10]。
我有嘉宾,鼓瑟吹笙[11]。
明明如月,何时可掇[12]?
忧从中来,不可断绝。
越陌度阡[13],枉用相存[14]。
契阔谈讌[15],心念旧恩[16]。
月明星稀,乌鹊南飞,
绕树三匝[17],何枝可依?
山不厌高,海不厌深[18]。
周公吐哺[19],天下归心。

✤ 注释

[1] 对酒当歌:面对着酒和歌。当,也是面对的意思。

[2] 朝露:汉代人常以朝露比喻人的年命之短,可参看汉乐府《薤露》。

[3] 去日苦多:对过去了的时日太多而感到痛苦,亦即伤心人命短暂之意。

[4] 慨当以慷:当慨而慷。以:同“而”。

[5] 幽思:深藏着的心事,即“忧世不治”。

[6] 杜康:相传是我国最早发明酿酒的人,这里即用以代指酒。

[7] 青衿:周朝时学子的服装,用在诗里代指学子,这里是指有智谋、有才

干的人。衿：衣领。

[8] 悠悠：形容思念的深沉和久长。

[9] 沉吟：低声吟咏，指深切怀念和吟味的样子。《诗经·郑风·子衿》里有一段说："青青子衿，悠悠我心。纵我不往，子宁不嗣音？"原是一首写男女恋情的诗，曹操在这里把它加以变化，用以表达自己对贤才的思念。

[10] 苹：艾蒿。

[11] 鼓：弹奏。《诗经·小雅·鹿鸣》："呦呦鹿鸣，食野之苹。我有嘉宾，鼓瑟吹笙。"这是一篇诚恳热情地欢宴宾客的诗。曹操在这里取其成句以表示自己期待贤才的热诚。

[12] 掇：同"辍"，停止，断绝。月光不可阻塞断绝，以比喻人的忧思能抑止。掇，一作拾取、捉取。以月光不可捉取比喻忧思不可排除。

[13] 越陌度阡：古谚有所谓"越陌度阡，更为客生"，是说友朋之间互相过从的事；曹操这里用其成句以言贤士之远道来投。

[14] 枉用相存：如同说"屈尊贤士们来光顾我"。枉，枉驾：屈驾。存：存问。

[15] 契阔谈讌：即讌谈契阔，在欢乐的宴会上畅叙离别怀念之情。讌：同"宴"。契阔，本义是两件东西放在一起的相合（契）与不相合（阔），后来用以代指人的会合与离别。这里用为单指离别。

[16] 旧恩：旧日的友好情谊。

[17] 匝：周。乌鸦绕树无枝可依，以喻乱世中人才的无处依托。当时中原地区战乱频仍，有许多人士南逃依附刘表或孙权。

[18] 厌：满足。《管子·形势解》："海不辞水，故能成其大；山不辞土石，故能成其高；明主不厌人，故能成其众；士不厌学，故能成其圣。"曹操的"山不厌高，海不厌深"就从这里化来。

[19] 吐哺：吐出口中正在咀嚼的食物，指中途停止吃饭。《韩诗外传》卷三记载周公曾说："吾，文王之子，武王之弟，成王之叔父也，又相天下，吾于天下亦不轻矣。然一沐三握发，一饭三吐哺，犹恐失天下之士。"《史记·鲁世家》中也有与此大致相同的文字。这里曹操显然是以周公自命的。

✤评析

《短歌行》是汉乐府的曲调名，属《相和歌·平调曲》。这里是曹操按旧题写作的新辞。从阮瑀《为曹公作书与孙权》一文看，此诗可能作于建安十三年征孙权的前夕。原作共两首，这里选的是第一首。作品反映了曹操为实现他统一全国的政治理想而广泛招揽人才的急切心情。第一节调子比较低沉，这是时代乱离和汉末以来社会上流行的颓废人生观在作者思想上引起的回波反响。从第二节起调子变化，作品出现了新境界，新场面。最后四句直抒胸臆，抑扬顿挫，慷慨激昂，是不可多得的四言警句。

曹丕

曹丕(187—226),字子桓,曹操的儿子。公元220年代汉称帝,即历史上所说的魏文帝。曹丕继承其父曹操的事业,在经营国家、发展中原地区的生产方面,也起了一定的进步作用;但他维护豪族利益,建立了所谓"九品中正法",为自此以后四五百年间腐朽反动的士族门阀制度开了头,在历史上的作用是很坏的。

曹丕与其父曹操、其弟曹植都喜爱文学,都是建安时期文学方面的积极创作者和热心提倡者。曹丕诗文的风格悲婉凄清、低回纤弱。《文心雕龙》曾说"魏文之才,洋洋清绮",沈德潜曾说"子桓诗有文士气",大约都是指的这个意思。总的说来,他作品的思想内容和艺术成就不如其父与其弟。但就论说文而言,曹丕的成就比其弟曹植为高,有名的《典论·论文》是我国文学批评史上最早的专篇著作。

曹丕的著作有辑本《魏文帝集》,诗歌注本以黄节的《魏文帝诗注》略为详备。

燕歌行(二首)

秋风萧瑟天气凉,草木摇落露为霜。
群燕辞归雁南翔,念君客游思断肠。

慊慊思归恋故乡[1]，君何淹留寄他方[2]？
贱妾茕茕守空房[3]，忧来思君不敢忘，不觉泪下沾衣裳。
援琴鸣弦发清商[4]，短歌微吟不能长[5]。
明月皎皎照我床，星汉西流夜未央[6]。
牵牛织女遥相望[7]，尔独何辜限河梁[8]？

✤注释

[1] 慊慊：不满、不平的样子。这句是写妻子想象其夫在外怀乡的情形。

[2] 淹留：久留。

[3] 茕茕：孤独的样子。

[4] 援：取。清商：东汉以来在民间曲调基础上形成的一种新乐调，以悲惋凄清为特色。

[5] 微吟：低唱。不能长：意思是说由于内心悲凄，不可能弹唱平和迂徐的歌曲。

[6] 星汉：天河。西流：西转。夜未央：夜未尽，通常指夜深，夜正长。

[7] 牵牛织女：二星名。牵牛星是天鹰星座的主星，俗称扁担星。织女星是天琴星座的主星。二星在天河两侧，隔河相对。在我国古代神话传说中，这两颗星被传说成一对受迫害、不能团聚的夫妻。

[8] 何辜：有何罪过。辜，亦通故，所以作"何故"讲亦通。限：分隔。以上二句是说，牛郎织女隔河相望，你们究竟有什么罪过这样地被隔开呢？问牛郎织女，同时也就是对自己夫妻被分开的怨叹。

✤评析

《燕歌行》属乐府《相和歌·平调曲》，与《齐讴行》、《吴趋行》相类，本来都是反映各自地区的生活，具有各自地区音乐特点的曲调。西汉以来，今北京一带地区（古燕地）是汉族与北方民族接界之地，时常发生战争，所以当时和后来有些反映战争和徭役的作品常爱以燕地为背景。在这两首诗里，作者以一个役夫妻子的口气，抒发了对远方丈夫的怀念，表现了对当时无休止的战争徭役破坏人民幸福的无限哀怨。风格清丽宛转。第一首诗尤佳。这两首诗在七言诗的发展上占有重要地位,它是我们今天所能见到的最早最完整的七言诗。

其　二

别日何易会日难,山川悠远路漫漫。
郁陶思君未敢言[1],寄声浮云往不还[2]。
涕零雨面毁容颜,谁能怀忧独不叹?
展诗清歌聊自宽[3],乐往哀来摧肺肝[4]。
耿耿伏枕不能眠[5],披衣出户步东西。
仰看星月观云间,飞鸧晨鸣声可怜[6],留连顾怀不能存[7]。

注释

[1] 郁陶:思念聚结的样子。未敢:不能,指无法诉说。

[2] 声:音声,音讯。这句是说,想托浮云带个音讯,结果浮云一去不回。

[3] 展诗:展开诗篇,即展开这首《燕歌行》。清歌:没有伴奏的独唱,即唱自己的《燕歌行》。

[4] 乐往哀来:实指没有快乐只有悲哀。

[5] 耿耿:内心清醒不能入眠的样子。

[6] 鸧:即白顶鹤,也叫鸧鸡、鸧鸹。

[7] 存:思存、思念。最后三句是说,仰望着天上的星月,耳听着鸧鸹的哀鸣,自己徘徊瞻望,(内心痛楚)再也不能想下去了。

杂　诗(二首)

漫漫秋夜长,烈烈北风凉。
展转不能寐[1],披衣起彷徨。
彷徨忽已久,白露沾我裳。

俯视清水波，仰看明月光。
天汉回西流[2]，三五正纵横[3]。
草虫鸣何悲，孤雁独南翔。
郁郁多悲思，绵绵思故乡[4]。
愿飞安得翼？欲渡河无梁。
向风长叹息，断绝我中肠。

✣ 注释

[1] 展转：翻来覆去、不能入睡的样子。

[2] 天汉：天河。"天汉回西流"与《燕歌行》的"星汉西流夜未央"同意。

[3] 三五：指天空疏稀的小星。纵横：指群星布列的样子。正纵横，言夜正深。夜深而觉星稀者，月明故也。

[4] 绵绵：言思绪之多且长。

✣ 评析

"杂诗"这种名称最早见于《昭明文选》，是编集的人把一些失题的作品排在一起，统名之曰"杂诗"。内容庞杂，非一时一事之作。"漫漫秋夜长"这首诗描写了秋夜的凄清景色，抒发了漂泊游子的寂寞怀乡之情。

其 二

西北有浮云，亭亭如车盖[1]。
惜哉时不遇[2]，适与飘风会[3]。
吹我东南行，行行至吴会[4]。
吴会非吾乡，安得久留滞。
弃置勿复陈[5]，客子常畏人。

✤注释

[1] 亭亭：孤高的样子。车盖：古代的车篷，形如大伞。

[2] 时不遇：未遇上好时机。

[3] 适：恰好。飘风：大旋风。

[4] 吴会：指当时的吴郡（郡治在今江苏省苏州市）和会稽郡（郡治在今浙江绍兴）。吴会当时都属于东吴，乃异国之地，这样说乃是用以比喻漂泊周流之远。

[5] “弃置”句：这是汉魏时诗中常见的套语，见汉乐府《孤儿行》、曹植《赠白马王彪》等。

✤评析

《文选》李善注曾题此诗曰“于黎阳作”，不知有何根据。黄初三年（222），曹丕南征孙权，曾到过黎阳（今河南浚县）。从诗中有“吹我东南行”诸语看来，此说有一定道理。但黄初六年（225）曹丕还有一次南征。这次南征曾达广陵故城，军队开到了长江边上，似与诗意更切合。作品以浮云的随风飘荡，比喻了客子征夫的周流之苦，流露了对当时战乱的厌倦情绪。

蔡 琰

蔡琰，字文姬，陈留圉（今河南杞县）人。生卒年代不详。其父蔡邕是汉末的著名学者，以文章闻名。蔡琰博学多才，精通音律。董卓之乱中蔡琰被乱军所虏，后流落入南匈奴。在匈奴中居十二年，生二子。中原地区平定后，被曹操赎回，改嫁于董祀。蔡琰保留下来的作品，比较可靠的只有两首《悲愤诗》；另一个组诗《胡笳十八拍》，也有人认为是蔡琰所作，但多数研究者认为是后人依托。

悲愤诗

汉季失权柄[1]，董卓乱天常[2]，
志欲图篡弑，先害诸贤良[3]。
逼迫迁旧邦[4]，拥主以自强[5]。
海内兴义师，欲共讨不祥[6]。
卓众来东下[7]，金甲耀日光。
平土人脆弱[8]，来兵皆胡羌[9]。
猎野围城邑，所向悉破亡[10]。
斩截无孑遗[11]，尸骸相撑拒[12]。
马边悬男头，马后载妇女[13]。

长驱西入关，迥路险且阻[14]。
还顾邈冥冥[15]，肝脾为烂腐。
所略有万计[16]，不得令屯聚[17]。
或有骨肉俱[18]，欲言不敢语。
失意几微间[19]，辄言“毙降虏[20]，
要当以亭刃，我曹不活汝[21]”。
岂敢惜性命，不堪其詈骂。
或便加棰杖，毒痛参并下[22]。
旦则号泣行，夜则悲吟坐。
欲死不能得，欲生无一可。
彼苍者何辜[23]，乃遭此厄祸[24]？

边荒与华异[25]，人俗少义理[26]。
处所多霜雪，胡风春夏起。
翩翩吹我衣，肃肃入我耳[27]。
感时念父母，哀叹无终已。
有客自外来[28]，闻之常欢喜。
迎问其消息[29]，辄复非乡里。
邂逅邀时愿[30]，骨肉来迎己[31]。
己得自解免，当复弃儿子。
天属缀人心[32]，念别无会期。
存亡永乖隔，不忍与之辞[33]。
儿前抱我颈，问母“欲何之？
人言母当去，宁复有还时？
阿母常仁恻，今何更不慈？
我尚未成人，奈何不顾思？”

见此崩五内[34]，恍惚生狂痴。
号泣手抚摩，当发复回疑。
兼有同时辈[35]，相送告别离。
慕我独得归，哀叫声摧裂[36]。
马为立踟蹰，车为不转辙。
观者皆歔欷[37]，行路亦呜咽[38]。

去去割情恋[39]，遄征日遐迈[40]。
悠悠三千里，何时复交会？
念我出腹子，胸臆为摧败。
既至家人尽，又复无中外[41]。
城郭为山林，庭宇生荆艾[42]。
白骨不知谁，纵横莫覆盖。
出门无人声，豺狼号且吠。
茕茕对孤影，怛咤糜肝肺[43]。
登高远眺望，神魂忽飞逝。
奄若寿命尽[44]，旁人相宽大[45]。
为复强视息[46]，虽生何聊赖[47]，
托命于新人[48]，竭心自勖厉[49]。
流离成鄙贱，常恐复捐废[50]。
人生几何时，怀忧终年岁。

✤注释

[1] 汉季：汉末。失权柄：指汉朝的皇帝失去权柄，朝政被宦官和外戚所争夺把持。

[2] 天常：犹言“纲常”、“伦常”，指君臣父子等封建秩序而言。有关汉末宦官专权，董卓废少帝，立献帝，以及烧洛阳、挟持献帝西迁长安的情

况,可参看曹操的《蒿里行》。

[3] 诸贤良:指周珌、伍琼等。东方诸郡起兵讨董卓,董卓欲裹挟汉献帝西迁长安,督军校尉周珌、城门校尉伍琼等反对,被董卓杀害。

[4] 旧邦:指长安,长安是西汉的国都。

[5] 拥主:即挟天子以令诸侯的意思。拥,这里指挟制。以上二句是说,董卓逼迫汉献帝迁都长安,是为了便于他借着帝室的名义以壮大自己。

[6] 不祥:不善,指董卓及其军阀集团。兴义师讨不祥事,参看曹操《蒿里行》。

[7] 卓众东下:据《三国志·董卓传》,献帝初平三年(192),"卓女婿中郎将牛辅典兵别屯陕,分遣校尉李傕、郭汜、张济略陈留、颍川诸县"。蔡琰被掠,当即此时事。

[8] 平土:平原,这里指中原地区。

[9] 胡羌:古代称北部地区的少数民族曰胡,称西部地区的少数民族曰羌。董卓的军队多是西北地区的人,杂有少数民族,故称"来兵皆胡羌"。

[10] 猎野:在田野上打猎,其实即指对农村的攻杀抄掠。以上二句是说,董卓乱军抄掠乡村,攻击城市,所到之处,破坏无余。

[11] 无孑遗:一个也没有留下。孑:单个。

[12] 撑拒:支柱,这里是形容横躺竖卧的尸体骸骨之多。

[13] "马边"二句:抄掠陈留的情况,历史上没有详细记载,至记述卓军抄掠阳城时有云:"时适二月社,民各在其社下,(卓军)悉就断其男子头,驾其车牛,载其妇女财货,以所断头系车辕轴,连轸而还洛。""入开阳城门,焚烧其头,以妇女与甲兵为婢妾。"(《三国志·董卓传》)可与此诗参证。

[14] 入关:指李傕、郭汜等纵兵抄掠陈留、颍川后,又回陕县。陕县在函谷关之西。以上二句是说,蔡琰和其他被掠的人一起被带入关中,回望家乡,山高路远,欲归无由。

[15] 还顾:指回望家乡。邈冥冥:迷茫荒远的样子。

[16] 略:这里同"掠"。

[17] 屯聚:集聚。以上二句是说,被掠的有一万多人,散在军中,不许他

们集聚一起。

[18] 骨肉俱：亲人一道被掠来了。

[19] 几微：犹言“稍稍”，几和微都是小的意思。

[20] 辄言：动不动地就说。以上二句是说，不知有点什么小事触动了匪军们的不高兴，他们立刻就骂道：“杀了你这个囚徒！”

[21] 这二句是说，你们要是想挨刀，我们就宰了你！亭，当，挨。我曹：我们，匪兵自称。不活汝：不叫你活。

[22] 毒痛：内心里的恨和身上的痛苦。毒：恨。参并下：同时俱至。

[23] 彼苍：指天。《诗经・黄鸟》：“彼苍者天。”这里是歇后的用法。

[24] 厄祸：灾难。这两句如同说：“天哪，我们到底有什么罪过，叫我们受这样的苦难？”

(以上为第一段，写董卓之乱和自己被匪兵所掳的情形。)

[25] 边荒：边远之地，指蔡琰流落在南匈奴中所住的地方，大约在今内蒙古自治区河套一带。据《后汉书・列女传》云：“兴平中，天下丧乱，文姬为胡骑所获，没于南匈奴左贤王。”兴平(194—195)是汉献帝的年号。蔡琰于公元 192 年被董卓军队所掳，三年后又如何地流落入南匈奴，情况不详。

[26] 这句是隐指在南匈奴中所受的种种侮辱委屈。

[27] 肃肃：风声。

[28] 自外来：由外面(实指中原地区)来到南匈奴中。

[29] 迎问：迎着向他打听家乡的消息。

[30] 邂逅：意外地遇到。徼：同邀，求得，得到。时愿：时机、愿望。

[31] 骨肉：亲近的人，这里指故国的亲人。《后汉书・列女传》云：“(蔡琰)在胡中十二年，生二子。曹操素与邕善，痛其无嗣，乃遣使者以金璧赎之，而重嫁于祀。”

[32] 天属：天然的连属关系，这里指母子关系。缀人心：心心相连。缀：联系。

[33] 存亡：指生死之别。乖隔：分离、隔绝。以上四句是说，想到母子的骨肉之情，今后要永远离别、不能再见，内心痛苦，不忍心与孩子告辞。

[34] 五内：五脏。

[35] 同时辈：同时被掳去的人。

[36] 摧裂：指裂人肝腑，极言其伤心痛苦。

[37] 歔欷：抽泣。

[38] 行路：过路的人。

（以上为第二段，写自己流落到南匈奴中所过的屈辱生活和被赎归时的别子之痛。）

[39] 情恋：指母子依恋之情。

[40] 遄征：疾速行走。遄：疾速。日遐迈：一天比一天地走远了。遐、迈，都是远的意思。

[41] 中外：古代称舅父家的子女为内兄弟，称姑母的子女为外兄弟。这里泛指近亲。

[42] 荆艾：荆棘、艾蒿，这里泛指杂草。

[43] 怛咤：惊叹、惊叫。糜：碎烂。以上二句是说，孤单一人形影相吊，伤心叹息，心痛如割。

[44] 奄若：奄然，恍忽忽地。

[45] 宽大：宽慰，劝解。以上四句是说，登高远望，满目凄凉，神魂飞散，恍忽欲死，每到这种时刻，幸亏有旁人来宽慰自己。

[46] 强视息：勉强地活着。视：看。息：喘息。

[47] 聊赖：依靠寄托，这里是"希望"、"乐趣"的意思。以上二句是说，尽管我也能勉强地活着，但这种生活又有什么意思呢？

[48] 托命新人：指改嫁董祀。

[49] 勖厉：勉励。勖：勉。以上二句是说，改嫁新人以后，自己小心谨慎，尽量地勉励自己。

[50] 捐废：抛弃。以上二句是说，自己几经流离，身为下贱，深怕再被人抛弃。

（以上为第三段，写回乡后的思想矛盾和精神痛苦。）

✤评析

据《后汉书·列女传》记载，蔡琰归国后，嫁与董祀为妻。后来应曹操之命，忆写蔡邕旧日所藏之书四百余篇，"文无遗误"。后来又"感伤乱离，追怀悲愤，作诗二首"。可知这两首《悲愤诗》

的写作年代较晚，是两首痛定思痛的作品。这里选的是第一首。在这里，作者沉痛地记叙了自己十几年来的悲惨境遇，反映了东汉末年的时代乱离。其中描写董卓乱军的残暴、人民遭受的浩劫，以及边地生活的凄苦等等，都景象逼真，尤其写归国别子的情景，更为深切动人。

附：胡笳十八拍

我生之初尚无为[1]，我生之后汉祚衰[2]。天不仁兮降离乱[3]，地不仁兮使我逢此时。干戈日寻兮道路危[4]，民卒流亡兮共哀悲[5]。烟尘蔽野兮胡虏盛[6]，志意乖兮节义亏[7]。对殊俗兮非我宜[8]，遭恶辱兮当告谁？笳一会兮琴一拍[9]，心愤怨兮无人知。

戎羯逼我兮为室家，将我行兮向天涯[10]。云山万重兮归路遐[11]，疾风千里兮扬尘沙。人多暴猛兮如虺蛇[12]，控弦被甲兮为骄奢[13]。两拍张弦兮弦欲绝[14]，志摧心折兮自悲嗟。

越汉国兮入胡城[15]，亡家失身兮不如无生。毡裘为裳兮骨肉震惊[16]，羯膻为味兮枉遏我情[17]。鞞鼓喧兮从夜达明[18]，胡风浩浩兮暗塞营[19]。伤今感昔兮三拍成，衔悲蓄恨兮何时平？

无日无夜兮不思我乡土，禀气含生兮莫过我最苦[20]。天灾国乱兮人无主[21]，唯我薄命兮没戎虏。殊俗心异兮身难处，嗜欲不同兮谁可与语？寻思涉历兮多艰阻[22]，四拍成兮益凄楚。

雁南征兮欲寄边心[23]，雁北归兮为得汉音[24]。雁飞高兮邈难寻，空断肠兮思愔愔[25]。攒眉向月兮抚雅琴[26]，五拍泠泠兮意弥深[27]。

冰霜凛凛兮身苦寒，饥对肉酪兮不能餐[28]。夜闻陇水兮声呜咽[29]，朝见长城兮路杳漫[30]。追思往日兮行李难[31]，六拍悲来兮欲罢弹。

日暮风悲兮边声四起[32]，不知愁心兮说向谁是？原野萧条兮烽戍万里[33]，俗贱老弱兮少壮为美[34]。逐有水草兮安家葺垒[35]，牛羊满野兮聚如蜂蚁。草尽水竭兮羊马皆徙，七拍流恨兮恶居于此[36]？

为天有眼兮何不见我独漂流[37]？为神有灵兮何事处我天南海北头[38]？我不负天兮天何配我殊匹[39]？我不负神兮神何殛我越荒州[40]？制兹八拍兮拟排忧，何知曲成兮心转愁！

天无涯兮地无边，我心愁兮亦复然。生倏忽兮如白驹之过隙[41]，然不得欢乐兮当我之盛年。怨兮欲问天，天苍苍兮上无缘[42]。举头仰望兮空云烟，九拍怀情兮谁与传？

城头烽火不曾灭[43]，疆场征战何时歇？杀气朝朝冲塞门[44]，胡风夜夜吹边月。故乡隔兮音尘绝，哭无声兮气将咽。一生辛苦兮缘离别[45]，十拍悲深兮泪成血。

我非贪生而恶死，不能捐身兮心有以[46]。生仍冀得兮归桑梓[47]，死当埋骨兮长已矣[48]。日居月诸兮在戎垒[49]，胡人宠我兮有二子。鞠之育之兮不羞耻[50]，愍之念之兮生长边鄙[51]。十有一拍兮因兹起，哀响缠绵兮彻心髓[52]。

东风应律兮暖气多[53]，知是汉家天子兮布阳和[54]。羌胡蹈舞兮共讴歌，两国交欢兮罢兵戈[55]。忽遇汉使兮称近诏[56]，遣千金兮赎妾身[57]。喜得生还兮逢圣君，嗟别稚子兮会无因。十有二拍兮哀乐均[58]，去住两情兮难具陈。

不谓残生兮却得旋归[59]，抚抱胡儿兮泣下沾衣。汉使迎我兮四牡骓骓[60]，号失声兮谁得知？与我生死兮逢此时[61]，愁为子兮日无光辉[62]，焉得羽翼兮将汝归[63]？一步一远兮足难移，魂消影绝兮恩爱遗[64]。十有三拍兮弦急调悲，肝肠搅刺兮人莫我知[65]。

身归国兮儿莫之随，心悬悬兮长如饥。四时万物兮有盛衰，唯我愁苦兮不暂移。山高地阔兮见汝无期，更深夜阑兮梦汝来斯[66]。梦中执手兮一喜一悲，觉后痛我心兮无休歇时。十有四拍兮涕泪交垂，河水东流兮心自思。

十五拍兮节调促，气填胸兮谁识曲？处穹庐兮偶殊俗[67]，愿得归来兮天从欲，再还汉国兮欢心足。心有怀兮愁转深，日月无私兮曾不照临[68]。子母分离兮意难任[69]，同天隔越兮如商参[70]。生死不相知兮何处寻？

十六拍兮思茫茫，我与儿兮各一方。日东月西兮徒相望，不得相随兮空断肠。对萱草兮忧不忘[71]，弹鸣琴兮情何伤！今别子兮归故乡，旧怨平兮新怨长。泣血仰头兮诉苍苍[72]，胡为生我兮独罹此殃[73]？

十七拍兮心鼻酸，关山修阻兮行路难[74]。去时怀土兮心无绪[75]，来时别儿兮思漫漫。塞上黄蒿兮枝枯叶干，沙场白骨兮刀痕箭瘢。风霜凛凛兮春夏寒，人马饥虺兮筋力单[76]。岂知重得兮入长安[77]，叹息欲绝兮泪阑干[78]。

胡笳本自出胡中，缘琴翻出音律同[79]。十八拍兮曲虽终，响有余兮思无穷。是知丝竹微妙兮均造化之功[80]，哀乐各随人心兮有变则通[81]。胡与汉兮异域殊风，天与地隔兮子西母东。苦我怨气兮浩于长空[82]，六合虽广兮受之应不容[83]。

✤注释

[1] 无为：无事，指社会安定。

[2] 汉祚衰：汉朝的国运衰落，指桓帝灵帝时的宦官专权，宦官外戚之争等。祚，福，引申为运命。《诗经·兔爰》："我生之初尚无为，我生之后逢此百罹（灾祸）。"这里是化用其句。

[3] 离乱：指从张让董卓之乱开始的汉朝政权崩溃、军阀混战，以及由此造成的人民流离等事。可与曹操的《薤露行》、《蒿里行》、蔡琰的《悲愤诗》互相参看。

[4] 寻：延续、接连不断。

[5] 卒：同"猝"，仓促、慌乱。以上二句是说，每天都在打仗，道路极其危险，百姓逃难，慌乱悲伤。

[6] 胡虏：指匈奴人。

[7] 志意乖：指与自己的意志相违背。乖：违背。节义亏：指自己被匈奴人所掳娶而言。

[8] 殊俗：不同的风俗习惯。

[9] 一会：一翻、一段。一拍：犹言一会。这句是说，一段琴曲正好是相应的一段胡笳曲，指蔡琰用琴来演奏胡笳曲而言。

[10] 戎羯：当时游牧于西北边地的少数民族名，这里用以代指匈奴人。室家：古代用以指妻妾。将：挟持。以上二句是说，匈奴人逼我做他的妻室，把我远远地带到了天边。

[11] 遐：遥远。

[12] 虺蛇：一种毒蛇。

[13] 控弦：拉弓。控：拉。骄奢：骄傲蛮横。以上二句是说，这些匈奴人都很暴猛，每天以披甲射箭互相争能。

[14] 张弦：上弦，这里即指弹奏。

[15] 越：这里指离开。

[16] 骨肉震惊：指对异族的衣饰感到厌恶可怕。

[17] 羯膻：指带有膻气的羊肉羊奶之类。羯：羊之阉者。枉遏：委屈，不顺。以上二句是说，面对异族的服装，内心感到厌恶；面对异族的食物，也感到与自己的习性相违。

[18] 鞞鼓：古代军中所敲的一种小鼓。

[19] 暗：迷漫、笼罩。塞营：边塞上的营垒，这里即指匈奴人所住的帐篷。

[20] 禀气含生：泛指人类，古人认为人都是禀天地之气而生。《论衡·骨

相篇》:"禀气于天,立形于地。"含生,指具有生命者。

[21] 无主:无聊赖,无依靠。

[22] 涉历:经历。这句是说,追想自己的经历,那是多么艰难啊。

[23] 边心:边人怀乡之心。

[24] 汉音:来自汉朝(故国家乡)的音讯。

[25] 愔愔:静默深沉的样子。以上四句是说,看到雁往南飞,就想拜托雁行把自己的怀乡之情带给故乡;看到雁行南来,就想得到故乡的消息,可是,雁行高渺,难以追寻,空使自己伤心肠断。

[26] 攒眉:皱眉。

[27] 泠泠:凄凉而清脆的声音。

[28] 酪:乳类制品。

[29] 陇水:陇山上下来的流水。北朝乐府《陇头歌辞》有云:"陇头流水,鸣声呜咽。遥望秦川,肝肠断绝。"这里是化用其句。陇山在今陕西省陇县西北。

[30] 杳漫:荒远的样子。以上二句是说,夜间听着汩汩的陇水,犹如呜咽;白天望着迤逦的长城,归路遥远。

[31] 往日行李:指当初被掠来时沿途经受的苦楚。行李:行程。

[32] 边声:通常指边境上的战马与号角之声,也包括边野上的风声。

[33] 烽戍:烽火台与戍卒的营垒。

[34] 俗贱句:《史记·匈奴列传》:"自君王以下皆食畜肉,衣其皮革,被毡裘,壮者食肥美,老者食其余,贵壮健,贱老弱。"按,历史上历来轻视少数民族,有不少带有侮辱性的不实的记载,我们应有所分析。

[35] 逐有水草句:《史记·匈奴列传》:"逐水草迁徙,无城郭常处耕桑之业。"逐:随着。葺垒:搭帐篷,修营垒。

[36] 流恨:指抒发怨恨之情。恶居于此:为何让我生活在这样的地方?恶:为何。

[37] 为:同谓。

[38] 何事:为何。

[39] 负:亏欠,对不起。殊匹:不同类。

[40] 殛:诛杀。这里是惩罚的意思。越:流离、流落。

[41] 倏忽:一闪即逝的样子。白驹过隙:语出《庄子·知北游》:"人生天

地间，若白驹之过隙，忽然而已。”白驹指日光。隙：指墙缝。这句的意思是极言人生之短暂。

[42] 上无缘：无法得上。缘：因，办法。

[43] 城：指长城。

[44] 塞门：边塞上的城关，这里指长城的关口。郭沫若认为“塞门”可能本来作“塞阙”，以合本诗句句押韵之通例。

[45] 辛苦：辛酸痛苦。

[46] 捐身：指自杀。有以：有原因。

[47] 冀：希望。桑梓：指乡里家园。《诗经·小弁》：“维桑与梓，必恭敬止。”朱熹《集传》：“桑梓，二木，古者五亩之宅，树之墙下，以遗子孙，给蚕食，具器用者也。”后用以称乡里家园。这句的意思是，我之所以这样地苟且求活，是希望着有个返回故乡之日。

[48] “死当埋骨”句：这句是“冀归桑梓”句的陪衬，“冀归桑梓”是“不能捐身”的原因。

[49] 日居月诸：《诗经·日月》：“日居月诸，照临下土。”朱熹《集传》曰：“日居月诸，呼而诉之也。”犹言日啊月啊！这里稍变其意，是日日月月、常年如此的意思。戎垒：犹言胡营。

[50] 鞠育：养育。《诗经·蓼莪》：“父兮生我，母兮鞠我，拊我畜我，长我育我。”毛传：“鞠，养。”郑笺：“育，覆育。”

[51] 愍：可怜，怜悯。边鄙：泛指边远之地。鄙：边邑。以上二句是说，我不顾羞耻地抚养我这两个孩子，我可怜他们生长在这遥远的边地。

[52] 心髓：即指心脏。

[53] 应律：古代把黄锺、太簇、姑冼、蕤宾、夷则、无射六个定音管称作阳律，把林锺、南吕、应锺、大吕、夹锺、中吕六个定音管称作阴吕，合称为十二律。古人又总爱神秘化地把音律和岁时节气联系起来，说什么十二律和一年十二个月的节候相应，说是如把十二律管中都装上葭灰，那么，到哪个月时，哪个相应律管内的葭灰就会自行飞出。古人认为正月律中太簇，那么春天的节候一到，其相应的律管太簇就要飞灰，这就是所谓“应律”。可参看《史记·律书》、《汉书·律历志》，其实并无根据。

[54] 阳和：春日的温暖之气，这里比喻皇帝的恩泽。

[55]“两国交欢”句：据历史记载，当时汉与南匈奴并未发生战争，因此也就无所谓“罢兵戈”。郭沫若认为是指汉与乌桓的战事而言，曹操平定乌桓是在建安十二年，详见《观沧海》诗注，而且此役也难得说是“两国交欢”，郭说不可从。《胡笳十八拍》中这种矛盾尚多，都是人们怀疑非蔡琰自作的证据。

[56]近诏：皇帝新近下达的诏令。

[57]“遣千金”句：《后汉书·列女传》：“（蔡琰）在胡中十二年，生二子。曹操素与邕善，痛其无嗣，乃遣使者以金璧赎之，而重嫁董祀。”

[58]哀乐均：别子之哀与归国之乐相等。

[59]不谓：没有料到。

[60]四牡騑騑：《诗经·四牡》：“四牡騑騑，周道倭迟（义同逶迤）。”四牡，指四匹马拉的车子。牡：雄兽，这里指公马，壮健的马。騑騑：奔行不止的样子。

[61]生死：即生离死别。

[62]愁为子：为别子而愁。日无光辉：指天地也为他们的母子之别而动容。

[63]将：挟持、携带。

[64]魂消影绝：指人的分开，互相看不见了。恩爱遗：情意仍然存在。遗，遗留。

[65]搅刺：同绞戾、绞扭。肝肠搅刺：是说肝肠如同绞扭一般的疼痛。刺，有本作刺。

[66]阑：尽，但夜阑通常用指夜深。斯：语气词。

[67]穹庐：游牧民族所住的毡帐。偶殊俗：与不同风俗习惯的人一道生活。偶，配偶，也可以泛称与……相对，与……为伍。

[68]这句的意思是，日月本来是无私的，是普照一切的，但却偏偏不照耀我。《礼记·孔子闲居》：“天无私覆，地无私载，日月无私照。”这里反用其义。

[69]意：指离别之痛。难任：难当，难以承受。

[70]同天：同在一个天空之下。商参：二星名，参星居西方，商星在东方，出没两不相见，故通常以参商来比喻人的不能相遇。

[71]萱草：亦名忘忧草。这句是说，面对着忘忧草，而仍是不能忘掉

忧伤。

[72] 诉苍苍：对着苍天泣诉。

[73] 罹：遭遇。

[74] 修阻：指路途的遥远而难行。修：长。阻：险。

[75] 去时：指被掠去的时候。怀土：怀念故乡。土：乡土。无绪：指心情烦乱。

[76] 瘽：同瘨，病也。单：同"殚"，尽也。

[77] 长安：西汉的故都，蔡文姬归途中所过的地方。

[78] 阑干：形容纵横众多的样子。

[79] 缘琴翻出：用琴演奏胡笳曲。

[80] 丝竹：泛指乐器。丝，指琴瑟等弦乐器；竹，指笙箫等管乐器。均：相等。造化：造物者，如同古代通常所说的"上天"、"上帝"。

[81] 有变则通：心里有什么活动就能通过音乐表现出来。

[82] 浩：用如动词，充塞，充满。

[83] 六合：指上、下、东、西、南、北之内的整个空间。

✣ 评析

《胡笳十八拍》见于宋代郭茂倩编的《乐府诗集》和朱熹编的《楚辞后语》，不见于更早的典籍，所以关于此诗的作者历来是个疑案。1959 年郭沫若曾先后写了六篇文章，坚持认为是蔡琰的作品，并且还专门为此写了一本话剧《蔡文姬》。但多数学者仍不认为是蔡琰之作。由于此诗的成就甚高，而且一般人也都认为其写作年代不会晚于隋朝，所以我们暂时仍把它放在这里。胡笳曲出自匈奴，本来是以胡笳伴奏的，后来又改编成了琴曲。从本诗的第十八节"胡笳本自出胡中，缘琴翻出音律同"来看，这十八段歌辞仿佛是为琴曲而作。作品表现了蔡文姬身遭离乱，流落南匈奴中十二年，后被曹操赎回改嫁董祀的全过程，反映了东汉末年的社会动乱和人民所遭受的深重苦难。作品的重点是写蔡文姬十几年所过的屈辱生活，和她精神上的矛盾与痛苦，其中又特别写她归汉时的别子之痛，表现了蔡文姬难以克服的剧烈而又复杂的心理矛盾。郭沫若曾赞美这首诗,说它"像滚滚不尽的海涛,像喷发着熔岩的活火山",是诗人"用整个的灵魂吐诉出来的绝叫"。说它"感情的沸腾,着想的大胆,措辞的强烈,形式的越轨,都是古代人所不能接受的"。我们虽然并不一定认为本篇是蔡琰所作,但我们觉得郭沫若同志的这段艺术评述仍可参考。这篇作品在语言风格上,兼有楚辞和乐府民歌的特点,质朴委婉,苍凉悲壮,一唱三叹。

王　粲

王粲(177—217)，字仲宣，山阳高平(今山东邹县西南)人，是东汉灵帝时大官僚王畅的孙子。少有才名。董卓之乱后，王粲南奔依附刘表；曹操平定荆州后，王粲又归顺了曹操，先后曾为丞相掾、侍中等官。其作品情调悲凉，反映当时的社会动乱和人民疾苦比较突出，是“建安七子”中文学成就最高的一个。

作品有辑本《王侍中集》。

七　哀(二首)

西京乱无象[1]，豺虎方遘患[2]。
复弃中国去[3]，委身适荆蛮[4]。
亲戚对老悲，朋友相追攀[5]。
出门无所见，白骨蔽平原。
路有饥妇人，抱子弃草间。
顾闻号泣声，挥泪独不还：
“未知身死处，何能两相完[6]？”
驱马弃之去，不忍听此言。
南登霸陵岸[7]，回首望长安。
悟彼下泉人[8]，喟然伤心肝[9]。

✤注释

[1] 西京：指长安，西汉时的国都。东汉建都在洛阳，洛阳称为东都。董卓之乱后，汉献帝又被董卓由洛阳迁到了长安。无象：无章法，无体统。

[2] 豺虎：指董卓的部将李傕郭汜等。遘患：给人民造成灾难。

[3] 中国：中原地区。

[4] 委身：置身。荆蛮：即指荆州。古代中原地区的人称南方的民族曰蛮，荆州在南方，故曰荆蛮。荆州当时未遭战乱，逃难到那里去的人很多。荆州刺史刘表曾从王粲的祖父王畅受学，与王氏是世交，所以王粲去投奔他。

[5] 追攀：追逐拉扯，表示依依不舍的样子。

[6] 完：保全。以上两句是作者听到的那个弃子的妇人所说的话。

[7] 霸陵：汉文帝刘恒的陵墓，在今陕西省西安市长安区东。岸：高坡、高冈。汉文帝是两汉四百年中最负盛名的皇帝，这个时期的社会秩序比较稳定，经济发展较快。所以王粲在这里引以对比现实，抒发感慨。

[8]《下泉》：《诗经·曹风》中的一个篇名，汉代经师们认为这是一首曹国人怀念明王贤伯的诗。下泉，流入地下的泉水。

[9] 喟然：伤心的样子。这首诗最后四句的意思是，面对着汉文帝的陵墓，对比着当前的离乱现实，就更加伤心地领悟到《下泉》诗作者思念明主贤臣的那种急切心情了。

✤评析

汉代乐府中没有《七哀》这个题目。吴兢《乐府古题要解》说"《七哀》起于汉末"。从今天现有材料看，《七哀》可能即始自王粲，是他自创的新题。汉献帝初平元年(190)，董卓作乱；初平三年四月，吕布杀董卓；六月，董卓的部将李傕、郭汜等率军在长安作乱，大肆烧杀抢掠，王粲这时候离长安南投刘表。"西京乱无象"这首诗就记述了作者在乱离中所见所闻的悲惨景象，表现了作者对军阀混战的厌恶，和对人民苦难的深切同情。作品选材典型，发语悲恻，具有很强的感染力。

其 二

荆蛮非吾乡，何为久滞淫[1]？
方舟溯大江[2]，日暮愁吾心。
山冈有余映[3]，岩阿增重阴[4]。
狐狸驰赴穴[5]，飞鸟翔故林。
流波激清响，猴猿临岸吟。
迅风拂裳袂，白露沾衣襟。
独夜不能寐，摄衣起抚琴[6]。
丝桐感人情[7]，为我发悲音。
羁旅无终极[8]，忧思壮难任[9]。

✤ 注释

[1] 滞淫：停留、淹留。其《登楼赋》有云："虽信美而非吾士兮，曾何足以少留！"与此开头二句意同。

[2] 方舟：二舟相并，这里即指泛舟、行舟。溯：逆流而上。

[3] 余映：余晖。

[4] 岩阿：山之曲隩处。重阴：深暗的样子。《文选》六臣注张铣解释这两句说："谓日将没，山脊之上犹映余光，而岩阿本阴，今复日暮，是增为重阴。"

[5] 赴穴：归老巢。暗用"狐死首丘"之义，反比漂泊在外的人对故乡的怀念之情。屈原《哀郢》："鸟飞还故乡兮，狐死必首丘。"这里是化用其句。

[6] 摄衣：整衣。

[7] 丝桐：指琴，因为琴是由桐木与丝弦构成的。

[8] 羁旅：寄居异地为客。无终极：无尽头，无归期。

[9] 壮：盛，甚。难任：难以忍受。《登楼赋》有"情眷眷而怀归兮，孰忧思之可任！"与此最末二句意同。意思是说，漂泊在外的日子没有尽头，沉重的忧伤令人难以忍受。

✤评析

建安前期的荆州，与曹操所处的邺下相同，也是一个文士集中的地方，但由于刘表的才能庸劣，故四方来投的文学智能之士，多感到所事非人而甚为失望。本篇就表现了王粲当时的政治苦闷，和他寄居异地、怀念家乡的寂寞忧伤之情。作者这时期还作有一篇《登楼赋》，主旨与此诗大体相同，可以参证。

杂　诗

日暮游西园，冀写忧思情[1]。
曲池扬素波，列树敷丹荣[2]。
上有特栖鸟[3]，怀春向我鸣[4]。
褰衽欲从之[5]，路险不得征。
徘徊不能去，伫立望尔形[6]。
风飚扬尘起[7]，白日忽已冥。
回身入空房，托梦通精诚。
人欲天不违，何惧不合并[8]。

✤注释

[1] 冀：希望。写：泄也，除也。

[2] 丹荣：红花。以上二句是说，池水泛着波浪，树上开着红花。

[3] 特栖：独栖。特：孤，独。

[4] 怀春：感春而有所思。通常用为未婚女子对男子的思慕。

[5] 褰衽：提起衣襟。

[6] 伫立：久立。以上四句是说，我本想去找你，可是路途难走；但是我又不舍得离你而去，我只能久久地望着你。

[7] 飚：旋风。

[8] 最后二句是说，老天爷不会违背人的愿望，我们将来会到一起的。

✤评析

这是王粲后期的一篇作品，大约作于建安十九年(214)至二十二年(217)之间。当时曹植很受曹操的赏识，曹丕尚未立为太子。两人各植党羽，互相斗争很激烈。王粲这时在邺下为曹操当僚属，曹丕曹植两人都想和他交好，但王粲却深怕卷入漩涡，而采取一种非常谨慎的态度。这首诗就表现了他思念曹植，但又不敢公开与他交好的心理活动。曹植有一首《赠王粲》，可以与此参看。

陈　琳

陈琳(？—217),字孔璋,广陵(今江苏省扬州市东北)人。先为何进主簿,后为袁绍典文章。袁氏败后,陈琳归曹操,曾为军谋祭酒、管记室等职。陈琳以文章见长,尤以章表书檄诸体为最。曹丕曾说,“琳瑀(陈琳阮瑀)之章表书记,今之隽也”(《典论·论文》)。陈琳的诗歌留下来的只有四首,以《饮马长城窟》为最好。

作品有辑本《陈记室集》。

饮马长城窟

饮马长城窟[1],水寒伤马骨。
往谓长城吏:“慎莫稽留太原卒[2]。”
“官作自有程[3],举筑谐汝声[4]!”
“男儿宁当格斗死,何能怫郁筑长城[5]?”
长城何连连[6],连连三千里。
边城多健少,内舍多寡妇[7]。
作书与内舍:“便嫁莫留住[8]。
善事新姑嫜[9],时时念我故夫子[10]。”
报书往边地:“君今出言一何鄙[11]!”

“身在祸难中，何为稽留他家子[12]？
生男慎莫举[13]，生女哺用脯[14]。
君独不见长城下，死人骸骨相撑拄？”
“结发行事君[15]，慊慊心意关[16]。
明知边地苦，贱妾何能久自全[17]？”

✤ 注释

[1] 长城窟：长城侧畔的泉眼。窟：泉窟，即今之所谓“泉眼”。

[2] 慎：小心，千万，这里是告诫的语气。稽留：滞留，阻留。这句是役夫们对长城吏说的话。

[3] 官作：官府的工程，指筑城任务而言。程：期限，指标。

[4] 筑：夯，砸土的工具。谐：和调一致。这两句的意思是，筑城任务有一定的期限，你们就只管齐唱着打夯歌干就是了。这是长城吏不耐烦地回答太原卒们的话。

[5] 怫郁：烦闷，憋着气。以上二句是说，“男子汉应当战斗而死，怎能忍气吞声地在这里修一辈子城呢？”这是役夫们气愤的话。

[6] 连连：绵长不断的样子。

[7] 内舍：内地的家里。寡妇：指役夫们的妻子，古时凡妇人独居者皆可称为寡妇。

[8] 嫁：改嫁。丈夫劝自己的妻子改嫁，其内心痛苦可想而知。

[9] 事：侍奉。姑嫜：婆婆公公。旧时媳妇称公公叫舅，称婆婆叫姑。《释名》：“俗或称谓舅曰章，通嫜。”

[10] 故夫子：旧日的丈夫。古时妇女有称丈夫曰夫子者。以上三句是役夫给家中妻子信中所说的话。

[11] 鄙：粗陋，不通情理。这是役夫的妻子回答役夫的话。

[12] 他家子：人家的女孩子，这里是指自己的妻子而言。古时称少女少妇亦曰子。

[13] 举：本义指古代给初生婴儿的洗沐礼。《史记·孟尝君列传》索隐云：“举谓浴而乳之。”后世一般用为“抚养”之义。

[14] 哺：喂养。脯：肉干儿。“生男慎勿举”四句是秦时民歌，见杨泉《物

理论》。原文是："生男慎勿举，生女哺用脯，不见长城下，尸骸相支拄。"以上六句又是役夫对家中妻子说的话。

[15] 结发：指十五岁，古时女子十五岁开始用笄结发。行：句中助词，如同现在所说的"来"。

[16] 慊慊：失意不满的样子。关：牵连。

[17] 全：活。最后四句是说，自从和你结婚以来，我就一直痛苦地关心着你。你在边地所受的苦楚我是明白的，（如果你要死了，）我自己又何必再长久地苟活下去呢？这是役夫的妻子回答役夫的话，表现了劳动人民的真挚感情和高尚道德。

✤ 评析

《饮马长城窟》属汉乐府《相和歌·瑟调曲》，这里是陈琳按照旧题写作的一首新辞。作品通过筑城役夫与官吏的问答，以及役夫和家中妻子的往复叮咛，描写了筑城劳动给人民带来的深重苦难。筑长城是从战国晚期开始，以后秦朝汉朝又都不断地进行过补修与增筑。因为筑城的役夫往往又同时是守城的士卒，所以这项差役是极其艰苦的，从汉代民歌中就有了以《饮马长城窟》为题的作品。陈琳这首诗的语言质朴，格调苍劲而悲凉，吟咏的虽是秦汉旧事，但流露的乃是建安时期世道乱离给人民造成的痛苦。

又：王汝弼先生说，今《乐府诗集》所收《饮马长城窟》的古辞为"青青河边草，绵绵思远道"，通篇未及长城事；而陈琳此篇反而正述修城，语亦古朴，疑陈琳此篇原是古辞，而前者乃陈琳之作，后人辑录时互倒了。今附记此说，以质达者。

刘 桢

刘桢(?—217),字公干,东平宁阳(今山东宁阳县)人。曹操为丞相,辟为掾属。也是“建安七子”之一。他的诗注重气势,不讲究辞藻,锺嵘说他的诗“仗气爱奇,动多振绝,真骨凌霜,高风跨俗。但气过其文,雕润恨少。然自陈思以下,桢称独步”(《诗品》)。评价是很高的。但今天能看到的作品,只有十五首,而且也看不出有多少高人之处。

作品有辑本《刘公干集》。

赠从弟

亭亭山上松[1],瑟瑟谷中风[2]。
风声一何盛,松枝一何劲!
冰霜正惨凄[3],终岁常端正。
岂不罹凝寒?松柏有本性[4]。

✣注 释

[1] 亭亭:孤高直立的样子。

[2] 瑟瑟:寒风声。

[3] 惨凄:凛冽、严酷。

[4] 罹:遭受。凝寒:严寒。最后二句是说,难道松柏没有遭到严寒的侵

凌吗？（但是它依然青翠如故，）这是它的本性决定的。

✤评析

《赠从弟》见于《昭明文选》，全诗共三首，这里是选的第二首。作品以不畏风霜的松树为喻，勉励他的从弟要有独立的人格和坚贞不屈的操守。这里既是勉励别人，同时也是个人的自况。其他两首一写苹藻，一写凤凰，笔法立意都与本篇相同。

徐干

徐干（170—217），字伟长，北海郡（今山东省昌乐县）人。“建安七子”之一。曾为曹操司空军谋祭酒，五官中郎将文学。性恬淡，不慕荣利，以著述自娱。著有《中论》，这是一部原本经训，阐发儒家义理的著作。诗歌被锺嵘列为下品，流传下来的很少；其辞赋曾被曹丕所称赞，说是可以和张衡、蔡邕相比，其实价值并不高。

室思

沉阴结愁忧[1]，愁忧为谁兴？
念与君相别，各在天一方。
良会未有期，中心摧且伤。
不聊忧飧食[2]，慊慊常饥空[3]。
端坐而无为，髣髴君容光[4]。

峨峨高山首，悠悠万里道。
君去日已远，郁结令人老[5]。
人生一世间，忽若暮春草。
时不可再得，何为自愁恼？

每诵昔鸿恩[6],贱躯焉足保[7]?

浮云何洋洋[8],愿因通我辞[9]。
飘飖不可寄,徙倚徒相思[10]。
人离皆复会,君独无反期。
自君之出矣,明镜暗不治[11]。
思君如流水,何有穷已时。

惨惨时节尽[12],兰华凋复零[13]。
喟然长叹息[14],君期慰我情[15]。
展转不能寐,长夜何绵绵。
蹑履起出户[16],仰观三星连[17]。
自恨志不遂,泣涕如涌泉。

思君见巾栉[18],以益我劳勤[19]。
安得鸿鸾羽,觏此心中人[20]。
诚心亮不遂[21],搔首立悁悁[22]。
何言一不见,复会无因缘。
故如比目鱼[23],今隔如参辰[24]。

人靡不有初,想君能终之[25]。
别来历年岁,旧恩何可期[26]?
重新而忘故,君子所尤讥[27]。
寄身虽在远,岂忘君须臾[28]?
既厚不为薄,想君时见思[29]。

✣注释

[1] 沉阴：形容忧伤的样子。

[2] 不聊：不是因为。聊：赖，因。飧：熟食。

[3] 慊慊：空虚不满的样子。以上二句是说，并不是缺少吃的东西，但自己时常感到空虚饥饿。这是用饥饿来比相思之情。

[4] 髣髴：迷离不清的样子，这里指想象。以上二句是说，我坐着干不下别的事，想象着你的仪容。

[5] 郁结：沉郁纠结，指忧愁痛苦之深。

[6] 诵：忆念。鸿恩：大恩，厚意。

[7] 贱躯：妇女自指。以上二句是说，每当我想起你对我的深恩厚意，我就觉得自己吃些苦又算得了什么呢？

[8] 洋洋：舒卷自如的样子。

[9] 通我辞：为我通辞，传话给远方的人。

[10] 徙倚：低徊流连的样子。徒：空自，白白地。

[11] 不治：不修整，这里指不揩拭。明镜不拭，积满尘土，亦犹《诗经·伯兮》"谁适为容"之意。

[12] 惨惨：伤心的样子。时节：时令季节。

[13] 兰华：即兰花。华字古义作花。

[14] 喟然：伤心的样子。

[15] 期：读如其，恳请的语气。或曰"君期慰我情"，似应作"期君慰我情"。期：期待，盼望。

[16] 躧履：穿鞋而不提后帮，即俗所谓趿拉。

[17] 三星：即参星。《诗经·绸缪》："绸缪束薪，三星在天。今夕何夕，见此良人？"这原是一首描写结婚的诗。这里是说，妇女仰望三星，想到昔日结婚的情景，越发感到自己目前的孤独。

[18] 巾栉：手巾、篦子，泛指洗梳用具。

[19] 益：增添。以上二句是说，见到你昔日用的洗梳用具，更加增添我思念的苦痛。

[20] 覯：遇见。

[21] 亮：实在，诚然。不遂：不能如愿。

[22] 悁悁：忧劳的样子。

[23] 故：从前。比目鱼：指鲽鱼和鲆鱼。鲽鱼的两眼都长在身体的右面，鲆鱼的两眼都长在身体的左面，两种鱼不合并不能游行。古人常以比目鱼来比喻恩爱夫妻。

[24] 参辰：二星名，参在西方，辰在东方，两星出没互不相见。

[25] "人靡不有初"二句：《诗经·荡》："靡不有初，鲜克有终。"意思是人们办事情开头往往都不错（有初），但能够善始善终的却很少。这里反用其意说，我想你是能善始善终的。

[26] 期：期待，希望。以上二句是说，离别已经好几年了，旧日的恩情还能有希望保持吗？

[27] 尤讥：谴责，讥刺。尤：责怪。

[28] 须臾：片刻。

[29] 最后二句的意思是，当初既然那么感情深厚，现在想来也就不会淡薄了，估计你还是会时常想念我的。

✤ 评析

作品表现了一个妇女对久出不归的丈夫的怀念之情，周折反复，如泣如诉，思想活动极其细腻曲折。"自君之出矣"四句，自然流畅，亲切动人，是世代相传的名句。室思，犹言闺情。古人称妻子曰妻室、家室。

阮　瑀

阮瑀（？—212），字元瑜，陈留尉氏（今河南省尉氏县）人。“建安七子”之一。曾为曹操司空军谋祭酒，管记室，仓曹掾属。阮瑀的作品今存不多，诗歌被钟嵘列为下品，评价只是个“平典不失古体”。阮瑀的文章，有誉于当时。章表书记与陈琳并称，曹丕曾赞美之曰“今之隽也”。然亦仅存《为曹公作书与孙权》一篇而已。其所作《文质论》，对当时文风的浮靡趋向有矫正之功。

作品有辑本《阮元瑜集》。

驾出北郭门行

驾出北郭门，马樊不肯驰[1]。
下车步踟蹰，仰折枯杨枝。
顾闻丘林中，噭噭有悲啼[2]。
借问啼者出，“何为乃如斯[3]”？
“亲母舍我殁[4]，后母憎孤儿。
饥寒无衣食，举动鞭捶施[5]。
骨消肌肉尽，体若枯树皮。
藏我空室中，父还不能知。
上冢察故处，存亡永别离[6]。

亲母何可见，泪下声正嘶[7]。
弃我于此间，穷厄岂有资[8]？”
传告后代人，以此为明规[9]。

✤注释

[1] 樊：藩篱，引申为羁绊。这里即指马停步不前。

[2] 嗷嗷：哭声。

[3] 如斯：如此。这句是作者问孤儿的话。

[4] 殁：死亡。

[5] 捶：用棍子打。这句是说，动不动就用鞭子抽，用棍子打。

[6] 冢：指其生母的坟茔。察故处：寻找其母死后所埋之处。

[7] 嘶：声破。

[8] 穷厄：困苦。资：限量，限度。以上二句是孤儿对其生母的哭诉，意思是说，你抛下我在这里，我的苦难哪里是个边呢？

[9] 明规：明确的教训。

✤评析

这首诗见郭茂倩《乐府诗集·杂曲歌辞》，题下仅有阮瑀此作一首。大约是阮瑀学习汉代乐府而自制的新辞，取篇首的五字为题目。作品记述了一个受后母虐待的孤儿的悲惨遭遇，表现了作者对这一社会问题的关心，和对于受害者的无限同情。作品富有乐府民歌风味，可与汉乐府《孤儿行》前后辉映。

曹植

曹植（192—232），字子建，曹操的儿子，曹丕的弟弟，是建安时期最有才华的诗人。早期很受其父的宠爱，几乎被立为太子，因而受到其兄曹丕的嫉恨。曹丕即位后，曹植遭到了严重的打击与迫害，几次被贬爵移封。曹丕死，曹叡即位后，曹植曾多次上书，希望能有报效国家的机会，但都未能如愿。最后在困顿苦闷中死去，年仅四十一岁。

曹植的生活和创作，以曹丕即位为界分为前后两期。前期作品表现了他的政治抱负和对于建功立业的热烈向往，同时也写了一些反映社会动乱和表现人民疾苦的诗篇。后期作品则较多地反映了封建统治集团的内部矛盾，表现了自己受压抑，有志不得伸的悲愤情绪，对我们认识曹魏王朝，认识被"忠孝仁义"纱幕遮盖着的统治阶级内部的冷酷凶残，有一定的价值。

曹植的诗歌艺术成就较高，《诗品》说它"骨气奇高，词采华茂，情兼雅怨，体被文质"。同时，曹植又是最早的注意声律的人，他的作品多声调和谐，韵节响亮。清代沈德潜曾说："子建诗五色相宣，八音朗畅"，对五言诗的发展有重要贡献。他的章表辞赋也很著名，都洋溢着非凡的才气。

作品有《曹子建集》。诗歌注本以黄节的《曹子建诗注》较为详备。

送应氏

步登北邙坂[1],遥望洛阳山[2]。
洛阳何寂寞,宫室尽烧焚。
垣墙皆顿擗[3],荆棘上参天。
不见旧耆老[4],但睹新少年。
侧足无行径,荒畴不复田[5]。
游子久不归[6],不识陌与阡。
中野何萧条,千里无人烟。
念我平常居[7],气结不能言。

✣注释

[1] 北邙坂:北邙山的山坡。北邙山在洛阳城北,是汉代王公贵族们的陵墓群集之地,也是汉代以后历代文人最爱对之感慨兴衰的地方。

[2] 洛阳山:洛阳周围的山。这句话的意思实际是指眺望洛阳一带地区。

[3] 顿擗:倒塌、崩裂。擗:剖,裂。

[4] 耆老:老人。耆:老。

[5] 荒畴:荒芜了的土地。田:耕种,用如动词。以上二句是说,(到处是一片荒芜,)连个可以走人的小道都没有,土地也无人耕种了。

[6] 游子:指应氏。

[7] 我:代应氏设词。平常居:平时一道生活的人。有本作"平生亲",义同,都是指应氏的亲属而言。最后二句是说,想到自己的亲属荡然无存,不由得伤心哽咽,说不出话来。

✣评析

应氏指应玚,字德琏,建安时期的诗人,名入"七子"之列。

建安十六年(211)春,曹植被封为平原侯,应玚被任命为平原侯庶子(属官名)。同年七月,曹操西征马超,曹植阮瑀等也一道随行,《送应氏》大致即作于道经洛阳的时候。作品共两首,这里选的是第一首。内容是描写了董卓之乱以来洛阳的残破凄凉景象,反映了军阀混战给社会造成的惨重破坏和给人民带来的深重灾难。

泰山梁甫行

八方各异气[1],千里殊风雨[2]。
剧哉边海民[3],寄身于草野[4]。
妻子象禽兽,行止依林阻[5]。
柴门何萧条,狐兔翔我宇[6]。

✣注 释

[1] 异气:气候不同。

[2] 殊风雨:风雨阴晴不同。

[3] 剧:甚,厉害。这里指艰难困苦之甚。

[4] 寄身:存身。

[5] 依林阻:依托于山林险阻之地。

[6] 翔:极言其奔逐跳跃的轻捷自得之状。宇:屋檐,这里即指房子四周。

✣评 析

梁甫,泰山旁边的小山名,和泰山一样都是古代统治者常去祭祀的地方。《泰山梁甫行》是汉乐府曲调名,属《相和歌·瑟调曲》。这里是曹植按旧题写作的新辞。因为这是依古题写作,所以内容不一定与题目有关系。作品反映了汉末以来军阀混战给劳动人民带来的痛苦,反映了边海农村的残破荒凉景象,表现了诗人对人民苦难的深切同情。这大约是曹植早年的作品。

赠徐干

惊风飘白日，忽然归西山[1]。
圆景光未满[2]，众星粲以繁[3]。
志士营世业，小人亦不闲[4]。
聊且夜行游，游彼双阙间[5]。
文昌郁云兴[6]，迎风高中天[7]。
春鸠鸣飞栋[8]，流猋激棂轩[9]。
顾念蓬室士[10]，贫贱诚足怜。
薇藿弗充虚[11]，皮褐犹不全[12]。
慷慨有悲心，兴文自成篇[13]。
宝弃怨何人，和氏有其愆[14]。
弹冠俟知己，知己谁不然[15]？
良田无晚岁[16]，膏泽多丰年[17]。
亮怀玙璠美[18]，积久德愈宣[19]。
亲交义在敦，申章复何言[20]。

注释

[1] 惊风：急风。以上二句是说，傍晚的时候急风大作，太阳很快地就落下去了。这里有慨叹时光飞驶人生短暂之意。

[2] 圆景：古代用以称太阳和月亮。景：明也，天地间圆而且明者无过于日月，故云。此处指月亮。光未满：指月尚未圆。

[3] 粲以繁：明亮而且众多。以：同而。

[4] 志士：有志于干事业的人。小人：指那些饱食终日，无所用心，但以裘马游乐为事的人。以上二句是说，志士仁人们都积极地为国家建立功业，而那些小人们倒也并不闲着，即如下文所说的从事“闲游”。这里暗中表现了一种有志不得施展的苦闷无聊之情。

[5] 双阙：指皇宫正门两侧的望楼。

[6] 文昌：邺都魏宫的正殿名。郁云兴：郁郁然如云之起，形容文昌殿的巍峨高大。郁，盛貌；兴，起也。

[7] 迎风：迎风观，在邺都。高中天：高耸入云。中天：半空，当空。

[8] 飞栋：高殿的檐宇。

[9] 流猋：旋风。棂轩：阑干。以上文昌迎风二句极言殿堂之高，春鸠流猋二句比喻一班流俗之辈的居位掌权。

[10] 蓬室士：指徐干。蓬室：草房。

[11] 弗充虚：不能填满空肚子。

[12] 皮褐：毛皮与短褐，指一般人的冬季之服。

[13] 兴文：著文，即写作《中论》。

[14] 宝：指璧玉，这里比喻徐干。和氏：指卞和，古代能识宝玉的人，曾得荆山之璞以献楚王，事见《韩非子·和氏》。这里比喻自己。二句的意思是说，徐干有如此之才得不到朝廷重用，这是自己的罪过，自己没有像卞和那样发现了宝玉就不怕一切危险地向当权者进献。愆：罪过。

[15] 弹冠：《汉书·王吉传》："吉与贡禹为友，时称'王阳（王吉字子阳）在位，贡公弹冠'。"意思是，好朋友一当权，自己就可弹掉帽子上的灰尘，做好做官的准备了。俟，等待。这两句是说，等待好朋友的推荐（这是大家共有的心情），而好朋友想推荐知己的心情，谁又不是如此呢？言外之意是自己眼前难以办到。

[16] 晚岁：指歉收。

[17] 膏泽：指肥沃的土地。

[18] 亮：诚然，果然。玙璠：美玉，这里比喻道德才干。

[19] 宣：显著。

[20] 敦：厚。最后两句是说，知己之间重要的是在于交情深厚，除此赠诗之外，何必再说别的呢？

✣评析

徐干（170—214），字伟长，"建安七子"之一。曾为司空军谋祭酒掾属，五官中郎将文学。著有《中论》二卷，诗歌今存四首。《赠徐干》是曹植前期的一篇作品，内容是对徐干有德行、有才干但却过着贫贱生活的现实，表现了极大的同情，并以朋友的身份对他提出了恳切的希望和慰勉。

赠丁仪

初秋凉气发，庭树微销落。
凝霜依玉除[1]，清风飘飞阁[2]。
朝云不归山，霖雨成川泽[3]。
黍稷委畴陇[4]，农夫安所获？
在贵多忘贱，为恩谁能博！
狐白足御冬，焉念无衣客[5]？
思慕延陵子，宝剑非所惜[6]。
子其宁尔心[7]，亲交义不薄。

✤注释

[1] 玉除：玉石的殿阶。

[2] 飞阁：带有飞檐的楼阁。

[3] "朝云"二句：古人不知云雨的成因，以为云是从山石中生出来的，因而这里怨它"不归山"，而造成了"霖雨成川泽"的灾害。霖：连下三日以上的雨叫霖。

[4] 委：抛弃。畴陇：田亩。

[5] 狐白：指狐白裘，名贵的轻暖之物，贵者所服。《晏子春秋》曾说，在一个大风雪的日子里，齐景公穿着狐白裘坐在高堂上，说："奇怪呀，雪下了三天而气候一点不冷！"晏婴说："我听说古代的贤君，自己吃饱的时候能知道还有别人在挨饿；自己穿暖的时候能知道还有别人在受冻。很抱歉，您却不知道这些。"作者在这里引用晏婴批评齐景公的故事，指责现时的统治者们"在贵多忘贱"。

[6] 延陵子：即吴公子季札，春秋末期人。据说有一次他要出使晋国，出国前去看徐君，徐君很喜欢季札身上的佩剑，心里想要但未出口。季

札明白他的心思，自己心里也决定给他，但由于自己出使不能没有佩剑，所以当时也就没有说。等到出使回来后，季札去给徐君送剑，徐君已经死了，于是季札便把宝剑挂在了徐君墓前的树上，痛哭而去。作者引用这个故事的意思是说，自己是倾慕延陵季子的为人的，自己在援助、馈赠朋友上，绝不会有什么保留。

[7] 宁尔心：如同说你就安心地等着吧。曹植的《赠丁仪王粲》诗中有“丁生怨在朝，王子欢所营”。知丁仪平时的牢骚不少，所以这里劝他“宁心”。

✤评析

丁仪（？—220），字正礼，沛郡人，曾为曹操掾属。他和丁廙、杨修等皆与曹植友善，并曾劝说曹操立曹植为太子，因而遭到曹丕的嫉恨。曹丕称帝后，丁仪被杀。曹植这首《赠丁仪》的写作时间，大体与《赠徐干》相近，内容是对于当权者不重用丁仪有所不满，而自己则表示了对丁仪的同情和有其心但却无力相助的歉疚之意。作品中也写到了一些农民的痛苦，表现了他同情劳动人民的一个思想侧面。

野田黄雀行

高树多悲风，海水扬其波[1]。
利剑不在掌，结交何须多！
不见篱间雀，见鹞自投罗[2]。
罗家见雀喜，少年见雀悲。
拔剑捎罗网[3]，黄雀得飞飞。
飞飞摩苍天，来下谢少年。

✤注释

[1] 树高易摇，海水易起波涛，比喻有权势的人易于成事。

[2] 鹞：似鹰而小的一种猛禽。这句的意思是，黄雀为了躲避鹞子而未提防落在了罗网里。

[3] 捎：削除，挑破。

✤ 评 析

《野田黄雀行》在《乐府诗集》中被归入《相和歌·瑟调曲》，这是曹植自命新题的抒情之作，大约写于黄初元年(220)。曹植与曹丕在争夺王位继承权方面的矛盾由来已久，两个人各自都有一批党羽和亲信。后来由于曹植在曹操面前失宠，因而曹植的亲信也开始遭到打击和杀戮。首先是杨修被曹操所杀。曹丕即位后，又寻找借口杀掉了丁仪、丁廙。《野田黄雀行》就反映了作者对自己朋友被残害的同情，和自己眼看着但却无力救援的内心苦痛。所谓"拔剑捎罗网，黄雀得飞飞"，只不过是一种幻想而已。这篇作品的意义仍在于反映了曹魏统治集团的内部矛盾。

又：曹植的作品每以鹞鹰比喻强暴，以黄雀比喻弱小，如《鹞雀赋》即是。这种比喻疑是来自民间。

白马篇

白马饰金羁[1]，连翩西北驰[2]。
借问谁家子？幽并游侠儿[3]。
少小去乡邑，扬声沙漠垂[4]。
宿昔秉良弓[5]，楛矢何参差[6]。
控弦破左的[7]，右发摧月支[8]。
仰手接飞猱[9]，俯身散马蹄[10]。
狡捷过猴猿，勇剽若豹螭[11]。
边城多警急，虏骑数迁移[12]。

羽檄从北来[13]，厉马登高堤[14]。
长驱蹈匈奴[15]，左顾凌鲜卑[16]。
弃身锋刃端，性命安可怀？
父母且不顾，何言子与妻！
名编壮士籍[17]，不得中顾私[18]。
捐躯赴国难，视死忽如归。

✣ 注释

[1] 金羁：金饰的马笼头。

[2] 连翩：轻捷矫健的样子。

[3] 幽并：幽州、并州，古代二州名。幽州相当于今河北北部和北京市一带地区；并州相当于今山西中部、北部一带地区。游侠：汉代指那种矜武尚气、能急人之难的人。

[4] 垂：同陲，边地。以上二句是说，这些青年勇士都是从小离开家乡，扬威名于边地的。

[5] 宿昔：同"夙夕"，早晨、晚上，言每日皆如此。

[6] 楛矢：楛木做的箭。参差：本意是长短不齐的样子，这里实际是指多。以上二句是说，他们的良弓日夜不离手，身边还佩带着许多的箭。

[7] 控弦：开弓。的：箭靶。

[8] 月支：箭靶名。

[9] 仰手：指仰身而射。接：迎面而射。猱：猿类，攀缘林木，轻捷如飞，故曰飞猱。按：从"的"、"月支"、"飞猱"、"马蹄"一贯而下来看，此处的"飞猱"恐亦系指箭靶而言。

[10] 马蹄：箭靶名，邯郸淳《艺经》云："马射，左边为月氏三枚，马蹄二枚。"以上四句是写勇士的射艺之精，左射右射，仰射俯射都能中靶。

[11] 剽：轻捷。螭：传说中的一种龙属动物。

[12] 迁移：移动，指进兵入侵。

[13] 羽檄：插有羽毛的军中征调文书。军书插羽，以示紧急。《说文》："檄，以木简为书，长尺二寸，用征召也。"

[14] 厉马：策马。堤：高坡。以上二句是说，边方的紧急征调文书下来

了，勇士们闻命策马，登高堤以觇视敌情。

[15] 蹈：践踏，此处即指冲击。匈奴：秦汉时期活动于今内蒙古和蒙古人民共和国一带的少数民族名，直到魏晋时期还有一定的力量，常构成北部边患。

[16] 凌：冲击。鲜卑：汉末以来活动于辽西一带的少数民族名。后来到东晋时期，曾在黄河流域建立了北魏政权，统治北方达一百五十余年。

[17] 籍：名册。

[18] 顾私：怀念个人或家庭的私事。曹植的《求自试表》有云："昔汉武为霍去病治第，辞曰：'匈奴未灭，臣无以家为！'夫忧国忘家捐躯济难，忠臣之志也。"可与此诗的最后六句互相参证。

✤评析

这是曹植仿照汉代乐府的形式，抛开乐府古题而独立创作的一篇作品，以开头的两个字为题目。朱乾《乐府正义》有云："此寓意于幽并游侠，实自况也。篇中所云捐躯赴难，视死如归，亦子建素志，非泛述矣。"这段话说得很好。曹植的确是一向以立德立功为宏愿，而不甘心只是做一个卑弱文人的。其《与杨德祖书》有云："吾虽德薄，位为藩侯，犹庶几戮力上国，流惠下民，建永世之业，留金石之功，岂徒以翰墨为勋绩，辞颂为君子哉！"这篇作品就正是借着描写一个北方少年勇士的英雄形象，而表现了自己为解救国难，为建功立业而不惜抛弃一切的勇敢豪迈精神。

名都篇

名都多妖女[1]，京洛出少年[2]。
宝剑直千金[3]，被服丽且鲜[4]。
斗鸡东郊道[5]，走马长楸间[6]。

驰骋未能半，双兔过我前。
揽弓捷鸣镝[7]，长驱上南山[8]。
左挽因右发[9]，一纵两禽连[10]。
余巧未及展，仰手接飞鸢[11]。
观者咸称善，众工归我妍[12]。
归来宴平乐[13]，美酒斗十千[14]。
脍鲤臇胎鰕[15]，寒鳖炙熊蹯[16]。
鸣俦啸匹侣[17]，列坐竟长筵[18]。
连翩击鞠壤[19]，巧捷惟万端[20]。
白日西南驰，光景不可攀[21]。
云散还城邑[22]，清晨复来还。

✣注释

[1] 名都：著名的都会，如当时的临淄、邯郸等。妖女：艳丽的女子，这里指倡伎。

[2] 京洛：指东京洛阳。少年：指贵游纨绔子弟。洛阳是东汉的国都，是贵族麕集之地，从东汉的乐府和文人诗中就常有写洛阳纨绔生活的作品了。本篇中心是写少年，上句写妖女是为本句作陪衬。

[3] 直：同值。

[4] 被服：指衣着。被：同“披”。服：穿。

[5] 斗鸡：看两鸡相斗以为博戏，这是汉魏以来直到唐代盛行的一种习俗。

[6] 长楸间：指两旁种着高楸的大道。楸：落叶乔木，也叫大樟。

[7] 捷：抽取。鸣镝：响箭。

[8] 南山：指洛阳之南山。

[9] 左挽右发：左手拉弓向右射去。一般都用右手拉弓，这里故意用左手，以卖弄“巧伎”，与下文之“余巧未及展”相应。

[10] 一纵：一发。两禽连：两禽同时被射中。两禽：即指上文所说的双兔，古代对飞鸟和走兽都可以称禽，后来才分开，专以禽指飞鸟。

[11] 接：迎射对面飞来的东西。《白马篇》有“仰手接飞猱”，与此句式相同。鸢：鹞子。

[12] 众工：许多善射者。工，巧。归我妍：称道我的射艺高。妍：美善。

[13] 平乐：宫观名，东汉时明帝所建，在洛阳西门外。

[14] 斗十千：一斗酒价值万钱，极言其宴饮之豪奢。

[15] 脍鲤：把鲤鱼做成肉丝。脍：切肉成丝。臇胎鰕：把胎鰕做成肉羹。臇：动词，做成肉羹。胎鰕：有籽的肥鰕。也有人认为胎是鲐的误字。鲐是一种海鱼。

[16] 寒鳖：酱腌甲鱼。炙熊蹯：烤熊掌。

[17] 鸣、啸：都指招呼。俦、匹、侣：都是同类同伴的意思。

[18] 竟：终。毕：尽。以上二句是说，这些贵族少年呼朋唤友，排列着坐满了大筵席的座位。

[19] 连翩：动作轻捷的样子。击鞠壤：踢球和击壤。击壤是一种古老的游戏，用两个一头大一头小的木块，把一块放在几十步外，持另一块投击，击中者为胜。

[20] 惟：语词，无义。巧捷万端：灵巧变化层出不穷。

[21] 光景：日光。攀：挽留。

[22] 云散：如云之散，言众少年宴罢散归。以上四句是说，转眼白日西沉，时光无法拦阻，今晚只好各自回家了，但是大家约好了明天一早还来这样游玩。极言其空虚无聊之情状。

✤评析

《名都篇》在《乐府诗集》中被收入《杂曲歌·齐瑟行》，是曹植自制的新题乐府，以篇首二字为题目。作品以第一人称、为京洛少年立言的形式，讽刺了一群贵族子弟饱食终日无所用心，但以裘马游猎、宴乐挥霍为业的空虚庸俗生活。朱嘉徵《乐府广序》云：“刺俗也，负才之士驱驰声伎，而坐与时去焉。”此言近之。有人认为这篇作品是曹植在以欣赏的态度夸耀自己的豪华生活，如李白诗云：“陈王昔时宴平乐，斗酒十千恣欢谑。”（《将进酒》）但结合曹植的生平思想来考察，这种理解是不合适的。试与《白马篇》、《求自试表》等篇参照，当一目了然。

美女篇

美女妖且闲[1]，采桑歧路间。
柔条纷冉冉[2]，叶落何翩翩！
攘袖见素手[3]，皓腕约金环[4]。
头上金爵钗[5]，腰佩翠琅玕[6]。
明珠交玉体[7]，珊瑚间木难[8]。
罗衣何飘飘，轻裾随风还[9]。
顾盼遗光彩[10]，长啸气若兰。
行徒用息驾，休者以忘餐[11]。
借问女安居？乃在城南端。
青楼临大路[12]，高门结重关[13]。
容华耀朝日[14]，谁不希令颜[15]，
媒氏何所营[16]？玉帛不时安[17]。
佳人慕高义，求贤良独难。
众人徒嗷嗷，安知彼所观[18]。
盛年处房室[19]，中夜起长叹。

✣ **注释**

[1] 美女：以比君子。用“美人”、“美女”比喻君子，是屈原以来文人诗赋中常用的手法。妖且闲：艳丽而且文静。

[2] 冉冉：轻轻摇动的样子。

[3] 攘袖：捋起袖子。

[4] 约金环：戴着金制的手镯。约：围，套着。

[5] 金爵钗：一端饰有雀形的金钗。爵：同“雀”。

[6] 翠：碧绿色。琅玕：一种似玉的美石。

[7] 交：佩带。

[8] 间：夹杂。木难：珠名，《文选》李善注引《南越志》云："木难，金翅鸟沫所成碧色珠也。"以上二句是说，身上佩戴着珊瑚和木难珠。

[9] 裾：衣襟。还：通"旋"，摆动的样子。

[10] 遗：流动。

[11] 用：因。息驾：停车。汉乐府《陌上桑》："行者见罗敷，下担捋髭须；少年见罗敷，脱帽著帩头；耕者忘其犁，锄者忘其锄，来归相怨怒，但坐观罗敷。"曹植这两句是酌用其意。

[12] 青楼：以青漆为饰的楼，是富贵之家的闺阁。宋元以后始用青楼代指娼家。

[13] 重关：两道门栓，极言门户之严紧。

[14] 容华：容颜。

[15] 希：仰望。令：美。以上两句是说，美女的容颜光彩耀日，人们谁不敬仰钦羡呢？

[16] 媒氏：媒人。营：经营，做事情。

[17] 玉帛：珪璋和束素。《仪礼·士婚礼》贾公彦疏："士大夫乃以玄纁束帛，天子加以谷圭，诸侯加以大璋。"这里即泛指订婚的彩礼。安：定。以上两句是说，媒人们都干什么了，（对于这么好的女子，）为什么订婚的彩礼还没有人及时地来下？

[18] 观：着眼点，指标准、条件。以上四句是说，美人所敬慕的是有崇高道德和远大理想的人，而这样的贤良之士是实在难找的。一般人光知道嗷嗷乱叫，谁能知道美人自己的着眼点是什么呢？

[19] 盛年：正当年；含义是已经不小了。处房室：指未出嫁。古代称未嫁女子曰"处女"、"室女"。以上二句是用美女已到年龄而仍未出嫁，半夜不眠徘徊叹息，以比喻诗人的有抱负而不能施展之情。

评析

《美女篇》在《乐府诗集》中被收入于《杂曲歌·齐瑟行》，这也是曹植自己取篇首二字为题的托喻抒情之作。作品以美女不嫁为喻，表现了诗人以才德自负的心理，和抱负不得施展的哀怨之情。朱乾《乐府正义》曾说："余读子建《求自试表》，未尝不悲其志。其言曰：'微才弗试，没世无闻，荣其躯而丰其体，生无益于事，死无损于数，虚荷上位而忝重禄，禽见鸟视，终于白首，此徒圈牢之物，非臣之志也。'以子建之才而君不见用，此诗所谓'盛年处屋室，中夜起长叹'者也。"作品在写法上多模仿汉乐府《陌上桑》，而语言略觉板滞，有堆砌之感。

薤露篇

天地无穷极，阴阳转相因[1]。
人居一世间，忽若风吹尘。
愿得展功勤[2]，输力于明君。
怀此王佐才[3]，慷慨独不群。
鳞介尊神龙[4]，走兽宗麒麟[5]。
虫兽犹知德，何况于士人？
孔氏删诗书[6]，王业粲已分[7]。
骋我径寸翰[8]，流藻垂华芬[9]。

✣注释

[1] 转相因：互为因果，互相转化。

[2] 功勤：功劳。

[3] 王佐才：辅佐圣王的才干。佐：扶助，辅佐。

[4] 鳞介：同"鳞甲"，这里指生有鳞甲的动物。介：甲。尊神龙：以神龙为尊长。

[5] 宗麒麟：以麒麟为宗主。麒麟：古代传说中的一种象征祥瑞的兽。

[6] 孔氏：指孔子，名丘，字仲尼。春秋末期鲁国人，儒家学派的创始者。删诗书：指孔子整理儒家的经典。据说孔子原来求得虞夏商周四代之典三千多篇，从中选出了一百零二篇，编为《尚书》。又从古代的三千多篇诗歌中选出三百零五篇，编为一集，即后来所说的《诗经》。

[7] 王业：圣王的事业，即指虞、夏、商、周各圣帝圣王的功业。粲已分：粲

烂地分别表现于各篇诗书之中。以上二句盛赞孔子删述诗书的意义之大。

[8] 径寸翰：不大的笔，这里是谦词。径寸：即指一寸。翰：毛笔。

[9] 流藻：写文章，著书立说。藻，有花纹的水草，后用为词藻，这里指文章。华芬：花的颜色与香气。以上二句是说，我要（像孔子一样）用笔写文章，流传光彩于后世。

✤评析

《薤露》是汉代乐府古题名，属《相和歌·相和曲》。这里是曹植借用乐府旧题写作的新辞。作品表现了诗人希望能在有限的生命里积极地作出贡献，即使不能立德、立功，至少也要立一家之言的慷慨壮志。

七步诗

煮豆燃豆萁[1]，漉豉以为汁[2]。
萁在釜下燃，豆在釜中泣。
本是同根生，相煎何太急！

✤注释

[1] 萁：豆梗。

[2] 漉：过滤。豉：豆豉，一种豆制食品。有的本子没有“漉豉以为汁。萁在釜下燃”二句。

✤评析

作品以萁豆相煎为比喻，控诉了其兄曹丕对自己和其他众兄弟们的残酷迫害。《世说新语·文学》云：“文帝尝令东阿王（即曹植）七步中作诗，不成者行大法（杀），应声便为诗……帝深有惭色。”这段记载近乎传说，不一定可信；诗的本身是否真为曹植所作，也在疑似之间，但是这首诗反映曹魏统治集团内部的矛盾非常形象真切，是有名的好诗。我们姑且仍系于曹植名下。

赠白马王彪并序

黄初四年五月[1]，白马王、任城王与余俱朝京师[2]，会节气[3]。到洛阳，任城王薨[4]。至七月，与白马王还国[5]。后有司以二王归藩[6]，道路宜异宿止[7]，意毒恨之[8]。盖以大别在数日，是用自剖[9]，与王辞焉，愤而成篇。

谒帝承明庐[10]，逝将归旧疆[11]。
清晨发皇邑[12]，日夕过首阳[13]。
伊洛广且深[14]，欲济川无梁[15]。
泛舟越洪涛，怨彼东路长。
顾瞻恋城阙[16]，引领情内伤[17]。

太谷何廖廓[18]，山树郁苍苍。
霖雨泥我涂[19]，流潦浩纵横[20]。
中逵绝无轨，改辙登高冈[21]。
修坂造云日[22]，我马玄以黄[23]。

玄黄犹能进，我思郁以纡[24]。
郁纡将何念？亲爱在离居[25]。
本图相与偕，中更不克俱[26]。
鸱枭鸣衡轭[27]，豺狼当路衢。

苍蝇间黑白[28]，谗巧令亲疏[29]。
欲还绝无蹊[30]，揽辔止踟蹰[31]。

踟蹰亦何留？相思无终极。
秋风发微凉，寒蝉鸣我侧。
原野何萧条，白日忽西匿[32]。
归鸟赴乔林[33]，翩翩厉羽翼[34]。
孤兽走索群[35]，衔草不遑食[36]。
感物伤我怀，抚心长太息。

太息将何为？天命与我违[37]。
奈何念同生[38]，一往形不归[39]。
孤魂翔故域[40]，灵柩寄京师。
存者忽复过[41]，亡殁身自衰[42]。
人生处一世，去若朝露晞。
年在桑榆间[43]，影响不能追[44]。
自顾非金石，咄唶令心悲[45]。

心悲动我神，弃置莫复陈。
丈夫志四海，万里犹比邻[46]。
恩爱苟不亏，在远分日亲[47]。
何必同衾帱[48]，然后展殷勤；
忧思成疾疢[49]，无乃儿女仁[50]！
仓卒骨肉情[51]，能不怀苦辛。

苦辛何虑思？天命信可疑[52]。

虚无求列仙，松子久吾欺[53]。
变故在斯须[54]，百年谁能持？
离别永无会，执手将何时？
王其爱玉体，俱享黄发期[55]。
收泪即长路，援笔从此辞[56]。

✣ **注释**

[1] 黄初：魏文帝的年号（220—226）。黄初四年为公元 223 年。

[2] 任城王：即曹彰，曹操的第二子，曹植的胞兄。他作战英勇，屡建大功，常受曹操的赞扬。有一次曹操竟至摸着曹彰的小胡须说："黄须儿竟大奇也！"任城，今山东省济宁市。

[3] 会节气：魏代制度规定，每年在立春、立夏、立秋、立冬四个节气之前的第十八天，各诸侯藩王都要到京师来和皇帝一同行"迎气"之礼，并举行一定的朝会仪式，这叫做会节气。黄初四年六月二十四日立秋，故曹植等须提前在五月出发赴洛阳。

[4] 薨：称诸侯死。关于曹彰的死，《世说新语・尤悔》记载说："魏文帝忌弟任城王骁壮，因在卞太后阁共围棋，并噉枣。文帝以毒置诸枣蒂中，自选可食者而进；王弗悟，杂进之……须臾遂薨。"

[5] 还国：回封地。与下句之"归藩"义同。

[6] 有司：指主管该项事务的官吏，职有所司，故称有司。这里指监国使者灌均。

[7] 异宿止：不得同行同宿。当时曹植为鄄城王，鄄城在今山东省，与白马同属兖州，二王本可结伴同行，但由于曹丕嫉恨兄弟，不准他们一道走。

[8] 毒恨：痛恨。

[9] 剖：剖白，表白心迹。

[10] 承明庐：汉代的宫殿名，在长安。这里是用以代指魏文帝的宫殿。

[11] 逝：语助词，无义。旧疆：指自己的封地，当时曹植被封在鄄城。以上二句是说，拜见过皇帝之后，现在又将返回自己的封地去了。

[12] 皇邑：皇城，指洛阳。

[13] 首阳：山名，在洛阳东北。

[14] 伊洛：二水名，伊水发源于河南的熊耳山，到偃师市入洛水；洛水发源于陕西的洛南县冢岭山，到河南巩县入黄河。

[15] 济：渡水。

[16] 顾瞻：回头眺望。城阙：指京城洛阳。

[17] 引领：伸长脖子，形容远望时的急切情态。以上二句是说，回头眺望宫城，内心悲伤。

[18] 太谷：山谷名，亦名通谷，在洛阳东南五十里。谷口有关，名太谷关。廖廓：空阔广远的样子。

[19] 泥：此处用作动词，使道路泥泞阻滞不通。

[20] 潦：积留的雨水。

[21] 中逵：道上。逵，九达之道，这里即指道路。以上四句是说，由于下雨，使得道路上成为一片积水和泥泞。道上无法行走，只好引车走上高冈。

[22] 修坂：高远的斜坡。造：至，达。

[23] 玄以黄：《诗经·卷耳》："陟彼高冈，我马玄黄。"毛传云："玄马而黄，病极变色也。"以上二句是说，山路又高又长，我的马都已经累病了。

[24] 郁纡：忧愁委屈。

[25] 亲爱句：指自己与白马王的离别。在：这里是"将要"的意思。

[26] 中更句：吴淇《六朝选诗定论》说：二王初出都时，尚无不准同行之命；出都后，中途令下，始不许二王同行。

[27] 鸱枭：猫头鹰。衡：车辕前端的横木。轭：衡两端用以扼住马颈的曲木。这里的鸱枭和下句的豺狼都是比喻朝廷里和朝廷派在自己身边的小人。

[28] 苍蝇：比喻搬弄是非的小人。间：离间，挑拨。《诗经·青蝇》："营营青蝇，止于樊。"郑玄注："蝇之为虫，汙白使黑，汙黑使白。"

[29] 谗巧：谗言巧语。以上二句是说，小人颠倒黑白，挑拨得亲近者都变得疏远了。

[30] 蹊：路径。

[31] 揽辔：拉着马缰绳。以上二句是说，想回去质诉是不可能的，自己勒马踟蹰，无计可施。

[32] 匿：隐藏，这里指太阳落下。

[33] 乔林：乔木林，这里即指树林。

[34] 厉：奋、振。

[35] 索群：寻找伙伴。索：寻找。作者这里是用归鸟孤兽的归林索群来反照自己兄弟之间的不能团聚。

[36] 不遑：无暇，顾不上。

[37] 天命：上帝的意旨，指曹彰暴死事。

[38] 同生：同胞。曹丕、曹彰、曹植都是卞太后所生，故彼此称同生。

[39] 一往：指去洛阳。形：指身体。以上二句是说，想到自己的骨肉兄弟为什么一到京城就回不来了。

[40] 故域：指曹彰自己的封地任城。

[41] 存者：指自己和白马王曹彪。

[42] 亡殁：亡殁者，指曹彰。自衰：自行腐烂毁灭。

[43] 桑榆：天空西方的两颗星名，古时候人们常用"日在桑榆"来比喻人的年老。

[44] 影：日影。响：声音。这句是极言年命消逝之快，无法追阻。

[45] 咄唶：叹息声。

[46] 比邻：犹言近邻。比：邻也。古代五家为比，也叫邻。

[47] 分：情分，情谊。

[48] 同衾帱：同睡在一个帐子里，同盖一条被子。极言其亲密之状。《后汉书·姜肱传》曾记载姜肱与其弟仲海、季江相友爱，常同被而眠。

[49] 疢：热病。

[50] 无乃：岂不是。儿女仁：小孩子一般的情性。仁：爱，这里指情性。

[51] 仓卒：突然的变故，指曹彰的死。骨肉情：兄弟之间的情谊。

[52] 信：的确，实在。

[53] 松子：赤松子，古时传说中的神仙。《古诗十九首》中有"服食求神仙，多为药所误"；"仙人王子乔，难可与等期"，曹植的"松子久吾欺"就从这里变化而来。

[54] 斯须：顷刻之间。

[55] 黄发期：指老年高寿。人老发黄，故称老人曰黄发。

[56] 援笔：指提笔作诗。

✤评析

白马，地名，在今河南省滑县东。白马王彪，即曹植的异母弟曹彪，被封为白马王。作品写于魏文帝黄初四年(223)七月，这是曹氏诸兄弟朝京师后回封邑时曹植写给曹彪的一首诗。作品集中地抒发了作者对曹丕迫害弟兄的满腔悲愤，反映了曹魏统治集团内部的尖锐矛盾。据历史记载，曹丕即位后，对其兄弟们进行了百般的压抑迫害和监视防范，使得他们一个个都如坐牢狱，连想当一个自由的老百姓都不能。兄弟之间不准来往，不准通信。正是由于这种原因，再加上这次任城王的暴死，所以诗人才在兄弟们的离别问题上表现出了如此巨大的愤慨与悲痛。由此可以看出，为了争权夺利，统治阶级是怎样的残酷无情，是怎样地撕去了一切所谓“孝悌”的美丽外衣。为了深入理解这首诗的思想感情，曹植还作有一篇《求通亲亲表》，可以参看。

杂　诗(六首选四)

转蓬离本根[1]，飘飖随长风。
何意回飚举[2]，吹我入云中。
高高上无极，天路安可穷[3]？
类此游客子，捐躯远从戎[4]。
毛褐不掩形[5]，薇藿常不充[6]。
去去莫复道[7]，沉忧令人老。

✤注释

[1] 转蓬：也叫飞蓬，菊科植物，末大于本，秋后干枯，遇风辄拔，随地飞转，故称转蓬。

[2] 何意：怎能料到。回飚：大旋风。

[3] 无极：没头、没边。穷：尽，到头。以上二句是说，天空高远无边，飞到何时是个尽头呢？

[4] 游客子：漂泊在外的人，即所谓游子、客子。这两句的意思是，转蓬的飘飞，正如同从军在外的游子一样凄苦无依。

[5] 毛褐：粗毛布的衣服，贫者所服。形：身体。

[6] 薇藿：泛指野菜。薇：羊齿类植物，野生，可食。藿：豆叶。

[7] “去去”句：丢开这些不要谈了吧。“去去莫复道”、“弃置莫复道”、“弃置莫复陈”，这种套语似的句子在汉魏以及稍后的乐府和文人诗中经常出现。

✤评析

曹植的《杂诗六首》见于《昭明文选》，这些诗并非一时一事之作，这是其中第二首。作品以转蓬为喻，抒发了自己屡被移封的漂泊之苦，表现了对其兄曹丕、其侄曹叡打击压抑自己的愤怨之情，反映了曹魏统治集团的尖锐内部矛盾。曹植的《迁都赋序》曾说：“余初封平原，转出临淄，中命鄄城，遂徙雍丘，改邑浚仪，而末将适于东阿。号则六易，居实三迁。连遇瘠土，衣食不继。”曹植的乐府诗有《吁嗟篇》，也同样是以转蓬为喻，抒发了同样的思想感情，可以比较参照。

其　二

南国有佳人，容华若桃李[1]。
朝游江北岸，日夕宿湘沚[2]。
时俗薄朱颜[3]，谁为发皓齿[4]？
俯仰岁将暮[5]，荣耀难久恃[6]。

✤注释

[1] 南国：古代泛指江南一带。容华：容貌。

[2] 湘沚：湘水中的小洲。湘水在湖南，入洞庭湖。沚：水中小洲，朝游北岸，夕宿湘沚，是以湘水女神自喻，应取意于屈原《九歌》。

[3] 薄朱颜：不重视美貌的人，这里指不重视有才德的人。

[4] 发皓齿：指唱歌或说话，这里是指推荐、介绍。

[5] 俯仰：低头扬头之间，极言时间之短。

[6] 荣耀：花开绚艳的样子，这里指人的青春盛颜。久恃：久留，久待。

✤评析

这是《杂诗六首》的第四首。内容大体是以佳人自喻，慨叹自己的才德不为当时所重，愤怨年华易逝而功业无成。也有人认为这是为曹彪所发，曹彪曾为吴王，故有南国字样，说法似稍穿凿。

其　三

仆夫早严驾[1]，吾行将远游[2]。
远游将何之？吴国为我仇。
将骋万里涂[3]，东路安足由[4]！
江介多悲风[5]，淮泗驰急流[6]。
愿欲一轻济[7]，惜哉无方舟[8]。
闲居非吾志，甘心赴国忧[9]。

✤注释

[1] 严驾：整顿车驾。

[2] 行：且也，与下面的“将”字义同。

[3] 涂：同“途”。

[4] 东路：东行归藩之路。由：行也。以上二句是说，自己希望奔向遥远的战场，回东方的封地有什么意思呢？

[5] 江介：江间、江上。长江中下游当时是吴国的北境，邻近魏国。

[6] 淮泗：淮河与泗水。淮河、泗水流经今河南南部、安徽北部，当时是魏国的南境，邻近吴国。

[7] 济：渡水，这里指从军击吴，深入吴境。

[8] 方舟：即指舟船，古代并舟叫方。欲渡无舟比喻自己的受压抑，报国无路。

[9] 国忧：国家的忧患，指吴、蜀的存在。赴国忧指投入灭吴灭蜀的军事行动。

✤ 评析

这是《杂诗》六首的第五首，大致作于黄初四年(223)七月，与《赠白马王彪》相近。主题是表现了自己不甘寂寞，愿为国家干一番事业的思想。据《三国志·文帝纪》记载，黄初三年十月，魏国与吴国发生了战事，战争断断续续直打到次年的八月才停下来。曹植的"愿欲一轻济"、"甘心赴国忧"，就是针对当时的这种形势而言。

其　四

飞观百余尺[1]，临牖御棂轩[2]。
远望周千里，朝夕见平原。
烈士多悲心[3]，小人偷自闲[4]。
国仇亮不塞[5]，甘心思丧元[6]。
拊剑西南望[7]，思欲赴泰山[8]。
弦急悲风发[9]，聆我慷慨言[10]。

✤ 注释

[1] 飞观：凌空而起的望楼，指宫门两边的阙。阙也称"观"。

[2] 临牖：从窗口向下俯视。临，下视；牖，窗户。御棂轩：凭阑干。御：凭。棂：阑干。轩：这里指阑干上的板。

[3] 烈士：有功业心，胸怀激烈的人。悲心：忧国忧世之心和有才不获骋的愤慨。

[4] 偷自闲：苟且地贪图安乐。偷：苟且。闲：安闲，安乐。

[5] 亮：实在，果真。不塞：未弥补，未报偿。

[6] 丧元：抛头颅。元：头颅。

[7] 拊剑：按剑。这一句的意思是说，自己愿意从军讨蜀。

[8] 赴泰山：指欲从军讨吴，泰山地近吴境，故云"赴泰山"。曹植《责躬诗》有所谓"愿蒙（冒）矢石，建旗东岳"。东岳即泰山，两处的意思相同。

[9] 弦急：指琴声急促。悲风：指慷慨的音声。

[10] 聆：听。慷慨言：即指本篇诗歌的慷慨言辞。余冠英说："从这两句看来，这首诗可能原是乐府歌辞。"

✤评 析

这是《杂诗》六首的第六首，大约写于建安十九年（214）七月，当时曹操南征孙权，令曹植留守邺都。作品抒发了诗人志欲为国效力的慷慨精神。

七 哀

明月照高楼，流光正徘徊[1]。
上有愁思妇，悲叹有余哀。
借问叹者谁？自云宕子妻[2]。
君行逾十年，孤妾常独栖。
君若清路尘[3]，妾若浊水泥[4]。
浮沉各异势，会合何时谐？
愿为西南风，长逝入君怀[5]。
君怀良不开[6]，贱妾当何依？

✤注 释

[1] 流光：明澈如水、恍然如流的月光。徘徊：恍动而不前的样子。

[2] 宕子：同“荡子”，指飘荡在外的丈夫。与“游子”义同。不是指通常所说“轻薄荡子”。

[3] 清路尘：路上飞起的轻尘。

[4] 浊水泥：水底沉积的淤泥。六朝时人常爱以尘和泥来比喻不同的身份和地位。曹植《九愁赋》有云：“宁作清水之沉泥，不为浊路之飞尘。”清浊二字的用法虽与此不同，但立意都是肯定“泥”的稳重一心，而不满“尘”的飘荡虚浮。

[5] 长逝：长驱、长飞。

[6] 良：诚然、硬是。

✣ **评 析**

《七哀》作为一个乐府题目始于王粲，在《乐府诗集》里被归入《相和歌·楚调曲》。《七哀》的名称来源不详，余冠英认为可能与音乐有关系，晋乐的《怨歌行》用这首诗做歌辞时，就分成了七段。这首诗是曹植后期的作品，他表面上是以一个思妇的口吻抒发对丈夫的思念与哀怨之情，而实际上乃是表现对其兄曹丕打击迫害兄弟们的愤怨与不平。曹植的《九愁赋》有云：“恨时王之谬听，受奸枉之虚辞……愿接翼于归鸿，嗟高飞而莫攀；因流景而寄言，响一绝而不还”。感情、用语都与此诗相似。

鰕䱇篇

鰕䱇游潢潦[1]，不知江海流。
燕雀戏藩柴[2]，安识鸿鹄游？
世士此诚明[3]，大德固无俦[4]。
驾言登五岳，然后小陵丘[5]。
俯观上路人，势利唯是谋[6]。
高念翼皇家[7]，远怀柔九州[8]。
抚剑而雷音[9]，猛气纵横浮。

泛泊徒嗷嗷[10]，谁知壮士忧[11]！

✤ 注释

[1] 鰕䱇：鰕，同“虾”；䱇，同“鳝”。潢潦：泛指小水坑。潢，小水坑。潦，道上的雨后积水。

[2] 藩柴：篱笆上的柴荆。藩：篱笆。

[3] 世士：世人。此诚明：诚明乎此，真的懂得这个道理。

[4] 固：必定。无俦：无比，无双。以上两句是说，世上的人如果真能明白燕雀黄鹄的本领志向不同，那么他就必然会（不断地进修德业而）达到举世无双了。

[5] “驾言”二句：驾：驾车。言：语气词。五岳：东岳泰山，西岳华山，南岳衡山，北岳恒山，中岳嵩山。《孟子・尽心上》：“孔子登东山而小鲁，登泰山而小天下。”《法言・吾子》：“升东岳而知众山之峛崺也。”曹植的诗句即从这里化出。

[6] “俯视”二句：上路人，指掌握重要权力的达官贵人。二句是说，低头看到那些达官贵人们，都是只知道谋求个人的权势利益。

[7] 高念：崇高的信念。翼：辅佐。此句有本作“仇高念皇家”。

[8] 柔九州：指统一全国而言。柔：安抚。九州：古代分中国为冀、兖、青、徐、扬、荆、豫、梁、雍九州，一般即泛指华夏。以上二句是说，壮士的崇高信念是想为辅佐皇帝而尽力，壮士的远大理想是想为统一中国而献身。

[9] 抚剑：按剑。雷音：宝剑发出如雷霆一般的声音。《庄子・说剑》云：“诸侯之剑，以智勇士为锋，以清廉士为锷，以贤良士为脊……此剑一用，如雷霆之震也，四封之内无不宾服而听君命者矣。”作者这里是借以比喻个人的报国壮志。

[10] 泛泊：纷泊，纷纷，形容琐细平庸的小人。徒嗷嗷：徒劳无益地嗷嗷乱叫。

[11] 壮士忧：指对国家大事的关心忧虑。壮士，作者自指。

✤ 评析

《鰕䱇篇》在《乐府诗集》中被收入《相和歌・平调曲》。这是曹植自制的新题乐府,以篇首二字为题目。内容是抒发个人的报国壮志,和自己受压抑、抱负不得施展的满腔愤懑。风格悲慨沉郁,思想情绪大致与《求自试表》同,是曹植后期的作品。

吁嗟篇

吁嗟此转蓬[1],居世何独然!
长去本根逝[2],宿夜无休闲[3]。
东西经七陌,南北越九阡。
卒遇回风起[4],吹我入云间。
自谓终天路[5],忽然下沉泉[6]。
惊飚接我出[7],故归彼中田[8]。
当南而更北,谓东而反西。
宕宕当何依[9],忽亡而复存。
飘飖周八泽[10],连翩历五山[11]。
流转无恒处,谁知吾苦艰?
愿为中林草[12],秋随野火燔。
糜灭岂不痛[13]?愿与根荄连[14]。

✤注释

[1] 吁嗟:叹息声。以上二句是说,可怜的飞蓬啊,生长在世界上的东西为什么单单你这样可怜。

[2] 长去:永远离开。逝:往、去。

[3] 宿夜:同"夙夜",犹言"日夜"。

[4] 卒:同"猝",突然。回风:旋风。

[5] 终天路:飞到天尽头。终,用作动词。

[6] 沉泉:即沉渊。唐人避高祖(李渊)讳而改,《三国志》引此诗正作渊。以上四句是说,忽然遇上了旋风,被吹上天空,心想这回恐怕要吹到天

尽头了吧，结果忽然又落在了深水里。

[7] 惊飚：自下而上的暴风。

[8] 故：同“顾”，反也。中田：田中，田野上。以上二句是说，暴风又把我从水中揭起，重又使我回到了田野上。

[9] 宕宕：同“荡荡”，无所依据的样子。

[10] 周：遍。八泽：泛指各地。泽，低湿有永草之地。

[11] 五山：说法不一，有人说即指五岳，这里仍是用以泛指各地。

[12] 中林：林中。

[13] 糜灭：指被烧尽。

[14] 荄：草根。最后两句的意思是，死难道不痛苦吗？但宁愿和自己的骨肉至亲们死在一起。

✤评 析

《吁嗟篇》在《乐府诗集》里被收入《相和歌·清调曲》。其实这也是曹植的直抒胸臆之作，以开头二字为题。《三国志》裴松之注系此诗于魏明帝太和三年(229)，曹植被徙封东阿之后。是曹植后期的作品。作品以转蓬自喻，抒发了长离本根，漂泊不定的痛若，表现了对其兄文帝曹丕，对其侄明帝曹叡迫害宗室的无比怨愤，反映了曹魏统治集团内部的尖锐矛盾。曹植曾多次上表，请求得到一个为国效力的机会，也要求放宽一些对宗室的限制迫害，但都得不到回答。十几年内，自己的封地多次变换，先后曾被指派到鄄城、雍丘、浚仪、东阿、陈等地。《吁嗟篇》就是诗人从自己的切身遭遇出发，对当时现实极其愤怨不满的一篇抒情之作。

当墙欲高行

龙欲升天须浮云[1]，人之仕进待中人[2]。众口可以铄金[3]，谗言三至，慈母不亲[4]。愦愦俗间，不辨伪真。愿欲披心自说陈，君门以九重[5]，道远河无津[6]。

✤注释

[1]“龙欲升天”句：《周易·文言》：“云从龙，风从虎。”古人一向认为龙是一种驾云飞行的动物。

[2]仕进：做官。中人，宫廷里的人，靠近皇帝的人。

[3]众口铄金：铄，销，融化。“众口铄金，积毁销骨”是先秦就有的成语，意思是说，众口一词，即使是坚硬的金子也要被融化。

[4]以上二句的意思是说，坏话听得多了，连慈母都会对儿子改变态度。《史记·甘茂列传》讲述一个故事说，有个和曾参同名的人杀了人，一个人跑去告诉曾参的母亲说：“你儿子杀人了。”曾参的母亲说：“我儿子不可能杀人。”照常织布不止。过了一会儿，又有一个人来说：“你儿子杀人了。”曾参的母亲仍是不信。又过了一会儿，又有一个人跑来告诉说：“你儿子杀人了。”曾母吓得扔下手中的梭子就跑。

[5]九重：九层，九道。君门九重，极言其与臣民相距之远，隔绝之深。《楚辞·九辨》：“岂不郁陶而思君兮，君之门以九重。”

[6]津：渡口，这里借指渡船或桥梁。以上三句是说，想要到皇帝面前去陈述衷情，但是宫门重叠，道路远阻，没法得见。

✤评析

《墙欲高行》是乐府旧题名，在《乐府诗集》中被列入《杂曲歌辞》，古辞已亡，这是曹植模拟旧题写作的新辞。当，是拟的意思。作品对朝廷里的奸佞小人，对那些专门迎合曹丕，挑拨离间，帮着曹丕打击迫害宗室弟兄们的坏蛋表示了极大的愤慨。这首诗大约作于黄初年间（220—226），它表面上不指向曹丕，但其中那种无限的委屈悲怨自在言外。

怨歌行

为君既不易，为臣良独难[1]。

忠信事不显，乃有见疑患[2]。
周公佐成王[3]，金縢功不刊[4]。
推心辅王室，二叔反流言[5]。
待罪居东国[6]，泫涕常流连[7]。
皇灵大动变[8]，震雷风且寒。
拔树偃秋稼[9]，天威不可干[10]。
素服开金縢[11]，感悟求其端[12]。
公旦事既显，成王乃哀叹[13]。
吾欲竟此曲，此曲悲且长。
今日乐相乐，别后莫相忘[14]。

✤注 释

[1]“为君”二句：《论语·子路》：“为君难，为臣不易。”曹植的诗句即由此化出。

[2] 乃有：竟然有。见疑：被君王猜疑。

[3] 周公：名姬旦，周武王的弟弟，周成王的叔叔。曾辅佐武王灭纣建立了周朝，又辅佐年幼的周成王治理了国家。在漫长的封建社会里始终是被称为“圣人”的政治家。

[4] 金縢：被金属缄封的柜子。不刊：不可磨灭。刊，是削除的意思。

[5] 二叔：指管叔姬鲜和蔡叔姬度。姬鲜是周公的哥哥，姬度是周公的弟弟。流言：说周公想要篡取成王的王位。

[6] 待罪：等候处罚。东国：指东都洛阳。

[7] 泫涕：流泪。泫：水滴下垂的样子。涕：泪。流连：连续不断。

[8] 皇灵：指上帝。

[9] 偃：倒伏。

[10] 不可干：不可犯，不可抗拒。

[11] 素服：穿着不带文绣的衣服。这是表示请罪或内心悲悼警觉的样子。

[12] 求其端：寻查事情的原因。端：头绪，原因。

[13] 哀叹：觉悟感动的样子。以上十四句的故事见《尚书·金縢》，大意

是说：周武王得了重病，周公向祖先、上帝祈祷，发誓愿以自己之死换得武王病愈。祈祷后，把这篇祷文暗暗地锁在了柜子（金縢）里，并未声扬。若干年后，周武王死了，年幼的成王在周公辅佐下登上了王位。这时管叔蔡叔对周公不满，散布流言，说周公想要篡位，成王也有了疑心。周公见事如此，只好离开周朝，到东都洛阳去了。这时，上帝显示了变化，大雷大风，秋稼倒伏。成王大恐，素服祈祷，寻求原因，结果从金縢中发现了周公若干年前的祈祷文告，周成王这才明白了周公的耿耿忠心，于是大为感动。《史记·鲁周公世家》中也有类似的记载。

[14]“吾欲”四句：这是乐府歌辞中的套语，后两句完全是送别宴会上的口气，疑是合乐时乐工所加。

✤评析

《怨歌行》在《乐府诗集》中被收入《相和歌·楚调曲》。作品以周公赤心为国，尽力辅佐武王成王，结果仍遭流言毁谤，并被成王所疑的历史故事，抒发了自己尽心王室，志欲为国立功，心愿未遂，反而遭受种种打击迫害的无比怨愤。客观地吟咏历史，而万千感慨自在其中。这首诗大约作于魏明帝太和五年曹植上《求通亲亲表》的前后。

嵇　康

嵇康(223—262),字叔夜,谯郡铚(今安徽省宿州市西)人,是三国后期曹魏的著名才学之士。曾做过中散大夫,故后人又常称之为嵇中散。为人刚直简傲,精通乐理,崇尚老庄,好言服食养生之事。他对当时司马氏倾夺曹氏政权,易代在即的形势,愤激不平,义形于色。他蔑弃司马氏所提倡的虚伪礼教,而与以纵酒颓放为名的阮籍、刘伶等七人为友,时人谓之"竹林七贤"。嵇康这种言论和表现是司马氏所不能容的,故被诬陷而死。

关于嵇康的诗文,刘勰说他"兴高而采烈";锺嵘说他"讦直露才,伤渊雅之致",意思大约是锋芒太露,不合温柔敦厚之道,但同时又说他"托喻清远,未失高流"。总的看来,嵇康诗的成就不如文章。

作品有《嵇中散集》。注本以戴明扬的《嵇康集校注》较为详备。

赠秀才入军(十九首选三)

良马既闲[1],丽服有晖[2]。
左揽繁弱[3],右接忘归[4]。
风驰电逝,蹑景追飞[5]。

凌厉中原[6]，顾盼生姿[7]。

✣ 注释

[1] 闲：同“娴”，熟习，驯练有素。

[2] 丽服：指美丽的戎装。

[3] 繁弱：良弓名。《荀子·性恶》：“繁弱、巨黍，古之良弓也。”

[4] 接：搭上。忘归：箭名。《文选》李善注引《新序》云：“楚王载繁弱之弓，忘归之矢，以射兕于云梦。”应玚《驰射赋》：“左揽繁弱，右接淇卫。”

[5] 蹑景：追得上一掠即逝的影子。景：同“影”。追飞：能追赶飞鸟。崔豹《古今注》：“秦始皇有名马，曰追飞、蹑景。”

[6] 凌厉：飞腾、超越。中原：原野。

[7] 顾盼：都是看、视的意思。顾：回视。盼：斜视。生姿：生色，生光。

✣ 评析

《嵇康集》里《赠秀才入军》共有诗十九首，第一首为五言，其余十八首皆为四言。这里面有的是写送别，有的是写别离前的兄弟友好相处。这个组诗的写作时间，可能是在魏高贵乡公正元二年(255)，时司马氏废掉了齐王曹芳，毌丘俭、文钦举兵讨伐司马师，这是曹魏系统与司马氏集团之间的一次大较量。在这种时候，嵇喜去参军以助司马氏，嵇康是从心里反对的，这是整个组诗的总倾向。嵇喜是个庸俗的人，所以遭到阮籍的白眼；但嵇康又是由他抚养成人的，他们兄弟之间的确又存在着一种良好的感情，所以这就决定了《赠秀才入军》思想感情的复杂性。“良马既闲”一首想象了其兄日后在军中的戎马骑射生活，表面上像是赞颂敬佩，其实是在委婉地说反话。清代陈祚明曾说：“激昂有气，然似嘲之。”(《古诗选》)秀才：汉代也叫茂才，是当时地方向中央推举人才的科目之一。这里是指嵇康的哥哥嵇喜。嵇喜，字公穆，曹魏时曾举秀才，为卫军司马。入晋后，曾为太仆、宗正、徐州刺史。

其　二

浩浩洪流[1]，带我邦畿[2]。
萋萋绿林[3]，奋荣扬辉[4]。
鱼龙瀺灂[5]，山鸟群飞。
驾言出游[6]，日夕忘归。
思我良明[7]，如渴如饥。
愿言不获[8]，怆矣其悲[9]。

✤注释

[1] 洪流：亦称洪河，即黄河。

[2] 带：用如动词，围绕。邦畿：国都的近郊，这里是指洛阳近郊。

[3] 萋萋：草木茂盛的样子。

[4] 奋荣：犹言发花。荣，花。

[5] 瀺灂：水声，这里指鱼龙在水中出没的样子。

[6] 驾：驾车。言：语气词。

[7] 良明：《文选》六臣注张铣曰："良明，谓秀才也。"

[8] 愿言不获：犹如说愿望不能达到。言：语气词。

[9] 怆：悲伤。怆矣其悲：犹如说"怆然悲矣"。

✤评析

"浩浩洪流"一首表现了对其兄的怀念和个人的孤单寂寞之情。清人刘履对于此诗曾有一段解释说："此叔夜自叙其与秀才别后之情，言见洪流尚萦带而相依，绿林且荣耀而悦人，鱼龙亦共聚而游，山鸟有群飞之乐，是以览物兴怀，思得同趣之人，相与游娱，以忘晨夕，今乃不获所愿，使我思之不已，至于伤悲也。"(《选诗补注》)可供参考。

其 三

息徒兰圃[1]，秣马华山[2]。
流磻平皋[3]，垂纶长川[4]。
目送归鸿，手挥五弦[5]。
俯仰自得[6]，游心太玄[7]。
嘉彼钓叟[8]，得鱼忘筌[9]。
郢人逝矣，谁可尽言[10]。

✣ **注释**

[1] 息徒：让跟从的人众休息。兰圃：长满香草的田野。

[2] 秣马：喂马。华山：开满鲜花的山坡。华：古同“花”。

[3] 流磻：指射箭。磻，拴在箭后长丝绳儿下面的石块，以防箭被禽兽带走。平皋：平旷的低地。

[4] 垂纶：即垂钓。纶：钓竿上系的小丝线。

[5] 五弦：五弦琴。

[6] 俯仰：指一举一动，随意的动作。自得：自得其乐。

[7] 太玄：即道家所称的大道，或叫自然。游心太玄：谓心神合于大道。

[8] 嘉：称赞。

[9] 得鱼忘筌：筌：捕鱼的竹笼。《庄子・外物》：“筌者，所以在鱼也，得鱼而忘筌；蹄（捕兔的绳套）者，所以在兔也，得兔而忘蹄；言者，所以在意也，得意而忘言。”意思是只要精神，只重精理，而不重形迹。

[10]《庄子・徐无鬼》有云：庄子路过惠施的墓时，对他的从者讲了一个故事。说楚国（郢）有个人，鼻子上落了一点白灰，他让一个工匠给他用斧子砍。工匠挥斧一砍，正好砍掉了白灰，而丝毫不伤鼻子，而那个被砍的人也面不改色。宋元君听到此事后，就对这个工匠说：“你也给我砍一下试试。”这个工匠说：“我的确是给别人砍过，但是那个可以让我砍的人却已经不在了。”最后庄子叹息说，“自从惠施死后，已经没有人可以和我说话了。”这两句是嵇康慨叹嵇喜走后，自己再

也找不到可以谈话的人了。

✤ **评析**

"息徒兰圃"一首想象了其兄在行军休息时游猎弹琴、悠游自得、神气自然的高超境界,表现了自己的寂寞怀念之情。语言自然天成,而形象极为传神。"目送归鸿,手挥五弦"是向来被人称道的妙句。

阮　籍

阮籍(210—263),字嗣宗,陈留尉氏(今河南省尉氏县)人。其父阮瑀是“建安七子”之一。阮籍与嵇康、山涛等七人被称为“竹林七贤”。因为阮籍曾任步兵校尉,所以人们也称他为阮步兵。

《晋书·阮籍传》云:“籍本有济世志,属魏晋之际,天下多故,名士少有全者,籍由是不与世事,遂酣饮为常。”这种纵酒颓放,一方面是表现了对当时政治的不满,同时也是一种躲事避祸的手段。

阮籍的代表性文章有《大人先生传》、《达庄论》等,大抵都是非毁名教,推衍庄周的“齐物”、“逍遥”之旨,表现了一种消极的出世之情。阮籍的诗歌主要有《咏怀》八十二首,内容多是隐晦曲折地抒发了个人内心的苦闷和对当时政治的不满,同时也表现了严重的消极没落情绪。

作品有辑本《阮步兵集》,诗歌注本以黄节的《阮步兵咏怀诗注》较为详备。

夜中不能寐

夜中不能寐，起坐弹鸣琴。
薄帷鉴明月[1]，清风吹我襟。
孤鸿号外野，翔鸟鸣北林[2]。
徘徊将何见，忧思独伤心。

✤注释

[1] 这句是说，明月照着薄薄的帷帐。鉴：照。

[2] 北林：《诗经·晨风》："鴥彼晨风（鸟名），郁彼北林。未见君子，忧心钦钦。"后世的文人在使用"北林"一语时，往往并带有心神忧郁的意思。

✤评析

这是阮籍《咏怀诗》的第一首，内容是总括地抒发了自己处在当时那种社会条件下的内心苦闷，是八十二首咏怀诗的总开端。阮籍的咏怀诗，前后按次序排列，本来没有标题，现在的标题是选注者所加。

昔闻东陵瓜

昔闻东陵瓜[1]，近在青门外[2]。
连畛距阡陌[3]，子母相钩带[4]。
五色耀朝日[5]，嘉宾四面会[6]。
膏火自煎熬，多财为患害[7]。
布衣可终身[8]，宠禄岂足赖[9]。

✤注释

[1] 东陵瓜：汉初人邵平所种的瓜。《史记·萧相国世家》云："邵平者，故

秦东陵侯。秦破，为布衣，贫，种瓜于长安城东。瓜美，故时俗谓之东陵瓜。”

[2] 青门：即霸城门。《三辅黄图》：“长安城东出南头第一门曰霸城门，民见门色青，因曰青门。”

[3] 畛：田间的埂界。距：至，达。阡陌：田间小路。这句是说，瓜种得很多，一块地连着一块地。

[4] 子母：比喻小瓜大瓜。钩带：互相串连着。

[5] 五色：指各种颜色的瓜。

[6] 嘉宾：指买瓜吃瓜的人们。

[7]《庄子·人间世》：“山木自寇也，膏火自煎也。”意思是说，树木生得太好（成材），就会招致工匠来砍伐；油类由于自己能燃烧，所以才招致人们来点火。同样的道理，一个人如果钱财太多，或者才德出众，也同样会招来祸害。这是庄子哲学的一个重要观点。

[8] 布衣：指老百姓。因为古代一般平民不许穿丝绸。

[9] 宠禄：指朝廷给予的恩荣与俸禄。以上二句是说，当个普通百姓是容易平安无事的，如果有了高官厚禄，那就不好办了。

✣ 评析

这是阮籍《咏怀诗》的第六首，作品称道了邵平于易代之后甘为布衣，以种瓜为乐的处世态度，表现了自己对当时魏晋易代之际仕途风险的忧虑和希慕隐退、向往田园的心情。

湛湛长江水

湛湛长江水[1]，上有枫树林。
皋兰被径路[2]，青骊逝骎骎[3]。
远望令人悲，春气感我心[4]。
三楚多秀士[5]，朝云进荒淫[6]。
朱华振芬芳[7]，高蔡相追寻[8]。

一为黄雀哀[9]，泪下谁能禁！

✤ 注 释

[1] 湛湛：水清深的样子。楚辞《招魂》："湛湛江水兮上有枫。"阮籍诗的开头二句就由此化出。

[2] 皋兰：泽边的兰草。被径路：长满了路径。《招魂》有"皋兰被径兮斯路渐"。此用其意。

[3] 青骊：黑马。骎骎：马急驰的样子。《招魂》有"青骊结驷兮齐千乘"。此用其语。

[4]《招魂》有"目极千里兮伤春心"，这二句是袭用其意。

以上六句皆化用《招魂》的旧句，构成了一个动人哀愁的境界。

[5] 三楚：旧称江陵为南楚，吴为东楚，彭城为西楚。这里即指楚地。多秀士：盛出文人，指宋玉等而言。

[6] 宋玉《高唐赋》写了一个楚襄王做梦与巫山神女相会的故事。神女有云："妾在巫山之阳，高丘之岨，旦为朝云，暮为行雨，朝朝暮暮，阳台之下。"以上二句是说，古代楚国倒也出过不少有才华的人，但他们专门写些朝云暮雨一类的荒淫故事进献给国王。

[7] 朱华：红花。振芬芳：散播着香气。

[8] 高蔡：地名，古代属蔡国，今河南上蔡县。追寻：犹言追逐。以上二句是说，在红花散播着香气的日子里，蔡灵侯追逐游乐于高蔡之野。

[9] 黄雀哀：《战国策·楚策》记庄辛劝楚襄王注意后患时，曾说过一个故事：大王没见过蜻蜓吗？它自由自在地生活着，没想到后面正有一个小孩子用长竿来粘它；黄雀也如此，自己正在树上无忧无虑，没想到下面正有公子王孙用弹弓来打它；大王您只管打猎游乐，不注意防备，秦国也正在那里准备打你呢！后世遂常以蜻蜓、黄雀来比喻只顾眼前欢乐而不虑后患的人。

✤ 评 析

这是阮籍《咏怀诗》的第十一首，作品表现了诗人对魏晋易代的感慨，流露了对曹氏的同情和对司马氏的不满情绪。刘履《选诗补注》有云："正元元年(254)，魏主(曹)芳幸平乐观，大将军司马师以其荒淫无度，亵近倡优，乃废为齐王，迁之河内。群臣送者皆流涕。嗣宗此诗其亦哀齐王之废乎？”此说可供参考。

昔年十四五

昔年十四五，志尚好书诗[1]。
被褐怀珠玉[2]，颜闵相与期[3]。
开轩临四野，登高望所思[4]。
丘墓蔽山冈[5]，万代同一时[6]。
千秋万岁后，荣名安所之。
乃悟羡门子[7]，噭噭今自嗤[8]。

✤注释

[1] 书诗：《诗经》、《尚书》，这里泛指儒家经典。

[2] 被褐怀珠玉：指贫困而有道德才能。《老子》："圣人被褐怀玉。"这里是借用其句。褐：粗布衣，贫者所服。珠玉：比喻道德才能。

[3] 这句的意思是，以颜渊、闵子骞作为自己的理想目标。颜渊、闵子骞都是孔子的高足弟子，以德行高出名。期：期望，引申为目标、目的。

[4] 所思：指颜、闵一类的人。

[5] 蔽：遮掩，布满，极言其多。

[6] 这句的意思是，过去无论哪一个时代的英雄圣贤，在今天看来同样都是坟墓一个。同一时：指今天看来相同。

[7] 羡门子：古代传说中的神仙。

[8] 噭噭：哭号声。指为了某种事业而积极地奔走呼号。嗤：笑声。以上二句是说，现在我才悟出了羡门子所以要求仙的道理，我也才感到了那种栖栖惶惶地为某种事情奔走呼号是多么可笑。

✤评析

这是阮籍《咏怀诗》的第十五首，写了作者自己由少年崇重儒学，向往功业，到后来看破世事，转向隐逸求仙的过程。思想比较消极。

驾言发魏都

驾言发魏都[1]，南向望吹台[2]。
箫管有遗音[3]，梁王安在哉[4]！
战士食糟糠，贤者处蒿莱[5]。
歌舞未终曲，秦兵已复来[6]。
夹林非吾有[7]，朱宫生尘埃[8]。
军败华阳下[9]，身竟为土灰[10]。

✤注 释

[1] 驾：驾车。言：语气词。魏都：战国时魏都大梁，即今河南开封市。

[2] 吹台：战国时魏王宴乐之地，亦名范台、繁台。在今开封市东南。

[3] 有遗音：指当时魏王宴乐所吹奏的音乐，今时尚有存者。

[4] 梁王：即魏王，因魏都大梁，故亦称魏王曰梁王。《战国策·魏策》："梁王魏婴觞诸侯于范台。"这里的梁王或即指魏婴。

[5]"战士"二句：张玉穀《古诗赏析》曰："战士二句，乃推原（魏国）所以致败之由。"

[6]《史记·魏世家》："景湣王元年，秦拔我二十城，以为秦东郡；二年，秦拔我朝歌；三年，秦拔我汲；五年，秦拔我垣、蒲阳、衍；王假三年，秦灌大梁，虏王假，遂灭魏。"以上四句说的是古事，同时也有对魏明帝现时政治的影射，时诸葛亮屡次出师，给魏国造成了很大威胁。

[7] 夹林：台观名，在吹台之南。《战国策·魏策》记范台之宴，鲁君有云："左白台而右闾须，南威之美也；前夹林而后兰台，强台之乐也。"

[8] 朱宫：指吹台一带的宫殿。

[9] 华阳：地名，在今河南新郑东。《史记·白起列传》："昭王三十四年（前273），白起攻魏，拔华阳，走芒卯而虏三晋将，斩首十三万。"这是

秦灭魏过程中的重要战役之一。

[10] 身竟：身死。竟，终、尽。以上四句说的是战国时期魏国的灭亡，言外也有讽讥魏明帝现时政治的意思。

✤ 评析

这是阮籍《咏怀诗》的第三十一首，是一篇借吟咏古事而慨叹时政的作品，表现了作者对曹魏政权的惋惜与忧虑之情。陈沆《诗比兴笺》有云："此借古以喻今也，明帝末年，歌舞荒淫，而不求贤讲武，不亡于敌国，则亡于权奸，岂非百世殷鉴哉！"可以参考。

一日复一夕

一日复一夕，一夕复一朝。
颜色改平常，精神自损消。
胸中怀汤火，变化故相招[1]。
万事无穷极，知谋苦不饶[2]。
但恐须臾间，魂气随风飘。
终身履薄冰[3]，谁知我心焦。

✤ 注释

[1] 这二句的意思是说，由于胸中像是揣着开水和烈火一样难受，所以才引起了自己上述的颜色和精神的变化。

[2] 这二句的意思是说，人间万事变化无穷，自己的知谋不多，无法应付。饶：富，多。

[3] 履薄冰：在薄冰上行走，极言处境之危险。《诗经·小旻》："战战兢兢，如临深渊，如履薄冰。""临深履薄"后来已成为成语。

✤ 评析

这是阮籍《咏怀诗》的第三十三首，表现了作者处于当时政治环境中的惶惶不可终日之情。由此更可以知道阮籍的“发言玄远”、“行为放达”以及饮酒求仙等，纯粹是出于不得已，是为了躲避祸难。

炎光延万里

炎光延万里[1]，洪川荡湍濑[2]。
弯弓挂扶桑[3]，长剑倚天外[4]。
泰山成砥砺，黄河为裳带[5]。
视彼庄周子[6]，荣枯何足赖[7]？
捐身弃中野，乌鸢作患害[8]。
岂若雄杰士[9]，功名从此大[10]。

✤注 释

[1] 炎光：日光。

[2] 湍濑：水流沙石之上叫作“湍”，也叫“濑”。这句话的实际意思即指大水在沙石的河滩上流着。

[3] 扶桑：传说中的神树名，据说太阳每早就从这棵树上升起。说法详见《山海经》、《十洲记》。

[4] 长剑句：宋玉《大言赋》：“长剑耿兮倚天外。”以上二句是用弓挂扶桑、剑倚天外来衬托本篇所写的“雄杰士”的形象高大。

[5] 砥砺：磨刀石。二句是说，和“雄杰士”的形象比较起来，泰山小得如同一块磨刀石，黄河窄得像一条带子。《史记·高祖功臣侯者表》：“使河如带，泰山若砺，国以永宁，爰及苗裔。”这里袭用其句。

[6] 庄周：战国时期的哲学家，道家学派的代表人物之一，主张虚无随化，著有《庄子》。

[7] 荣枯：本意是开花和枯萎，一般引申为生死、兴衰等含义。

[8]《庄子·列御寇》云：庄子临死时，嘱咐门人们待他死后把他的尸体丢在旷野上，不必埋葬。门人说，怕让乌鸢啄食。庄子说，埋下去叫蝼蚁

食，抛在上面叫乌鸢食，为什么要偏待乌鸢呢？以上四句是说，庄子虽然达观，但也不能长生不死；死后抛于旷野，也不能逃避乌鸢的啄食。

[9] 雄杰士：阮籍所幻想的能摆脱人世，超然于天地之外的人物。他的《大人先生传》描绘的就是这样一个形象。

[10] 功名：这里指道德名声。从此大：指一直响亮地传下去。

✤ 评 析

这是阮籍《咏怀诗》的第三十八首，作品表现了一种企图摆脱世俗、超脱于天地之外的出世思想。这是阮籍对当时政治不满的一种反映形式，但其思想情绪是消极的。

壮士何慷慨

壮士何慷慨，志欲吞八荒[1]。
驱车远行役，受命念自忘[2]。
良弓挟乌号[3]，明甲有精光[4]。
临难不顾生，身死魂飞扬。
岂为全躯士[5]，效命争战场[6]。
忠为百世荣，义使令名彰[7]。
垂声谢后世[8]，气节故有常[9]。

✤ 注 释

[1] 八荒：八方的荒远之地。《说苑·辨物》："八荒之内有四海，四海之内有九州，天子处中州而制八方。"八荒与四海对举，通常即指天下。

[2] 受命：受到国家的任命。通常指武将接到统军征伐的任命。自忘：忘掉个人的一切。

[3] 乌号：良弓名。

[4] 明甲：即明光铠，一种良甲。

[5] 全躯士：苟且保全自己的人。

[6] 争战场：在战场上与敌人争夺胜负。二句是说，岂肯学那苟活保命的人，自己宁愿死在与敌人争胜负的战场上。

[7] 令名：美名。

[8] 垂声：留名。谢：告。

[9] 这句的意思是说，崇高的气节自应万古长存。

✤评析

这是阮籍《咏怀诗》的第三十九首，作品歌颂了一个受命不顾私、志欲为国效力的将领，表现了一种积极奋发、勇敢豪迈的精神。作品的格调慷慨激昂，是阮籍作品中少有的。有人认为这可能是阮籍为王陵、毋丘俭、诸葛诞等忠于曹氏王室，因起兵反对司马氏而被杀的将领所作，可备一说。

天网弥四野

天网弥四野，六翮掩不舒[1]。
随波纷纶客[2]，泛泛若凫鹥[3]。
生命无期度[4]，朝夕有不虞[5]。
列仙停修龄[6]，养志在冲虚[7]。
飘飖云日间，邈与世路殊[8]。
荣名非己宝[9]，声色焉足娱[10]？
采药无旋返[11]，神仙志不符[12]。
逼此良可感，令我久踌躇。

✤注释

[1] 六翮：指健鸟的翅膀。翮：羽茎。掩：收敛。

[2] 纷纶：犹纷纷，众多貌。

[3] 泛泛：水鸟浮游的样子。凫：野鸭。鹥：鸥。楚辞《卜居》："将泛泛若水中之凫乎？与波上下，偷以全躯乎？"以上两句是写那些无气节的官

场人物们的庸俗卑鄙、随波逐流。

[4] 无期度：犹言无期无度，即无定准。

[5] 不虞：意外，指突然死亡。以上写的是一种人。

[6] 停修龄：年岁停住不动，指长生不老。修：长也。

[7] 养志：即养心、养神。冲虚：指淡泊寡欲。以上两句是说，列仙们都追求长生不死，以淡泊寡欲静养心神。

[8] 邈：远。世路：人间。以上二句是说，列仙们都幻想遨游天上，远离人间。

[9] 荣名：尊荣，名声。《古诗十九首》有云："人生非金石，岂能常寿考。奄忽随物化，荣名以为宝。"这里是反用其意。

[10] 声色：指音乐、舞蹈等。

[11] 采药：这是指古代神仙家为希求个人长生，或为欺骗别人而从事的一种勾当。

[12] 志不符：指成仙的愿望总也不能兑现。符：符合，兑现。《古诗十九首》有云："浩浩阴阳移，年命如朝露。人生忽如寄，寿无金石固。万岁更相送，圣贤莫能度。服食求神仙，多为药所误。"意思与此诗相同。以上说的又是一种人。

✣ 评析

这是阮籍《咏怀诗》的第四十一首，诗人在这里蔑弃了在当时黑暗统治下那种随波逐流的庸俗无耻之辈，同时也否定了那种高蹈寻仙的自欺欺人，表现了诗人自己苦恼而无可解脱的情绪。

王业须良辅

王业须良辅[1]，建功俟英雄[2]。
元凯康哉美[3]，多士颂声隆[4]。
阴阳有舛错[5]，日月不常融[6]。
天时有否泰[7]，人事多盈冲[8]。

园绮遁南岳[9]，伯阳隐西戎[10]。
保身念道真[11]，宠耀焉足崇？
人谁不善始，尠能克厥终[12]。
休哉上世士[13]，万载垂清风[14]。

✤注 释

[1] 王业：圣王的事业。

[2] 俟：等待。

[3] 元凯：指富有才德的良臣。据《左传·文公十八年》云，高辛氏（古代的帝王）有才子八人，天下之民称之为“八元”；高阳氏有才子八人，天下之民称之为“八凯”。康哉美：指国家社会太平美好。《尚书·益稷》：“元首明哉，股肱良哉，庶事康哉！”这是皋陶赞美虞舜的政治时所作的诗。

[4] 多士：人才众多。《诗经·文王》：“济济多士，文王以宁。”这是赞美周文王的诗，说由于他那里人才众多，所以国家康宁。以上四句赞美了虞舜和文王的圣世，指出了圣世之所以能造成，关键在于有良辅、有英雄。

[5] 舛错：岔错，悖谬。阴阳舛错指风雨不时、寒暑错节等。

[6] 融：光明。日月不常融指日蚀月蚀。

[7] 否泰：天地之间互相交通叫泰，彼此阻绝滞塞叫否。这是古代阴阳占卜家们的说法。后来人们也一般地用指社会的太平与艰难。

[8] 盈：完满；冲：虚亏。人事盈冲指幸福与灾难、寿长与命短等情事。以上四句表面多是说的自然界的变化，但这种感觉是由政治上的风云变化、祸福莫测所引起并强化起来的。这也正是作者人生观变化原因的自白。

[9] 园绮：指东园公与绮里季。秦末汉初人，曾与夏黄公、角里先生一同隐于终南山，合称“商山四皓”，是历史上有名的隐士。南岳：即指终南山，以其在长安南，故云。不是指通常所谓的南岳衡山。

[10] 伯阳：即老子。姓李名耳，字伯阳，春秋末期人。见周政日衰，遂西出函谷关而去，不知所终。老子的名称与时代，说法不一，详见《史

记·老庄申韩列传》。西戎：指周朝时居住于今陕西西部和甘肃东部一带地区的少数民族。

[11] 念道真：指通习道家的精理。

[12]“人谁”二句：《诗经·荡》：“靡不有初，鲜克有终。”这里是化用其句。意思是说，好的开头，一般人都能有，但能够善始善终的却很少。尠，同“鲜”，少。尅，同“克”，胜，能。

[13] 休：美。上世士：指老子、“四皓”一类人。

[14] 清风：清高的风操。

✣ 评析

这是阮籍《咏怀诗》的第四十二首，作品赞美了圣世的辅弼良臣和乱世的隐者，表现了自己对隐逸的企慕之情。由此诗可知阮籍本来并不是没有用世之志，只因世道艰难，所以才转为放达隐逸，实出不得已。

幽兰不可佩

幽兰不可佩[1]，朱草为谁荣[2]？
修竹隐山阴[3]，射干临增城[4]。
葛藟延幽谷[5]，绵绵瓜瓞生[6]。
乐极消灵神[7]，哀深伤人情。
竟知忧无益[8]，岂若归太清[9]。

✣ 注释

[1]“幽兰”句：《离骚》：“户服艾以盈要(腰)兮，谓幽兰其不可佩。”意思是指国君亲近坏人，不任贤人。阮籍这里酌用其句以写现实。

[2] 朱草：传说中的一种异草，据说圣王以德化天下，就有朱草产生。为谁荣：为谁开花。意思是说，现在不是圣世，是乱世，朱草你为什么开花呢？如同孔子泣麟一样。

[3] 修竹：高竹，以比贤才。隐山阴：生长在阴山背后，无人得见。

[4] 射干：传说中的一种小矮树，以比庸人佞幸。增城：即层城，高大的城墙。增，同“层”。《荀子·劝学》：“西方有木焉，名曰射干，茎长四寸，生于高山之上，而临百仞之渊，木茎非能长也，所立者然也。”阮籍这里酌用其意。以上二句与本书后面左思《咏史》的“郁郁涧底松，离离山上苗，以彼径寸茎，荫此百尺条”同意。

[5] 葛藟：相似的两种蔓草名。

[6] 绵绵：一个接一个的样子。瓞：小瓜。葛藟延谷、瓜瓞绵绵比喻庸才小人的布满朝廷。

[7] 灵神：精神。“乐极消灵神”是虚衬，下句“哀深伤人情”才是正句。

[8] 竟：既然。

[9] 归太清：指学神仙。道家把上天神仙的境界分为玉清、上清、太清三层，合称为“三清”。

✤ 评 析

这是阮籍《咏怀诗》的第四十五首，抒发了作者对当时英俊贤才不被任用，奸佞庸才占据高位的哀伤愤慨。最后二句道出了自己所以要隐逸求仙的原因。

洪生资制度

洪生资制度[1]，被服正有常[2]。
尊卑设次序，事物齐纪纲[3]。
容饰整颜色[4]，磬折执圭璋[5]。
堂上置玄酒[6]，室中盛稻粱[7]。
外厉贞素谈[8]，户内灭芬芳[9]。
放口从衷出[10]，复说道义方[11]。
委曲周旋仪[12]，姿态愁我肠。

✤ 注释

[1] 洪生：如同说“鸿儒”，有“学问”的大儒生。资：凭借。制度：指古代的各种礼法章程。

[2] 被服：同“披服”，穿戴。

[3] 齐：一律。这里指一律遵照。纪纲：指封建社会所规定的那些礼法纲常。

[4] 容饰：仪容服饰。整：端庄、严肃。

[5] 磬折：形容鞠躬弯腰的样子。磬：古代的打击乐器，形曲折。圭璋：两种玉制礼器名。《礼记·礼器》孔疏云：“诸侯朝王以圭，朝后执璋。”

[6] 玄酒：古代祭祀用的水。

[7] 稻粱：意同膏粱，泛指丰美食品。以上二句是形容这个儒生在厅堂上用白水待客以示俭，内室盛排鱼肉稻粱，以穷奢极欲。

[8] 外厉：外表上讲究。厉：修炼。贞素谈：冠冕堂皇的谈吐。贞：同“正”。素：纯。

[9] 芬芳：指德行高尚。

[10] 放口：随口乱说。衷：内心。

[11] 复说：改口又说。以上两句的意思是，有时随口乱说，倒是说出了几句发自内心的话；但过后觉得走嘴了，于是就又立刻改口发起仁义道德的高论来。

[12] 委曲周旋：矫揉造作、装模作样的样子。仪：情态，仪容。

✤ 评析

这是阮籍《咏怀诗》的第六十七首。作品描绘了一个道貌岸然，口谈仁义而内心极端龌龊的可鄙形象，表现了作者对那种言行不一的儒生，以及对那些虚伪礼教的鼓吹者们的极端厌恶与愤慨。鲁迅先生曾说，“魏晋时所谓崇奉礼教是用以自利……于是老实人以为如此利用，(是)亵黩了礼教，不平之极，无计可施，激而变成不谈礼教，甚至反对礼教”(《魏晋风度及文章与药及酒之关系》)。这段话有助于我们理解这首诗。

晋诗

傅 玄

傅玄(217—278),字休奕,北地泥阳(今甘肃宁县东南)人。幼年孤贫,博学能文,勤于著述。司马炎做晋王时,命他做常侍。司马炎篡位后,又命他做谏官。后来迁侍中,转司隶校尉。历史记载他任职期间,“性刚劲亮直”,使奸佞慑伏。

他精通音乐,诗歌以乐府见长,其中不少是继承了汉乐府的传统,反映了一定的社会现实。现存诗六十余首,著有《傅子》内外篇。

豫章行苦相篇

苦相身为女[1],卑陋难再陈[2]。
男儿当门户[3],堕地自生神[4]。
雄心志四海[5],万里望风尘[6]。
女育无欣爱[7],不为家所珍[8]。
长大逃深室[9],藏头羞见人。
垂泪适他乡[10],忽如雨绝云[11]。
低头和颜色,素齿结朱唇。
跪拜无复数,婢妾如严宾[12]。
情合同云汉,葵藿仰阳春[13]。

心乖甚水火[14]，百恶集其身[15]。
玉颜随年变，丈夫多好新[16]。
昔为形与影，今为胡与秦[17]。
胡秦时相见，一绝逾参辰[18]。

✤注释

[1] 苦相：犹苦命。古代迷信，认为貌相苦，命运便苦。

[2] 卑陋：卑贱。难再陈：没法再陈述了。

[3] 男儿：宋刻本《玉台新咏》作“儿男”，今从《艺文类聚》改。当门户：应门户，即当家。

[4] 堕地：指生下来。自生神：天然地便有神气。

[5] 四海：犹天下。志四海：志在天下。

[6] 风尘：指寇警而言，戎马所至，风起尘扬。望风尘：想望平定寇警。以上四句写男儿之受重视。

[7] 育：初生。欣爱：喜爱。

[8] 珍：珍惜。

[9] 逃：躲避、隐藏，或作“避”。这句和下句是说，女子长大之后躲藏在屋子里害羞怕见人。

[10] 适：出嫁。

[11] 雨绝云：雨落下来，便和云断绝了关系。用来比喻女子出嫁和家人离别。

[12] 无复数：数不过来。严宾：庄严的宾客。这两句是说，对公婆丈夫等的跪拜没有数，对婢妾也要如同庄严的客人那样敬重。

[13] 云汉：天河。同云汉：像牛郎织女之会于云汉。葵：向日葵。藿：一种野菜。仰阳春：仰恃春天的太阳。这两句是说，丈夫和自己感情投合的时候像牛郎织女会于银河，自己仰赖丈夫的爱情像葵藿仰赖春天的阳光。

[14] 乖：戾。心乖：指感情不和。甚水火：甚于水火之不相容。

[15] 其身：指女子自身。这句是说，男子指斥女子没有一点好处。

[16] 好新：喜新厌旧，指再娶妻子。

[17] 胡与秦：犹外国与中国。古时中原地区的人称北方和西方的外族人为胡，西域人称中国人为秦。用来比喻相离很远。

[18] 时相见：有时相见。逾：超过。参辰：两个星名。辰星在东方，参星在西方，出没互不相见。这两句是说，即使是胡秦，还有相见之时，而自己被丈夫弃绝之后，便如参辰，永不相见了。

✤评析

豫章行，古乐府曲调名，属《相和歌·清调曲》，古辞今天还保存着。这是依照旧题写作的新诗，诗题是苦相篇，犹如曹操之《短歌行》有《对酒》篇、《步出夏门行》有《碣石》篇一样。内容是揭露了封建社会重男轻女的不平等现象，表现了作者对女子不幸遭遇的深切同情，对把她们这种遭遇归之于命苦的说法表示不满。

张　华

张华（232—300），字茂先，范阳方城（今河北固安县南）人。少年时即好文史，博览群书。晋武帝时因伐吴有功被封为侯，历任要职。后来因为不参加赵王司马伦和孙秀的篡夺活动，被他们杀害。他博闻强记，著有《博物志》十卷。他的诗现存三十余首，内容比较单调，形式讲究辞藻华美，格调平缓少变化。总的成就不高。今传《张司空集》一卷。

情　诗

游目四野外[1]，逍遥独延伫[2]。
兰蕙缘清渠[3]，繁华荫绿渚[4]。
佳人不在兹[5]，取此欲谁与[6]？
巢居知风寒，穴处识阴雨[7]。
不曾远离别，安知慕俦侣[8]？

✤注释

[1] 游目：任情浏览。

[2] 逍遥：自在。延伫：久立。

[3] 蕙：即零陵香，暮春开花。缘：沿。缘清渠：兰蕙沿着清溪生长。

[4] 繁华：众多的兰蕙花。渚：小洲。荫绿渚：众多的兰蕙花荫覆着

绿洲。

[5] 佳人：指怀念的妻子。

[6] 取此：采兰蕙花。谁与：赠谁。古时有采兰蕙以赠情人的习惯。

[7] 巢居：指鸟。穴处：指虫类。传说蝼蚁穴处能先知阴雨。这两句是说，鸟虫能预知风寒阴雨，是由于它们久处巢穴的习性使然。所以喻人。

[8] 俦侣：伴侣。这两句是说，不曾经历夫妻离别之苦的人，怎能体会思念伴侣的心情？

✤评析

张华《情诗》共五首，都是夫妻赠答之词，表现夫妻离别后的思念心情。这一首是原诗的第五首，乃男赠女。其中以采取兰蕙无人共赏表露自己的思慕，以鸟虫之巢居穴处能预知风雨来说明未经离别的人，不能了解自己此时此刻的痛苦。心理描写极其细致。

陆　机

陆机(261—303),字士衡,吴郡(今江苏苏州)人。出身于东吴的大世族地主家庭,祖父陆逊是吴国的丞相,父陆抗是吴国大司马。吴亡之后,他与弟弟陆云到洛阳,以文章为当时士大夫所推重。晋惠帝太安二年(303),成都王司马颖和河间王司马颙起兵讨伐长沙王司马乂,任命他为后将军、河北大都督。战败,在军中遇害,年四十三。

陆机的诗名重当时。现存的共 104 首,入洛之前,多抒发国破家亡之慨,入洛之后,多叙述人生离合之情。但总的倾向是内容空泛,感情贫乏。他的乐府、拟古诸诗,多规仿前人体格,词句工丽,间用排偶,实开宋、齐以后形式主义的诗风。他的赋和文,多抒发自己的感触和体会,但内容仍不够深厚。有《陆士衡集》,又近人郝立权撰有《陆士衡诗注》。

赴洛道中作

远游越山川,山川修且广。
振策陟崇丘[1],案辔遵平莽[2]。
夕息抱影寐[3],朝徂衔思往[4]。
顿辔倚嵩岩[5],侧听悲风响。

清露坠素辉，明月一何朗[6]。
抚几不能寐[7]，振衣独长想[8]。

✤ **注释**

[1] 策：古时的马鞭，头上有刺。振策：挥鞭。陟：登高。崇丘：高山。这句是说，鞭马登上高山。

[2] 案：同“按”。按辔：手抚御马的缰绳，任马慢步行走。遵：循。平莽：草原。这句是说，按辔让马循平原慢行。

[3] 夕息：夜晚休息。抱影：形影相吊。说明孤独。

[4] 徂：往。朝徂：早晨出发。衔思：含悲。说明凄楚。

[5] 顿：舍、止。顿辔：停马。嵩：高。这句和下句是说，驻马倚着高岩，听见悲风声从旁边传来。

[6] 素辉：洁白的光辉。一何朗：多么明朗。这两句是说，白光闪烁的清露下滴，皓月极为明朗。

[7] 几：小桌子。古人放在座旁，疲倦时可供倚靠。这句是说，面对此情此景抚几不能入睡。

[8] 振衣：抖动衣服以去灰尘。这里指穿衣。这句是说，重新穿衣而起，独自长想。

✤ **评析**

《赴洛道中作》共二首，这是第二首。《晋书·陆机传》说：“太康末，与弟云俱入洛。”这两首诗是他在太康末年赴洛阳途中所作。此诗的内容是描写他旅途中所见的景物和自己哀伤的心情。语言雕琢工丽，像“抱影”、“衔思”等，可谓极尽锤炼之能事。这正是他的诗歌的特点。

拟明月何皎皎

安寝北堂上[1]，明月入我牖[2]。
照之有余晖，揽之不盈手[3]。

凉风绕曲房[4]，寒蝉鸣高柳。
踟蹰感节物，我行永已久[5]。
游宦会无成[6]，离思难常守[7]。

✤注 释

[1] 寝：卧。北堂：向北的正室。

[2] 牖：窗。

[3] 照之：指月光照到窗户。揽：采。盈：满。这两句是说，月亮照到窗户之中光辉有余，用手揽之则不盈把。以喻丈夫空有其名而不得见。

[4] 凉风：指北风。《尔雅》："北风谓之凉风。"曲房：有曲廊的屋子。指思妇所居。凉风、寒蝉：写秋天的季候。

[5] 踟蹰：即踟躇，徘徊的样子。我行：应是离开我而行。这两句是说，由于季节的变化，而引起自己满心踟躇地怀念久行不归的丈夫。

[6] 游宦：远游仕宦。会：当。无成：不能成名。这句是说，丈夫远游仕宦不会成功。

[7] 离思：离别的愁思。这句是说，自己怀此离别之思难以长守。

✤评 析

陆机《拟古》十二首，都是摹拟《古诗十九首》而作。这是其中的第六首，拟《古诗十九首》的最末一首"明月何皎皎"。其内容是写一个女子看见月光而思念丈夫，因季节的变化而感到独抱离别之恨，痛苦无穷。

猛虎行

渴不饮盗泉水[1]，热不息恶木阴[2]。
恶木岂无枝？志士多苦心[3]。
整驾肃时命[4]，杖策将远寻[5]。
饥食猛虎窟，寒栖野雀林[6]。

日归功未建，时往岁载阴[7]。
崇云临岸骇[8]，鸣条随风吟[9]。
静言幽谷底[10]，长啸高山岑[11]。
急弦无懦响，亮节难为音[12]。
人生诚未易，曷云开此衿[13]？
眷我耿介怀[14]，俯仰愧古今。

✤注释

[1] 盗泉：水名，在今山东泗水县东北。据《尸子》记载，孔子经过盗泉，虽然口渴也不饮盗泉的水，因为厌恶盗泉的名字。

[2] 恶木：坏的树木。李善注引《管子》说，怀耿介之心的志士，不在恶木之枝下乘凉。

[3] 志士：守操行的人。多苦心：指不饮盗泉、不荫恶木。

[4] 肃：敬。时命：时君之命。这句是说，整顿车驾，敬从君命。

[5] 策：马鞭。这句是说，将要执鞭远行。

[6] 这两句是说，在猛虎窟里食，在野雀林里宿。《猛虎行》古辞："饥不从猛虎食，暮不从野雀栖。"这里反用其意，意思是饥不择食，寒不择衣。

[7] 日归：日屡西归。岁阴：岁暮。载：则。这两句是说，时光一天天过去，功名仍未建立。

[8] 崇：高的样子。骇：起。这句是说，崇云从高岸而起。

[9] 鸣条：由风吹而响的枝条。这句是说，枝条随风吹而吟。以上两句写岁暮景色。

[10] 言：语助词。幽谷：深谷。这句是说，经深谷而静思。

[11] 岑：山小而高。这句是说，登高山而长啸。

[12] 急弦：上得很紧的弦。懦响：缓弱之音。亮：信。亮节：贞信之节。这两句是说，弦急则调高，犹如怀贞信之节的人言必慷慨，而这却是人主不喜欢的，所以为难。

[13] 衿：也作"襟"。这句和上句是说，世途艰难，为什么开此行役之心？

[14] 眷：顾。耿：光。介：大。耿介怀：坚正独立的抱负，即上文的志士

之苦心。这句和下句是说，怀着正直独立的抱负而不得施展，所以深愧于古今之人。

✤评析

猛虎行，古乐府调名，属《相和歌·平调曲》，古辞今天保存。这首诗是抒发自己正直独立的怀抱不得实现的感慨。自己本来是很慎于出处的，但由于时命却不能选择，结果是功不成名不就，深负平生之志。

左 思

左思(250? —305?),字太冲,齐国临淄(今山东淄博市临淄城北)人。他父亲左熹曾做过太原相、弋阳太守、殿中侍御史等官。他幼年天资迟钝,学书学琴都不成。但他很用功,能文章,辞藻壮丽。他貌寝口讷,不好交游,仕进不得意,唯以著作为事。曾以十年的时间写成《三都赋》,轰动当时,都下竞相传写,洛阳为之纸贵。

左思的功业心很强,但当时士族门阀制度已经形成,仕进的门径被士族所把持,出身寒微的人只能耻居下位。他的才能、抱负不得施展,便发而为诗。所以揭露寒门出身的知识分子和士族门阀之间的矛盾,抒写自己功业未遂的情怀和对士族权贵的蔑视,就构成了他的诗的主题。他的诗意气豪迈,语言简劲,绝少雕琢。今天保存的很少,只有《文选》和《玉台新咏》所收的部分诗赋,其中诗十四首,以《咏史》和《娇女》最有名。

咏 史(八首)

弱冠弄柔翰[1],卓荦观群书[2]。
著论准《过秦》,作赋拟《子虚》[3]。
边城苦鸣镝[4],羽檄飞京都[5]。

虽非甲胄士[6],畴昔览穰苴[7]。
长啸激清风,志若无东吴[8]。
铅刀贵一割[9],梦想骋良图[10];
左眄澄江湘,右盼定羌胡[11]。
功成不受爵,长揖归田庐[12]。

✤注 释

[1] 弱冠:古代的男子二十岁行冠礼,表示成人,但体犹未壮,所以叫"弱冠"。柔翰:毛笔。这句是说,二十岁就擅长写文章。

[2] 荦:同"跞"。卓跞:才能卓越。这句是说,博览群书,才能卓异。

[3] 过秦:即《过秦论》,汉贾谊所作。子虚:即《子虚赋》,汉司马相如所作。准、拟:以为法则。这两句是说,写论文以《过秦论》为准则,作赋以《子虚赋》为典范。

[4] 鸣镝:响箭,本是匈奴所制造,古时发射它作为战斗的信号。这句是说,边疆苦于敌人的侵犯。

[5] 檄:檄文,用来征召的文书,写在一尺二寸长的木简上,上插羽毛,以示紧急,所以叫"羽檄"。这句是说,告急的文书驰传到京师。

[6] 胄:头盔。甲胄士:战士。这句是说,自己虽不是战士。

[7] 畴昔:往时。穰苴:春秋时齐国人,善治军。齐景公因为他抵抗燕、晋有功,尊为大司马,所以叫"司马穰苴",曾著《兵法》若干卷。这句是说,从前也读过司马穰苴兵法。

[8] 这两句是说,放声长啸,其声激扬着清风,心中没有把东吴放在眼里。

[9] 铅刀一割:用汉班超上疏中的成语。李善注引《东观汉记》:"班超上疏曰:臣乘圣汉威神,冀效铅刀一割之用。"铅质的刀迟钝,一割之后再难使用。用来比喻自己才能低劣。这句是说,自己的才能虽然如铅刀那样迟钝,但仍有一割之用。

[10] 骋:施。良图:好的计划。这句是说,还希望施展一下自己的抱负。

[11] 眄:看。澄:清。江湘:长江、湘水,是东吴所在,地处东南,所以说"左眄"。羌胡:即少数民族的羌族,在甘肃、青海一带,地在西北,所以说"右盼"。

[12] 爵：禄位。田庐：家园。这两句是说，要学习鲁仲连那样，为平原君却秦兵，功成身退。

✣ 评析

左思《咏史》共八首，它不像一般咏史诗之专咏古人、古事，而是借咏古人、古事以抒写自己的怀抱，犹如阮籍的《咏怀》、陶渊明的《饮酒》，是抒情、述志之作。这一首从"左眄澄江湘"看，应是晋武帝咸宁六年(280)平吴以前所作。它是《咏史》的总序。一方面叙述自己文学才能的卓异，一方面抒写自己深通兵略，有志于保卫边疆，为国立功，功成身退，不受赏赐。

其二

郁郁涧底松[1]，离离山上苗[2]，
以彼径寸茎[3]，荫此百尺条[4]。
世胄蹑高位[5]，英俊沉下僚[6]。
地势使之然，由来非一朝[7]。
金张藉旧业，七叶珥汉貂[8]。
冯公岂不伟，白首不见招[9]。

✣ 注释

[1] 郁郁：严密浓绿的样子。涧：两山之间。涧底松：比喻才高位卑的寒士。

[2] 离离：下垂的样子。苗：初生的草木。山上苗：山上小树。

[3] 彼：指山上苗。径：直径。径寸：直径一寸。径寸茎：一寸粗的茎。

[4] 荫：遮蔽。此：指涧底松。条：树枝，这里指树木。

[5] 胄：长子。世胄：世家子弟。蹑：履、登。

[6] 下僚：下级官员，即"属员"。沉下僚：沉没于下级的官职。

[7] 这两句是说，这种情况恰如涧底松和山上苗一样，是地势造成的，其所

从来久矣。

[8] 金：指汉金日磾，他家自汉武帝到汉平帝，七代为内侍（见《汉书·金日磾传》）。张：指汉张汤，他家自汉宣帝以后，有十余人为侍中、中常侍。《汉书·张汤传赞》云："功臣之世，唯有金氏、张氏亲近贵宠，比于外戚。"七叶：七代。珥：插。珥汉貂：汉代侍中、中常侍的帽子上，皆插貂尾。这两句是说，金张两家的子弟凭借祖先的世业，七代做汉朝的贵官。

[9] 冯公：指汉冯唐，他曾指责汉文帝不会用人，年老了还做中郎署长的小官。伟：奇。招：召见。不见招：不被进用。这两句是说，冯唐难道不奇伟，年老了还不被重用。以上四句引证史实说明"世胄蹑高位，英俊沉下僚"的情况，是由来已久。

✤评 析

这首诗反映了曹丕颁行九品中正制之后，所形成的"上品无寒门，下品无世族"的不平等现象，揭露了这种为巩固士族门阀利益的制度的阶级本质，抒发了自己的愤慨和不平。

其　三

吾希段干木[1]，偃息藩魏君[2]。
吾慕鲁仲连[3]，谈笑却秦军[4]。
当世贵不羁，遭难能解纷[5]。
功成耻受赏，高节卓不群[6]。
临组不肯绁[7]，对珪宁肯分[8]？
连玺耀前庭，比之犹浮云[9]。

✤注 释

[1] 希：向慕。段干木：战国魏人，隐居穷巷，不愿做官，是当时的贤者，魏文侯对他很恭敬。

[2] 偃息：退隐而高卧。藩魏君：保卫魏国国君。据《吕氏春秋·期贤》篇记载，秦国兴兵要攻打魏国，司马唐谏秦国君说：段干木是位贤人，魏国以礼待他，天下没有不知道的，不可以加兵。秦国君以为然，终于不敢攻打。

[3] 慕：仰慕。鲁仲连：战国齐人，好奇伟俶傥之策，而不肯做官（见《史记·鲁仲连列传》）。

[4] 却秦军：退秦军，据《史记·鲁仲连列传》记载，秦使白起围赵，赵国正计划尊秦为帝，以求罢兵。当时鲁仲连正在赵国，说服了赵人，放弃了这个计划。秦军知道后，退兵五十里。鲁仲连退秦军是用舌辩，所以说"谈笑"。

[5] 不羁：不受笼络。贵不羁：以不被笼络为高贵。遭难：遇到患难。解纷：解除纷扰。据《史记·鲁仲连列传》记载，鲁仲连却秦军之后，平原君要给他高封厚赏，他再三辞让说："所贵于天下之士者，为人排患释难解纷乱而无取也。即有取者，是商贾之事也，而连不忍为也。"这两句是说，世上所贵者是那些能为人排难解纷的不羁之士。

[6] 卓：高的样子。高节：高尚的节操。《史记·鲁仲连列传》说他"好持高节"。

[7] 组：丝织的绶带。古代做官的人用来系印玺以结在腰间。緤：系。不肯緤：不肯结挂印玺。

[8] 珪：瑞玉板，上圆下方。古代诸侯，不同的爵位，分颁不同的珪。分：指分别颁发。宁肯分：指不接受官爵。

[9] 连玺：成串的印。耀前庭：光照前庭。比之浮云：把高官厚禄看作像浮云一样轻。

✣评析

这首诗是歌颂段干木和鲁仲连那种有功于国，而不受爵禄的高尚节操。作者一则把这两个历史人物作为自己行为的准则，一则是用以批判那些尸位素餐，一心希望高官厚禄的官僚们。歌颂古人，目的在于讽今。

其 四

济济京城内，赫赫王侯居[1]。
冠盖荫四术[2]，朱轮竟长衢[3]。
朝集金张馆，暮宿许史庐[4]。
南邻击钟磬，北里吹笙竽[5]。
寂寂扬子宅[6]，门无卿相舆[7]。
寥寥空宇中，所讲在玄虚[8]。
言论准宣尼，辞赋拟相如[9]，
悠悠百世后，英名擅八区[10]。

✤注 释

[1] 济济：美盛的样子。京城：指长安。赫赫：显盛的样子。这两句是说，长安城内王侯的住宅很多，而且富丽堂皇。

[2] 冠盖：冠冕和车盖，指贵人的穿戴和车乘。术：道路。荫四术：遮蔽了要道。这句是说，冠盖如云。

[3] 朱轮：用朱色涂的车轮。汉代列侯和二千石以上的官得乘朱轮。竟：终。衢：四通的道路。这句是说，朱轮来往不绝。

[4] 金张：指金日磾和张安世，都是汉宣帝时的大官僚。见前第二首注。许史：指许广汉和史高，都是汉宣帝时的外戚。宣帝许皇后父许广汉被封为平恩侯，广汉的两个弟弟也被封侯。宣帝祖母史良娣的侄史高等三人都被封侯（见《汉书·外戚列传》）。这两句是说，豪贵之家，日夕相聚，奔走应酬。

[5] 南邻、北里：都指金张许史之家。击钟磬、吹笙竽：描写他们朝欢暮乐。

[6] 寂寂：无人声。扬子：指扬雄。扬雄宅在成都少城西南角，一名草玄堂。

[7] 舆：车。无卿相舆：不与卿相来往。

[8] 寥寥：幽深，寂静。空宇中：空廓的屋子里。玄虚：玄远虚无之理。

指扬雄著《太玄经》。这两句是说,扬雄深居简出,作《太玄经》十卷,讲论虚无玄妙的道理。

[9] 宣尼:指孔子,汉平帝时追谥孔子为“褒城宣尼公”。相如:指汉司马相如。准、拟:以为法则、标准。这两句是说,扬雄仿《论语》著《法言》十三卷,拟司马相如《子虚》、《上林》而作赋。

[10] 悠悠:长久。擅:专、据有。八区:八方之域。这两句是说,扬雄的英名百代之后流传天下。

✣评析

这首诗是赞扬扬雄穷困著书的生活,而以王侯贵族的荒淫奢侈生活作对比。一半写王侯贵族享尽当世的荣华富贵,死后与草木同腐;一半写扬雄受尽人生的艰苦困难,死后却流芳百世。作者以扬雄自比,也以扬雄自慰。

其　五

皓天舒白日[1],灵景耀神州[2]。
列宅紫宫里,飞宇若云浮[3]。
峨峨高门内[4],蔼蔼皆王侯[5]。
自非攀龙客[6],何为欻来游[7]?
被褐出阊阖[8],高步追许由[9]。
振衣千仞冈,濯足万里流[10]。

✣注释

[1] 皓:明。舒:行。

[2] 灵景:日光。神州:赤县神州的简称,指中国。

[3] 紫宫:原是星垣名,即紫微宫,这里借喻皇都。飞宇:房屋的飞檐。这两句是说,京城里王侯的第宅飞檐如浮云。

[4] 峨峨:高峻的样子。

[5] 蔼蔼：盛多的样子。

[6] 攀龙客：追随王侯以求仕进的人。这句是说，自己并非攀龙附凤之人。

[7] 何为：为什么。欻：忽。这句是说，为什么忽然到这里来了呢？

[8] 被褐：穿着布衣。阊阖：宫门。

[9] 高步：犹高蹈，指隐居。许由：传说尧时隐士。尧要把天下让给他，他不肯接受，便逃到箕山之下，隐居躬耕。

[10] 仞：度名，七尺为一仞。濯足：洗脚，指去世俗之污垢。这两句是说，在高山上抖衣，在长河里洗脚。

✤评析

这首诗是抒发自己和那些攀龙附凤者不同的出尘高蹈的思想。其中关于京都宫室的壮丽、侯门的豪华的描写，都是用来反衬自己胸襟的高洁。

其　六

荆轲饮燕市，酒酣气益震。
哀歌和渐离，谓若傍无人[1]。
虽无壮士节[2]，与世亦殊伦[3]。
高眄邈四海，豪右何足陈[4]？
贵者虽自贵，视之若埃尘。
贱者虽自贱，重之若千钧[5]。

✤注释

[1] 荆轲：战国齐人，好读书击剑，为燕太子丹刺秦王，失败被杀。燕市：燕国的都市。酒酣：酒喝得痛快，兴致正浓。震：威。渐离：高渐离，燕人，善击筑。谓：以为。据《史记·刺客列传》记载，荆轲在燕国时，和燕国的狗屠及会击筑的高渐离是好朋友，经常一起在市中

喝酒，酒喝得痛快时，高渐离击筑，荆轲哀歌相和，已而二人对泣，旁若无人。

[2] 节：操守。无壮士节：指刺秦王未成功。

[3] 伦：辈。与世殊伦：与社会上一般人不同。

[4] 邈：小。四海：犹天下。豪右：世家大族。古时以右为上，所以称世家大族为右族。陈：陈述。这两句是说，荆轲不把天下四海放在眼里，对那些豪右更不必说了。

[5] 贵者：指豪右。自贵：自以为贵。贱者，指荆轲。自贱：自以为贱。钧：量名，三十斤为一钧。这四句是说，视贵者像尘埃一样轻，贱者像千钧一样重。

✤ 评析

这首诗是歌颂荆轲那种睥睨四海、蔑视权贵的精神，说明荆轲虽然刺秦王未成功，但他的行为和那些只贪图爵禄的贵人比，却如千钧和尘埃那样轻重悬殊。歌颂荆轲，借以表示对权贵的蔑视。

其　七

主父宦不达，骨肉还相薄[1]。
买臣困采樵，伉俪不安宅[2]。
陈平无产业，归来翳负郭[3]。
长卿还成都，壁立何寥廓[4]。
四贤岂不伟，遗烈光篇籍[5]。
当其未遇时，忧在填沟壑[6]。
英雄有屯邅，由来自古昔[7]。
何世无奇才，遗之在草泽[8]。

✣注释

[1] 主父：复姓，这里指主父偃，西汉时纵横家。宦不达：仕途坎坷。据《史记·主父偃传》记载，主父偃曾游学四十余年，也没有做官的机会，以至穷困于燕、赵。骨肉：指父母兄弟。薄：轻鄙。骨肉相薄：据《史记·主父偃传》记载，主父偃没有能做官，他父母不把他当儿子看待，兄弟也鄙弃他。这两句是说，主父偃由于未做高官，而受父母兄弟的轻蔑。

[2] 买臣：即朱买臣，汉武帝时人。樵：柴。伉俪：配偶，夫妻。据《汉书·朱买臣传》记载，朱买臣未做官时，家里很穷，以打柴维持生计，但好读书，一边担柴，一边诵书，他的妻子引以为耻，遂改嫁而去。这两句是说，朱买臣穷困之时，他的妻子也要离开他。

[3] 陈平：汉高祖的功臣。据《史记·陈丞相世家》记载，他少年时家里很穷，喜好读书，住的地方是背着城郭的偏僻小巷，用席做门。翳：蔽。负：背。郭：外城。翳负郭：以背靠城郭的破房子蔽身。

[4] 长卿：即司马相如，字长卿，成都人。据《史记·司马相如列传》记载，司马相如游临邛（今四川邛崃市），在富人卓王孙家喝酒，卓氏女文君见了，心悦而好之，夜间私奔相如。相如和她同归成都，家中空无所有。壁立：即家里只有四壁。寥廓：空洞。

[5] 四贤：指以上列举的四人。遗烈：遗业。光篇籍：光照史册。这两句是说，他们四个人的业绩流传后世，光照史册，岂不伟大！

[6] 未遇时：穷困的时期。沟壑：溪谷。忧填沟壑：有身死沟壑的忧虑。这两句是说，当他们穷困的时期，却有饿死填沟壑的可能。

[7] 屯邅：处境艰难。这句和下句是说，英雄的处境艰难，不是今天才有，而是自古就如此。

[8] 草泽：犹草野，指穷乡僻巷。这句和上句是说，哪个时代没有奇才？不过是被遗弃在草野中罢了。

✣评析

这首诗是感叹西汉主父偃等四人的穷困坎坷，进而说明古往今来被埋没的人才很多。是咏史，更是伤今。是由于作者自己被遗弃而发泄愤慨和不平。

其　八

习习笼中鸟，举翮触四隅[1]。
落落穷巷士，抱影守空庐[2]。
出门无通路，枳棘塞中涂[3]。
计策弃不收[4]，块若枯池鱼[5]。
外望无寸禄，内顾无斗储[6]。
亲戚还相蔑，朋友日夜疏[7]。
苏秦北游说[8]，李斯西上书[9]。
俯仰生荣华，咄嗟后雕枯[10]。
饮河期满腹，贵足不愿余[11]。
巢林栖一枝[12]，可为达士模[13]。

✤注释

[1] 习习：屡飞的样子。翮：鸟羽的茎。四隅：四角。这两句是说，笼中鸟举翼就碰到笼子的四角，不能起飞。用来比喻穷巷之士。

[2] 落落：和人疏远难合。穷巷士：居住在僻巷的贫士。抱影：形影相吊。守空庐：守着空房子。这两句是说，与人寡合之贫贱士，住在穷巷空室之中，对影独守。

[3] 枳棘：两种带刺的树。涂：犹途。枳棘塞涂：比喻仕途艰难。

[4] 这句是说，计策不被采用。

[5] 块：独处的样子。枯池鱼：枯涸了的池中之鱼。这句是说，自己块然独处像池水干枯了的鱼一样。

[6] 寸禄：微薄的俸禄。斗储：一斗粮的蓄积。这两句是形容家境的穷困。

[7] 蔑：蔑视。疏：疏远。这两句是说，受到亲戚的竞相蔑视和朋友们的一天天疏远。

[8] 苏秦：战国时洛阳人，据《史记·苏秦列传》记载，他先游说秦惠王未被用，后又游说燕、赵等六国，联合抗秦，佩六国相印。后在齐国遇刺

身死。燕、赵等国皆在北或东，这里概言之为“北游说”。

[9] 李斯：战国时楚上蔡人，据《史记·李斯列传》记载，李斯西入秦说秦王，得为客卿。后来秦国的大臣建议秦王应逐一切客卿，李斯上书申辩，秦王遂罢逐客的命令。即所谓“西上书”。秦统一之后，以李斯为丞相。秦二世时被杀。

[10] 俯仰：低头仰头。俯仰之间：形容时间很短。咄、嗟：都是忧叹之辞。这里也是形容时间短促，犹呼吸之间。雕枯：凋零枯萎。指苏秦、李斯的被杀害。这两句是说，苏秦、李斯的尊荣和杀身都在刹那之间。

[11] “饮河”二句：用《庄子·逍遥游》中的典故：“偃鼠饮河，不过满腹。”偃鼠，即田鼠。这两句说，偃鼠喝河里的水，不过期望装满肚皮，贵在知足不愿有剩余。

[12] 巢林栖一枝：也用《庄子·逍遥游》中的典故：“鹪鹩巢于深林，不过一枝。”鹪鹩，是一种小鸟。这句是说，鹪鹩在树林里作巢，不过占一个树枝。

[13] 达士：旷达之士。模：榜样。这句是说，旷达的人应该学习偃鼠、鹪鹩那样知足安分。

✤评析

这首诗可能是作者有感于魏晋之交，士大夫阶层的倏起倏落、乍荣乍枯的境遇，而抒发自己隐逸的情感。贫士的生活虽然穷困，但苏秦、李斯那种际遇也不值得羡慕，自处之道，应该是安贫乐道，做个旷达之士。

招隐

杖策招隐士[1]，荒涂横古今[2]。
岩穴无结构[3]，丘中有鸣琴。
白云停阴冈，丹葩曜阳林[4]。
石泉漱琼瑶，纤鳞或浮沉[5]。

非必丝与竹[6]，山水有清音。
何事待啸歌？灌木自悲吟[7]。
秋菊兼糇粮，幽兰间重襟[8]。
踌躇足力烦[9]，聊欲投吾簪[10]。

✤注释

[1] 策：细的树枝。招：寻。这句是说，手持树枝去招寻隐士。

[2] 荒涂：荒芜的道路。横：塞。横古今：从古至今被阻塞。这句是说，道路荒芜，好像从古代到现在都没有通行过。

[3] 岩穴：山洞。结构：指房屋建筑。这句和下句是说，只有山洞没有房屋，山丘之中却有人弹琴。

[4] 白云：《世说新语·任诞》篇注作"白雪"，可从。阴：山北为阴。冈：山脊。丹葩：红花。阳：山南为阳。阳林：山南的树林。这两句是说，山北停白雪，山南曜丹葩。

[5] 漱：激。琼瑶：美玉，这里指山石。纤鳞：小鱼。或浮沉：时沉时浮。这两句是说，泉水激荡于山石之间，小鱼沉浮于溪水之中。

[6] 丝：弦乐器。竹：管乐器。这句和下句是说，不须管弦乐器，山水自有清妙的声音。

[7] 啸歌：吟咏。灌木：丛生的树木。这两句是说，何必歌唱，风吹灌木的声音自是一种悲戚的吟哦了。

[8] 糇：食。兼糇粮：兼作粮食。间：杂。间重襟：杂佩在衣襟上。这两句是说，食物里兼有秋菊，衣襟上杂佩幽兰。

[9] 踌躇：徘徊。烦：疲乏。这句是说，在世途上徘徊，脚力疲乏。

[10] 簪：古人用它连结冠和发。投簪：犹"弃冠"，指放弃官职。这句是说，且弃官在此隐居吧！

✤评析

《招隐》共二首，这里选其一。《楚辞》中有淮南小山《招隐士》，是招致山谷中的潜伏之士。本篇与《招隐士》的命意不同，而是寻访隐士的生活。写作者入山寻访隐士，发现山中幽静自然的境界，无限仰慕，便决心弃官归隐，表现了一种与世俗决绝的思想。

杂　诗

秋风何冽冽[1]，白露为朝霜[2]。
柔条旦夕劲，绿叶日夜黄[3]。
明月出云崖，皦皦流素光[4]。
披轩临前庭，嗷嗷晨雁翔[5]。
高志局四海，块然守空堂[6]。
壮齿不恒居，岁暮常慨慷[7]。

✤注释

[1] 冽冽：寒冷的样子。

[2] 露为霜：露结为霜。

[3] 柔条：柔弱的枝条。旦夕劲：一天天强劲。日夜黄：叶经霜而渐黄。这两句是说，到了秋天树枝日益强劲，绿叶也逐渐枯黄。

[4] 崖：畔。云崖：云边。皦皦：白净的样子。流素光：月光。这两句是说，月出云崖，放射出洁白的光辉。

[5] 披轩：开窗。嗷嗷：众愁声。这两句是说，开窗面对前庭，看到晨雁嗷嗷飞翔。

[6] 高志：高尚的志向。局四海：四海虽大仍感到局促。块：独。这两句是说，受四海局促，高志不能施展，只有独守空堂而已。

[7] 齿：年。壮齿：少年，吕向注："壮齿，谓少年也。言少年颜色不常居住，忽即衰老，故常为叹。"（《六臣注文选》）岁暮：即暮年。慨慷：叹声。这两句是说，少壮之时不能长存，倏忽之间已经衰老，不胜感叹。

✤评析

这首诗李善注云："冲于时贾充征为记室，不就，因感人年老，故作此诗。”贾充是晋武帝时官僚，专以谄佞为事。左思是在时节变换、夜不成眠之时，感叹自己志不得伸和老之将至。

娇女诗

吾家有娇女[1]，皎皎颇白皙[2]。
小字为纨素[3]，口齿自清历[4]。
鬓发覆广额，双耳似连璧[5]。
明朝弄梳台，黛眉类扫迹[6]。
浓朱衍丹唇，黄吻澜漫赤[7]。
娇语若连琐，忿速乃明愐[8]。
握笔利彤管，篆刻未期益[9]。
执书爱绨素，诵习矜所获[10]。
其姊字惠芳[11]，面目粲如画[12]。
轻妆喜楼边，临镜忘纺绩[13]。
举觯拟京兆，立的成复易[14]。
玩弄眉颊间，剧兼机杼役[15]。
从容好赵舞，延袖象飞翮[16]。
上下弦柱际，文史辄卷襞[17]。
顾眄屏风画，如见已指擿[18]。
丹青日尘暗，明义为隐赜[19]。
驰骛翔园林，果下皆生摘[20]。
红葩缀紫蒂，萍实骤抵掷[21]。
贪华风雨中，眒忽数百适[22]。
务蹑霜雪戏，重綦常累积[23]。
并心注肴馔，端坐理盘槅[24]。

翰墨戢闲案，相与数离逖[25]。
动为垆钲屈，屣履任之适[26]。
止为荼菽据，吹嘘对鼎䥶[27]。
脂腻漫白袖，烟熏染阿锡[28]。
衣被皆重地，难与沉水碧[29]。
任其孺子意，羞受长者责[30]。
瞥闻当与杖[31]，掩泪俱向壁。

✤注 释

[1] 娇女：据《左棻墓志》记载，左思有两个女儿，长名芳，次名媛。这里的娇女，即左芳及左媛。

[2] 皎皎：光彩的样子。白皙：面皮白净。

[3] 小字：即乳名。左媛，字纨素。

[4] 清历：清楚历落。

[5] 广额：宽广的额头。晋时女子习尚广额、细眉。连璧：即双璧，形容双耳的白润。这两句是说，鬓发覆盖着广额，双耳像一对玉璧那样圆润。

[6] 明朝：犹清早。黛：画眉膏，墨绿色。类扫迹：像扫帚扫的似的。形容天真烂漫，随意涂抹。这两句是说，自己早晨在梳妆台前画眉，把眉毛画得像扫帚扫的一样。

[7] 浓朱：即口红。衍：染。丹唇：即朱唇。黄吻：即黄口，本指小孩，这里指小孩的嘴唇。吻：唇两边。澜漫：淋漓的样子。这两句是说，嘴唇用口红涂抹得一片赤红。

[8] 连琐：滔滔不绝。忿速：恼急。愊：乖戾。明愊：明晰干脆。这两句是说，撒娇时话语滔滔不绝，恼怒时便暴跳如雷。

[9] 握笔：执笔。利：贪爱。彤管：红漆管的笔。古代史官所用。篆刻：指写字。益：进步。这两句是说，纨素喜欢用好笔写字，但不能期望有所长进，因为她写字不过是游戏。

[10] 绨：厚绢，所以作书套。素：白绢，所以书写。矜：自夸。这两句是说，纨素是由于喜爱绨素才翻书，一有所得便向人夸耀。以上写纨素。

[11] 惠芳：左芳，字惠芳，是纨素之姊（见《左棻墓志》）。

[12] 㬮：这是六朝人新制的俗字，美好的样子。㬮如画：美如画。

[13] 轻妆：淡妆。纺绩：纺纱织布，续麻为缕叫绩。这两句是说，化淡妆时只喜欢临近楼边，光顾照镜子竟忘了纺绩。

[14] 觯：疑当作觚，是一种写字用的笔。京兆：指张敞。张敞在汉宣帝时做京兆尹，曾为妻画眉，长安中传张京兆眉怃。拟京兆：模仿张敞画眉。的：古时女子面额的装饰，用朱色点成。成复易：点额屡成屡改。这两句是说，惠芳握笔模仿张敞的样子画眉，学着点的，点成了涂了重点。

[15] 颊：嘴巴。剧：疾速。兼：倍。机杼：纺织机。这两句是说，化妆时的紧张情况，倍于纺绩工作。

[16] 赵舞：古代赵国的舞蹈。延袖：展袖。翮：鸟羽的茎，今所谓翎管。飞翮：飞翔的鸟翼。这两句是说，她喜好舒缓的赵舞，展开两只长袖像飞翔的鸟翼。

[17] 柱：琴瑟上架弦的木柱。襞：折叠。这两句是说，她又喜好弦乐，当她松紧琴瑟弦轴的时候，便漫不经心地把文史书籍都卷折起来。

[18] 屏风画：屏风上的绘画。如见：仿佛看见，看得还不真切。指擿：指点批评。这两句是说，对屏风上的绘画，还未看清楚就随便批评。

[19] 丹青：指屏风上的画。尘暗：为尘土所蒙蔽。明义：明显的意义。赜：幽深难见。隐赜：隐晦。这两句是说，屏风上的画，日久为灰尘所蔽，明显的意义已经隐晦难知了。以上写惠芳。

[20] 骛：乱跑。果下：指果实下垂。这两句是说，在园林中乱跑，把未成熟的果实都生摘下来。

[21] 红葩：红花。蒂：花和枝茎相连的地方。萍实：是一种果实，据《孔子家语·致思》记载，楚昭王渡江，见江中有一物，大如斗，圆而赤。昭王得到后，派人去问孔子，孔子说："此萍实也，惟伯者为能获焉。"《家语》为魏时王肃所伪造，它所说的"萍实"和此诗所咏当为一物。骤：频繁。抵掷：投掷。这两句是说，她们在萍实未成熟的时候，就连托摘下来，互相投掷玩耍。

[22] 华：即花，六朝以前无花字。贪华：喜爱花。眒忽：左思《蜀都赋》："鹰犬倏眒。"眒忽当即倏眒之意，疾速也。左思可能用的是当时的俗

语。适：往。这两句是说，她们因为喜爱园中的花，风雨中也跑去看几百次。

[23] 蹑：踏。重：复。綦：鞋带。这两句是说，她们一定要到外面去踏雪游戏，为了防止鞋子脱落，便把鞋上横七竖八地系了许多绦带。

[24] 并心：疑和偏心或褊心同义。《庄子·山木》："方舟而济于河，有虚船来触舟，虽有惼心之人，不怒。"又《诗经·魏风·葛屦》："维是褊心，是以为刺。"意思都是狭窄的心肠。肴馔：熟食的鱼肉叫肴，酒、牲、脯醢总名叫馔。槅：同"核"，是古人燕飨时放在笾里的桃梅之类的果品。这两句是说，她们心肠狭窄地注视着肴馔，端坐在那里贪婪地吃盘中的果品。

[25] 戢：收藏。闲：一作"函"，即书函（盒）。案：即书案（桌）。离逖：丢掉。这两句是说，她们把笔墨放在匣子里、案头上，一丢开就是很多天不动用。

[26] 动：辄。钲：《周礼·考工记》："凫氏为钟鼓，上谓之钲。"注："钟腰之上，居钟体之正处曰钲。"那么垆钲，当也指垆腰之正处。屈：挫。屣履：拖着鞋。《后汉书·崔骃传》："宪屣履迎门。"李贤注："屣履，谓纳履曳之而行，言忽遽也。"这两句是说，她们性急，鞋还未穿好，拖着就往外跑，不留神脚往往被垆钲碰破。

[27] "止为"句：丁福保根据《太平御览》改为"心为荼荈剧"。按，《太平御览》作"荼荈"，可能即"荼菽"之别写。荼：苦菜。菽：豆类。这两种东西大概是古人所煮食的饮料。剧：急速。鼎：三足两耳烹饪之彝器。鬲：即鬲，空足的鼎，也是烹饪彝器。这两句是说，她们心中为煎汤不熟而着急，因此对着鼎鬲不停地吹。

[28] 阿锡：宋刻本《玉台新咏》作"阿緆"，锡与緆古字通。司马相如《子虚赋》："被阿緆。"李善注引张揖曰："阿，细缯也；緆，细布也。"这里指惠芳、纨素所穿的衣服料子。这句和上句是说，因为她们常在垆灶底下吹火，白袖被油点污了，阿緆被烟熏黑了。

[29] 衣被：衣服和被子。重地：质地很厚。水碧：可能是"碧水"的倒文。这两句是说，她们很淘气，为防止衣被破裂，所以用质地很厚的布做的，因此难于浸水洗濯。

[30] 孺子：儿童的通称。长者：年长者。这两句是说，因为对她们的孩子

脾气放任惯了，大人稍加督责，她们就引以为耻辱。

[31] 瞥：见。当与杖：应当挨打。这句和下句是说，她俩听见大人要打她们，便对着墙壁抹起眼泪来了。以上是纨素、惠芳合写。

✤ **评 析**

这是左思的一首著名诗篇，描写了自己两个小女儿天真活泼、顽皮娇憨的神态，生动逼真，声态并作，使两个幼儿的脾性跃然纸上，极像一幅风俗画。这首诗给后来诗人的影响很大，像陶渊明的《责子》诗，杜甫《北征》中关于女儿的吟咏，李商隐的《骄儿诗》等，都是学习这首诗创作而成的。

潘　岳

潘岳（247—300），字安仁，荥阳中牟（今河南省中牟县东）人。少年时即有奇童之称，二十岁时才名已很卓著。他热心做官，但不得意。他品格卑污，晋惠帝时，和一些文人名士趋附权臣贾谧。赵王司马伦辅政时，他被赵王的亲信孙秀害死，成为西晋统治集团内部斗争的牺牲品。

他和陆机齐名，是当时士族门阀的代表作家，也是当时形式主义诗歌的代表人物。他的诗以写哀吊内容见长，代表作是《悼亡诗》三首。他又善长写"哀诔之文"，像《怀旧赋》、《寡妇赋》等，都以善叙哀情著称。今传《潘黄门集》一卷。

悼亡诗

荏苒冬春谢，寒暑忽流易[1]。
之子归穷泉，重壤永幽隔[2]。
私怀谁克从[3]？淹留亦何益[4]。
僶俛恭朝命，回心反初役[5]。
望庐思其人[6]，入室想所历[7]。
帏屏无髣髴[8]，翰墨有余迹[9]。
流芳未及歇[10]，遗挂犹在壁[11]。

怅怳如或存[12]，回惶忡惊惕[13]。
如彼翰林鸟，双栖一朝只；
如彼游川鱼，比目中路析[14]。
春风缘隙来，晨霤承檐滴[15]。
寝息何时忘[16]，沉忧日盈积[17]。
庶几有时衰，庄缶犹可击[18]。

✤注释

[1] 荏苒：逐渐。谢：去。流易：消逝、变换。冬春寒暑节序变易，说明时间已过去一年。古代礼制，妻子死了，丈夫服丧一年。这首诗应作于其妻死后一周年。

[2] 之子：那个人，指妻子。穷泉：深泉，指地下。重壤：层层土壤。永：长。幽隔：被幽冥之道阻隔。这两句是说，妻子死了，埋在地下，永久和生人隔绝了。

[3] 私怀：私心，指悼念亡妻的心情。克：能。从：随。谁克从：即克从谁，能跟谁说？

[4] 淹留：久留，指滞留在家不赴任。亦何益：又有什么好处。

[5] 僶俛：勉力。朝命：朝廷的命令。回心：转念。初役：原任官职。这两句是说，勉力恭从朝廷的命令，扭转心意返回原来任所。

[6] 庐：房屋。其人：那个人，指亡妻。

[7] 室：里屋。历：经过。所历：指亡妻过去的生活。

[8] 帏屏：帐帏和屏风。髣髴：相似的形影。无髣髴：帏屏之间连亡妻的仿佛形影也见不到。

[9] 翰墨：笔墨。这句是说，只有生前的墨迹尚存。

[10] 这句是说，衣服上至今还散发着余香。

[11] 这句是说，生平玩用之物还挂在壁上。

[12] 怅怳：恍忽。如或存：好像还活着。

[13] 回惶：惶恐。忡：忧。惕：惧。这一句五个字，表现他怀念亡妻的四种情绪。

[14] 翰林：鸟栖之林，与下句“游川”相对。比目：鱼名，成双即行，单只不

行。析，一本作“拆”，分开。这四句是说，妻子死后自己的处境就像双栖鸟成了单只，比目鱼被分离开一样。

[15] 缘：循。隟：即隙字，门窗的缝。霤：屋上流下来的水。承檐滴：顺着屋檐流。这两句是说，春风循着门缝吹来，屋檐上的水早晨就开始往下滴沥。

[16] 寝息：睡觉休息。这句是说，睡眠也不能忘怀。

[17] 盈积：众多的样子。这句是说，忧伤越积越多。

[18] 庶几：但愿。表示希望。衰：减。庄：指庄周。缶：瓦盆，古时一种打击乐器。《庄子·至乐》：“庄子妻死，惠子吊之，庄子则方箕踞鼓盆而歌。”认为死亡是自然变化，何必悲伤！这两句是说，但愿自己的哀伤有所减退，能像庄周那样达观才好。

✤评析

《悼亡诗》共三首，内容都是伤悼亡妻的。这是原诗的第一首，写妻子死后葬毕、自己将要赴任时的哀伤心情。人已经死了，但遗物还在，触目惊心，引起自己沉痛的哀思，情感真切动人。后人写“悼亡”诗，都受他的影响。

张 协

张协（？—307），字景阳，安平（今河北省安平县）人。少有俊才，和张载齐名。在晋朝做了几任官，清简寡欲，见天下纷乱，即谢绝人事，屏居草泽，以吟咏自娱。他的诗情志高远，语言警拔，在西晋诗人中，除左思之外，是成就最高的了。《杂诗》十首是他的代表作。今传《张景阳集》一卷。

杂 诗（十首选二）

秋夜凉风起，清气荡暄浊[1]。
蜻蛚吟阶下，飞蛾拂明烛[2]。
君子从远役[3]，佳人守茕独[4]。
离居几何时，钻燧忽改木[5]。
房栊无行迹[6]，庭草萋以绿[7]。
青苔依空墙[8]，蜘蛛网四屋[9]。
感物多所怀[10]，沉忧结心曲[11]。

✣注 释

[1] 荡：涤荡。暄：温暖。清气荡暄浊：清爽之气荡除地面的潮热霉烂的气味。

[2] 蜻蛚：虫名，蟋蟀之一种。飞蛾：虫名，见灯火即飞扑，俗称“灯蛾”。

蜻蛚鸣，耳所闻；蛾拂烛，目所见。所以衬托思妇的情思。

[3] 君子：指所思念的人。从远役：远出行役。

[4] 佳人：诗人代思妇自称之词。茕独：孤独。守茕独：独守空闺。

[5] 离居：离别而居。几何时：多少时间。钻燧：钻木取火。改木：古时钻燧，季节变了，取火之木也要改换。忽改木：季节变换疾速。这两句是说，和丈夫分别之后，季节数经改变，时间已经很久了。

[6] 栊：舍。房栊：房舍。无行迹：没有丈夫的影迹。

[7] 庭草：庭院的草。萋以绿：茂盛而且碧绿。

[8] 依空墙：沿空墙而生。

[9] 网四屋：在屋子四周结网。

[10] 物：指上文所写景物。感物所怀：触目伤怀。

[11] 沉忧：深沉的忧思。心曲：心之深处，犹心窝。结心曲：心中忧思郁结。

✤评析

《杂诗》共十首，内容比较广泛。这里选两首。这一首写女子怀念丈夫。其特点是通过景物的变化，抒发思妇深切怀念游子之情。感物伤怀，情景结合。这种手法对后来抒情诗的创作有一定影响。

其　二

朝霞迎白日，丹气临汤谷[1]。
翳翳结繁云[2]，森森散雨足[3]。
轻风摧劲草[4]，凝霜竦高木[5]。
密叶日夜疏，丛林森如束[6]。
畴昔叹时迟，晚节悲年促[7]。
岁暮怀百忧，将从季主卜[8]。

✣注释

[1] 丹气：日光照射空中成红色。即上句的朝霞。汤谷：一本作“旸谷”，传说日从此出。这两句是说，朝霞迎着太阳从汤谷出现。是将雨之兆。

[2] 翳翳：多云转阴的样子。结繁云：众云集结。

[3] 森森：雨脚密麻麻的样子。雨足：即雨点。

[4] 摧：折。劲草：挺拔的草。

[5] 竦：惊动。高木：高树。

[6] 疏：稀少。森：树枝众多的样子。束：一札。树叶稀少，枝条上指，好像许多札束。

[7] 畴昔：从前。迟：缓慢。晚节：晚年。促：迫促。这两句是说，年轻时叹时光过得慢，年老了又悲伤岁月过得太快。

[8] 岁暮：岁末。怀百忧：百忧交集于怀。季主：人名，姓司马，是汉朝初年长安的卖卜者，经常卜于长安东市。宋忠和贾谊游于市中，谒见司马季主，请卜卦（见《史记·日者列传》）。这两句是说，岁暮多忧，希望季主给自己指出一条正确的生活之路。

✣评析

这首诗是叹老伤时之作。前八句全是写景，后四句才抒情。写自己年老而一无所成，百忧交集，想找有识之士给指示一条正确的出路。

刘 琨

刘琨(271—318),字越石,中山魏昌(今河北省无极县东北)人。他出身于大官僚家庭,少年时即以雄豪著名,好老庄之学。晋怀帝永嘉元年他出任并州刺史,愍帝建兴二年拜大将军,建兴三年又官至司空。曾多次和刘聪、石勒作战,失败后投奔幽州刺史段匹磾,谋划讨伐石勒共扶晋室,不料竟被段匹磾所杀,年四十八。他是一个贵族阶级的爱国者,他的理想是匡扶晋室。在外族入侵的情况下,辗转于北方抗敌。但由于他“素豪奢,嗜声色”,并且“善于怀抚,而短于控御”。(《晋书·刘琨传》)所以在功业上没有什么建树。现在仅存的三首诗:《扶风歌》、《答卢谌》、《重赠卢谌》都是在北方抗敌时写的。笔调清拔,风格悲壮,在晋诗中独具特色。

扶风歌

朝发广莫门[1],暮宿丹水山[2]。
左手弯繁弱,右手挥龙渊[3]。
顾瞻望宫阙,俯仰御飞轩[4]。
据鞍长叹息,泪下如流泉。
系马长松下,发鞍高岳颠[5]。

烈烈悲风起[6]，泠泠涧水流[7]。
挥手长相谢，哽咽不能言[8]。
浮云为我结，归鸟为我旋[9]。
去家日已远，安知存与亡。
慷慨穷林中[10]，抱膝独摧藏[11]。
麋鹿游我前，猿猴戏我侧。
资粮既乏尽[12]，薇蕨安可食[13]。
揽辔命徒侣，吟啸绝岩中[14]。
君子道微矣，夫子故有穷[15]。
惟昔李骞期，寄在匈奴庭[16]。
忠信反获罪，汉武不见明[17]。
我欲竟此曲[18]，此曲悲且长。
弃置勿重陈[19]，重陈令心伤。

✤ 注释

[1] 广莫门：晋都洛阳城北门。汉朝洛阳城北面有二门，一曰榖门，一曰夏门。魏晋之后改榖门为广莫门。

[2] 丹水山：即丹朱岭，丹水发源处，在今山西高平市北。丹水由此东南流入晋城县界，又南入河南省，经沁阳县入沁水，是为大丹河。刘琨出任并州刺史，由洛阳出发，丹水为其必经之地。

[3] 弯：拉弓。繁弱：古良弓名。龙渊：古宝剑名。这两句是说，他戎装出发。

[4] 顾瞻：回头看。御：驾。飞轩：奔驰如飞的车。这两句是说，出广莫门时回望宫阙，便驾车飞驰而去。

[5] 发鞍：即卸下马鞍。这句和上句是说，在丹水山的长松下系马，在高山头卸下马鞍。

[6] 烈烈：风的威力。

[7] 泠泠：水声。

[8] 谢：辞别。哽咽：悲泣至于声气结塞。这两句是说，挥手与京城长辞，悲痛得说不出话来。

[9] 结：集结。归鸟：一本作“飞鸟”。旋：盘旋。这两句是说，自己的悲痛以至于使浮云为之聚结，飞鸟为之盘旋。

[10] 慷慨：指悲歌慷慨。

[11] 摧藏：即凄怆，伤心感叹的样子。

[12] 资：钱。

[13] 薇蕨：一种野菜，嫩时可以吃。安可食：怎么能吃呢？

[14] 揽辔：拉住马缰绳。徒侣：指随从。吟啸：即吟诗。绝岩：绝壁。这两句是说，拉住马缰绳，命令随从启程，在悬崖绝壁的险径中歌唱。

[15] 微：衰微。夫子：指孔子。故：一本作“固”。《论语·卫灵公》记载，孔子在陈国绝了粮食，跟随的人都饿病了，子路很不高兴地对孔子说：君子也有穷得毫无办法的时候吗？孔子说：君子虽然穷，还是坚持着；若是小人，一到这时候便无所不为了。这两句是说，君子之道衰微不行，像孔子那样都有穷困的时候。用来比喻自己的困厄。

[16] 李：指汉李陵。骞：与“愆”字通。愆期：错过期限。这里指李陵逾期未归汉朝。据《史记·李将军列传》记载，李陵于汉武帝天汉二年（前99）率步卒五千人出征匈奴，匈奴用八万士兵围击李陵。由于敌我兵力相差悬殊，李陵战败，并终于投降了敌人。汉武帝因此把他全家都杀了。这两句是说，李陵出征匈奴过期未回来，流落在匈奴那里了。

[17] 忠信：指李陵，司马迁在《报任安书》中说李陵“身虽陷败，彼观其意，且欲得其当而报于汉”。不见明：不被谅解。这两句是说，忠信反而获罪，不被汉武帝谅解。当时刘琨领匈奴中郎将，故以李陵自喻，说明自己讨伐外族入侵者不见功效，区区孤忠，不见谅于朝廷。

[18] 竟：指奏完。此曲：指《扶风歌》。

[19] 弃置：放在一边。重陈：再次陈述。

✤ 评 析

《乐府诗集》录刘琨《扶风歌》九首，属《杂歌谣辞歌辞》。九首实际是一首诗的九解，《乐府》每四句一解。扶风，郡名，郡治在今陕西泾阳县。这首诗应作于永嘉元年(307)任并州刺史时，他从洛阳赴晋阳的途中。诗的内容是写自己去晋阳途中的遭遇和见闻。其中表现了他对故国的怀恋，对艰苦程途的感叹，同时借李陵事件来表露对晋朝的耿耿忠心。悲歌慷慨，豪壮多气。

重赠卢谌

握中有悬璧，本自荆山璆[1]。
惟彼太公望，昔在渭滨叟[2]。
邓生何感激，千里来相求[3]。
白登幸曲逆[4]，鸿门赖留侯[5]。
重耳任五贤[6]，小白相射钩[7]。
苟能隆二伯，安问党与雠[8]？
中夜抚枕叹，想与数子游[9]。
吾衰久矣夫，何其不梦周[10]？
谁云圣达节，知命故不忧[11]？
宣尼悲获麟，西狩泣孔丘[12]。
功业未及建，夕阳忽西流[13]。
时哉不我与，去乎若云浮[14]。
朱实陨劲风，繁英落素秋[15]。
狭路倾华盖，骇驷摧双辀[16]。
何意百炼钢，化为绕指柔[17]！

✤注释

[1] 握：《晋书·刘琨传》作幄。悬璧：用悬黎制作的璧。悬黎，或作悬藜，也作县藜，一种美玉。荆山：在今湖北省南漳县西。楚国卞和曾在这里得到璞玉，被称为“和氏璧”。璆：美玉。这两句是说，手中的悬璧是采自荆山的美玉制成的。用来比喻卢谌才质之美。

[2] 惟：思。太公望：即姜尚，因封于吕，也称“吕尚”。他年老隐于渭水之滨，周文王出猎遇见他，谈得很投契，大悦曰：“吾太公望子久矣”，因号“太公望”（见《史记·齐太公世家》）。在：《晋书·刘琨传》作“是”。这两句是说，想那太公吕望从前是渭水边上一个老翁。

[3] 邓生：即东汉邓禹。感激：感动奋发。千里相求：指邓禹自南阳到邺城投奔汉光武帝刘秀。据李善注引《东观汉记》说，邓禹，字仲平，南阳人。他曾从南阳出发北渡黄河，追到邺城，投奔刘秀。这两句是说，邓禹何其奋发感激，不辞千里投奔汉光武刘秀。借喻卢谌前时来投奔自己。

[4] 白登：山名，在山西大同市东。曲逆：指汉陈平，他曾被封曲逆侯。汉高祖刘邦曾被匈奴围困在白登山上，用陈平奇计，侥幸得以解围脱险（见《史记·陈丞相世家》）。所以说“幸曲逆”。

[5] 鸿门：地名，在今陕西西安市临潼区东。留侯：指汉张良，张良被封留侯。项羽在鸿门宴请刘邦，范增使项庄舞剑，图谋乘机杀刘邦，幸赖张良的计策，刘邦得以脱险（见《史记·项羽本纪》）。所以说“赖留侯”。

[6] 重耳：春秋时晋文公名，晋献公之子。晋献公嬖骊姬，杀太子申生，重耳逃奔到狄，又周游数国，后来在秦穆公的帮助下，得以回晋，立为晋侯。他任用五个贤臣：狐偃、赵衰、颠颉、魏武子、司空季子，使自己成就霸业。

[7] 小白：春秋时齐桓公名。射钩：指射钩者管仲。管仲初事齐公子纠，公子纠和小白争夺君位，管仲用箭射中小白的衣带钩，后来小白即君位，不记前仇，任管仲为相。相射钩：以射钩者为相。

[8] 隆：兴盛。二伯：指重耳和小白两个霸主。党：指五贤，是重耳的旧属。雠：指管仲，是小白的仇人。这两句是说，如果能够帮助二人成就霸业，何必管他是同党和仇敌呢？

[9] 中夜：半夜。数子：指太公望以下至管仲诸人。这两句是说，半夜抚枕长叹，想与太公望等人交游。借喻自己希望和卢谌合作，共同谋划复兴晋室。

[10] 这两句是用《论语》中典故。《论语·述而》：“甚矣吾衰也，久矣，吾不复梦见周公。”孔子壮年常梦见周公，欲行周公之道，现在已好久不再梦见周公，可知是衰老甚矣。这里是自喻年老力衰，不能建立功业。

[11] 圣达节：用《左传》成公十五年中的成语。节：分。达节：犹知分。知命：用《周易·系辞传上》的成语："乐天知命，故不忧。"这两句是说，谁说孔子识分知命，没有忧愁呢？

[12] 宣尼：即孔子。汉平帝追谥孔子为褒成宣尼公。获麟：获得麒麟。狩：冬猎。西狩：在鲁国西面狩猎。涕孔丘：指孔子悲泣。《公羊传》记载，鲁哀公十四年在鲁国西面狩猎，获得麒麟，孔子听到这件事便"反袂拭面，涕泣沾袍"，悲伤麒麟出现的不是时候，并且感叹说："吾道穷矣！"这两句是说，孔子听到获麟而悲，得知西狩而泣，是具体写孔子的忧愁，借以抒发对自己遭遇的感慨。

[13] 夕阳西流：比喻自己年岁已老。

[14] 与：待。若云浮：形容时光流逝之快。这两句是说，时光不等待我，像飞云一样流逝过去了。

[15] 朱实：红色的果实。陨：落。英：花。素秋：古代阴阳家以白色配秋天，故称素秋。这两句是说，朱实繁花为素秋的劲风所摧落。比喻自己年老，功业未成的处境。

[16] 华盖：华美的车盖。驷：一车四马。輈：车辕。这两句是说，在狭路上惊动了马，翻了车子，把车辕摧折。比喻人生的艰难险阻。

[17] 这两句是说，没有想到经过千锤百炼的钢，如今却变成能绕在手指上那样柔软。比喻自己经历破败之后，从坚钢变成柔弱。

✣评析

卢谌，字子谅，范阳人。他是刘琨的僚属，曾做刘琨的主簿，转从事中郎，和刘琨常有诗歌赠答。题曰"重赠"，说明在此之前已有诗赠卢。诗的内容是抒发自己扶助晋室的怀抱和功业未成的感慨，同时也暗寓激励卢谌能追步先贤、匡扶国难的意思。

郭璞

郭璞(277—324),字景纯,河东闻喜(今山西闻喜县)人。他好经术,博学有高才,通古文奇字,长于阴阳历算卜筮之术。西晋流亡,他随晋室南渡,是南渡之际的重要作家。他的著作很多,曾注释过《尔雅》、《方言》、《穆天子传》、《山海经》等书,辞赋是东晋之冠,诗留传下来二十二首。《游仙诗》十四首是他的代表作。这种《游仙诗》并非写想象中的神仙境界,而近似阮籍的《咏怀》。《诗品》所谓"乃是坎壈咏怀,非列仙之趣也"。他的《游仙诗》文采华茂,善于抒情,比当时"平淡寡味"的玄言诗在艺术上要高得多。有《郭弘农集》二卷。

游仙诗

京华游侠窟[1],山林隐遁栖[2]。
朱门何足荣[3]? 未若托蓬莱[4]。
临源挹清波,陵冈掇丹荑[5]。
灵谿可潜盘,安事登云梯[6]。
漆园有傲吏[7],莱氏有逸妻[8]。
进则保龙见,退为触藩羝[9]。
高蹈风尘外,长揖谢夷齐[10]。

✤ 注 释

[1] 京华：京师。游侠窟：游侠活动的处所。这句是说，京城是游侠出没的地方。

[2] 遁：退。隐遁：指隐居的人。栖：在山林居住。这句是说，山林是隐者居住的处所。

[3] 朱门：豪贵之家。何足荣：有什么值得荣耀的？

[4] 未若：不如。蓬莱：海中仙山。托蓬莱：托身仙山，指归隐。

[5] 源：水之源。挹：斟。冈：山。掇：拾。丹：指丹芝，又叫赤芝。荑：凡草之初生通名荑。丹荑：初生的赤芝。据《本草》，芝是灵草，吃了可以长寿。这两句是说，渴了到水源掬饮清波，饿了登山采食灵芝。

[6] 灵谿：水名。李善注引庾仲雍《荆州记》："大城西九里有灵谿水。"潜盘：隐居盘桓。登云梯：指登仙。仙人升天因云而上，所以叫云梯。这两句是说，灵谿完全可以隐居，何必升天求仙呢？作者本来是借游仙来抒发隐逸的怀抱，所以这里说潜隐也就是游仙。

[7] 漆园吏：指庄周。《史记·老庄申韩列传》："庄子尝为漆园吏，楚威王闻庄周贤，使使厚币迎之，许以为相。周笑谓楚使者曰：子亟去，无污我。"即所谓"傲吏"。

[8] 莱氏：指老莱子。《列女传》记载，老莱子逃世，耕于蒙山之阳。楚王坐着车至老莱之门，请他出来做官，其妻曰："今先生食人酒肉，受人官禄，为人所制也。能免于患乎？妾不能为人所制。"投其畚而去。老莱乃随而隐。即所谓"逸妻"。逸：节行高超。

[9] 进：指仕进。保：保持。龙见：《周易》："初九，潜龙勿用。"又《史记·老庄申韩列传》："老子犹龙。"这句兼用二者的意思，只有潜龙才能表现出龙的品德。退：指避世。藩：篱笆。羝：公羊。触藩羝：《周易》："上六，羝羊触藩。"这两句是说，只有安心作潜龙的人，在行动上才能保持作"见龙"的自由，否则只知仕进，结果必然像"羝羊触藩"那样，碰得头破血流。细审诗意，"进退"二字，应当上下互倒，因为作者原意是主张归隐而厌恶仕进。

[10] 高蹈：远行。风尘：人间、尘世。谢：辞。夷齐：伯夷、叔齐。商朝孤竹君之子，曾互相推让王位，逃到西伯昌（周文王）那里，当武王伐纣时，又义不食周粟，逃到首阳山，采薇而食，结果饿死在山上。这两句

是说，辞别伯夷、叔齐而去，完全超乎尘世之外。意思是自己的隐逸更高于伯夷、叔齐。

✤评析

《游仙诗》共十四首，这里选一首。这一首名义是游仙，实际是咏隐逸，是用避世高蹈来否定仕宦求荣。在咏叹之中流露出愤世嫉俗之情。

陶渊明

陶渊明(365—427),一名潜,字元亮,浔阳柴桑(今江西九江市西南)人,是中国文学史上的大诗人。他出身于一个官僚家庭,曾祖陶侃做过大司马,祖父陶茂、父亲陶逸都做过太守、县令一类的官。外祖孟嘉做过征西大将军参军。不过到了他的时代,家境已经衰落,所以他一生过着穷困的生活。他处在一个晋、宋易代的时期,政治的黑暗,阶级斗争的尖锐,民族矛盾的激化,都深深地影响着他。他青年时期怀有大志,但是后来和黑暗现实一接触,便使这种思想发生了变化。中年时期为饥寒所迫,曾做过几任小官。晚年时期完全过着躬耕的生活。

陶渊明的作品,现存的有诗歌一百二十多首,散文六篇,辞赋两篇。其中成就高的是描写田园生活的诗歌,即所谓“田园诗”。这些诗歌反映了他鄙夷功名利禄的高远理想、志趣和守志不阿的耿介品格,反映了他对污浊现实的憎恶和对淳朴的农村生活的热爱。正像鲁迅所说:“可见他于世事也并没有遗忘和冷淡。”(《魏晋风度及文章与药及酒之关系》)他不但有“悠然见南山”的一面,还有“金刚怒目”式的一面。他歌咏了那些历史上和神话传说中失败而不屈的英雄,赞扬了那些壮烈牺牲的人物。当然,他的作品也明显流露了消极的乐天知命和人生无常的思想。他的诗的风格平淡、自然,语言简洁、含蓄,浑厚而富有意境,在我国古代诗歌史上独具特色。

陶渊明作品的注本,今存较早的本子是宋刊巾箱本李公焕《笺注陶渊明集》。另外,有比较通行的本子是陶澍集注《靖节先生集》。

乞食

饥来驱我去,不知竟何之[1]!
行行至斯里,叩门拙言辞[2]。
主人解余意,遗赠岂虚来[3]?
谈谐终日夕,觞至辄倾杯[4];
情欣新知欢,言咏遂赋诗[5]。
感子漂母惠,愧我非韩才[6];
衔戢知何谢,冥报以相贻[7]。

✤注释

[1] 不知何之:行无定向。这句和上句是说,为饥饿驱使,不知到何处去。

[2] 行行:不停地走。里:村落。拙言辞:拙于言辞,羞口、说不出。这两句是说,来到这个村落,敲开门却说不出话来。

[3] 遗赠:赠送。岂虚来:难道能白来?这句和上句是说,主人了解我的意思是借贷,送给我东西,岂能让我白来?

[4] 谈谐:言谈相投。终日夕:自晨至暮,一整天。觞至倾杯:每劝必饮。

[5] 新知:新朋友。赋诗:指赋《乞食》诗。这两句是说,得遇新朋友心情很高兴,言咏之间便赋成这首诗。

[6] 漂母:漂洗东西的老妇。漂母惠:用汉韩信的典故。据《史记·淮阴

侯列传》记载，韩信贫贱时，在城下钓鱼，饥饿不堪，漂母送给他饭吃，他很感激，对漂母说："吾必有以重报母。"后来韩信当了楚王，果然赏赐漂母千金。韩才：韩信那样的才能。这两句是说，感激你像漂母一样的恩惠，惭愧我的才能比不上韩信。

[7] 衔戢：藏敛，指藏在心里。何谢：如何酬谢。冥报：在阴间报答。《左传·宣公》十五年记载，老人结草以报魏颗的传说，作者引此以表示对主人的深情厚谊。这两句是说，这种恩惠记在心里，一生不忘，到死也要报答。

✤评析

乞食，是向别人求贷，和乞丐讨饭不同。这首诗的写作年代，可以从《饮酒》诗中得到一点信息："畴昔苦长饥，投耒去学仕。将养不得节，冻馁固缠己。是时向立年，志意多所耻。""向立年"是追述他将三十岁时的情况，其饥饿穷困的程度和这首诗的内容相似。那么可以推测这首诗应是晋孝武帝太元十八年(393)所作，陶渊明二十九岁。

这首诗的内容是写他穷困之极，以至于向人求助。主人不但满足了他的期望，而且还留他喝酒。二人意气相投，欢谈终日。诗的中心在"愧我非韩才"一句，感慨自己不能像韩信那样辅佐刘邦平定天下，得遂其志，而是穷困潦倒志不得申，但他并不灰心，即使死后也要报答朋友"一饭之恩"，甚至想到"结草"相报，足见他早年确曾经历过一段十分艰难的生活。

和郭主簿

蔼蔼堂前林，中夏贮清阴[1]。
凯风因时来[2]，回飙开我襟[3]。
息交游闲业，卧起弄书琴[4]。
园蔬有余滋[5]，旧谷犹储今。

营己良有极，过足非所钦[6]。
春秫作美酒[7]，酒熟吾自斟。
弱子戏我侧，学语未成音[8]。
此事真复乐，聊用忘华簪[9]。
遥遥望白云，怀古一何深[10]！

✤注释

[1] 蔼蔼：茂盛的样子。中夏：夏季之中。贮：藏、留。这两句是说，当前树林茂盛，虽在仲夏，仍很阴凉。

[2] 凯风：南风。因时来：应节吹来。

[3] 回飙：回风。开我襟：翻开我的衣襟。

[4] 息交：罢交往。游：驰心于其间。闲业：相对正业而言，正业指儒家的《六经》等，闲业指诸子百家、“周王传”（《穆天子传》）、“山海图”（《山海经》）等。卧起：指夜间和白天。这两句是说，停止了和朋友的交往，日夜驰心于读书弹琴的闲业之中。

[5] 园蔬：园里的蔬菜。滋：滋味，《礼记·檀弓》：“必有草木之滋焉。”郑注：“增以香味。”余滋：余味无穷。《礼记·乐记》：“太羹玄酒，有遗味者矣。”余滋、遗味同义。这句和下句是说，园里的蔬菜余味无穷，往年的粮食今天还储存着。

[6] 营己：为自己生活谋划。极：止境。过足：超过需要。钦：羡慕。这两句是说，自己需要的生活用品有限，过多的东西不是我所羡慕的。

[7] 秫：黏稻。舂秫：捣黏稻，为了做酒。

[8] 未成音：发不出完整的声音。

[9] 真复乐：天真而且快乐。簪：古人用来插在冠和发上的饰物。华簪：华贵的发簪。这里指富贵。这两句是说，这些事情天真而快乐，可以聊且忘掉富贵荣华。

[10] 这两句是说，遥望白云，怀念古人高尚行迹的心情，不自觉地深重起来。

✤评析

《和郭主簿》共两首，这里选的是第一首。郭主簿的事迹不详。诗中说："弱子戏我侧，学语未成音。"弱子，即幼子。陶渊明有五个儿子，即俨、俟、份、佚、佟。佟最小，乳名通子。他的《责子》诗云："通子垂九龄，但觅梨与栗。"《责子》诗当作于他三十六七岁时，当时通子将近九岁，而这首诗则说"学语未成音"，是两三岁的情况，相差六七年。由《责子》诗上推六七年，这首诗应是他三十岁时所作，即晋孝武帝太元十九年(394)。

诗的内容是直写胸怀。中心是反映了他"富贵非吾愿，帝乡不可期"(《归去来兮辞》)的思想，表现了他对仕途生活的冷漠和对淳朴的怀安止足生活的热爱。

癸卯岁始春怀古田舍

先师有遗训：忧道不忧贫[1]。
瞻望邈难逮，转欲志长勤[2]。
秉耒欢时务，解颜劝农人[3]。
平畴交远风，良苗亦怀新[4]。
虽未量岁功，即事多所欣[5]。
耕种有时息，行者无问津[6]。
日入相与归，壶浆劳近邻[7]。
长吟掩柴门，聊为陇亩民[8]。

✤注释

[1] 先师：对孔子的尊称。遗训：留下的教诲。忧道不忧贫：这是《论语·卫灵公》中孔子的话："子曰：君子忧道不忧贫。"这两句是说，孔子有遗训：君子只忧愁治国之道不得行，不忧愁自己生活的贫困。

[2] 瞻望：仰望。邈：遥远。逮：及。勤：劳。长勤：长期劳作。这两句

是说，孔子的遗训可望而不可即，因此转而下决心长期耕作，借以解除目前生活的贫困。

[3] 秉：手持。耒：犁柄，这里泛指农具。时务：及时应做的事，指农务。解颜：面呈笑容。劝：勉。这两句是说，手拿农具高兴地去干活，笑语勉励农民从事耕作。

[4] 畴：田亩。平畴：平旷的田野。交：通。苗：指麦苗，是"始春"的景象。怀新：指麦苗生意盎然。这两句是说，平旷的田野有远风吹过，美好的麦苗生意盎然。

[5] 岁功：一年的农业收获。即事：指眼前的劳动和景物。这两句是说，虽然还未预计到一年的收获如何，就是眼前这些情况便足够自己高兴的了。

[6] 行者：行人。津：渡口。行者问津：用长沮、桀溺的事。《论语・微子》云："长沮、桀溺耦而耕。孔子过之，使子路问津焉。"长沮、桀溺是古代的隐士。作者以沮、溺自比，意思是在耕作休息时，没有孔子那种有志于治理社会的人来问路。言外之意是今天没有"忧道不忧贫"的人。

[7] 相与：结伴。劳：慰劳。这两句是说，黄昏时和农民结伴而归，再提一壶酒浆去慰劳近邻。

[8] 聊：且。陇亩民：田野之人。这句和上句是说，吟咏着诗关上柴门，聊且做一个像长沮、桀溺那样的农民吧！

✤评 析

《癸卯岁始春怀古田舍》共二首，这里选的是第二首。"怀古田舍"是在田舍里怀古。"癸卯岁"是晋安帝元兴二年(403)，作者三十九岁。当时他正因为母死离职，在家守丧。

本题的第一首说："在昔闻南亩，当年竟未践。"可见作者这一年才躬耕的。这首诗即抒写了他初参加劳动时的喜悦心情，写他怀念隐居力耕的长沮和桀溺，通过对他们的怀念流露了自己倦于游宦之情。

始作镇军参军经曲阿作

弱龄寄事外，委怀在琴书[1]。
被褐欣自得，屡空常晏如[2]。
时来苟冥会，宛辔憩通衢[3]。
投策命晨装，暂与园田疏[4]。
眇眇孤舟逝，绵绵归思纡[5]。
我行岂不遥，登降千里余[6]。
目倦川途异，心念山泽居[7]。
望云惭高鸟，临水愧游鱼[8]。
真想初在襟，谁谓形迹拘[9]。
聊且凭化迁，终返班生庐[10]。

✣ **注 释**

[1] 弱：二十岁。弱龄：指年轻时。寄事外：托身于世事之外，指不做官。委：托。委怀：托心于、置心于。

[2] 被：穿。褐：粗布衣，贫贱者所穿。屡空：指贫穷。晏如：安然，欢乐自得的样子。这两句是说，自己虽然贫困，穿着粗布衣服，但却欣然自得。

[3] 时：时运、时机。苟：如果。冥会：犹“默契”。宛：屈。辔：马缰绳，这里借指车马。宛辔：放松马缰绳。憩：止息。通衢：大道，这里借喻仕途。这两句是说，如果遇上做官的机会，也只好委屈就任。

[4] 策：简策，古代连编竹简成册以纪事叫简策，即今天的书籍。命晨装：令人备置清晨出发的行装。疏：远。这两句是说，弃置笔墨整备晨装，要暂且离开田园去做官。

[5] 眇眇：遥远的样子。绵绵：不绝的样子。纡：缠绕。这两句是说，孤舟远逝而归思难绝。

[6] 登：指登山。降：指临水。这句和上句是说，我这次旅程难道不远吗？跋山涉水也有一千余里。

[7] 目倦：眼睛疲倦。山泽居：园田旧居。这两句是说，眼睛看腻了异乡的山川，心中仍怀念故乡的山泽。

[8] 惭高鸟、愧游鱼：对鸟和鱼而惭愧。是感叹自己不如鸟鱼的自由。

[9] 真想：淳真的思想，指爱好自然。初：原。襟：胸怀。形迹拘：被形迹所拘，指做官。这两句是说，自己本来怀着一种淳真的思想，谁说能受仕途的拘束呢？

[10] 化迁：指时运自然。凭化迁：任凭时运自然的变化，即与时推移的意思。班生庐：汉班固在《幽通赋》中说，我父亲能保持一辈子洁身自好，而又留给我以崇高的典范，要我择仁者之里而居。这里指仁者、隐者居住的地方。这两句是说，且任凭时运的变化吧，最后总要返回园田。

✤评析

始作，指初就军职。镇军参军，是镇军将军的参军。李善、马端临都认为镇军将军指刘裕（吴仁杰、陶澍、梁启超、古直都认为是刘牢之，可参考）。曲阿在今江苏丹阳市。晋安帝元兴三年（404），刘裕行镇军将军。陶渊明做镇军参军，可能就在这一年。因此这首应即本年所作，陶渊明四十岁。

这首诗写他出仕与归隐的矛盾心情。但基调仍然是归隐，是对田园生活的怀念。诗中那种"望云惭高鸟，临水愧游鱼"的心情，和"聊且凭化迁，终返班生庐"的打算，正是第二年所写的《归去来兮辞》的主题。

归园田居（五首）

少无适俗韵[1]，性本爱丘山。
误落尘网中[2]，一去三十年[3]。
羁鸟恋旧林，池鱼思故渊[4]。
开荒南野际[5]，守拙归园田[6]。

方宅十余亩[7],草屋八九间。
榆柳荫后檐[8],桃李罗堂前[9]。
暧暧远人村[10],依依墟里烟[11]。
狗吠深巷中,鸡鸣桑树颠[12]。
户庭无尘杂[13],虚室有余闲[14]。
久在樊笼里,复得返自然[15]。

✤注释

[1] 适俗:适应世俗。韵:情调、风度。

[2] 尘网:指尘世,官府生活污浊而又拘束,犹如网罗。这里指仕途。

[3] 三十年:吴仁杰认为当作"十三年"。陶渊明自太元十八年(393)初仕为江州祭酒,到义熙元年(405)辞彭泽令归田,恰好是十三个年头。

[4] 羁鸟:笼中之鸟。池鱼:池塘之鱼。鸟恋旧林、鱼思故渊,借喻自己怀恋旧居。

[5] 南野:一本作南亩。际:间。

[6] 守拙:守正不阿。潘岳《闲居赋序》有"巧官"、"拙官"二词,巧官即善于钻营,拙官即一些守正不阿的人。守拙的含义即守正不阿。

[7] 方:旁。这句是说,住宅周围有土地十余亩。

[8] 荫:荫蔽。

[9] 罗:罗列。

[10] 暧暧:暗淡的样子。

[11] 依依:轻柔的样子。墟里:村落。

[12] 这两句全是化用汉乐府《鸡鸣》篇的"鸡鸣高树颠,犬吠深宫中"之意。

[13] 户庭:门庭。尘杂:尘俗杂事。

[14] 虚室:闲静的屋子。余闲:闲暇。

[15] 樊:栅栏。樊笼:畜鸟工具,这里比喻仕途。返自然:指归耕园田。这两句是说自己像笼中的鸟一样,重返大自然,获得自由。

✤评析

《归园田居》共五首。吴仁杰《陶靖节先生年谱》认为,这组诗是陶渊明辞彭泽令之后所作，从下文“久在樊笼里”看，可能是对的。陶渊明辞彭泽令归园田在乙巳岁(405)十一月(见《归去来辞》序)，这五首所咏是归田之乐趣，但榆柳成荫，桑麻已长，并不是冬天的景色，应是归田后第二年所作，即晋安帝义熙二年(406)，陶渊明四十二岁。

这一首诗自述辞官归田是适合本性的，体会到摆脱官场的羁绊，在农村过着淳朴生活的乐趣。他所写的宁静和平的田园景物，并不是久经战乱的柴桑农村的真实面貌，而是他当时心境的形象反映。这种形象化的心境，正是他对朝市污浊、险恶环境的批判，是他对“尘网”、“樊笼”厌恶的表现。

其　二

野外罕人事[1]，穷巷寡轮鞅[2]。
白日掩荆扉，虚室绝尘想[3]。
时复墟曲中，披草共来往[4]。
相见无杂言[5]，但道桑麻长。
桑麻日已长，我土日已广[6]，
常恐霜霰至，零落同草莽[7]。

✤注释

[1] 野外：郊野。罕：少。人事：指和俗人结交往来的事。陶渊明诗里的“人事”、“人境”都有贬义，“人事”即“俗事，“人境”即“尘世”。这句是说，住在田野很少和世俗交往。

[2] 穷巷：偏僻的里巷。鞅：马驾车时套在颈上的皮带。轮鞅：指车马。这句是说，处于陋巷，车马稀少。

[3] 白日：白天。荆扉：柴门。尘想：世俗的观念。这两句是说，白天柴门紧闭，在幽静的屋子里摒绝一切尘俗的观念。

[4] 时复：有时又。曲：隐僻的地方。墟曲：乡野。披：拨开。这两句是

说，有时拨开草莱去和村里人来往。

[5] 杂言：尘杂之言，指仕宦求禄等言论。但道：只说。这句和下句是说，和村里人见面时不谈官场的事，只谈论桑麻生长的情况。

[6] 这两句是说桑麻一天天在生长，我开垦的土地一天天广大。

[7] 霰：小雪粒。莽：草。这两句是说，经常担心霜雪来临，使桑麻如同草莽一样凋零。其中也应该含有在屡经战乱的柴桑农村还可能有风险。

✣ 评析

这一首写他在园田中深居简出，没有世俗的交往，而且摒弃一切尘俗的杂念，专心农事的生活，表现了他和农民往来过程中的淳朴感情。

其　三

种豆南山下[1]，草盛豆苗稀。
晨兴理荒秽[2]，带月荷锄归[3]。
道狭草木长[4]，夕露沾我衣。
衣沾不足惜，但使愿无违[5]。

✣ 注释

[1] 南山：指庐山。

[2] 晨兴：早起。秽：杂草。理荒秽：除杂草。

[3] 带：一本作“戴”。戴月：月夜走路。荷：扛。

[4] 草木长：草木丛生。

[5] 愿无违：不违背归耕田园的心愿。即《感士不遇赋》：“怀正志道……洁己清操”一类的抱负。

✣ 评析

这一首写他亲自参加劳动和对劳动的热爱。早出晚归地辛苦劳动，不但没有减少他对劳动的兴趣，而且加深了他对劳动的感情，坚定了他终生归耕的决心。

其　四

久去山泽游[1]，浪莽林野娱[2]。
试携子侄辈，披榛步荒墟[3]。
徘徊丘陇间，依依昔人居[4]。
井灶有遗处，桑竹残朽株[5]。
借问采薪者，此人皆焉如[6]？
薪者向我言，死没无复余。
一世异朝市[7]，此语真不虚。
人生似幻化[8]，终当归空无。

注释

[1] 去：离开。游：游宦。这句是说，离开山泽而去做官已经很久了。

[2] 浪莽：放荡、放旷。这句是说，今天有广阔无边的林野乐趣。

[3] 试：姑且。榛：丛生的草木。荒墟：废墟。这两句是说，姑且携带子侄，拨开丛生的草木，漫步于废墟之中。

[4] 丘陇：坟墓。依依：思念的意思。这两句是说，在坟墓间徘徊，思念着从前人们的居处。

[5] 这两句是说，这里有井灶的遗迹，残留的桑竹枯枝。

[6] 此人：此处之人，指曾在遗迹生活过的人。焉如：何处去。

[7] 一世：三十年为一世。朝市：城市官吏聚居的地方。这种地方为众人所注视，现在却改变了，所以说“异朝市”。这句和下句是说，“一世异朝市”这句话真不假。

[8] 幻化：虚幻变化。这句和下句是说，人生好像是变化的梦幻一样，最终当归于虚无。

✤ 评析

这一首是凭吊故墟，描写农村残破的景象，感慨人生无常。思想比较消极，是陶渊明经过一段宦途生活之后，对社会、人生的进一步认识。

其 五

怅恨独策还，崎岖历榛曲[1]。
山涧清且浅，可以濯我足[2]。
漉我新熟酒，只鸡招近局[3]。
日入室中暗[4]，荆薪代明烛。
欢来苦夕短，已复至天旭[5]。

✤ 注释

[1] 怅恨：失意的样子。策：指策杖、扶杖。还：指耕作完毕回家。曲：隐僻的道路。这两句是说，怀着失意的心情独自扶杖经过草木丛生的崎岖隐僻的山路回家了。

[2] 濯：洗。濯足：指去尘世的污垢。

[3] 漉：滤、渗。新熟酒：新酿的酒。近局：近邻、邻居。这两句是说，漉酒杀鸡，招呼近邻同饮。

[4] 暗：昏暗。这句和下句是说，日落屋里即昏暗，点一把荆柴代替蜡烛。

[5] 天旭：天明。这句和上句是说，欢娱之间天又亮了，深感夜晚时间之短促。

✤ 评析

这一首写自己淳朴的欣然自得的生活。用涧水濯足，洗去尘世的污垢，漉酒杀鸡以招呼邻里同饮，荆薪代烛以足竟夕之欢娱。极力抒发自己恬淡自适的感情。

饮　酒并序（二十首选六）

余闲居寡欢，兼比夜已长[1]，偶有名酒，无夕不饮。顾影独尽，忽焉复醉。既醉之后，辄题数句自娱，纸墨遂多，辞无诠次[2]。聊命故人书之[3]，以为欢笑尔。

✣注释

[1] 兼：并且。比：近来。

[2] 诠次：排比先后。

[3] 故人：旧交、老朋友。

✣评析

《饮酒》共二十首，这里选六首。据序文"既醉之后，辄题数句自娱"，可见主要是一个时期醉后所作，因此总题为《饮酒》。其中第十六首云："行行向不惑，淹留遂无成。"不惑之年是四十，说明自己四十而无闻。又第十九首云："是时向立年"，"亭亭复一纪"，立年是三十，一纪是十二年，三十又十二年，正是四十岁有余。可以推断是陶渊明四十二岁所作，当时是晋安帝义熙二年(406)，他辞彭泽令归田不久。汤汉认为是义熙十二三年所作，不确切。这组诗的内容广泛，和阮籍的《咏怀》相似。萧统《陶渊明集序》云："有疑陶渊明之诗，篇篇有酒，吾观其意不在酒，亦寄酒为迹也。"《饮酒》诗就是这种"寄酒为迹"之作。

其　一

结庐在人境[1]，而无车马喧[2]。
问君何能尔[3]？心远地自偏。
采菊东篱下，悠然见南山[4]。

山气日夕佳，飞鸟相与还[5]。
此中有真意[6]，欲辨已忘言。

✣注释

[1] 结庐：构筑屋子。人境：人间，人类居住的地方。

[2] 无车马喧：没有车马的喧嚣声。

[3] 君：作者自谓。尔：如此、这样。这句和下句设为问答之辞，说明心远离尘世，虽处喧嚣之境也如同居住在偏僻之地。

[4] 悠然：自得的样子。南山：指庐山。

[5] 日夕：傍晚。相与：相交，结伴。这两句是说，傍晚山色秀丽，飞鸟结伴而还。

[6] 此中：即此时此地的情和境，也即隐居生活。真意：人生的真正意义，即“迷途知返”。这句和下句是说，此中含有人生的真义，想辨别出来，却忘了如何用语言表达。意思是既领会到此中的真意，不屑于说，也不必说。

✣评析

这一首是原诗的第五首，自叙安贫乐道、悠然自得的心境。“心远”是一篇的关键，由于思想上远离了那些达官贵人的高车驷马的喧扰，其他方面也自然和他们划清了界限。“真意”指诗中之“山气日夕佳，飞鸟相与还”。即《归去来兮辞》中之“鸟倦飞而知还”之意，也即“迷途知返”的意思。

其　二

青松在东园，众草没其姿[1]。
凝霜殄异类，卓然见高枝[2]。
连林人不觉[3]，独树众乃奇[4]。
提壶挂寒柯[5]，远望时复为[6]。

吾生梦幻间，何事绁尘羁[7]。

✤ 注 释

[1] 没其姿：掩没了青松的英姿。其：一本作“奇”。

[2] 殄：灭尽。异类：指众草。卓然：特立的样子。这两句是说，经霜之后，众草凋零，而青松的枝干却格外挺拔。

[3] 连林：松树连成林。人不觉：不被人注意。

[4] 独树：一株、独棵。众乃奇：众人认为奇特。奇：一本作“知”。

[5] 寒柯：指松树枝。

[6] 这是倒装句，应为“时复远望”，有时又远望。这句和上句极力描写对松树的亲爱，近挂而又远望。

[7] 何事：为什么。绁：系马的缰绳，引申为牵制。尘羁：犹尘网。这句和上句是说，人生如梦幻，富贵功名把人束缚够了，为什么还要受它的羁绊？

✤ 评 析

这一首是原诗的第八首。作者以青松自喻，借青松来表现自己坚贞、高洁的人格。这是陶渊明惯用的手法。左思《咏史》曾用“涧底松”和“山上苗”对比，来揭露当时的士族门阀制度。这首诗以“青松”和“众草”对比，显然也含有对士族门阀制度所造成的贤愚倒置现象的揭露意义。末两句作人生如梦之叹，感情未免消极。

其　三

清晨闻叩门，倒裳往自开[1]。
问子为谁与[2]？田父有好怀[3]。
壶浆远见候，疑我与时乖[4]。
“褴褛茅檐下，未足为高栖[5]。

一世皆尚同，愿君汩其泥[6]。”
深感父老言，禀气寡所谐[7]。
纡辔诚可学，违己讵非迷[8]！
且共欢此饮，吾驾不可回[9]。

✤ 注释

[1] 倒裳：颠衣倒裳。这句是说，急忙迎客，来不及正著衣裳。

[2] 子：指下句的田父，即农夫。与：通“欤”，语气词。

[3] 好怀：好意。这句是说，来访的是位好心肠的农夫。

[4] 壶浆：用壶盛的酒。疑：怪。乖：背戾。这两句是说，农夫提壶酒远道来问候，怪我和时世不合。

[5] 褴缕：同“蓝缕”，衣衫破烂。高栖：指隐居。这两句是说，穿着褴缕的衣衫住在茅屋之中，这不值得做你的隐居之所。自此以下四句都是农夫劝说的话。

[6] 尚同：以同于流俗为贵。一：一本作“举”。汩：同淈，搅混。汩其泥：《楚辞·渔父》云：“世人皆浊，何不淈其泥而扬其波？”即与世俗同流合污的意思。这两句是说，举世都以随波逐流为高尚，希望你也同流合污。

[7] 禀气：天赋的气质。谐：合。寡所谐：难与世俗谐和。这句和上句是说，深深感激您的好意，但是我本性就难和世俗苟合。自此以下是陶渊明回答农夫的话。

[8] 纡：屈曲。辔：马缰绳和嚼子。纡辔：回车，指枉道事人。讵：岂。这两句是说，回车改辙诚然可以学习，然而岂不是违反了自己的本意而走入迷途？

[9] 共欢此饮：共同欢饮。驾：车驾，借指道路、方向。这两句是说，且一同欢饮吧，我的车驾是不可回转的。即初衷不能改变。

✤ 评析

这一首是原诗的第九首，是为答复友人劝他做官而作。李公焕注引赵泉山云：“时辈多勉靖节以出仕，故作是篇。”作者采用《楚辞·渔父》中屈原和渔父问答的形式来反映自己拒绝仕宦的决心和坚贞不屈的意志，继承和发展了屈原不与世俗同流合污的高尚精神。

其　四

在昔曾远游，直至东海隅[1]。
道路回且长，风波阻中涂[2]。
此行谁使然[3]？似为饥所驱；
倾身营一饱，少许便有余[4]。
恐此非名计[5]，息驾归闲居[6]。

✤注释

[1] 东海：指曲阿，即今天江苏丹阳市，晋时为南东海郡。隅：角，边。直至东海：作者在晋安帝隆安三年己亥（399），曾做刘牢之的参军，当刘牢之到曲阿一带镇压孙恩起义时，他大概是随行的。

[2] 回且长：曲折而漫长。中涂：半路。这两句是说，远游的道路曲折漫长，中途为风波所阻。

[3] 此行：指随刘牢之东行，即做参军的官。

[4] 倾身：倾全力，拼命。营一饱：求一顿饱饭。少许：一些。这两句是说，拼着生命求一口饱饭，少许便足够了，何必冒这样大的风险呢？

[5] 非名计：不是求功名的办法。

[6] 息驾：停车。归闲居：归耕田园。

✤评析

这一首是原诗的第十首，写他为贫穷所迫而求仕的事。但当他做了镇军参军之后，随刘牢之东讨孙恩时，亲眼看见"牢之等纵军士暴掠，士民失望，郡县城中无复人迹"（见《资治通鉴》卷一百一十）的现象时，不赞成他们的凶暴行为，同时和人民所拥护的孙恩作战他也感到心中不安，所以他决心“息驾归闲居”了。

其　五

少年罕人事，游好在六经[1]。
行行向不惑，淹留遂无成[2]。
竟抱固穷节，饥寒饱所更[3]。
敝庐交悲风，荒草没前庭[4]。
披褐守长夜，晨鸡不肯鸣[5]。
孟公不在兹，终以翳吾情[6]。

✤注释

[1] 人事：指与人交往。游好：玩好。六经：即《诗》、《书》、《易》、《春秋》、《礼》、《乐》六部儒家经书。这里泛指古代的典籍。这两句是说，自己少年时很少和人交游，志趣在研习古代的经籍。

[2] 行行：不停地走。这里指光阴的流逝。向：接近。不惑：四十岁。《论语·为政》：“子曰：吾四十而不惑。”不惑就是志强学广，能明辨是非的意思。淹留：久留。这两句是说，年近四十，而一事无成。

[3] 抱：持。固穷：能安于穷困。《论语·卫灵公》：“子曰：君子固穷，小人穷斯滥矣。”君子穷且益坚，不像小人那样穷困之后便胡作非为。节：操守。更：经历。饱所更：备历饥寒之苦。这两句是说，始终抱着“君子固穷”的操守，备历了各种饥寒之苦。

[4] 敝庐：破房屋。前庭：屋阶前。这两句是说，房屋破败，悲风交作，野草没庭。

[5] 褐：粗布衣，贫贱者所穿。披褐：披衣。晨鸡不鸣：晨鸡不报晓。这两句是说，披衣起来，坐守长夜，很难熬到天明。

[6] 孟公：刘龚，字孟公，东汉人（见《后汉书·苏竟传》）。当时有文士张仲蔚，家里很穷，住的地方蓬蒿没人，时人都不注意，只有刘龚知道他（见《高士传》）。陶渊明《咏贫士》诗云：“仲蔚爱穷居，绕宅生蒿

蓬。……举世无知者,止有一刘龚。"翳:掩蔽。作者以张仲蔚自比,认为没有像刘龚那样能了解自己的人,所以心中真情就始终不能表露了。

✤评析

这一首是原诗的第十六首。叙述自己少怀壮志,认真学习,及老而一无所成,但仍坚守节操,以至于穷困潦倒,始终不变,此情此境却无人了解。中心在慨叹世无知己之人,反映了当时社会对自己的冷漠、无情!

其　六

羲农去我久,举世少复真[1]。
汲汲鲁中叟,弥缝使其淳[2]。
凤鸟虽不至,礼乐暂得新[3]。
洙泗辍微响[4],漂流逮狂秦[5]。
诗书复何罪,一朝成灰尘[6]。
区区诸老翁,为事诚殷勤[7]。
如何绝世下,六籍无一亲[8]。
终日驰车走,不见所问津[9]。
若复不快饮,空负头上巾[10]。
但恨多谬误[11],君当恕醉人。

✤注释

[1] 羲农:即伏羲氏和神农氏,两个传说中的上古帝王。去我久:离开我们很远了。真:真淳质朴。这两句是说,伏羲、神农时代距离我们已经很遥远了,那时淳真朴实的风尚在今天整个社会中都不见了。

[2] 汲汲:不停息的样子。鲁中叟:指孔子,孔子是春秋时鲁人。弥缝:补合。这两句是说,孔子孜孜不倦地弥补衰败的社会风尚,企图使之

返朴还真。

[3] 凤鸟：在封建时代认为是一种祥瑞的鸟，凤鸟出现象征着一个朝代即将兴盛。《论语·子罕》："子曰：凤鸟不至，河不出图，吾已矣夫！"这是孔子认为自己生不逢盛世而发出的悲叹。礼乐得新：礼乐能够焕然一新。相传礼乐是西周初年周公制订的，到了春秋末叶，礼崩乐坏，经孔子编次、整理，诗礼得到订正，雅颂各得其所（见《史记·孔子世家》）。这两句是说，孔子虽然没有生在盛世，在政治上无所建树，但礼乐经他整理之后，面目却为之一新。

[4] 洙泗：即洙水和泗水，在今山东曲阜市北。辍：停止。微响：即精微要妙之言。孔子曾设教于洙泗之间。孔子死而微言绝，七十子丧而大义乖（见《汉书·艺文志》）。这句是说，孔子死后，在洙泗之间再听不到微言大义了。

[5] 漂流：狂澜泛滥的意思。狂秦：狂暴的秦朝。这句是说，洙泗二水不停地流着，时间很快就到了狂暴的秦朝。

[6] 诗书：《诗经》和《尚书》。这里泛指儒家的一切经典。复何罪：又有什么罪？诗书成灰尘，指秦始皇焚书的事。《史记·秦始皇本纪》记载，始皇采纳了李斯的意见，秦记以外的史书，博士所职掌之外的诗、书、百家语，全都烧毁。

[7] 区区：犹拳拳，小心谨慎的样子。诸老翁：指济南伏生、淄川田生等人。汉朝建立后，秦朝的儒者伏生、田生等，都以八九十岁的高龄出来讲授六经。殷勤：真诚而周到。这两句是说，伏生、田生诸老儒小心谨慎、真诚周到地传授六经。

[8] 绝世：断绝传统。这里指汉朝之后，到了魏晋时代，文人多崇尚老、庄玄学，而废黜六经，儒学断绝。六籍：即六经。这两句是说，为什么汉朝以后连一个亲近六经的人也没有呢？

[9] 津：渡口。问津：用孔子问津于长沮、桀溺的事。据《论语·微子》记载，长沮、桀溺一同耕田，孔子从那儿经过，叫子路去问渡口。长沮说，是孔丘吗？他该早就知道渡口在哪儿了。桀溺说，天下像洪水一样的坏东西到处都是，你们和谁去改革它呢？孔子听后说，我们不可与鸟兽同群共处，若不同人群打交道，又同什么打交道呢？如果天下太平，我就不会和你们一起来从事改革了。作者以长沮、桀溺自比，是说只

见世人终日驰车奔走，并不见他们之中有像孔子那样有志于治世的人来问路。意思是没有人探求治世之道。

[10] 空负：徒然辜负。头上巾：儒者头上罩的头巾。《宋书·隐逸传》记载，陶渊明"取头上葛巾漉酒，毕，还复著之"。这句和上句是说，如果再不痛快地喝酒，便白白地辜负了头上的儒巾了。

[11] 但恨：只恨。谬误：指自己的言行谬误于《诗》、《书》、《礼》、《乐》。这句和下句是说，只恨自己的言行悖于儒家经典的很多，请你们宽恕我这个醉人吧！

✤评析

这一首是原诗的第二十首。内容是叙述自己希望当时污浊的社会能返朴还真，具体的办法即像孔子那样研习诗书礼乐；然而当时却没有一人过问这件事，自己感到十分痛心。他怀着以六经来弥补败坏的社会风尚的抱负，但是这抱负得不到实现，所以只有以饮酒遣悲而已。

庚戌岁九月中于西田获早稻

人生归有道，衣食固其端[1]。
孰是都不营[2]，而以求自安？
开春理常业，岁功聊可观[3]。
晨出肆微勤，日入负耒还[4]。
山中饶霜露，风气亦先寒[5]。
田家岂不苦？弗获辞此难[6]。
四体诚乃疲，庶无异患干[7]。
盥濯息檐下，斗酒散襟颜[8]。
遥遥沮溺心，千载乃相关[9]。
但愿长如此，躬耕非所叹[10]。

✤注释

[1] 有道：有常理。固：本、原。端：始、首。这两句是说，人生总归有常道，而衣食是人类赖以生存的首要条件。

[2] 孰：何。是：此，指衣食。营：经营。这句和下句是说，何可衣食都不经营而还要想安乐呢？

[3] 常业：日常事务，这里指农耕。岁功：一年的收成。聊：勉强。聊可观：勉强可观。这两句是说，一开春就从事耕作，一年的收成勉强可观。

[4] 肆：操作。肆微勤：微施勤劳。耒：耒耜，即农具。这两句是说，早晨出去从事轻微的劳动，晚上扛着农具回来。

[5] 饶：多。风气：气候。先寒：早寒，冷得早。

[6] 弗：不。此难：这种艰难，指耕作。这句是说，不能辞却这种艰难的劳动。

[7] 四体：四肢。庶：幸。异患：想不到的祸患。干：犯。这两句是说，身体诚然疲劳，但这样才有可能避免意外的祸患。

[8] 盥：洗手。濯：洗。襟颜：胸襟和面颜。这两句是说，劳动完了之后，在檐下洗濯休息，喝酒散心。

[9] 沮溺：长沮、桀溺，孔子遇到的"耦而耕"的隐者（见《论语·微子》）。乃相关：乃相符合。这两句是说，千年以前的隐者长沮、桀溺的心思，竟能和自己的怀抱相投合。

[10] 长如此：长期这样。躬耕：亲自耕作。这两句是说，但愿长期这样生活下去，并不为亲自耕作而叹息。

✤评析

庚戌是晋安帝义熙六年（410），当时陶渊明四十六岁，辞彭泽令归田后不久。西田，程穆衡认为即"西畴"（见《陶诗程传》），《归去来兮辞》云："将有事于西畴。"大概在他所住的南村的西面。

这首诗是写他在收获早稻之后的喜悦心情，说明力田自给是合乎人生的大道的。作者写这首诗的这一年，卢循再次起兵反晋，在浔阳先后多次和晋朝官军发生激战，同时桓玄的余部桓谦等又在枝江一带起兵。虽然他们都被晋军打败了，但陶渊明的感觉是，无论谁成功，都会又出现一些党同伐异的现象，所以还是种地为好。“庶无异患干”正表现了他这时的痛切心情。

移　居（二首）

昔欲居南村，非为卜其宅[1]；
闻多素心人，乐与数晨夕[2]。
怀此颇有年，今日从兹役[3]。
敝庐何必广，取足蔽床席[4]。
邻曲时时来，抗言谈在昔[5]。
奇文共欣赏，疑义相与析[6]。

✤注释

[1] 南村：各家对“南村”的解释不同，丁福保认为在浔阳城（今江西九江）下（见《陶渊明诗笺注》）。卜宅：占卜问宅之吉凶。这两句是说，从前想迁居南村，并不是因为那里的宅地好。

[2] 素心人：心地朴素的人。李公焕注云：“指颜延年、殷景仁、庞通之辈。”通，名遵，即《怨诗楚调示庞主簿邓治中》之庞主簿。数：屡。晨夕：朝夕相见。这两句是说，听说南村有很多朴素的人，自己乐意和他们朝夕共处。

[3] 怀此：抱着移居南村这个愿望。颇有年：已经有很多年了。兹役：这种活动，指移居。从兹役：顺从心愿。这两句是说，多年来怀有移居南村的心愿，今天终于实现了。

[4] 敝庐：破旧的房屋。何必广：何须求宽大。蔽床席：遮蔽床和席子。取足床席：能够放一张床一条席子就可取了。

[5] 邻曲：邻居，指颜延之、殷景仁、庞通等，即所谓“素心人”。据他的《与殷晋安别》诗云：“去岁家南里，薄作少时邻。”可见殷景仁当时曾是他的邻居。抗：同“亢”，高的意思。抗言：高谈阔论或高尚其志的言

论。谈在昔：谈论古事。这两句是说，邻居经常来访，来后便高谈阔论往事。

[6] 析：剖析文义。魏晋人喜欢辩难析理，如《晋春秋》记载："谢安优游山水，以敷文析理自娱。"陶渊明也不免有这种爱好。所谓析义，主要是一种哲学理趣，与一般分析句子的含义不同。这句和上句是说，共同欣赏奇文，一起剖析疑难文义的理趣。

✤评析

关于陶渊明是从什么地方迁移到南村来的，各家说法有分歧。据宋李公焕在他的《笺注陶渊明集》中之《戊申岁六月中遇火》诗下注云："按靖节旧宅居于柴桑县之柴桑里，至是属回禄之变（火灾），越后年，徙居于南里之南村。"这可能是正确的。"戊申"是晋安帝义熙四年（408），"越后年"是义熙六年，应当就是这首诗的写作年代，陶渊明四十六岁。

这首诗写他很早就想移居南村的理由，是向往那里有和自己志趣相投的"素心人"。同时写他到南村之后，和邻里人们高谈阔论，在辩难析理中探讨人生的哲理趣味。

其　二

春秋多佳日，登高赋新诗[1]。
过门更相呼，有酒斟酌之[2]。
农务各自归，闲暇辄相思[3]。
相思则披衣，言笑无厌时[4]。
此理将不胜？无为忽去兹[5]。
衣食当须纪[6]，力耕不吾欺。

✤注释

[1] 这两句是说，春秋多晴朗天气，恰好登高赋诗。

[2] 斟：盛酒于勺。酌：盛酒于觞。斟酌：倒酒而饮，劝人饮酒的意思。这句和上句是说，邻人间互相招呼饮酒。

[3] 农务：农活儿。相思：互相怀念。这两句是说，有农活儿时各自回去耕作，有余暇时便彼此想念。

[4] 披衣：披上衣服，指去找人谈心。

[5] 此理：指与邻里过从畅谈欢饮之乐。将：岂。将不胜：岂不美。兹：这些，指上句"此理"。这两句是说，这种邻里之间过从之乐岂不比什么都美？不要忽然抛弃这种做法。

[6] 纪：经营。这句和下句语意一转，认为与友人谈心固然好，但必须经营衣食，只有努力耕作才能供给衣食，力耕不会欺骗我们。

✤ 评 析

这首诗写移居南村后，农闲时和邻人相招饮酒，谈笑不知疲倦的情景。同时表现了他对这种生活情趣的无限爱悦和留恋。

和刘柴桑

山泽久见招，胡事乃踌躇[1]？
直为亲旧故，未忍言索居[2]。
良辰入奇怀，挈杖还西庐[3]。
荒涂无归人，时时见废墟[4]；
茅茨已就治，新畴复应畬[5]。
谷风转凄薄，春醪解饥劬[6]；
弱女虽非男[7]，慰情良胜无。
栖栖世中事，岁月共相疏[8]；
耕织称其用，过此奚所须[9]。
去去百年外，身名同翳如[10]。

✤注释

[1] 久见招：久被山泽所招。可能刘遗民在赠他的诗中曾招他隐居庐山。胡事：为什么？这两句是说，刘遗民很早就召唤我归隐庐山，我为什么踌躇不前呢？

[2] 直为：只为、但为。亲旧：亲属朋友。索居：独居，这里指归隐。这两句是说，只因为舍不得亲友，所以不肯隐居庐山。

[3] 良辰：好天气。奇怀：美怀、高怀。良辰入奇怀：即“怀良辰以孤往”(《归去来兮辞》)的意思。挈杖：持杖。西庐：即《移居》诗中之南村。这两句是说，自己盼望个好天气，拿着手杖回到西庐。

[4] 荒涂：被野草埋没了的道路。废墟：被毁坏了的住处。这两句写战乱后农村荒芜的景况。

[5] 茅茨：以茅草盖房屋。治：理。新畴：新田。畬：第三年理新田叫畬。陶渊明徙居南村之后，已经两年丰收了，今年再收获一次，又应当理新田了。这两句是说，茅屋已经修缮好了，又应当去治理新田。

[6] 谷风：东风。凄薄：寒凉。春醪：春酒。劬：劳苦。这两句是说，东风寒凉，可以用春酒解乏。

[7] 弱女：用来比喻薄酒。这句和下句是说，这种酒虽然不是美酿，用它解饥乏则胜于无。

[8] 栖栖：不安的样子。共相疏：我与世事互相遗弃。这两句是说，随着岁月的推移，世事与我相疏，我也与世事相疏。

[9] 称其用：和自己食用相当，即够用。过此：越过自己的食用。奚所须：还要它做什么？这两句是说，能耕织自足就行了，此外就无所求了。

[10] 百年：犹一生。翳：泯灭不存。如：虚词，无义。这两句是说，百年之后，身与名一齐泯灭，何况其他身外之物乎！

✤评析

刘柴桑即刘遗民，字仲思，入宋后不仕，所以人称之为“遗民”，曾作过柴桑令。萧统《陶渊明传》云：“时周续之入庐山，事释慧远，彭城刘遗民亦遁迹庐山，渊明又不应征命，谓之浔阳三隐。”慧远卒于义熙十二年，庐山白莲社结于义熙十年，刘遗民是白莲社十八贤之一，他和陶渊明的酬答诗，当在慧远结社期中。

这首诗应作于晋安帝义熙十年(414),陶渊明五十岁。

陶渊明有《和刘柴桑》、《酬刘柴桑》诗二首。这一首虽说是“和刘柴桑”,但通篇是自叙,写自己归田之后,耕织自足,饮酒慰怀,与世事日渐疏远,不愿参加白莲社。末两句表现了他颓废消极的思想。

杂　诗(十二首选四)

人生无根蒂,飘如陌上尘[1]。
分散逐风转,此已非常身[2]。
落地为兄弟[3],何必骨肉亲?
得欢当作乐,斗酒聚比邻[4]。
盛年不重来[5],一日难再晨。
及时当勉励[6],岁月不待人。

✤注释

[1] 蒂:瓜、果、花与枝茎相连处都叫蒂。陌:东西的路,这里泛指路。这两句是说,人生在世没有根蒂,飘泊如路上的尘土。

[2] 此:指此身。非常身:不是经久不变的身,即不再是盛年之身。这句和上句是说,生命随风飘转,此身历尽了艰难,已经不是原来的样子了。

[3] 落地:刚生下来。这句和下句是说,何必亲生的同胞弟兄才能相亲呢?意思是世人都应当视同兄弟。

[4] 斗:酒器。比邻:近邻。这句和上句是说,遇到高兴的事就应当作乐,有酒就要邀请近邻共饮。

[5] 盛年:壮年。

[6] 及时:趁盛年之时。这句和下句是说,应当趁年富力强之时勉励自己,光阴流逝,并不等待人。

✤评析

《杂诗》共十二首,其第六首云:“奈何五十年,忽已亲此事。”可知是他五十岁,即晋安帝义熙十年(414)所作。当然十二首未必作于同时,但大部分应作于这时的前后,因为那种“求我盛年欢,一毫无复意”的情绪在《杂诗》大多数篇章中都有,显然是同一时期的思想、心情。这里选四首,这是原诗的第一首。

这首诗表现了作者人生无常应及时行乐的思想。其中提出了人与人之间的关系要和睦相亲,得欢作乐,斗酒相聚的生活愿望,这是他对当时社会中尔虞我诈、追名逐利的恶劣风习十分厌倦的情绪的反映。

其　二

白日沦西阿[1],素月出东岭[2]。
遥遥万里辉,荡荡空中景[3]。
风来入房户[4],夜中枕席冷。
气变悟时易,不眠知夕永[5]。
欲言无予和[6],挥杯劝孤影。
日月掷人去,有志不获骋[7]。
念此怀悲凄,终晓不能静[8]。

✤注释

[1] 沦:沈。阿:山岭。西阿:西山。

[2] 素月:白月。

[3] 万里辉:指月光。荡荡:广阔的样子。景:同“影”,指月轮。这两句是说,万里光辉,高空清影。

[4] 房户:房门。这句和下句是说,风吹入户,枕席生凉。

[5] 时易:季节变化。夕永:夜长。这两句是说,气候变化了,因此领悟到季节也变了,睡不着觉,才了解到夜是如此之长。

[6] 无予和：没有人和我对答。这句和下句是说，想倾吐隐衷，却无人和我谈论，只能举杯对着只身孤影饮酒。

[7] 日月：光阴。骋：伸、展。这两句是说，光阴弃人而去，我虽有志向，却得不到伸展。

[8] 此：指有志不得伸展这件事。终晓：彻夜，直到天明。这两句是说，想起这件事满怀悲凄，心里通宵不能平静。

✤ 评 析

这一首是原诗的第二首，写他因季节的变更，引起光阴已逝、壮志未酬的悲哀。在月光之下，秋风之中，自己的处境极其孤独冷漠。

其　三

忆我少壮时，无乐自欣豫[1]。
猛志逸四海，骞翮思远翥[2]。
荏苒岁月颓，此心稍已去[3]。
值欢无复娱，每每多忧虑[4]。
气力渐衰损，转觉日不如[5]，
壑舟无须臾[6]，引我不得住。
前涂当几许，未知止泊处[7]。
古人惜寸阴[8]，念此使人惧。

✤ 注 释

[1] 欣豫：欢乐。这句是说，没有快乐的事，心情也是欢快的。

[2] 猛志：壮志。逸：超越。四海：犹天下。骞：飞举的样子。翮：羽翼。骞翮：振翅高飞。翥：飞翔。这两句是说，有超越四海的壮志，期望展翅高飞。

[3] 荏苒：逐渐地。颓：逝。此心：指志四海、思远翥。这两句是说，随着

年岁的衰老，这种少壮时的豪气已经逐渐消逝了。

[4] 值欢：遇到欢乐的事。无复娱：也不再欢乐。每每：常常。这两句写出老年的心境与少壮时“无乐自欣豫”不同。

[5] 衰损：衰退。日不如：一日不如一日。

[6] 壑：山沟。壑舟：《庄子·大宗师》云：“夫藏舟于壑，藏山于泽，谓之固矣。然而夜半有力者负之而走。”这里借喻自然运转变化的道理。须臾：片刻。这句和下句是说，自然运转变化像《庄子》中的“壑舟”一样，即使想办法要留住它，也片刻留不住，使自己逐渐衰老下去。

[7] 前涂：犹前途，这里指未来的时光。几许：几多、多少。止泊处：船停泊的地方，这里指人生的归宿。这两句是说，不知我未来还有多少时光，也不知何处是我的归宿。

[8] 惜寸阴：珍惜每一寸光阴。这句和下句是说，古人珍惜每一寸光阴，想到自己一生虚度了大半岁月的可怕。

✣ 评析

这一首是原诗的第五首，是回忆他少壮时的雄心壮志，慨叹目前的日渐衰老，写出了少壮时和年老后的两种绝然不同的心境。他感慨余生无几，前途渺茫，但对壮志未酬是不甘心的：“古人惜寸阴，念此使人惧。”表现了要努力奋发的精神。

其　四

代耕本非望，所业在田桑[1]。
躬亲未曾替，寒馁常糟糠[2]。
岂期过满腹，但愿饱粳粮[3]。
御冬足大布，粗絺已应阳[4]。
正尔不能得[5]，哀哉亦可伤！
人皆尽获宜，拙生失其方[6]。
理也可奈何，且为陶一觞[7]！

✤注 释

[1] 代耕：做官所得的俸禄。本非望：原不是我希望的。田桑：指从事耕织。这两句是说，做官食禄不是我的愿望，我所从事的是耕田和织布。

[2] 躬亲：亲自耕作。替：废。糟糠：酒糟和谷皮。这两句是说，耕作从来未曾停止过，还经常受冻挨饿。

[3] 满腹：《庄子·逍遥游》云："偃鼠饮河，不过满腹。"粳：粳稻。这两句是说，哪里期望吃什么好饭？有粳米充饥就行了。

[4] 大布：粗布。绨：葛布。阳：温暖。应阳：适应温暖的气候。这两句是说，冬天有粗布足以御寒，夏天有葛布穿就行了。

[5] 正尔：即此。这句和下句是说，即便这些也不能得到，令人多么悲伤。

[6] 尽获宜：都得其所。拙：自称的谦词。方：途径。失其方：谋生无方。这两句是说，别人都各得其所，我却谋生无路。

[7] 理：指人皆获宜、拙失其方的现象。可奈何：怎奈何。陶：乐。陶一觞：喝一杯。这两句是说，对这种不合理的社会现实是无可奈何的，且痛快地喝一杯吧！

✤评 析

这一首是原诗的第八首，写他努力耕作，但连最低的生活也无法维持的愤慨和不平。那些善于投机取巧的人都各得所宜，而自己耕作不辍，反而受冻挨饿，从而对不合理的社会现实发出质问。

桃花源诗并记

晋太元中[1]，武陵人捕鱼为业[2]。缘溪行[3]，忘路之远近。忽逢桃花林，夹岸数百步，中无杂树[4]，芳草鲜美[5]，落英缤纷[6]。渔人甚异之。复前行，欲穷其林[7]。林尽水源[8]，便得一山。山有小口，髣髴若有光[9]，便舍船从口入。初极狭，才通人[10]。复行数十步，豁然开朗。土地平旷，屋舍俨然[11]，有良田美池桑竹之属。阡陌交通，鸡犬相闻[12]。其中往来种作[13]，男女衣着[14]，悉如外人；黄发垂髫[15]，并怡然自乐。见渔人，乃大惊，问所从来，具答之。便要还家[16]，设酒杀鸡作食。村中闻有此人[17]，咸来问讯[18]。自云先世避秦时乱，率妻子邑人来此绝境[19]，不复出焉，遂与外人间隔。问今是何世，乃不知有汉，无论魏晋[20]。此人一一为具言所闻[21]，皆叹惋[22]。余人各复延至其家[23]，皆出酒食。停数日，辞去。此中人语云[24]："不足为外人道也[25]。"既出，得其船，便扶向路[26]，处处志之[27]。及郡下，诣太守说如此[28]。太守即遣人随其往，寻向所志[29]，遂迷，不复得路。南阳刘子骥[30]，高尚士也，闻之，欣然规往[31]。未果，寻病终[32]。后遂无问津者[33]。

嬴氏乱天纪[34]，贤者避其世[35]。
黄绮之商山，伊人亦云逝[36]。
往迹浸复湮，来径遂芜废[37]。
相命肆农耕，日入从所憩[38]。
桑竹垂余荫，菽稷随时艺[39]。
春蚕收长丝，秋熟靡王税[40]。
荒路暧交通[41]，鸡犬互鸣吠。
俎豆犹古法[42]，衣裳无新制[43]。
童孺纵行歌[44]，斑白欢游诣[45]。
草荣识节和，木衰知风厉。
虽无纪历志[46]，四时自成岁[47]。

怡然有余乐，于何劳智慧[48]。
奇踪隐五百[49]，一朝敞神界[50]。
淳薄既异源[51]，旋复还幽蔽[52]。
借问游方士，焉测尘嚣外[53]。
顾言蹑轻风[54]，高举寻吾契[55]。

✤注 释

[1] 太元：晋孝武帝的年号，共二十四年(373—396)。

[2] 武陵：古郡名，晋时武陵郡治在今天湖南常德市西。后世附会说即桃源县境内之某山某溪，都不可信。

[3] 缘：循从、沿着。

[4] 这句是说，其中没有别的树木，全是桃树。

[5] 芳草：据《艺文类聚》、《初学记》引文作芳华，即香花。

[6] 英：犹花。缤纷：繁盛的样子。

[7] 穷：尽。

[8] 这句是说，桃花林的尽处，即溪水的源头。

[9] 髣髴：同"仿佛"。

[10] 才：仅仅的。

[11] 俨然：端正的样子，这里引申为整齐的意思。

[12] 阡陌：田间小道，南北为阡，东西为陌。这句和下句是说，田间有小道交通，村落间能互相听到鸡犬的叫声。

[13] 种作：耕种和操作。

[14] 衣着：衣服。

[15] 黄发：指老人，人年老，头发由黑变白再变黄。垂髫：指儿童，小儿垂短发。

[16] 要：邀、约请。

[17] 此人：指渔人。

[18] 咸：都。讯：消息。这句是说，桃花源中的人都来打听外界的消息。

[19] 邑人：一个地区的人。绝境：与世隔绝之境。

[20] 这三句是说，桃花源中人问渔人现在是什么朝代，他们连汉朝都不知

道，更谈不上魏晋了。

[21] 具言所闻：一件一件地讲论所知道的世间情形。

[22] 叹惋：叹息惊讶。

[23] 延：引而进之，约请。

[24] 此中人：指桃花源中的人。

[25] 不足：不值得。

[26] 扶：循、沿着。曹植《仙人篇》："玉树扶道生，白虎夹门枢。"向路：旧路，指来时走的路。

[27] 志：作标记。

[28] 郡：指武陵郡。诣：往、至。太守：旧题陶渊明撰的《搜神后记》，记载这个太守名刘歆。这两句是说，渔人回到武陵郡治，去拜见太守，诉说经历。

[29] 这句是说，寻找原来所作的标记。

[30] 刘子骥：名骥之，南阳（今河南南阳）人，晋太元间隐士，好游山泽（见《晋书·隐逸传》）。

[31] 规：谋划。规往：计划着去。

[32] 寻：不久。

[33] 津：水路渡口。问津：用《论语·微子》孔子使子路向长沮、桀溺问津的事。这里是访求的意思。这句是说，以后就没有访求桃花源的人了。

[34] 嬴氏：秦始皇嬴姓。天纪：原指日月星辰运行的规律。这里指天下的秩序。乱天纪：即"悖天时"。这句是说，秦始皇暴虐，扰乱了天下的秩序。

[35] 贤者避世：用《论语·宪问》的原话，这里指下文的黄、绮。

[36] 黄绮：夏黄公和绮里季。他们和东园公、甪里先生，为避秦乱，共隐于商山。汉惠帝为之立碑，称为"四皓"（见《高士传》）。商山：在今陕西商县东南。伊人：此人，指桃花源中人。云：虚词，无义。逝：逃隐。这两句是说，黄、绮等四个贤人避秦隐入商山之时，桃花源中的人也离开了这个社会。

[37] 往迹：初离乱世往桃花源的踪迹。浸：销蚀。湮：湮没。来径：来桃花源的路。芜废：荒芜。这两句是说，桃花源中人的踪迹模糊湮没

了，来桃花源的路也荒芜了。

[38] 相命：相互呼唤。肆：致力。从所憩：任便休息。这两句是说，相互勉励，尽力耕作，日落便各自休息。

[39] 菽：豆类。稷：高粱。这里用菽、稷代五谷。艺：种植。随时艺：按季节种植。

[40] 靡：没有。王税：官府所征的赋税。这两句是说，春天经营蚕桑可以收得茧丝，秋天庄稼成熟后不要向官家缴税。

[41] 这句是说，草木掩蔽了荒路，有碍交通。

[42] 俎豆：古代祭祀时盛食品的祭器。古法：古时的礼法。

[43] 新制：新的样式。

[44] 童孺：儿童。纵：任情。行歌：边走边唱。

[45] 斑白：头发花白的老人。欢游诣：高兴地到处游玩。

[46] 纪历：岁历。志：记。纪历志：岁时的记载。

[47] 四时：四季。自成岁：自成一年。

[48] 怡然：喜悦的样子。这句和下句是说，这种生活很快乐，哪里用得到智巧呢？

[49] 奇踪：指桃花源中人的奇特踪迹。隐五百：隐藏了五百年。从秦始皇到晋太元中共五百八十余年，这里举成数。

[50] 敞：开放。神界：神仙世界。这句是说，一旦显示了这神仙似的境界。

[51] 淳：淳厚，指桃花源中的风俗。薄：浇薄，指当时的世俗。异源：本源不同。

[52] 旋复：立刻又。幽蔽：深深地隐蔽起来。

[53] 游方士：游于方内之士，即世俗中人。尘嚣：尘世。这两句是说，世俗中的人无法测知世外桃源中的事情。

[54] 顾言：愿意。言：虚词。蹑：踏、蹈。蹑轻风：乘轻风。

[55] 高举：向高处追攀。契：合。寻吾契：寻找和我志趣相投的人。即指桃花源中的人和“商山四皓”那样的隐士。

评析

《桃花源诗并记》的写作，据陈寅恪《桃花源旁证》的考证，是有现实生活作根据的。其一，是根据羊长史（羊松龄）入秦（关中)贺刘裕收复长安,听说戴延之随刘裕入关时,著《西征记》,记载北方人民于西晋末为了逃避异族统治者的压迫,便寻找一些平旷而与外界隔绝的地方居住。陶渊明与羊长史友善,大概是从羊长史那里得知戴延之从刘裕入关中途中之所见闻。其二,是根据刘驎之入衡山采药失路的事,这是晋时极流传的故事。刘驎之即《桃花源记》中的刘子骥。陶渊明大概就是综合这两类生活素材创作成《桃花源诗并记》的。刘裕收复长安在晋安帝义熙十三年(417),同年羊长史入关贺捷,诗人有《赠羊长史》诗。那末这篇诗和记可能就是这一年写的,当时陶渊明五十三岁。

《桃花源诗并记》都是描绘作者所幻想的乌托邦社会。《诗》的语言质朴,比较详细地记叙了桃花源社会制度的情况。《记》用散文的形式,曲折新奇的情节,描绘出一个古朴社会风俗的画面。《诗》是从桃花源的历史来写,《记》是从渔人眼中所见来写,互相照应,才把这个完整的乌托邦社会展现出来。这个社会的主要特点就是没有剥削,所谓"秋熟靡王税",从而也就没有压迫。人人劳动,自耕自食。北宋的政治改革家王安石在其《桃源行》中指出这个社会"虽有父子无君臣",是很中肯的。这种理想虽然承袭了老子"小国寡民"的社会理想的影子,但更重要的是在现实斗争中产生的。"问今是何世,乃不知有汉,无论魏晋。"就说明陶渊明是经过几度政变之后,受到政治刺激,才逃避到这个乌托邦的境界里来了。这是陶渊明政治思想的结晶。它反映了封建社会小私有者农民反对剥削、反对兼并、反对专制的思想要求,是对当时战乱、污浊、残酷的社会现实的否定。但是这种政治理想有浓厚的复古色彩,不是从社会发展的趋势看问题,因此就削弱了它的进步意义。

赠羊长史并序

左军羊长史[1],衔使秦川[2],作此与之[3]。

愚生三季后，慨然念黄虞[4]。
得知千载外，正赖古人书[5]。
圣贤留余迹，事事在中都[6]，
岂忘游心目，关河不可逾[7]。
九域甫已一，逝将理舟舆[8]；
闻君当先迈，负疴不获俱[9]。
路若经商山，为我小踌躇[10]；
多谢绮与甪，精爽今何如[11]？
紫芝谁复采，深谷久应芜[12]。
驷马无贳患，贫贱有交娱[13]。
清谣结心曲，人乖运见疏[14]。
拥怀累代下，言尽意不舒[15]。

✤注释

[1] 左军：指左将军朱龄石。

[2] 衔使：奉命出使。秦川：陕西关中地区。

[3] 作此：写这首诗。

[4] 愚：作者自称，谦词。三季：三代，指夏、商、周。黄虞：黄帝、虞舜，指上古时代。这两句是说，自己生在三代之后，却向往黄虞时代的休明之治。

[5] 千载外：千年以前。指历史上所谓禅让时代，即唐虞之世。这两句是说，依赖古书的记载才知道上古的政治情况。

[6] 圣贤：指三代以前的圣君贤相。中都：古人以黄河流域为中原，在这里建都，都叫中都。如尧都平阳，舜都蒲坂，禹都安邑，汤都亳，西周都镐，东周都洛邑等，都在黄河流域。作者举此，在于说明东晋都建业，只是偏安割据的局面。这两句是说，圣贤的遗迹遍及中原古都。

[7] 游心目：心涉想目远望。关河：山河。这两句是说，北望中原，不能忘怀，但却去不了。

[8] 九域：九州，即天下。甫已一：开始统一。义熙十三年七月，刘裕灭后

秦，送姚泓至京师，斩于市，天下渐趋统一。逝：语助词，无义。理：治。舆：车。理舟舆：治备船和车要到中原去。

[9] 先迈：先行。疴：病。负疴：抱病。不获俱：不能同行。这两句是说，听说你要先去，我因患病不能同行。

[10] 商山：在今陕西省商县东南，是刘裕入秦必经之地。踌躇：徘徊、停留。

[11] 多谢：多问。绮与甪：绮里季与甪里先生。皇甫谧《高士传》记载，秦末有东园公、绮里季、夏黄公、甪里先生四人，避秦之乱而隐于商洛深山之中，汉惠帝给他们立碑，称为"四皓"。这里以绮里季和甪里先生代指"四皓"。精爽：神如有灵。这两句是说，多问问"商山四皓"，他们的神如有灵今天应怎样？作者自己有归隐之意。

[12] 紫芝：即灵芝。芜：荒芜。这两句是说，紫芝无人再采，深谷也应久已荒芜。

[13] 驷马：富贵人的车乘。贳：远。无贳患：不能避患。交娱：欢娱。《高士传》记载，"四皓"作歌有云"驷马高盖，其忧甚大。富贵之畏人兮，不如贫贱之肆志"。这两句即化用这个意思，是说富贵必有忧患，不如贫贱快乐。

[14] 清谣：指"四皓歌"。心曲：心窝里、心坎上。人乖：人生背时。见疏：被时代遗弃。这两句是说，四皓歌在自己心中产生共鸣，慨叹时运不济竟被遗弃了。

[15] 拥怀：有感。累代：应前三季、黄虞、千载而言。舒：展。这两句是说，生于千载以后的自己无限感怀，言虽易尽而意却难以表达清楚。

✤评析

羊长史（长史，官名），宋刊巾箱本在其下注有"松龄"二字，是羊长史名松龄。晋安帝义熙十三年（417），刘裕率军北伐后秦姚泓，攻破长安，进驻关中。左将军朱龄石派长史羊松龄赴关中称贺。陶渊明写了这首诗送他。这一年陶渊明五十三岁。

这首诗主要表现了陶渊明对刘裕收复关中、天下即将统一的兴奋心情，同时也表现了他对刘裕这种行动抱有怀疑和旁观的态度。中原地区的恢复，使他产生了实现古代圣君贤相休明政治的幻想，同时汉魏、晋宋易代之间知识阶层所受的摧残与杀戮，使他也心有余悸。所谓"言尽意不舒"，正表现了这种痛苦难言的隐衷。

怨诗楚调示庞主簿邓治中

天道幽且远，鬼神茫昧然[1]。
结发念善事，僶俛六九年[2]。
弱冠逢世阻，始室丧其偏[3]。
炎火屡焚如，螟蜮恣中田[4]；
风雨纵横至，收敛不盈廛[5]。
夏日抱长饥，寒夜无被眠[6]；
造夕思鸡鸣，及晨愿乌迁[7]。
在己何怨天，离忧凄目前[8]。
吁嗟身后名[9]，于我若浮烟。
慷慨独悲歌，锺期信为贤[10]。

✤注释

[1] 天道：即所谓"天命"。幽：深。茫昧：渺茫不可知。这两句是说，天道幽远不可探究，鬼神也不可信。

[2] 结发：束发。古人二十岁行冠礼，开始束发，这里指二十岁。善：一本作"兹"，可从。兹事：指天道、鬼神之事。僶俛：同"黾勉"，即努力。这两句是说，自己年轻时未尝不信天道鬼神，并努力实践到五十四岁，但终于认识到它的幽远和茫昧。

[3] 弱冠：古人二十岁加冠，体犹未壮，所以称"弱冠"。世阻：世道艰险。陶渊明二十岁是晋武帝太元九年(384)，这前一年秦兵以九十七万之众侵晋，爆发了有名的淝水之战。同时这几年江西一带又有水灾旱灾

发生(见《晋书·五行志》)。即所谓"逢世阻"。始室:始婚,元配。古人三十而娶。这里指三十岁。偏:犹配偶。丧其偏:寡、鳏都是偏丧,这里指丧妻。陶渊明曾两次娶妻。元配死后,又续娶翟氏。他在《与子俨等疏》中说"汝等虽不同生",可证。这两句是说,自己二十岁时遭遇战乱灾荒,三十岁那年又死了妻子。

[4] 焚如:火灾,如是语尾。螟蜮:两种吃庄稼的害虫。蜮为螣的代字。吃芯的叫螟,吃叶的叫螣。郝懿行《尔雅义疏》认为即"今登、莱人呼为绵虫"。恣:放肆。中田:即田中。这两句是说,火灾屡次发生,害虫任情地侵害田里的庄稼。

[5] 收敛:指农业收获。廛:据说古人一户人家可分得一廛地,即二亩半,作为建造住宅所用。一廛即一家。这句是说,收获的粮食维持不了一家人的生活。

[6] 这两句是说,夏天经常挨饿,冬天夜里没有被子盖。

[7] 造:至。造夕:到晚上。乌:指日。古代神话传说,日中有三足乌。乌迁:指日落。这两句是说,因为寒夜无被,所以盼望天亮,因为夏日长饥,所以盼望天黑。

[8] 在己:指生活困难全在自己。离忧:遭遇忧愁。目前:指今生。这两句是说,饥寒的原因尽在自己,何必怨天!今生的遭际令人悲凄。

[9] 吁嗟:感叹词。身后名:死后的名声。这句和下句是说,身后的名声,在自己看来不过像浮云一样轻淡。

[10] 锺期:即锺子期。俞伯牙弹琴,锺子期知音。子期死后,伯牙不再弹琴(见《韩诗外传》)。信:诚然。作者是以伯牙自比,以子期期望于庞、邓。这句和上句是说,自己慷慨悲歌,知音者其在庞、邓乎!是渴求知己之意。

✤评析

怨诗楚调,据《唐书·音乐志》记载:"汉世三调,有楚调,房中乐也。"汉乐府《楚调曲》有《怨诗行》。这里是仿照那种体裁写的。庞主簿,宋刊巾箱本"簿"下注遵字,可见即庞遵,字通之,是陶渊明的亲密朋友(见《宋书·裴松之传》和《晋书·隐逸传》)。主簿是官名,主管文件、簿书。古代各级政府中都设此官,这里似指郡县中的主簿。邓治中，名字不详，也应是陶渊明的亲密朋友。治中是官名，郡州佐吏，主管众曹文书。诗中说"僶俛六九年"，六九即五十四，盖慨叹一生的艰难境遇。五十四岁是晋安帝义熙十四年(418)，作了这首诗。

这首诗是对他以前生活的总结。他历叙平生的困苦遭遇，从切身的体验中认识到天道、鬼神之不可信，而一切都在人事。最后是渴望庞、邓能成为自己贫苦中的知音。诗中的描写全是纪实，毫无夸饰。

咏贫士

万族各有托，孤云独无依[1]；
暧暧空中灭[2]，何时见余晖。
朝霞开宿雾，众鸟相与飞[3]，
迟迟出林翮[4]，未夕复来归。
量力守故辙[5]，岂不寒与饥？
知音苟不存，已矣何所悲[6]。

✤注释

[1] 万族：犹万类。托：依附。孤云：以喻贫士。这两句是说，自然万类各有所依附，只有孤云一片无依无凭。

[2] 暧暧：昏昧的样子。这句和下句是说，孤云在空中暗然消逝，什么时候能看见它的光辉？

[3] 宿雾：夜雾。朝霞开宿雾：喻朝廷更迭。众鸟相与飞：喻众人趋附。这两句是说，朝霞驱散夜雾，众鸟相与而飞。

[4] 翮：鸟羽的茎，这里指鸟，以喻贫士。这句和下句是说，唯有这只鸟迟迟地飞出树林，天还没有黑又飞回来了。

[5] 故辙：旧道，指安于贫贱之道。这句和下句是说，衡量一下自己的能力只能守贫贱故道，难道不知要忍饥受寒？

[6] 苟：且。已矣：犹算了吧！这两句是说，但世上没有知音，算了吧，还悲伤干什么？

✤ 评析

《咏贫士》共七首，都是以写古代贤人安于贫贱的事，抒发自己不慕荣利的心境。第一首云："朝霞开宿雾，众鸟相与飞。"人们都认为是暗喻改换朝代后群臣趋附的景象。按，宋武帝于晋恭帝元熙二年六月即位，改年号为永初。那末这七首诗当作于宋武帝永初元年(420)，陶渊明五十六岁。

这一首是原诗的第一首，咏贫士，也是诗人自咏。作者以孤云比喻贫士的高洁孤独，以飞鸟早归比喻贫士的落落不得意。最后以世无知音而表现出无限的悲伤和愤慨！

咏荆轲

燕丹善养士，志在报强嬴[1]。
招集百夫良，岁暮得荆卿[2]。
君子死知己，提剑出燕京[3]。
素骥鸣广陌，慷慨送我行[4]。
雄发指危冠，猛气充长缨[5]。
饮饯易水上，四座列群英[6]。
渐离击悲筑，宋意唱高声[7]。
萧萧哀风逝，淡淡寒波生[8]。
商音更流涕，羽奏壮士惊[9]。
心知去不归，且有后世名[10]。
登车何时顾，飞盖入秦庭[11]。
凌厉越万里，逶迤过千城[12]。
图穷事自至，豪主正怔营[13]。

惜哉剑术疏，奇功遂不成[14]。

其人虽已没，千载有余情[15]！

✤注释

[1] 燕丹：燕太子名丹。士：指春秋战国那些诸侯的门客。嬴：秦王姓嬴氏。强嬴：指秦国。这两句是说，燕太子丹喜欢供养门客，用意在向秦王报仇。

[2] 百夫良：能抵抗百人的良士，另一种说法认为是百人之中最雄俊者。岁暮：晚年，或年深日久。荆卿：即荆轲，卿是尊称。这两句是说，燕太子丹招募勇士，年深日久得到了荆轲。

[3] 君子：指荆轲。死知己：为知己者而死。燕京：燕国的都城。这两句是说，荆轲抱着士为知己者死的精神，手持宝剑离开燕京去为燕太子丹报仇。

[4] 素骥：白马。广陌：大道。我：荆轲自称。这两句是说，白马在大道上长啸，燕太子丹等人慷慨送行。

[5] 危冠：高冠。长缨：系冠的丝带。这两句是说，荆轲怒发冲冠、猛气动缨。

[6] 饮饯：饮酒送别。易水：源出河北易县西，东流至定兴县西南入拒马河。四座：周围座位。这两句是说，在易水上饮酒送别，周围坐的都是英豪。

[7] 渐离：高渐离。筑：古乐器名，像筝，十三弦，颈细而曲，用竹敲打。宋意：燕国勇士。这两句是说，高渐离击筑，宋意高歌。

[8] 萧萧：风声。淡淡：同“澹澹”，水动摇的样子。荆轲出发时歌曰，“风萧萧兮易水寒”。这两句是说，悲风萧萧，寒波澹澹。

[9] 商、羽：都是音调名。古代乐调分宫、商、角、徵、羽五音，商音凄凉，羽音慷慨。这两句是说，筑奏商调人们都为之流涕，奏羽调人们则慷慨震惊。

[10] 这两句是说，心中知道此去必死，但可传名于后世。

[11] 盖：车盖。飞盖：车奔驰如飞。秦庭：秦的朝廷。这句和上句是说，荆轲登车飞驰去秦，连头也没回。

[12] 凌厉：奋勇直前的样子。逶迤：迂曲长远的样子。这两句是说，奋勇

直前飞越万里路程，迂回曲折经过上千座城镇。

[13] 图：指荆轲所献燕国督亢地图。穷：尽。事：指行刺之事。豪主：指秦始皇。怔营：惶惧。这两句是说，地图舒展到尽头，行刺的事自然发生了，秦始皇当时非常惊恐。

[14] 剑术疏：剑术不精。奇功：指刺杀秦始皇的事。这两句是转述鲁勾践的话，惋惜荆轲剑术不精，以致大功未成。

[15] 其人：指荆轲。余情：生气。这两句是说，荆轲虽然死了，但他的精神却流传千古。

✤评析

这首诗和《咏二疏》、《咏三良》都是咏史诗，内容相近，以咏史述怀，因此应是同时期的作品。《咏三良》是悼念张祎不忍心向零陵王（晋恭帝）进毒酒，而自己饮毒酒自杀的事。这件事发生在宋武帝永初二年（421），那末这首诗也可能是此时所写。这一年陶渊明五十七岁。荆轲是战国末年的刺客，为了报答燕太子丹的知己之情，到秦国去刺秦始皇，行刺不中，被杀。这首诗是歌颂荆轲那种英勇报仇精神的。陶渊明对秦始皇十分憎恶，他在《桃花源》诗中即指斥“嬴氏乱天纪”，而他自己又经常以避秦的四皓自居。相反他对荆轲从少年时起就很喜爱，到晚年就更缅想和赞叹了。他为晋之灭亡而惋惜，因此希望有荆轲这样的刺客出现。当然，他并非要刺杀刘裕，但是他对荆轲的咏叹在当时应该是有针对性的，所以诗中特别突出了荆轲那种慷慨激昂誓死报仇的精神。“其人虽已没，千载有余情！”是赞叹荆轲的精神不死，更重要的是抒发自己的思想意向。

拟　古（九首选五）

荣荣窗下兰，密密堂前柳[1]。
初与君别时[2]，不谓行当久。

出门万里客，中道逢嘉友[3]。
未言心先醉[4]，不在接杯酒。
兰枯柳亦衰，遂令此言负[5]。
多谢诸少年[6]，相知不忠厚；
意气倾人命，离隔复何有[7]？

✤ 注 释

[1] 荣荣：繁盛的样子。窗下兰、堂前柳：都是写分别时庭前的景物。

[2] 君：指到远方去的人。这句和下句是说，最初和你分别的时候，你并没有说此行时间会很久。

[3] 中道：中途。嘉友：好友。这句和上句是说，出门便远去万里，半路结识了好朋友。

[4] 心醉：倾心。这句和下句是说，不等待杯酒言欢，一见面就立即倾心。说明和新交结识之轻率。

[5] 兰枯、柳衰：和上文兰荣、柳密相应，说明时间的流逝。此言：临别时的约言。这两句是说，随着时间的流逝，你却结新交而负旧约。

[6] 谢：告诉。这是作者自己的话。少年：指一般少年人。这句和下句是说，诚恳地劝告少年们，他和你们相结识不是建立在老实厚道的思想基础上的。

[7] 倾：覆亡。倾人命：亡命、送命。离隔：指分别。这两句是说，相知忠厚的人，若意气相投，虽然丧了命也在所不惜，哪还有离别后负约的现象发生。

✤ 评 析

拟古，是摹拟古诗之意。陶渊明《拟古》诗共九首，内容大都是悼国伤时，追慕节义。第九首云："种桑长江边，三年望当采。枝条始欲茂，忽值山河改。"这是以桑喻晋朝之灭亡。按，刘裕在义熙十四年(418)十二月，杀晋安帝于东堂，而立恭帝。到恭帝元熙二年(420)六月，刘裕又逼恭帝禅让而自己即位。恭帝前后共历三年，晋朝遂亡。这九首诗当作于晋亡的第二年，即宋武帝永初二年(421),陶渊明五十七岁。这里选五首,此是原诗的第一首。

这首诗表现了对旅游异乡而负约的人的怨恨。这个人在初别时,并未说要去很久,但出门之后便忘了旧交,另结好友。借此作者也曲折地反映了对当时那些轻举妄动、不守信义的人的不满。

其二

仲春遘时雨,始雷发东隅[1]。
众蛰各潜骇,草木纵横舒[2]。
翩翩新来燕[3],双双入我庐。
先巢故尚在,相将还旧居[4]。
自从分别来,门庭日荒芜[5]。
我心固匪石[6],君情定何如?

✤注释

[1] 仲春:即阴历二月,为春季之中。遘:遇。时雨:应时的雨,使草木滋生。东隅:东方。这两句是说,仲春时节春雨应时而降,春雷开始震响。

[2] 蛰:虫类伏藏。众蛰:指冬眠的虫类。潜:藏。骇:惊。舒:展。这两句是说,潜藏的虫类受到了惊动,草木也纵横滋生舒展了。

[3] 翩翩:鸟飞轻快的样子。这句和下句是说,新近飞回来的燕子,成双成对地到我屋里来。

[4] 先巢:故巢。故:仍旧。相将:相与、相偕。旧居:指故巢。这两句是说,先前的巢仍然存在,它们相与回到原处。

[5] 这两句是说,自从分别以来,门庭一天天地荒芜了。

[6] 匪:即非。我心匪石:用《诗经·邶风·柏舟》中的话:“我心匪石,不可转也。”意思是我的心并非石头,是不可转动的。表示意志专一不可

扭转。这句和下句是说，我长期隐居的意志坚定不移，不知你的心情如何？

✤评 析

这一首是原诗的第三首，描写春天的景色：春雨、春雷、昆虫惊蛰、草木滋生，一片生机。其中着重描写了燕子，表现了他对燕子的亲切感情。通过对燕子的问话表达他隐居不仕的坚决意志。

其 三

日暮天无云，春风扇微和[1]。
佳人美清夜，达曙酣且歌[2]。
歌竟长叹息，持此感人多[3]；
皎皎云间月，灼灼叶中华[4]。
岂无一时好[5]，不久当如何？

✤注 释

[1] 扇：用作动词，吹动。扇微和：春风吹拂，天气微暖。

[2] 佳人：美人。美清夜：爱清夜。达曙：到天明。酣：酒足气振的样子。这两句是说，美人喜欢这清静的夜晚，通宵喝酒唱歌。

[3] 歌竟：歌唱完了。此：指下文四句歌辞。持此：仗着这支歌曲。感人多：十分动人。这两句是说，美人唱完歌便长声叹息，这首歌极其动人。

[4] 皎皎：光明的样子。灼灼：花盛的样子。华：同花。

[5] 一时好：一时之美好。指“云间月”圆而又缺，“叶中花”开而复凋。这句和下句是说，月和花美在一时，不能长久。

✤评 析

这一首是原诗的第七首，是感慨自己的年华易逝。有的注家认为是慨叹恭帝的好景不长，从他的一些作品之悼念晋亡的情况看，这种说法也是可取的。

其　四

少时壮且厉，抚剑独行游[1]。
谁言行游近，张掖至幽州[2]。
饥食首阳薇，渴饮易水流[3]。
不见相知人，惟见古时丘[4]。
路边两高坟，伯牙与庄周[5]。
此士难再得，吾行欲何求[6]。

✤注释

[1] 壮：强壮。厉：激烈。抚剑：摩挲着剑把。这两句是说，少年时身体强壮而性情激烈，独自带着宝剑而神游远方。

[2] 张掖：郡名，郡治在今甘肃省张掖市甘州区西北。幽州：州治蓟，在今天北京市大兴区西南。从江南到张掖又到幽州，不止数千里，所以不能说“行游近”。陶渊明神游于此，说明他向往中原，有光复旧物的雄心。

[3] 首阳：山名，《清一统志》引旧府志说，在甘肃陇西县。食首阳薇：指伯夷、叔齐在商亡之后，义不食周粟，隐于首阳山，采薇而食（见《史记·伯夷列传》）。切上“张掖”。易水流：指荆轲为燕太子丹刺秦王，太子及宾客都素服送他于易水之上，荆轲悲歌曰：“风萧萧兮易水寒，壮士一去兮不复还。”（见《史记·刺客列传》）切上“幽州”。这两句是仰慕伯夷、叔齐那样不食周粟和荆轲那样替燕报仇，表示出对侵占中原的北方民族的统治者的态度。

[4] 古时丘：古代的墓地。这句和上句是说，远游途中，没有遇到知己的人，见到的只是古代的坟墓。

[5] 伯牙：即俞伯牙，据《韩诗外传》记载，俞伯牙善弹琴，锺子期知音。子

期死后，伯牙不再弹琴。庄周：即庄子，据《淮南子·脩务训》记载，庄周好发议论，施惠知音，施惠死后，庄周不再发议论了。这句和上句是说，庄周、伯牙已死了很久。

[6] 此士：指伯牙、庄周。欲何求：到哪里去欣赏好的琴声和好的言论呢？这两句是说伯牙之琴，庄周之言，有锺期、施惠可以心领神会，今天自己虽想有所领会，却找不到可听的琴和言了。

✤评析

这一首是原诗的第八首，表现了作者的政治理想，即收复中原。作者并没有到过北方，但他神往于那些被北方民族的统治者占领的张掖和幽州，念念不忘光复旧物。可是他这种思想在当时却得不到共鸣，即使想听听别人在这方面的思想言论都听不到。其中包含着他对东晋统治集团苟且偷安、不谋恢复的强烈愤慨。

其　五

种桑长江边，三年望当采[1]。
枝条始欲茂，忽值山河改[2]。
柯叶自摧折，根株浮沧海[3]。
春蚕既无食，寒衣欲谁待[4]！
本不值高原[5]，今日复何悔？

✤注释

[1] 这句是说，盼望三年之内可以采桑养蚕。

[2] 始：才。值：逢。

[3] 柯：枝干。沧海：指东海。这两句是说，桑树的枝干被摧折了，根叶漂浮到大海中去了。

[4] 欲谁待：即欲何待，还依靠什么？

[5] 本：桑树枝干。这句和下句是说，桑树不种在高原上，而种在江边，根基不巩固，所以摧折，有什么可后悔的？

✤ 评析

这首诗以桑喻国。《易·否》："其亡其亡，系于苞桑。"这里可能是暗喻晋王朝不图恢复中原，而只偏安江左，以致根基不固，篡弑迭起，终于灭亡。

有会而作并序

旧谷既没，新谷未登[1]。颇为老农[2]，而值年灾[3]，日月尚悠[4]，为患未已[5]。登岁之功[6]，既不可希；朝夕所资，烟火裁通[7]。旬日以来，始念饥乏。岁云暮矣[8]，慨然永怀[9]。今我不述，后生何闻哉[10]！

弱年逢家乏，老至更长饥[11]。
菽麦实所羡，孰敢慕甘肥[12]！
惄如亚九饭，当暑厌寒衣[13]。
岁月将欲暮，如何辛苦悲[14]。
常善粥者心，深念蒙袂非；
嗟来何足吝，徒没空自遗[15]。
斯滥岂攸志，固穷夙所归[16]。
馁也已矣夫，在昔多余师[17]。

✤ 注释

[1] 未登：没有收成。

[2] 老农：作者自称。这里有两层意思：一是指务农已久，一是指年岁既老。

[3] 值年灾：逢上一年之中的灾荒。

[4] 日月尚悠：今年的时日尚长。

[5] 未已：不停，没个完。

[6] 登岁：丰收之年。功：指农业收成。

[7] 朝夕所资：早晚的生活所需。裁：同"才"。裁通：仅通。这两句是说，仅能维持生活，不至于断炊。

[8] 岁云暮矣：一年将尽。云：语气词。

[9] 永怀：长叹。

[10] 述：陈述。指作这首诗。后生：指子孙。这两句是说，我不作诗把它记录下来，后代怎么知道呢？

[11] 弱年：即弱冠之年，二十岁。古代男子二十岁行冠礼，以示成人，但体犹未壮，所以叫"弱冠"。这里指少年时期。家乏：家境贫困。长饥：长久挨饿。这两句是说，少年时期家境穷困，到了老年更加挨饿。

[12] 菽：豆类。甘肥：甜的和香的。这两句是说，能吃上菽麦一类的饭就很满足了，哪敢羡慕那些香甜美味呢？

[13] 惄：饥饿的样子。亚：次一等。九饭：用子思的典故。《说苑·立节》记载：子思居卫，极端贫困，三十天吃了九顿饭。厌：足、满。这两句是说，自己老至长饥，还不如子思三旬九食的境遇呢，夏季仍然穿着冬天的衣服。

[14] 这句是说，对着辛苦和悲伤而无可如何。

[15] 粥者：施粥以赈济饥民的人。这里指齐人黔敖。据《礼记·檀弓》记载，齐国遭遇饥荒，黔敖在路上准备饭食以赈济饥民。有一个饥民蒙袂而来。黔敖说："嗟来食！"饥民扬目而视之说："予唯不食嗟来之食，以至于斯也。"终于不食而去，最后饿死。蒙袂：以袖遮面，是羞于见人的表示。嗟来：吆喝声，是一种不敬的招呼。吝：恨。徒没：白白死掉。自遗：自失。这四句是说，自己时常称许施粥者的慈善心肠。而深感蒙袂饥民行为之不当，吃嗟来之食何足为恨，结果自己白白饿死。这是作者愤激之言，实质上他是不食"嗟来之食"的。

[16] 斯滥：为非作歹，指小人的行为。固穷：固守贫困，指君子的行为。《论语·卫灵公》云："子曰：君子固穷，小人穷斯滥矣。"攸志：所愿。

夙：旧。这两句是说，斯滥岂是我平生之志，固穷才是我的本愿。

[17] 馁：饥饿。多余师：很多人值得我学习。这两句是说挨饿也算了吧，古代值得我效法的人很多。

✤ 评析

有会而作，即有感而作。会是领悟。诗的内容是写自己遭灾后饥饿的情况。据萧统《陶渊明传》记载："江州刺史檀道济往候之，偃卧瘠馁有日矣。"檀道济是宋元嘉三年(426)五月做江州刺史。这首诗可能即作于这一年，当时陶渊明六十二岁。檀道济劝他出来做官，他不干，送给他肉和米，他也拒绝了。难道为一碗饭，能卑躬屈节？难道为了苟延生命，能吃"嗟来之食"？饥饿又算什么！古时不是有很多固守穷困的人吗？这正表现了他晚年穷且益坚的性格。

挽歌诗

荒草何茫茫，白杨亦萧萧[1]。
严霜九月中[2]，送我出远郊[3]。
四面无人居，高坟正嶕峣[4]。
马为仰天鸣，风为自萧条。
幽室一已闭，千年不复朝[5]。
千年不复朝，贤达无奈何[6]。
向来相送人[7]，各自还其家。
亲戚或余悲，他人亦已歌[8]。
死去何所道，托体同山阿[9]。

✤ 注释

[1] 茫茫：广大的样子。萧萧：风声。这两句是说，荒草一片，没有边际；

风吹白杨,发出萧瑟的声音。

[2] 严霜:寒霜。

[3] 远郊:指荒郊墓地。

[4] 嶕峣:很高的样子。这句和上句是说,周围没有人居住,全是坟墓。

[5] 幽室:指圹穴。这两句是说,圹穴一旦被封闭,就如同黑夜,永远不会天亮了。

[6] 这两句是说,对于死,贤人达士也无可奈何。

[7] 向:昔,刚才。这句和下句是说,刚才来送葬的人各自都回家了。

[8] 或余悲:有些人仍含悲痛。亦已歌:也就歌唱快乐了。这两句是说,亲戚中有些会悲哀的时间长一点,其他人则早就忘了伤悲。

[9] 何所道:有什么可说的? 山阿:山陵。这两句是说,对于死有什么可说的,不过是寄身于山陵而已。

✣评析

挽歌就是丧葬歌,传说最初是拖引柩车的人所唱,所以叫挽歌。陶渊明《挽歌诗》共三首,是他生前自挽之词。他卒于宋文帝元嘉四年(427)十一月,诗中说“严霜九月中”,是他死前两个月写的。除了这三首诗外,还有一篇《自祭文》,都是他最后的作品。这里选的一首是原诗的第三首。

这首诗表现了他对“死”的达观看法。死有什么了不起,不过是把骸骨托之山陵罢了,这原是一种自然物质的变化。同样在《自祭文》中说:“人生实难,死如之何!”都表现了他倔强的视死如归的精神。

南北朝诗

颜延之

颜延之(384—456),字延年,琅琊临沂(今山东省临沂市)人。早年孤贫,好读书,又好饮酒,行为放达。刘裕即位后,官太子舍人,又领步兵校尉,元嘉三年出任永嘉太守。孝武帝时为金紫光禄大夫。

在刘宋时代,颜延之与谢灵运齐名,时称"颜谢"。有人说他的诗如"错采镂金",极其精美华丽。由于好雕词炼句,喜用古事,所以他的诗语言艰涩,内容隐晦。其成就在谢之下。传有《颜光禄集》。

阮步兵

阮公虽沦迹[1],识密鉴亦洞[2]。
沉醉似埋照[3],寓词类托讽[4]。
长啸若怀人[5],越礼自惊众[6]。
物故不可论,涂穷能无恸[7]。

✤注 释

[1] 沦迹:隐没足迹,指隐居不仕。

[2] 鉴:照,这里指观察识别。洞:深远。这句的意思是说,阮籍的见识很细密,对事物的观察很深刻。

[3] 埋照：把光芒隐藏起来，指有才识而不外露。这句是说，阮籍饮酒求醉好像是有意隐藏起自己的才识。

[4] 寓词：在诗歌中寄托自己的思想感情，这里是指写作《咏怀诗》。这句是说，阮籍写《咏怀诗》好像是用来讥讽现实的。

[5] 长啸：高声吟唱。据《世说新语·栖逸》记载：阮籍善啸，可以"啸闻数百步"。

[6] 越礼：违背礼法。这句是说，阮籍不受礼法的束缚，使一般人感到惊愕。据《晋书·阮籍传》记载："籍嫂尝归宁，籍相见与别"；"邻家少妇有美色，当垆沽酒。籍尝诣饮，醉便卧其侧"；"兵家女有才色，未嫁而死。籍不识其父兄，径往哭之，尽哀而还。"这在当时都被看作是越礼的行为。

[7] 物故：世故，世事。涂：道路。涂穷，没有路。恸：悲痛。这二句是说，阮籍看到世事败坏已不可论，他处于穷途怎能不悲恸呢！

✤ 评 析

阮步兵，即阮籍，他曾经做过步兵校尉，所以世称阮步兵。

这首诗选自颜延之的《五君咏》。《五君咏》共五首，分咏阮籍、嵇康、刘伶、阮咸和向秀五人。《阮步兵》是第一首。

这首诗主要是赞扬阮籍，说他的隐居醉酒、作诗、长啸以及越礼的行为，都包含着对当时政治的清醒认识和不满。诗人通过对阮籍的怀念表达了自己不得意的情怀。

嵇中散

中散不偶世[1]，本自餐霞人[2]。
形解验默仙[3]，吐论知凝神[4]。
立俗迕流议，寻山洽隐沦[5]。
鸾翮有时铩，龙性谁能驯[6]。

✤注释

[1] 不偶世：不能和世俗之人和谐相处。偶：合，谐。

[2] 餐霞人：即神仙。据《黄庭经》注说，餐霞是神仙家的一种修炼方法，就是在幻觉中感到日中五色流霞环绕着自己，于是便把日光流霞全吞入口中。

[3] 形解：尸解。据迷信的说法：求仙的人修炼成功时就能遗弃形骸羽化飞升。在晋朝时就有过关于嵇康尸解成仙的传说。验：证实。这句是说，嵇康尸解而去就可以证实他已经默然成仙了。

[4] 吐论：发表议论，指嵇康写作《养生论》。凝神：言修养心性达到凝静专一的境界。这句是说，从其《养生论》就可以看到他是深知凝神之理的。

[5] 立俗：置身于世俗之中。迕：违背。流议：流俗的议论。洽：融洽。这二句是说，嵇康处于世俗之中，见解总与流俗之论相背逆；居于山林，和隐逸之士却能融洽相处。或疑上句当作“立议迕流俗”，是说嵇康非汤武而薄周孔的议论是与流俗相背逆的。

[6] 鸾翮：鸾鸟的翅膀。铩：伤残。鸾、龙都是借指嵇康，《晋书·嵇康传》说：当时人们都以龙、凤比喻嵇康，说他是“龙章凤姿”。这两句是互文，意思是说，鸾和龙虽然有时受到摧残，但它们的本性却是任何人也不能使之驯服的。

✤评析

嵇中散，即嵇康。他曾经做过中散大夫，所以世称嵇中散。

这首诗是《五君咏》的第二首。通过赞扬嵇康的不与世俗同流合污，来表达自己虽受打击却不肯屈服的态度。

谢灵运

谢灵运(385—433),陈郡阳夏(今河南省太康县)人,世居会稽(今浙江省绍兴市)。东晋大士族宰相谢玄之孙。谢玄死后,谢灵运只有十八岁就袭爵康乐公,因称谢康乐。420年宋高祖刘裕代晋后,谢灵运降公爵为侯,先后出任永嘉太守及临川内史等职。他"自谓才能宜参权要",但却不被重用,所以对刘宋王朝心怀不满。谢灵运为人奢豪放纵,一向寄情山水,不恤政事,游娱宴集,夜以继日。元嘉十年因谋反获罪被杀。

谢灵运是晋、宋之际的著名山水诗人。他善于用富艳精工的语言记叙游赏经历、描绘自然景物,多有形象鲜明、意境优美的佳句。可是从全篇来看,往往是在结尾时落入玄言佛理的旧套,情调消极颓废,缺乏社会内容。而且语言有时过于雕琢,所以往往比较晦涩。但谢灵运大力创作山水诗,开始从题材上扭转了东晋以来的玄言诗风,对南朝和唐代诗歌的发展有一定的影响。

作品有《谢康乐集》(明焦竑本)。黄节的《谢康乐诗注》就是根据焦竑本中的诗歌部分编注的。

邻里相送至方山

祗役出皇邑，相期憩瓯越[1]。
解缆及流潮，怀旧不能发[2]。
析析就衰林，皎皎明秋月[3]。
含情易为盈，遇物难可歇[4]。
积疴谢生虑[5]，寡欲罕所阙[6]。
资此永幽栖，岂伊年岁别[7]。
各勉日新志，音尘慰寂蔑[8]。

✤注 释

[1] 祗役：敬奉朝命赴外地任职。祗：敬也。皇邑：京城，指刘宋都城建业（今南京市）。憩：休息。瓯越：指永嘉郡。永嘉一带在汉代地属东瓯，东越王摇曾在那里建都，故称瓯越。这二句是说，自己奉王命离开京城去永嘉赴任，希望到那里后能安适地居住下来。

[2] 解缆：解开系船的缆绳，指开船。及：乘。怀旧：留恋老朋友。这二句是说，当船要趁着潮水解缆出发的时候，我却因留恋故人而不忍离去。

[3] 析析：风吹树木的声响。就：靠近。皎皎：光洁的样子。这二句是写启程后将在船上见到的景物，意思是说，船在行驶中靠近了析析作响的凋败的树林，又看到秋月在放射着皎洁的光芒。

[4] 含情：这里指怀旧之情。盈：满。遇物：指一路上遇到的衰林、秋月。这二句是说，本来就因有怀旧之情，容易感到心中充满哀伤，现在又看到衰林、秋月，内心的悲愁就更加难以遏制了。

[5] 积疴：多年患病。疴：病。谢：绝。虑：思虑、谋求。这句是说，自己因久病而断绝了对于生活方面的追求。

[6] 寡欲：少欲。阙：同"缺"。这句是说，自己本来个人欲望就很少，所以现在并不觉得有什么不足。

[7] 资：借。此：指永嘉郡。幽栖：隐退屏居。岂伊：岂惟。这二句是说，

我是想借永嘉郡永远隐居下去，哪里是只离开你们一年半载去做官呢！

[8] 日新：一天比一天进步。音尘：音信，消息。寂蔑：寂寞。这二句是勉励和叮咛朋友的话，意思是说，希望你们努力做到天天进步，并经常来信以安慰我的寂寥。

✤评析

方山，山形方如印，所以又名天印山，在江苏省南京市江宁区东五十里，是晋宋时南京一带长江的重要津渡之一。

谢灵运在永初三年（422）七月，离开建业赴永嘉太守任。他的邻里们相送到方山，诗人写了这首诗留别。诗中表现了成行时的依依惜别之情和对朋友的劝勉，并流露了对于自己政治处境的不满。诗人通过对衰林、秋月的描写衬托离情别绪的浓重，情与景结合得较紧密、自然。临行时解缆而不发，结尾处对朋友的叮嘱，都写得感情诚挚真切，不像其他诗那么多玄言味道和雕琢痕迹。

七里濑

羁心积秋晨[1]，晨积展游眺[2]。
孤客伤逝湍，徒旅苦奔峭[3]。
石浅水潺湲[4]，日落山照曜[5]。
荒林纷沃若[6]，哀禽相叫啸。
遭物悼迁斥[7]，存期得要妙[8]。
既秉上皇心，岂屑末代诮[9]。
目睹严子濑[10]，想属任公钓[11]。
谁谓古今殊，异世可同调[12]。

✣注释

[1] 羁心：羁旅之心，离乡人的愁思。积：聚集。这句是说，在秋晨自己的羁旅之思更加浓重了。

[2] 展：伸展，这里是尽情的意思。这句是说，自己怀着这种秋晨的羁旅之思来尽情地游赏眺望。

[3] 逝湍：急流不停的江水。湍：急流。徒旅：游客。“孤客”、“徒旅”皆诗人自指。奔峭：崩落断裂的陡峭江岸。这二句是说，看到急流的江水和崩落的江岸更感伤自己的长期在外飘荡。

[4] 潺湲：水流的样子。

[5] 日落：日光下射。照曜：阳光闪耀的样子。

[6] 荒林：无人料理和游赏的野林。纷沃若：枝叶繁茂众多的样子。纷：纷纷，众多。沃若：即沃然，美好繁盛的样子。

[7] 遭物：看到客观景物，即面对着流水、日光、荒林和哀禽。悼：感伤。迁斥：被贬谪、斥逐。

[8] 存期：期望，想要。存：想。要妙：精微玄妙的道理，这里指老庄的哲理。

[9] 秉：掌握，把持。上皇心：上古时代人们淳朴的思想感情。上皇：即“羲皇”，伏羲氏，历史传说中的上古时帝王。岂屑：哪顾，不管。末代：衰乱之世，这里指诗人所处的社会。诮：责备，讥诮。这二句是说，自己既已具备了上古人的淳朴思想，哪管时人的讥诮呢？

[10] 严子濑：即严陵濑，在七里濑东。

[11] 想属：联想。任公：任国公子。《庄子·外物篇》中写道：任国的一位公子做了一个大钓钩和大绳子，用五十头牛当作钓饵，到东海去钓鱼。钓了一年才钓得一条极大的鱼。他把这鱼切开做成肉干，从淛河以北到苍梧以东的人都可以吃得很饱。这句是说，他也希望能像任公子那样钓得大鱼给很多人带来好处。

[12] 同调：情调相同，志同道合。这二句是说，谁说我和严子陵、任公子有古今之别？我们虽处在不同时代，却有着相同的志趣。

✣评析

七里濑，又称七里滩，在今浙江省桐庐县富春江上。这附近是东汉严光隐居垂钓的地方。严光，字子陵，是东汉光武帝早年的同学。光武即位后，严光改姓埋名隐居不仕。

永初三年(422)七月，谢灵运出为永嘉太守。在从都城建康去永嘉上任的途中，他经过自己的庄园始宁墅(今浙江省绍兴市上虞区)，又游历了富春渚和七里濑等处。这首诗就是这期间写的。

诗的开头写秋晨游眺之所见，面对着流逝的江水、陡峭的山崖，诗人充满了羁旅之思。接着又通过对隐居垂钓生活的向往，表达了自己在政治上遭受打击之后的愤懑情绪。

登池上楼

潜虬媚幽姿[1]，飞鸿响远音[2]。
薄霄愧云浮[3]，栖川怍渊沉[4]。
进德智所拙[5]，退耕力不任[6]。
徇禄及穷海[7]，卧疴对空林[8]，
衾枕昧节候[9]，褰开暂窥临[10]。
倾耳聆波澜[11]，举目眺岖嵚[12]。
初景革绪风，新阳改故阴[13]。
池塘生春草，园柳变鸣禽[14]。
祁祁伤豳歌[15]，萋萋感楚吟[16]。
索居易永久，离群难处心[17]。
持操岂独古[18]，无闷征在今[19]。

✤注释

[1] 潜虬：潜藏着的虬龙。虬，传说中一种有角的小龙。媚：自媚，自我欣赏。幽姿：美丽的身姿。这句是根据《易·乾卦》中“潜龙勿用”的意思，来写虬龙隐藏在水中欣赏着自己美丽的身姿。

[2] 飞鸿响远音：这句是根据《易·渐卦》中“鸿渐于陆”的意思，写鸿雁高飞把声音传送到远方。

[3] 薄：与“泊”通，止。云浮：飘浮在云间。这句是接第二句，说自愧不能像鸿雁那样飞上云霄以避祸远害。

[4] 栖川：栖息在水中。怍：惭愧。这句是接第一句，说自惭不能像栖居深渊中的虬龙那样潜藏而保真。

[5] 进德：进德修业，提高道德修养。智所拙：智力低下不能达到。

[6] 退耕：退位隐居耕田。力不任：力量不能胜任。

[7] 徇禄：追求俸禄，做官。及：到。穷海：边远的海滨，这里是指永嘉郡。

[8] 疴：病。卧疴，卧病在床上。空林：指冬季干枯的树林。

[9] 昧：糊涂，不明白。这句是说，病中整日卧在衾中、枕上，竟不知季节的变换。

[10] 褰：揭开，掀起。这句是说，暂且打开帷帘，在楼上观望一下外面的景物。

[11] 倾耳：侧耳，聚精会神倾听的样子。聆：听。

[12] 岖嵚：山势高峻的样子。

[13] 初景：初春的阳光。绪风：余风，北风的余威。新阳：刚刚到来的春天。故阴：已经过去的冬季。这二句的意思是说，新春的阳光清除了寒风的余威，春天来临，严冬已经过去了。

[14] 变：变换。变鸣禽：也就是“时鸟变声”。因园中鸟类众多，所以啼声宛转多变。这二句是说，池塘边嫩草初生，园中柳树上各种鸟在宛转地啼叫。

[15] 祁祁：众多的样子。豳歌：豳人的诗歌。豳，古国名，在今陕西省旬邑县西。这里是指《诗经·豳风·七月》，其中有“春日迟迟，采蘩祁祁，女心伤悲，殆及公子同归”的诗句。这句是说，看到春草繁茂，使人想到“采蘩祁祁”的诗句，不免因思归而内心悲痛。

[16] 萋萋：草茂盛的样子。楚吟：指《楚辞·招隐士》，其中有“王孙游兮不归，春草生兮萋萋”的诗句。这句是说，又想到“春草生兮萋萋”的诗句，就更因不能归去而感伤了。

[17] 索居：独居。这二句是说，离开朋友而孤居独处容易觉得日子太长，

寂寞得难以忍受。

[18] 持操：坚持自己高尚的节操，指遁世归隐的思想行为。这句是说，难道只有古人能坚持自己的节操吗？

[19] 无闷：《易・乾卦》中有“遁世无闷”的话，是说隐士不求成名，一心避世而没有任何忧闷。征：证实。征在今：今天从我这里可以得到验证。这句话是说，我今天也可以做到隐居避世而毫无烦恼苦闷。

✤ 评 析

池上楼，在永嘉郡（今浙江省温州市）。谢灵运是从宋武帝永初三年（422）的七八月到第二年（少帝景平元年）的七八月在永嘉任太守的。这首诗应是写在423年的初春。

《登池上楼》是写诗人久病初起登楼临眺时的所见所感。前部分抒发官场失意的牢骚，中间描绘登楼远望所见到的景物，最后表达了怀人思归的情绪。诗中成功地描写了初春时节池水、远山和春草、鸣禽的变化，使人感到生意盎然。但从全诗的思想情调来看却有些低沉。

登江中孤屿

江南倦历览，江北旷周旋[1]。
怀新道转迥[2]，寻异景不延[3]。
乱流趋孤屿，孤屿媚中川[4]。
云日相晖映，空水共澄鲜[5]。
表灵物莫赏，蕴真谁为传[6]。
想象昆山姿，缅邈区中缘[7]。
始信安期术，得尽养生年[8]。

✤ 注 释

[1] 历览：遍览，游遍了。旷周旋：久不游览。旷：荒废，耽搁。周旋：应

酬，打交道，这里指前去游赏。这二句是说，永嘉江的南岸已经游赏多次，而江北却很久没去了。

[2] 迥：远。这句是说，因为心里急于要发现奇景新境，所以反而觉得道路太远了。

[3] 景：日光，指时间。延：长。这句是说，因要找寻奇异的景物，所以更感到时间太短促。

[4] 乱流：从江中截流横渡。趋：疾行。媚：优美悦人。中川：江水中间。这二句是说，船正迅速地从江中横渡，突然发现优美动人的孤屿山在江流中间挡住了去路。

[5] 空水：天空和江水。这二句是说，天上的彩云、丽日相互晖映，江水清澈，映在水中的蓝天也同样色彩鲜明。

[6] 表灵：指孤屿山极其神奇的景象。表：明显。灵：灵秀、神奇。物：指世人。蕴真：蕴藏的仙人。真：真人、神仙。这二句是说，孤屿山如此明显的美丽风光无人游赏，那么其中蕴藏神仙的事就更没有人去传述了。

[7] 昆山姿：指神仙的姿容。昆山：昆仑山的简称，是古代传说中西王母的住处。缅邈：悠远。区中缘：人世间的相互关系。这二句是说，自己看到孤屿山便联想起昆仑山上神仙的风姿，因而感到和人世的尘缘就更加离得远了。

[8] 安期术：安期生的长生之术。安期：即安期生，古代传说中的神仙。传说他是琅琊阜乡人，因得长生不老之术而活过了一千岁。这二句是说，自己领悟了安期生的长生之术，安心居住在海隅就可以养生尽年。

✤评 析

谢灵运这首诗也是写在永嘉太守任上。江中孤屿，是永嘉江（瓯江）中的孤屿山，在温州南四十里。诗人在去江北游览的行程中，发现了风景优美的孤屿山。孤屿山处在江流中间，没有人发现和欣赏，那里面的神仙事迹也不为人所知。诗人由此而联想到只有远离朝市，才可以养生尽年。

诗的大部分是记叙游览的历程和孤屿山的风光，“云日相晖映，空水共澄鲜”句，写那白云丽日、澄江蓝天互相辉映的景色，很鲜明生动。最后虽流露一些远处海隅的牢骚，但以慕神仙、求长生而又落入了陈套。

石壁精舍还湖中作

昏旦变气候，山水含清晖[1]。
清晖能娱人，游子憺忘归[2]。
出谷日尚早，入舟阳已微[3]。
林壑敛暝色，云霞收夕霏[4]。
芰荷迭映蔚[5]，蒲稗相因依[6]。
披拂趋南径[7]，愉悦偃东扉[8]。
虑澹物自轻[9]，意惬理无违[10]。
寄言摄生客，试用此道推[11]。

✤注 释

[1] 清晖：指山光水色。

[2] 娱人：使人喜悦。憺：安闲舒适。这二句出于屈原《九歌·东君》：“羌声色兮娱人，观者憺兮忘归。”意思是说，山光水色使诗人心旷神怡，以致乐而忘返。

[3] “入舟”句：是说乘舟渡湖时天色已晚。

[4] 林壑：树林和山谷。敛：收拢、聚集。暝色：暮色。霏：云飞貌。这二句是说，森林山谷之间到处是一片暮色，飞动的云霞已经不见了。

[5] 芰：菱。这句是说，湖中芰荷绿叶繁盛互相映照着。

[6] 蒲稗：菖蒲和稗草。这句是说，水边菖蒲和稗草很茂密，交杂生长在一起。

[7] 披拂：用手拨开草木。

[8] 偃：仰卧。扉：门。这句是说，愉快地偃息在东轩之内。

[9] 澹：同“淡”。这句是说，个人得失的考虑淡薄了，自然就会把一切都

看得很轻。

[10] 意惬：心满意足。理：指养生的道理。这句是说，内心感到满足，就不违背养生之道。

[11] 摄生客：探求养生之道的人。此道：指上面“虑澹”、“意惬”二句所讲的道理。

✤评析

石壁精舍是作者的庄园始宁县（今浙江省绍兴市上虞区）始宁墅附近的佛寺。湖，指巫湖。

景平元年（423）秋，诗人辞去永嘉太守的官职，回到始宁墅过着“岩栖”的生活。石壁精舍是他经常去游玩的地方。他居住在南山，石壁精舍在北山，往返都要经过中间的巫湖。这首诗就是写诗人从石壁精舍返回住所的经历和感受。从出谷时所见的山水清晖，写到入舟时见到的云霞、芰荷和蒲稗，又写到登岸后的趋南径、偃东扉，始终紧扣住一个“还”字，写得井然有序。最后四句虽然仍是表达一种消极避世的思想，但却能把抒情和议论比较自然地结合起来，并不像其他诗的结尾那样生硬、累赘。

从斤竹涧越岭溪行

猿鸣诚知曙，谷幽光未显[1]。
岩下云方合，花上露犹泫[2]。
逶迤傍隈隩[3]，迢递陟陉岘[4]。
过涧既厉急[5]，登栈亦陵缅[6]。
川渚屡泾复[7]，乘流翫回转[8]。
蘋萍泛沉深[9]，菰蒲冒清浅[10]。
企石挹飞泉[11]，攀林摘叶卷[12]。
想见山阿人，薜萝若在眼[13]。

握兰勤徒结[14]，折麻心莫展[15]。
情用赏为美，事昧竟谁辨[16]。
观此遗物虑，一悟得所遣[17]。

✤注释

[1] 曙：黎明。这二句是说，从猿鸣声中可以知道已经是黎明了，但在幽深的山谷间却还看不到阳光。

[2] 泫：水珠欲滴的样子。

[3] 逶迤：道路弯曲而漫长的样子。隈隩：山崖转弯的地方。这句是说，诗人沿着弯弯曲曲的道路前进。

[4] 迢递：遥远的样子。陟：登高。陉岘：山脉中断处叫陉，不太高的山岭叫岘。这句是说，又登上遥远的山路。

[5] 厉急：渡过急流。厉："沥"之省文，穿着衣服涉水。这句是说，渡过湍急的涧水。

[6] 栈：栈道。在山上用木材架成的道路。陵：升。缅：遥远。这句是说，又登上漫长的栈道。

[7] 川渚：这里指河水。泾复：泾，与"径"通。直的叫径，曲的叫复。这句是说，河流多次的弯来复去。

[8] 乘流：随着溪流。翫：通作"玩"，有欣赏的意思。这句是说，沿着水路观赏溪水的回转。

[9] 蘋：一种水草，亦名田字草。萍：浮萍。沉深：指深沉的溪水。这句是说，蘋萍飘浮在深深的溪水上。

[10] 菰：即茭白。蒲：昌蒲。菰和蒲都是生长在浅水中的植物。冒：覆盖。这句是说，菰蒲覆盖在清澈的浅水上。

[11] 企：同"跂"，举踵。挹：舀。这句是说，站在石头上跷起脚去酌取飞泻的泉水。

[12] 叶卷：即卷叶，初生尚未展开的嫩叶。

[13] 薜萝：薜荔和女萝。这二句出于屈原《九歌·山鬼》："若有人兮山之阿，披薜荔兮带女萝。"是说好像看到山角里有穿着薜荔衣，系着女萝带的"山鬼"。这里的"人"是指诗人所仰慕的高人隐士。

[14] 勤：企望。这句是说，手握兰花希望赠给知己，但却无法寄到，所以常常是忧思结于心中。

[15] 麻：疏麻，又叫神麻，一种香草。这句出于《九歌·大司命》："折疏麻兮瑶华，将以遗兮离居。"意思是说，折了疏麻却无从投赠给所思念的人，所以心愁莫展。

[16] 这二句是说，自己所真心欣赏的就是最美的，何必还要去分辨其真假呢？这是指关于"山鬼"的传说虽然事属幽昧，但人们喜欢它，即不去分辨真伪了。

[17] 物虑：一般世俗的思虑。这二句是说，看到这样动人的风景就会有所领悟而忘却世俗，排除一切烦恼。

✤ 评 析

斤竹涧，在谢灵运的庄园始宁墅附近。

这首诗主要记叙清晨出游时越岭、溪行的经过，形象生动地描绘了一路所见到的山上和水边的自然景物。并通过对高人隐士的仰慕，表达了自己寄情山水、排遣忧闷的愿望。

夜宿石门

朝搴苑中兰，畏彼霜下歇[1]。
暝还云际宿[2]，弄此石上月[3]。
鸟鸣识夜栖，木落知风发。
异音同致听，殊响俱清越[4]。
妙物莫为赏[5]，芳醑谁与伐[6]。
美人竟不来，阳阿徒晞发[7]。

✤ 注 释

[1] 搴：拔取。苑：苑囿，养禽兽、种树木的花园。歇：尽，凋谢。这二句是说，因为怕兰花被秋霜打坏，所以趁着早晨去园中采撷。

[2] 暝：黄昏。云际：云间，这里指石门别墅。

[3] 弄：玩赏。石上月：石门山上的月色。

[4] 异音、殊响：奇异的声响，指栖鸟夜鸣和风发木落的声音。致听：听得到。“致”又作“至”，至听，犹言极动听。清越：声音清亮悠扬。

[5] 妙物：美妙的景物，指上面写到的兰、月、鸟鸣、风声等。这句是说，那美好的景物没有人和自己一同欣赏。

[6] 芳醑：美酒。伐：赞美。这句是说，谁同我一起欣赏这好酒。

[7] 美人：指诗人思念的好友。阳阿：神话中所说的太阳升起的山丘。山南叫阳，曲隅为阿。晞：晒干。这二句出于屈原的《九歌·少司命》：“与女沐兮咸池，晞女发兮阳之阿，望美人兮未来，临风怳兮浩歌。”意思是说，没有知心好友同游，只能在阳阿独自晒头发。

评析

这首诗又名《石门岩上宿》。石门，即石门山，在今浙江省嵊州市，诗人在这里筑有石门别墅。

这首诗主要是通过山中的生活和奇特的景物，来表达自己孤独、寂寞的思想感情。诗的中间部分描写山中秋夜的景物，全是通过所听到的声音来写，比较生动、别致。

东阳溪中赠答（二首）

其　一

可怜谁家妇，缘流洗素足；
明月在云间，迢迢不可得。

其　二

可怜谁家郎，缘流乘素舸；
但问情若为[1]，月就云中堕[2]。

✤ 注释

[1] 若为：若何，如何。

[2] 就：从，自。

✤ 评析

东阳溪，即东阳江，流经浙江省金华市，又名婺港，亦称双溪。

这是谢灵运学习民歌而写成的。诗共二首，一唱一和。第一首是男子所唱，表示对濯足姑娘的爱慕。第二首是女子的回答，她表示对使船男子的爱悦：只要对方感情忠贞，就可以和他相爱不渝。两首都是用明月作比，感情坦率健康，语言质朴、晓畅，很像南朝乐府。它一反大谢诗那种富艳精工的风格，可见谢灵运也是很重视向乐府民歌学习的。

鲍　照

鲍照(约414—466),字明远,东海(今江苏省涟水县北)人。出身贫寒。因向宋临川王刘义庆献诗而受到赏识,被任为国侍郎。文帝时迁中书舍人。临海王子顼镇荆州,鲍照又任前军参军,所以世称鲍参军。后临海王谋反,鲍照死于乱军之中。他生活在南北分裂、门阀士族当权的时代,一生关心国家命运,对刘宋王朝的政治深为不满。但由于"家世贫贱"而在宦途上饱受压抑。

鲍照是南朝宋代成就最高的诗人。他的诗歌思想内容较丰富,具有明显的社会意义。有些诗直接反映了人民在战乱和徭役压迫下的痛苦生活,表达了作者要求保卫国家的热烈愿望,和对士族门阀的揭露和愤怒抗议。但也有的作品流露了乐天安命、及时行乐的消极思想和感伤情绪。

鲍照的七言诗和杂言乐府继承了汉魏乐府的传统又有所发展,具有感情慷慨奔放、词采新奇丰盛、音节激昂顿挫的特点。尤其是他的七言诗,对于当时诗体的发展起了很大的推动作用。《南齐书·文学传论》说他"发言惊挺,操调险危",这种独特的浪漫主义风格对于唐代诗人产生过重要影响。

今传《鲍参军集》十卷。诗集的注本有黄节《鲍参军诗注》较完善。

代放歌行

蓼虫避葵堇，习苦不言非[1]。
小人自龌龊，安知旷士怀[2]。
鸡鸣洛城里，禁门平旦开[3]。
冠盖纵横至[4]，车骑四方来。
素带曳长飙，华缨结远埃[5]。
日中安能止[6]，钟鸣犹未归[7]。
夷世不可逢，贤君信爱才[8]。
明虑自天断，不受外嫌猜[9]。
一言分珪爵，片善辞草莱[10]。
岂伊白璧赐，将起黄金台[11]。
今君有何疾，临路独迟回[12]？

✤注释

[1] 蓼虫：蓼草上生长的小虫。蓼：指泽蓼，一种草本植物，叶味辛辣。葵堇：又名堇葵，一种野菜，味甜。见《楚辞·七谏》："蓼虫不徙乎葵藿。"这两句是说，蓼虫习惯于蓼叶的辣味，而不去吃甜美的堇葵。

[2] 龌龊：拘局的样子，指局限于狭隘的境界。旷士：旷达之士，不拘于世俗之见的人。这两句是说，小人见识不高，哪能了解旷士的思想感情，正和蓼虫的不知堇葵滋味一样。

[3] 洛城：洛阳城，这里是泛指京城。禁门：皇宫的门。天子居住的地方叫禁中，门设禁卫，警戒森严，所以叫禁门。平旦：平明，天刚亮的时候。

[4] 冠盖：冠冕与车盖。指戴高冠乘篷车的达官贵人。纵横至：纷纷而来。纵横，是纷纭杂乱的样子。

[5] 素带：古时大夫所用的衣带。曳：引、拉动。长飙：暴风。华缨：华美的冠缨，一种用彩线做成的帽带。这二句是写官僚们驱车奔驰、风尘仆仆的景况，意思是说，素带为大风所飘动，华缨上面积满了尘土。

[6] 日中：中午。

[7] 钟鸣：钟鸣漏尽，指深夜戒严之后。

[8] 夷世：太平之世。信：诚然，确实。从这二句以下都是"小人"说的话。

[9] 天：指君王。这二句是说，英明的考虑总是出于君王自己的决断，并不因别人的影响而产生猜疑。

[10] 珪：一种上圆下方的玉板，古代封官时赐珪作为符信。爵：爵位，官阶。草莱：田野。这二句是说，只要有一言可取就赐给官爵，只要有一点好处就让他辞别田野到朝廷来做官。

[11] 岂伊：哪里。伊：是语助词。白璧赐：赏赐白璧。《史记·平原君虞卿列传》记载：赵孝成王一见虞卿即赏赐黄金百镒、白璧一双。这句话用的就是这一典故。黄金台：在今北京附近。燕昭王筑黄金台，上置千金，以招天下贤士。这二句是说，君王礼贤下士，岂但赏赐白璧，还要为贤士起造黄金台呢！

[12] 君：指旷士。迟回：迟疑不前。这二句是小人问旷士的话。

✤ 评 析

这首诗是拟古乐府《相和歌·放歌行》的。代，就是拟，摹仿的意思。

诗中的"旷士"是诗人自喻，"小人"是指那些争名夺利的达官贵人。诗赞扬了旷士的疏放不仕，而揭露了小人的奔竞驰逐，爱憎感情，非常鲜明。晋宋以来，是官僚贵族和皇室争夺政权十分剧烈的时期，在这种剧烈的斗争中，文人往往成为牺牲品，这就是作者"临路独迟回"的原因，也是作者所以赞扬这种狂放行为的历史背景。

代东门行

伤禽恶弦惊[1]，倦客恶离声[2]。
离声断客情，宾御皆涕零[3]。
涕零心断绝，将去复还诀[4]。

一息不相知，何况异乡别[5]。
遥遥征驾远[6]，杳杳白日晚[7]。
居人掩闺卧[8]，行子夜中饭[9]。
野风吹草木[10]，行子心肠断。
食梅常苦酸，衣葛常苦寒[11]。
丝竹徒满坐，忧人不解颜[12]。
长歌欲自慰，弥起长恨端[13]。

✤ 注 释

[1] 伤禽：为箭所伤的飞禽。这里用的是更嬴射雁的故事。《战国策·楚策》记载：更嬴以无箭的空弓射得了一只大雁，他说他发现那只大雁飞得慢是因为伤口痛，鸣声悲是因为失了群。在这种情况下，大雁一听到弓弦声就惊慌高飞，于是由于伤口的剧痛而掉了下来。恶：厌恶。弦惊：弓弦放开时发出的声响。

[2] 倦客：倦游之人。离声：离歌之声。

[3] 断客情：即伤客心，使行人伤心。宾：宾客，指送行者。御：侍者。这两句是说，离歌之声使行人伤心，送行人和侍者也流下了眼泪。

[4] 心断绝：肠断心碎，以喻悲痛到了极点。去：离去。诀：话别。这两句是说，离别时哭得心肠断裂，将要走又转回来话别。

[5] 一息：喘息之间，顷刻。不相知：指不在一起。这两句是说，片刻的分离已很难过，更何况是远去异乡长期的别离呢！

[6] 征驾：远行的车子。

[7] 杳杳：深远幽暗的样子。

[8] 闺：闺门，内室之门。

[9] 夜中：夜半。饭：这里用作动词，用饭。

[10] 草：一作“秋”。

[11] 梅：梅子。葛：葛布，一种做单衣用的夏布，用葛茎的纤维织成。这两句是比喻客中的忧苦，意思是说，食梅苦于味酸，衣葛苦于难以御寒，正如作客他乡不能不为忧愁所苦一样。

[12] 丝竹：弦乐器和管乐器，指音乐。解颜：开颜，指欢笑。这二句是说，

空有满座的人演奏乐曲，也不能使愁人心情快乐。

[13] 弥：益，更加。端：头绪。这二句是说，本想以高声歌唱来宽慰自己，可是反倒引起了更加深重的忧愁。

✤ **评 析**

这也是一首拟古乐府之作。诗人久倦客游，现在又要远行，所以写这首诗以抒发自己离别的情怀。诗的前半部分写离别时的难舍难分；后半部分写分手后的凄苦景况。诗中善用比喻，以伤禽畏弦声比倦客怕离别，以食梅、衣葛比离别后的辛酸与凄凉，都比较自然、贴切。写行人去而复还，写丝竹不能解忧，长歌反而增恨，具体而细腻地刻画了离别前后的思想感情。

代东武吟

主人且勿諠，贱子歌一言[1]：
仆本寒乡士[2]，出身蒙汉恩。
始随张校尉，召募到河源[3]；
后逐李轻车，追虏出塞垣[4]。
密涂亘万里，宁岁犹七奔[5]。
肌力尽鞍甲，心思历凉温[6]。
将军既下世[7]，部曲亦罕存[8]。
时事一朝异，孤绩谁复论[9]？
少壮辞家去，穷老还入门[10]。
腰镰刈葵藿[11]，倚杖牧鸡豘[12]。
昔如鞲上鹰，今似槛中猿[13]。
徒结千载恨，空负百年怨[14]。
弃席思君幄[15]，疲马恋君轩[16]。
愿垂晋主惠，不愧田子魂[17]。

✤ 注 释

[1] 諠：同"喧"，喧哗。贱子：老军人的自称。

[2] 仆：老军人的自称。寒乡：贫寒的地区。

[3] 张校尉：汉代的张骞。校尉：官名。张骞曾任校尉，随大将军卫青北击匈奴。召募：应召从军。河源：黄河的发源地。

[4] 李轻车：汉代李蔡。轻车：官名，即轻车将军。虏：对敌人的称呼，指匈奴。塞垣：边疆用以防阻敌人入侵的城墙。

[5] 密涂：近路。亘：绵延。宁岁：安定的年岁。七奔：七次奔命。《左传》中有子重"一岁七奔命"的话。这二句是说，自己所走过的最近的路程也有万里之遥，安宁的年头也要有七次奔命。如遇到战乱年代其劳累艰苦就更加厉害了。

[6] 尽鞍甲：尽于鞍甲。鞍甲：鞍马、铠甲，指征战。历凉温：经历了无数寒暑。凉温：寒暑变化，指年月。这二句是说，肌力在鞍马、铠甲之间消耗尽了，思乡的感情也经历了无数次的寒暑变化。

[7] 下世：去世，死去。

[8] 部曲：本是汉代军队的编制名称。大将军领五部，部下有曲。这里是泛指将军的部下。罕存：活着的很少。

[9] 孤绩：独有的功绩。这二句是说，这时候的情况已经不同了，还有谁来评论我特有的功绩呢？

[10] 穷老：孤独贫困的晚年。

[11] 腰镰：腰间带着镰刀。刈：割。葵藿：泛指豆类植物。葵：一种蔬菜。藿：豆叶。

[12] 豘：同"豚"，小猪。

[13] 韝：皮革制的臂衣，打猎时套在臂上以擎猎鹰。槛：圈野兽的栅栏。这二句是说，自己过去像立在韝上的猎鹰，今天像圈在槛中的猿猴，以比喻过去的英勇善战，今天的潦倒不得志。

[14] 结：聚集。千载恨、百年怨：千百年来人们所没有过的怨恨。负：承担。这二句是说，虽然自己怀有很深的怨恨，但却没有人理解。

[15] 弃席：被抛弃的席蓐。这用的是晋文公故事。《韩非子·外储说左上》记载：晋文公在外流浪了二十年，当他回到晋国为君时，走在黄河边上，下命令要把旧的器皿和卧席都扔掉，让那些手足长了茧子、

脸色发黑的人走在最后。他的功臣咎犯劝谏他说：席蓐等是有用的东西，不应扔掉，手足胼胝、面目黧黑的是有功的人，不应当遗弃他们。于是晋文公便收回了成命。幄：用木架成的帐幕。这句是以弃席自喻，意思是说，虽然君主遗弃了我，但我却仍思念着朝廷。

[16] 疲马：疲病的老马。这用的是田子方的故事。《韩诗外传》记载：魏田子方出门看见一匹被弃的老马，问知是因为疲病而不被用的，他说：老马少壮时尽了力，老了就不用它，这不是仁人所干的事。轩：古时大夫以上所乘的一种车。这句也是自喻，是说自己像被弃的驾车老马一样，还在留恋君主的车子。

[17] 晋主：指晋文公。惠：恩惠。田子：田子方。魂：古时与"云"通。云：说。这二句紧接上二句，是说希望君主能像晋文公所做的和田子方所说的那样，不弃旧物，不亏待昔日有功之人。

✤ 评析

这也是一篇拟乐府。《东武吟》属古乐府"楚调曲"。东武，是泰山下的小山名，在今山东省泰安市。

整首诗都是假托一个汉代有军功的人的口吻，叙述自己一生奋战的经历，和老年被弃回家的不平，并表达了他对君主的眷恋，希望君主赐恩，不弃置有功之人。宋文帝在位期间，讨伐北魏曾多次失败，对其将领檀道济等也有牵制和排挤的做法，所以这首诗可能是为讽谏当时的君主而作。

这首诗的思想内容和写法，对杜甫《出塞》诗的创作有很大的影响。

代出自蓟北门行

羽檄起边亭，烽火入咸阳[1]。
征骑屯广武，分兵救朔方[2]。
严秋筋竿劲[3]，虏阵精且强[4]。

天子按剑怒，使者遥相望[5]。
雁行缘石径，鱼贯度飞梁[6]。
箫鼓流汉思[7]，旌甲被胡霜[8]。
疾风冲塞起，沙砾自飘扬。
马毛缩如猬，角弓不可张[9]。
时危见臣节[10]，世乱识忠良。
投躯报明主，身死为国殇[11]。

✤注释

[1] 羽檄：古代的一种紧急军事公文。古时军中用长一尺二寸的木简写上公文，用以征召。如特别紧急，就插上鸟羽，以示疾速。边亭：边境上亭堠，即为守望敌人而设立的哨所。烽火：古时边防告警用的烟火。咸阳：本是秦都城，后人用以泛指国家的首都。这两句是说，告警的文书从边亭发出，战争的消息传到了都城。

[2] 骑：骑兵。广武：县名，在今山西省代县。朔方：郡名，相当今内蒙古自治区黄河以南地区。这两句是说，朝廷召集骑兵驻扎在广武，又分出兵力去救援朔方。

[3] 筋竿：弓弦和箭竿，指弓箭。这句是说，秋季天气寒冷干燥，弓箭有力。

[4] 虏阵：敌人的队伍。

[5] 使者：天子派出的使臣。这句是说，传达天子命令的使臣一个紧接着一个。

[6] 雁行：大雁飞行时排成的整齐行列。缘：沿着。鱼贯：鱼群在水中游时前后相连的样子。飞梁：高架在河上面的桥梁。这两句是说，汉军排着整齐的队伍沿着石路前进，又连续不断地相随着跨过了桥梁。

[7] 汉思：指汉人的思想感情。这句是说，箫鼓军乐声中传达出了汉人的思想感情。

[8] 旌甲：旌旗和铠甲。被：覆盖。这句是说，旌旗和铠甲上都盖满了胡地的寒霜。

[9] 角弓：用兽角装饰的弓。张：拉开。

[10] 节：节操。这两句是说，在国势危急时才能显示出军士的坚贞节操，在社会动乱时才能看到军士的爱国忠心。

[11] 投躯：舍身。国殇：为国家牺牲。屈原的《九歌·国殇》歌颂了勇敢战斗、壮烈牺牲的将士，后来就称为国牺牲的英雄为国殇。

✤评析

《出自蓟北门行》属汉乐府《杂曲歌辞》。蓟，古燕国都城，即今北京。《代出自蓟北门行》这一篇拟乐府，是写北方发生边警后，朝廷派出军队去抵御敌人的进军过程，反映了战士们行军的艰苦，表现了一种为保卫国家不惜献出生命的爱国精神。诗的格调雄浑悲壮。写寒风严霜中行军，写沙砾飘扬、马毛卷缩，都很形象生动。

代结客少年场行

骢马金络头，锦带佩吴钩[1]。
失意杯酒间，白刃起相雠[2]。
追兵一旦至[3]，负剑远行游。
去乡三十载，复得还旧丘[4]。
升高临四关[5]，表里望皇州[6]。
九涂平若水[7]，双阙似云浮[8]。
扶宫罗将相，夹道列王侯[9]。
日中市朝满[10]，车马若川流。
击钟陈鼎食[11]，方驾自相求[12]。
今我独何为，坎壈怀百忧[13]。

✤注释

[1] 骢马：青白杂毛的马。络头：马羁，笼头。吴钩：吴地所产的一种宝

刀，似剑而曲。这二句是写少年骑着配有金笼头的马，锦带上佩着吴钩。

[2] 失意：不遂心。相雠：互相结为仇敌。雠：同“仇”。这二句是说，在酒席之间稍不遂心就持刃格斗，互相结成仇敌。

[3] 追兵：追捕少年的官兵。

[4] 旧丘：老家。丘：古时田里的划分单位，“四井为邑，四邑为丘”。

[5] 升高：登高。临：从高处往下看。四关：四个关口。据说洛阳有四关，东为成皋，南伊阙，北孟津，西函谷。

[6] 表里：内外。皇州：京城。

[7] 九涂：指京城内的交通要道。涂：道路。古时京城制度，纵横大道皆九条，所以称九涂。这句是说，京城的纵横大路极其平坦。

[8] 双阙：宫门外的两个楼观。古时在宫门外建二台，上面修成楼观，中留空阙作为过道，所以叫作阙。双阙，在这里是指宫殿。这句是说，宫殿高得和天空的云彩一样。

[9] 扶宫：夹宫。扶：沿、循。罗：罗列。这二句是说，在宫阙和大道两旁都是一座座王侯将相的住宅。

[10] 日中：中午。市朝满：市中聚满了人群，以喻京城中追求利禄的人很多。

[11] 钟：古时的一种打击乐器。鼎：古时烹煮用的器物，一种金属制成的三足两耳的锅。这句是说，那些贵族官僚们击钟列鼎而食，非常豪奢。

[12] 方驾：并车而行。自相求：互相追求。这句是说，那些贵族官僚们车马拥挤地忙着去互相逢迎干求。

[13] 坎壈：同“坎廪”，穷困不遇的样子。

✣ 评 析

《结客少年场行》属乐府“杂曲歌辞”。郭茂倩《乐府诗集》说：“按‘结客少年场’言少年时结任侠之客，为游乐之场，终而无成，故作此曲也。”

鲍照这首拟乐府是描写一个尚武任侠的少年，因持刃格斗被朝廷追捕而逃到他乡。三十年后，他一无所成地又回到京城。

他看到壮丽的宫殿和平坦的大道旁王侯将相的宅院很多。对于这些人的奢侈豪华生活和互相攀附的作风，他极为不满，并流露了自己坎坷不遇的牢骚。

这首诗的后半部主要是摹拟《古诗十九首》的“青青陵上柏”。

梅花落

中庭多杂树[1]，偏为梅咨嗟[2]。“问君何独然？”[3]
“念其霜中能作花，露中能作实[4]。
摇荡春风媚春日，念尔零落逐寒风，
徒有霜华无霜质[5]！”

✤注释

[1] 中庭：庭院中。

[2] 咨嗟：赞叹声。

[3] 君：指“偏为梅咨嗟”的诗人。这句是假托杂树的问话：你为什么单单赞赏梅花？

[4] 其：指梅。作花：开花。作实：结实。以下是诗人的回答。这二句是说，梅花能在霜中开花，露中结实，不畏严寒。

[5] 尔：指杂树。霜华：霜中的花。华：同“花”。这三句是说，杂树只能在春风中摇曳，在春日下盛开，有的虽然也能在霜中开花，却又随寒风零落而没有耐寒的品质。

✤评析

《梅花落》属汉乐府“横吹曲”。郭茂倩《乐府诗集》说：“《梅花落》本笛中曲也。”《乐府解题》说，汉“横吹曲”共二十八解，李延年造。魏晋以后唯传十八曲。《梅花落》即其一。

本诗主要是托讽之辞。作者以庭中杂树象征一般无节操的士大夫，通过对耐寒梅花的赞美，批判了他们的软弱、动摇。诗中写诗人和杂树的对话，富有寓言色彩。

拟行路难（十八首选四）

奉君金卮之美酒[1]，玳瑁玉匣之雕琴[2]，
七彩芙蓉之羽帐[3]，九华蒲萄之锦衾[4]。
红颜零落岁将暮，寒光宛转时欲沉[5]。
愿君裁悲且减思，听我抵节行路吟[6]。
不见柏梁铜雀上，宁闻古时清吹音[7]？

✤注释

[1] 奉：奉送、献给。卮：古代盛酒的器皿。一本作“卮”。这句是说，把用金杯盛着的美酒献给你。

[2] 玳瑁：一种和龟相似的海中爬行动物，其甲壳黄褐色，有光泽，可用做装饰品。

[3] 七彩芙蓉：多种颜色的芙蓉花图案。羽帐：用翠鸟的羽毛装饰的帐子。

[4] 九华蒲萄：以许多蒲萄组成花纹的图案。蒲萄，即葡萄。锦衾：用锦做成的被子。以上四句是写赠送给人的四件解忧之物。

[5] 红颜零落：容颜变得衰老。寒光：寒日的光辉。宛转：转移。时欲沉：时将晚。这二句是说，人已容颜衰败，年岁将老，正如月光转移，夜将深沉一样。

[6] 裁悲：制止悲伤。裁：免除。减思：减少愁思。思：忧愁。抵节：击节。抵：侧击。节：乐器名，又叫“拊”。行路吟：指《行路难》诗。这二句是说，希望你克制住你的悲愁，听我拊打着拍子来唱《行路难》。

[7] 柏梁：台名，汉武帝元鼎二年（前 115）建，在长安。铜雀：台名，曹操于建安十五年（210）建，在邺城（今河南省临漳县）西北。柏梁台和铜雀台都是歌咏宴游的场所。宁：岂、何。清吹：悠扬的管乐。这二句是说，如今在柏梁和铜雀台上，哪还能听到古时悠扬的乐声呢。

✤评析

《行路难》属乐府《杂曲歌辞》，本是汉代旧曲，晋人袁山松曾改其音调，制成新词。现在汉和晋的歌辞都不传。据郭茂倩引《乐府解题》说："《行路难》备言世路艰难及离别悲伤之意，多以'君不见'为首。"《拟行路难》是鲍照根据乐府古题创作的。诗共十八首（或作十九首），并不是同一个时期的作品。主要内容是表达对封建门阀统治的愤慨不平，和离别相思、宦途失意的感情。这里所选的是第一首。

这首诗主要是感叹时光易逝，年华易老，想要排除一切忧愁，及时行乐，思想比较消极。诗人通过赠送可以解忧的美酒、雕琴来劝人解忧，通篇不说自己，实际上是在借劝慰别人的话充分地表达自己的内心情感。词藻丰富华丽，音韵优美和谐，艺术上很有特色。

其　二

璇闺玉墀上椒阁[1]，文窗绣户垂绮幕[2]。
中有一人字金兰，被服纤罗蕴芳藿[3]。
春燕差池风散梅[4]，开帏对景弄春爵[5]。
含歌揽涕恒抱愁，人生几时得为乐[6]？
宁作野中之双凫，不愿云间之别鹤[7]。

✤注释

[1] 璇闺玉墀：用美玉建筑的闺房和台阶。璇：美玉。墀：台阶上的空地。椒阁：即椒房。汉代后妃贵妇的住处用椒末和泥涂壁，取其芳香温暖，叫做椒房。

[2] 文窗绣户：装饰着花纹的窗户。绮幕：用绮罗做的帏幕。

[3] 纤罗：细罗。蕴：积聚。藿：藿香，一种香草。这句是说，金兰穿着的细罗衣服充满藿香的芬芳。

[4] 差池：一本作“参差”，不齐。这里是说，燕子飞时尾翼张舒的样子。风散梅：风吹落了梅花。

[5] 开帏：掀开帏幕。景：指日光。爵：古代的一种酒器。这句是说，掀开帏幕对着大好春光饮酒自遣。

[6] 含歌：歌声含而不发。揽涕：收泪。这二句是说，人生哪有快乐的时候呢？就是忍住悲歌、止住眼泪也还是悲愁不已。

[7] 凫：野鸭子，是鸟中之低贱者。别鹤：失掉配偶的鹤，古时鹤是一种高贵的鸟。这二句是说，宁肯在一起受贫穷，也不愿富贵而孤独。

✤评析

这是《拟行路难》原诗的第三首。诗的内容，据余冠英《汉魏六朝诗选》说：“诗中所咏的女子似是小家碧玉，嫁在富贵人家，但不忘旧日的情人。‘云间’、‘野中’和‘别鹤’、‘双凫’的比较，就是今和昔的比较。《古诗·西北有高楼》所写楼上弦歌的女子，有人猜测就是梁冀西第中的婢妾，这诗椒阁上的金兰，大约也是同样遭遇的人。《宋书》说南郡王义宣后房千余，和汉时梁冀正不相上下。当时被豪贵之家当笼鸟养着的女子正不知有多少。这诗如非别有寄托，很可能就是为这类的女子诉苦。”

这首诗用住处、衣着的华丽和自然景物的优美，反衬女子内心的痛苦、遭遇的不幸。最后以“双凫”、“别鹤”为喻，形象生动地表达了对爱情生活的向往。

其　三

泻水置平地[1]，各自东西南北流。
人生亦有命，安能行叹复坐愁！
酌酒以自宽，举杯断绝歌路难[2]。
心非木石岂无感？吞声踯躅不敢言[3]！

✤注释

[1] 泻：倾，倒。

[2] 断绝：停止。这句是说，因要饮酒而中断了《行路难》的歌唱。

[3] 踯躅：徘徊不进。

✤评析

这首诗是原诗的第四首。诗人以往平地上倒水，水向不同方向流散，来比喻人生贵贱穷达的不齐。诗中充满了一种不敢申诉的内心痛苦，欲以"人生有命，富贵在天"的道理自宽，又以饮酒高歌自遣，却都不能排除自己的愁苦。诗的具体所指不清楚，余冠英说："从'吞声'、'踯躅'、'不敢'见出所忧不是细微的事。"

其　四

对案不能食[1]，拔剑击柱长叹息。丈夫生世会几时[2]，安能蹀躞垂羽翼[3]？弃置罢官去，还家自休息。朝出与亲辞，暮还在亲侧。弄儿床前戏[4]，看妇机中织。自古圣贤尽贫贱，何况我辈孤且直[5]！

✤注释

[1] 案：一种放食器的小几。又，案，即古"椀"(碗)字。

[2] 会：能。这句是说，一个人生在世上能有多久呢？

[3] 安能：怎能。蹀躞：小步行走的样子。这句是说，怎么能裹足不前，垂翼不飞呢。

[4] 弄儿：逗小孩。戏：玩耍。

[5] 孤且直：孤高并且耿直。这二句是说，自古以来圣人贤者都贫困不得意，何况像我们这样孤高而耿直的人呢！

✤评析

这首诗是《拟行路难》的第六首。主要是抒发诗人在门阀制度的压抑下，有志不能遂的愤慨，突出地表现了诗人耿直倔强的性格。在艺术上淋漓豪迈，正像刘熙载所说的，是"慷慨任气，磊落使才"(《艺概》)之作。而"弄儿床前戏，看妇机中织"的描写，则自然朴素，富有生活气息。

赠故人马子乔(六首选二)

寒灰灭更然[1]，夕华晨更鲜[2]。
春冰虽暂解[3]，冬冰复还坚。
佳人舍我去，赏爱长绝缘[4]。
欢至不留日，感物辄伤年[5]。

✤注释

[1] 更：再，有愈甚的意思。然：同"燃"。

[2] 华：同"花"。鲜：开得鲜艳。

[3] 解：融化。

[4] 赏爱：赏识、爱慕，指二人之间的友好关系。这二句是说，朋友离我而去，以后再没有机会友好共处了。

[5] 欢至：即至欢，非常快乐的日子。这两句是说，过去那种欢快的日子不能长留，如今看到景物的变化就引起对于时光流逝的感伤。

✤评析

《赠故人马子乔》诗共六首，这里选的是第二首。马子乔，事迹不详。

这首诗主要表达对远别的朋友的怀念。诗人用寒灰复燃、夕花再开、冰到了冬天又重结这些常见的自然现象，来反衬和朋友分手后不能重聚的可悲，构思比较新颖、巧妙。

其　二

双剑将离别，先在匣中鸣。
烟雨交将夕[1]，从此遂分形。
雌沉吴江里[2]，雄飞入楚城[3]。
吴江深无底，楚关有崇扃[4]。
一为天地别，岂直限幽明[5]。
神物中不隔，千祀倘还并[6]。

✤注释

[1] 烟雨交将夕：烟雨交加的黄昏。

[2] 吴江：即赣江。

[3] 楚城：泛指楚地的城。

[4] 崇扃：高大的门户。崇：高。扃：本是外面的门环，这里指门。

[5] 岂直：岂但，岂只。限：阻隔。幽明：过去迷信的说法是指冥间与阳世，这里指暗处和明处。这二句是形容距离的遥远，说这一分别不只有阴阳之阻，而且是天地之隔。

[6] 神物：神奇之物。千祀：千年。倘：倘或，可能。这二句是说，神奇之物是不会长久离散的，可能以后还会聚首。

✤评析

这首诗是《赠故人马子乔》的第六首。主要是思念远别的故人和希望重新聚首。

整首诗都是以双剑的离合作比喻。关于双剑的故事见于《晋书·张华传》，据说豫章（今江西省南昌市）人雷焕精通“纬象”，他看到斗牛之间常有紫气，断定是宝剑之精，上彻于天。于是张华就让他去当了丰城（今江西省丰城市）令。他到县后，让人深掘地下四丈余，得到一个石匣，内有双剑，一曰龙泉，一曰太阿。雷焕自己留下一剑，把另一剑送给了张华。后来张华被杀，那剑就不知去向了。雷焕死后，其子雷华带剑行经延平津，剑忽然从腰间跳出，堕入水中。雷华让人到水中去寻，不见剑只见有两条长数丈的大龙在水底。鲍照就是用这个故事，把自己和故人比成双剑，说虽然现在分开，但最后还可能重逢。

赠傅都曹别

轻鸿戏江潭[1]，孤雁集洲沚[2]。
邂逅两相亲，缘念共无已[3]。
风雨好东西，一隔顿万里[4]。
追忆栖宿时[5]，声容满心耳[6]。
落日川渚寒，愁云绕天起。
短翮不能翔，徘徊烟雾里[7]。

✤注释

[1] 轻鸿：轻捷善飞的鸿雁，这是比喻傅都曹，言其敏捷多能。潭：水崖。

[2] 孤雁：这是作者自喻，言其孤独寂寞。集：止，停留。沚：水中小洲。

[3] 邂逅：不期而遇。缘念：即友好情谊。佛教说遇而相契者为有缘法，相续之心念谓之念念。无已：无尽。这二句是说，二人偶然相遇之后，即互相亲近起来，彼此间情意深长，永不动摇。

[4] 好：喜好。顿：忽然，一下子。这句本于《尚书·洪范》“星有好风，星有好雨”，据说“箕星好风，毕星好雨”，“箕”是东方的木宿，“毕”是西方金宿。风雨好东西：即好风的箕在东，好雨的毕在西。这二句是比喻二人将和一东一西的箕与毕一样，一下子就要相隔万里。

[5] 栖宿时：指相聚时。凡鸟类宿于林叫栖，宿于水叫宿。

[6] 声容：声音和容貌。这句是说，时时想念着对方的声音、容貌。

[7] 短翮：短小无力的翅膀，这是作者自谦之辞。这二句是说，我要去追寻你，但却翮短力弱不能远翔，只能在烟雾之中徘徊而已。

✤评析

这是一首赠别诗。都曹，是都官尚书所领的曹官。傅都曹的名字和事迹不详。闻人倓《古诗选笺》说是傅亮。按，傅亮，字季友，官至散骑侍郎，不曾为都曹。且亮卒于元嘉三年，时作者才十三四岁，不应作此诗。

这首诗通篇以鸿雁为喻，主要表达对朋友的留恋与怀念之情。前四句追述以前的相遇和友好情谊；中四句叙述当前的分离和惜别之情；后四句预想离别后自己的孤单寂寞。层次非常齐整、清楚。

咏史

五都矜财雄[1]，三川养声利[2]。
百金不市死[3]，明经有高位[4]。
京城十二衢，飞甍各鳞次[5]。
仕子彯华缨[6]，游客竦轻辔[7]。
明星晨未晞，轩盖已云至[8]。
宾御纷飒沓[9]，鞍马光照地。
寒暑在一时[10]，繁华及春媚。
君平独寂寞，身世两相弃[11]。

✤注释

[1] 五都：西汉时以洛阳、邯郸、临淄、宛、成都为五都。矜：自夸。这句是说，五都的人以财产雄厚自尊自大。

[2] 三川：秦郡名，治荥阳（今河南省荥阳市西南），其地有河、洛、伊三水，所以称三川。养声利：追求名利。这句是说，三川的人好追逐名利。

[3] 不市死：不死于市中。古时判处斩刑要在市中行刑，所以叫市死。《史记·越王勾践世家》中有“千金之子，不死于市”的话。这句是说，有钱即可以做到杀人而不伏法。

[4] 明经：通经学。汉代以明经术者为博士官。高位：高官厚禄。这句是说，熟读经书就可以享有高官厚禄。

[5] 衢：大道。飞甍：高耸的屋脊。鳞次：像鱼鳞一样密布。这二句是说，京城里大路四通八达，高屋密布。

[6] 仕子：做官的人。彯：长带摆动的样子。华缨：华美的长缨。缨：一种彩线制的帽带。

[7] 竦：执。辔：辔头，御马索。轻辔：是指善跑的马。这句是说，游者骑着快马而来。

[8] 轩盖：带篷盖的车，达官贵人所乘。云至：云涌而来，极言其多。这二句是说，在晨星未稀的清早，官宦们的车子已云涌而来。

[9] 宾御：宾客和侍者。飒沓：众多的样子。

[10] 一时：一时间，霎时。这二句是说，寒暑的变化是很快的，所以如今的繁华兴盛、春光明媚也只是暂时的。

[11] 君平：汉代蜀人严遵，字君平。他在成都市中卖卜为生，每日得百钱则闭门下帘读《老子》，一生不求仕进。这二句是说，只有严君平不慕荣利，甘于寂寞，世不用他，他也不去求仕进。

✣ 评 析

这首诗名为咏史，实际上是反映现实。它写都市中聚满了靠明经而出仕、怀巨金而来游的仕子游客，揭露了他们的矜财逐利、奢靡豪华，又赞扬了安贫乐道的严君平，从而表达了诗人对于达官贵人的憎恶和自己高洁耿介的性格。

诗的前面极力铺叙渲染京城的豪侈，只有最后二句才写到君平的寂寞，使两种处境形成了鲜明对比。这首诗上承左思，下启陈子昂、李白，在文学史上很值得重视。

发后渚

江上气早寒，仲秋始霜雪[1]。
从军乏衣粮，方冬与家别[2]。

萧条背乡心，凄怆清渚发[3]。
凉埃晦平皋，飞潮隐修樾[4]。
孤光独徘徊，空烟视升灭[5]。
途随前峰远，意逐后云结[6]。
华志分驰年[7]，韶颜惨惊节[8]。
推琴三起叹，声为君断绝[9]。

✤注释

[1] 始：初。

[2] 方：将。

[3] 背：离开。这二句是说，怀着离乡背井的凄惨悲怆心情从后渚出发。

[4] 凉埃：尘埃。皋：水边的高地。飞潮：飞卷的浪潮，可能是比喻飞扬的尘土。修樾：高树交成的树荫。这二句是说，路上的尘埃把前方的平皋都遮得昏暗了，滚滚的江涛遮断了远处的高树。

[5] 孤光：指日光。空烟：江面上空的雾气。这二句是说，白日孤悬，江上的烟雾远远望去时升时灭。

[6] 结：聚集。这二句是说，往前看，看到前面的山峰，就更感到路途遥远；往后看，看见后边的浓云，又更增加了离乡之情。

[7] 华志：美好的志愿。分：分散、消失。这句是说，美好的志愿在终年的奔驰中消失了。

[8] 韶颜：美好的容颜。节：节序。这句是说，美好的容颜因惊叹节序的变化而变得暗淡凄惨。

[9] 三起叹：反复叹息。三，言其多。君：黄节说是作者自指。这二句是说，因为想到自己的遭遇而停止弹琴，连声叹息。

✤评析

这首诗是写在秋末冬初离家从军远行，自后渚出发后的情况。后渚，在建业（今江苏省南京市）城外江上。诗人通过对一路所见自然景物的描写，抒发了自己留恋家乡和倦于行役的心情。诗中那种荒寒的自然景物和人的愁惨情绪结合得极其自然。

拟 古（八首选三）

十五讽诗书，篇翰靡不通[1]。
弱冠参多士[2]，飞步游秦宫[3]。
侧睹君子论，预见古人风[4]。
两说穷舌端，五车摧笔锋[5]。
羞当白璧贶，耻受聊城功[6]。
晚节从世务[7]，乘障远和戎[8]。
解佩袭犀渠[9]，卷帙奉卢弓[10]。
始愿力不及，安知今所终[11]！

注 释

[1] 讽：背诵。诗书：《诗经》和《尚书》等。翰：笔。这里是泛指各种文章。靡：无。这二句是说，十五岁时即会背诵《诗》、《书》，精通文辞。

[2] 弱冠：古时男子二十岁成人而行冠礼，年刚二十称为弱冠。参：参谒。多士：指众多的达官显宦。

[3] 飞步：迈着轻快矫健的步伐。秦宫：秦都咸阳的宫殿，这里泛指京城。

[4] 侧睹：从旁边看到，这是自谦之辞。君子论：指有道德、有学问的人的论著。预见：随同他人一道看见。预：同“与”，也是自谦之辞。古人风：像古代人那样的品格、风度。这二句是说，自己有机会读到了君子的论著，学得了古人那样的道德修养。

[5] 两说：两次劝说。这是用《史记·鲁仲连邹阳列传》所载鲁仲连说新垣衍和下聊城的故事。一次是鲁仲连来到赵国，得知魏王使新垣衍说赵尊秦昭王为帝，他就去责问新垣衍，使得新垣衍闭口不敢再言帝秦之事。另一次是燕人攻占了聊城，齐田单反攻聊城数年不下。鲁仲连就写了封书信用箭射入城中，信里分析了燕将的处境，那燕将得书后就自杀了，于是齐复得聊城。穷舌端：使善辩论的人无言答对。舌端：舌尖，指辩才。本《韩诗外传》：“避文士之笔端，避武士之锋端，避辩士之舌端。”五车：形容书多，可装满五车。笔锋：笔尖，指文才。

这二句是说，其辩才有如鲁仲连，可以使对方理屈词穷；其学识极渊博，可以摧折文士们的笔锋。

[6] 白璧贶：以白璧相赠。贶：赠送。这用的是庄子或虞卿的故事。据《韩诗外传》记载：楚襄王曾派人以黄金千斤、白璧百双去聘请庄子为相。《史记·平原君虞卿列传》记载：赵孝成王一见虞卿即以黄金百镒、白璧一双相赐。聊城功：指鲁仲连助齐下聊城后，齐欲赐给他官爵，他不受而去。这二句是写功成不受赏，不肯收白璧之赠，又耻于接受官爵。

[7] 晚节：晚年。从：从事。世务：指治国为政。

[8] 乘障：守御边疆。乘：守。障：边塞地带防御敌人入侵的障堡。和戎：原意是出任使臣，和当时边疆少数民族政权去修订盟好。这里是指以武力征服。

[9] 解佩：解下玉佩。佩：古代文官和文士们结在衣带上的饰物。袭：穿。犀渠：兽名，犀牛之属。这里是指犀甲，古时甲胄多用犀皮制成。这句是说，弃文从武，脱下文士的服饰，穿上了武将的甲胄。

[10] 卷帙：书函，或盛书卷的布囊。古代书为卷轴，盛在布囊之中。奉：承。卢弓：黑色的弓，古代诸侯立大功者天子赐以卢弓、卢矢。这句是说，把盛书卷的帙也用来装卢弓了。

[11] 始愿：最初的志愿。这二句是说，自己没有力量实现初愿，只得弃文从武，而从武的结果如何，现在却不得而知。

✣ 评析

摹拟古人的作品叫拟古。鲍照的《拟古》诗共八首，这里选的是第二首。这首诗主要是仿效阮籍的《咏怀》（“昔时十四五”）和左思的《咏史》（“弱冠弄柔翰”）。

诗的中心思想是叙述个人的志愿和夙愿不遂的慨叹。前半部写自己的才能和理想；少年时熟读诗、书，能写文章，结识显贵，漫游京城。不但看过很多名人论著，具有很高的道德修养，而且还善于论辩，知识渊博。他希望建功立业，然后像庄子、鲁仲连那样不受财货、官爵。后半部写到了晚年不得已而弃文从武，感伤自己早年志愿的不得实现，又忧虑今后的命运。看来诗人是对当时重武轻文的风气有所批判，流露了一种对个人遭遇不满的情绪。

其　二

幽并重骑射[1]，少年好驰逐。
毡带佩双鞬，象弧插雕服[2]。
兽肥春草短，飞鞚越平陆[3]。
朝游雁门上，暮还楼烦宿[4]。
石梁有余劲[5]，惊雀无全目[6]。
汉虏方未和，边城屡翻覆[7]。
留我一白羽，将以分虎竹[8]。

✣ 注释

[1] 幽并：古二州名。幽州，在今河北省北部；并州，在今山西省及陕西省北部。幽并之地自古以出勇侠人物闻名。

[2] 鞬：弓袋。雕服：雕绘的箭囊。象弧：用象牙装饰的弓。这二句是写少年的装备：毡带上系着双鞬，象弧插在鞬中，雕服里插着箭。

[3] 飞鞚：飞马奔驰。鞚：马勒，这里代马。平陆：平原。

[4] 雁门：雁门山，在今山西省代市西北。楼烦：县名，汉属雁门郡，在今山西省原平市东北。二地在当时是边疆要塞。

[5] 石梁：石堰或石桥。《文选》李善注中引《阚子》记载：宋景公让工人制成一个弓，他登上虎圈之台，引弓向东面射去，箭越过西霜之山，直到彭城之东，余力很大，一下子竟射进石梁里面。这句即用此典故，说箭射入石梁犹有余劲，形容少年膂力之大，弓矢之利。

[6] 全目：完整的眼睛。《文选》李善注中引《帝王世纪》记载：帝羿有穷氏善射，一次与吴贺出游，贺使羿射雀的左目，羿拉弓一射误中右目，感到很羞愧。这句即用此典故，说少年要射飞鸟的眼睛就必然射中，这

是形容其射术之精。

[7] 翻覆：即反复。说汉虏时战时和，反复无常。

[8] 白羽：箭名。虎竹：铜虎符和竹使符，都是汉代国家发兵遣使的凭信，符分二半，朝廷留右符，郡守或主将携左符。这二句是说，少年表示要留一白羽箭，以便将来分符守郡为国立功。

✤评析

本篇是《拟古》诗的第三首。在内容上受曹植《白马篇》的影响，主要是通过对幽并少年驰骋捷疾、技艺精妙的描写，及对其爱国精神的赞颂，表达了诗人希望为国立功的政治理想。

诗中善用典故，如"石梁"、"惊雀"二句，利用古人古事生动形象地表现了射者膂力之大和技术之精。陈祚明说"如此使事，是以我运古者"(《采菽堂古诗选》)，正是肯定了诗人能用典故为自己的抒情达意服务。

其　三

束薪幽篁里[1]，刈黍寒涧阴[2]。
朔风伤我肌[3]，号鸟惊思心[4]。
岁暮井赋讫，程课相追寻[5]。
田租送函谷[6]，兽藁输上林[7]。
河渭冰未开，关陇雪正深[8]。
笞击官有罚，呵辱吏见侵[9]。
不谓乘轩意，伏枥还至今[10]。

✤注释

[1] 薪：柴。幽篁：幽暗的竹林。这句是说，在竹林里把砍得的柴禾捆起来。

[2] 刈：割。寒涧阴：阴冷的山涧下。

[3] 朔风：北风。

[4] 号鸟：悲鸣的鸟。思心：忧愁的心。

[5] 井赋：田赋地租。讫：完毕。程课：定期的捐税。这两句是说，到年底刚刚交完田租，而各种定期的捐税又紧接着来了。

[6] 函谷：关名，秦时函谷关在今河南省灵宝市，汉代迁至新安市。这里是用函谷关内的西京长安泛指国家的都城。这句是说，田租要送到函谷关内的都城。

[7] 兽藁：喂兽用的禾秆。输：输送。上林：苑名，本秦置，汉代又加增广，其中养有禽兽，是皇帝射猎游乐的场所。故址在今陕西省西安市长安区西。

[8] 河渭：黄河和渭水。关陇：函谷关和陇山一带。这二句是说，人们是在河渭结着寒冰，关陇积着厚雪的情况下从远处去送田租和兽藁的。

[9] 笞击：毒打。呵辱：呵斥辱骂。侵：欺凌。这二句是说，还受官吏的毒打处罚和辱骂欺侮。

[10] 不谓：不料，不意。乘轩意：指做官当权的愿望。轩，古时大夫以上所乘的车。伏枥：伏卧在槽枥之间。枥：养马的地方。曹操《步出夏门行·龟虽寿》："老骥伏枥，志在千里"，是说英雄暮年还有雄心壮志。这二句是说，本来希望仕途得意，不料却直到现在还壮志未遂。

✤ 评析

这是《拟古》诗的第六首。

这首诗主要写自己贫困辛劳的生活和壮志不酬的感慨。由于诗人出身低微，早年也有过"垦畛剿芿，牧鸡圈豕，以给征赋"（《侍郎报满辞阁疏》）的经历，所以能够通过亲身的感受，在诗中揭露统治阶级对劳动人民的残酷剥削与压迫。这是诗人有意摹仿汉魏古诗之作，所以诗风比较古朴。

玩月城西门廨中

始见西南楼，纤纤如玉钩[1]。
末映东北墀，娟娟似蛾眉[2]。

蛾眉蔽珠栊，玉钩隔琐窗[3]。
三五二八时，千里与君同[4]。
夜移衡汉落，徘徊入户中[5]。
归华先委露，别叶早辞风[6]。
客游厌苦辛，仕子倦飘尘[7]。
休澣自公日，宴慰及私辰[8]。
蜀琴抽白雪，郢曲发阳春[9]。
肴干酒未阕[10]，金壶启夕沦[11]。
回轩驻轻盖，留酌待情人[12]。

✤注 释

[1] 纤纤：细小的样子。这二句是说，纤纤如玉钩一样的月牙，开始出现在西南楼上。

[2] 墀：指台阶。娟娟：美好的样子。蛾眉：古时称美女弯曲的眉毛。这二句是说，那弯如蛾眉的新月又照射在东北面的台阶上。

[3] 珠栊：以珠子装饰的窗户。琐窗：带有连琐花纹的窗户。这二句是说，像蛾眉、玉钩一样的新月照射在有珠饰和带琐文的窗户上面。新月之光微弱，所以为帘栊所遮。

[4] 三五：夏历十五日。二八：夏历十六日。这二句是说，十五、十六月亮正圆时，我们共赏普照千里的明月。满月光强，所以照耀千里。

[5] 衡：玉衡，北斗的中星。汉：天汉，俗称天河。这句是说，夜深了，玉衡和天汉都已沉没，月光慢慢地照进屋里。

[6] 归华：落花。花生于土中，又落入土中，所以叫归。委露：被露打坏。委：弃。别叶：离枝的树叶。这二句是说，花过早地被露打落，叶过早地被风吹掉。

[7] 飘尘：如尘埃之飘飖。

[8] 休澣：休息、洗沐，亦称休沐，即官吏的定期休假日。澣：同“浣”，洗濯。自公：从公务中退出。这里用的是《诗经·羔羊》中“退食自公”的话。宴慰：安居。宴和慰都是安的意思。私辰：指个人的休假日。

这二句是说，利用公务繁忙之后的休假日来安静地休息。

[9] 蜀琴：蜀地的琴。汉代蜀人司马相如善弹琴，故称。郢曲：楚地的歌曲。郢：春秋时楚的都城。宋玉《对楚王问》中说，郢地有一个善歌的人唱阳春白雪，国中能和者只有数十人。白雪阳春：古曲名，一种高妙的歌曲。这二句是说，弹奏和歌唱阳春白雪的曲调。

[10] 肴：熟菜。阕：停止。这句是说，菜已吃完了，但喝酒还没停下。

[11] 金壶：即铜壶，又叫漏，古时的一种计时之器。启：踞，蹲。夕沦：夜漏已尽。沦：尽也。这句是说，上面蹲有金人的夜漏已尽。

[12] 回轩：回车。驻：停留。轻盖：一种有篷的轻车。这二句是说，临行又转回来，要留下和朋友继续喝酒。

✤ 评析

这首诗是鲍照为秣陵（今江苏省南京市江宁区）县令时所作。城西门，即秣陵县城的西门。廨，亦作“解”，官署。诗人记叙的是一个秋夜在城西门官署中赏月饮酒的事。诗的开头六句追述未望以前的初生之月，然后是写既望之后的满月。最后通过描写残花败叶、蜀琴郢曲，表达了一种对仕宦生活的厌倦情绪。

诗中描写月色比较细腻。玉钩、蛾眉，是写月的形象；始见西南，又照东北，是写月的升起。初月光犹未满，所以只射在珠栊、琐窗之上；十五、十六月圆光强，才能普照千里。

陆 凯

陆凯(生卒年不详),字智君,代(今河北省蔚县东)人。曾任正平太守,在郡七年,有良吏之称。

赠范晔诗

折花逢驿使[1],寄与陇头人[2]。
江南无所有,聊赠一枝春。

✤注 释

[1] 驿使:传递官府文书的人。

[2] 陇头:即陇山,在陕西省陇县西北。

✤评 析

范晔,字蔚宗,顺阳(今河南省淅川县)人。博涉经史,善属文,曾为尚书吏部郎,著有《后汉书》。

据《荆州记》记载:"陆凯与范晔交善,自江南寄梅花一枝,诣长安与晔,兼赠诗。"唐汝谔《古诗解》认为:"晔为江南人,陆凯代北人,当是范寄陆耳。"

这一首小诗表达了作者对故人的思念。写得极清新、自然,在当时颜、谢的"繁密"、"华艳"诗风笼罩下,它显得颇为突出。

谢　朓

谢朓（464—499），字玄晖，陈郡阳夏（今河南太康县附近）人。是南朝的世家豪门子弟。年少时就有文名，早年曾任过南齐豫章王的参军、随王的功曹、文学等职。后来曾掌管中书、诏诰，又曾出任宣城太守，所以又称他“谢宣城”。齐东昏侯永元元年（499），在统治阶级内部斗争中，因为他不肯依附萧遥光而被陷害，卒年三十六。

谢朓和沈约同时，诗也齐名。号称“永明体”。梁简文帝曾称赞他们两人的诗为“文章之冠冕，述作之楷模”（见《梁书·庾肩吾传》）。从谢朓现存的作品看，他的五言诗确实有新的特色，即：寄情山水，不杂玄言。虽然曾受谢灵运的影响，但内容的深刻和文采的清丽都超过谢灵运。严羽《沧浪诗话》说：“谢朓之诗已有全篇似唐人者。”这话说得不错。今天看来，他的诗对唐代诗人是有较大影响的。谢朓的赋也写得清丽，对后代也有影响。有《谢宣城集》。

晚登三山还望京邑

灞涘望长安[1]，河阳视京县[2]。
白日丽飞甍[3]，参差皆可见[4]。

余霞散成绮[5],澄江静如练[6]。
喧鸟覆春洲[7],杂英满芳甸[8]。
去矣方滞淫[9],怀哉罢欢宴[10]。
佳期怅何许[11],泪下如流霰[12]。
有情知望乡,谁能鬒不变[13]!

✤注释

[1] 灞涘:灞水岸。王粲《七哀诗》:"南登灞陵岸,回首望长安。"这句是借王粲望长安比喻自己望京邑。涘,水边。

[2] 河阳:县名,故城在今河南孟州市西。京县:指洛阳。潘岳《河阳县诗》:"引领望京室。"这句是借潘岳望洛阳比喻自己望京邑。

[3] 飞甍:飞耸的屋脊。

[4] 参差:高低不齐。这两句是说,日光照耀在高耸的屋脊上面,从三山远望,高高低低,都可看见。

[5] 绮:锦缎。

[6] 练:白绸。这两句是说,晚霞布满天空如同锦缎一般,澄清的江水静静地流着,就像白绸铺在地上。

[7] 覆:盖。

[8] 芳:花。甸:郊野。这两句是说,洲中有许多啼鸟,郊野满是落花。

[9] 方:将。滞淫:久留。王粲《七哀诗》:"荆蛮非我乡,何为久滞淫。"这句是说,我这次离乡远去,将要久留外地。

[10] 怀哉:想念啊。《诗经·王风·扬之水》:"怀哉怀哉,曷月予还归哉!"这句是说,我这次停止故乡的欢乐的游宴,真使人怀念哪!

[11] 佳期:指还乡邑之期。怅:惆怅。何许:几许,多少。

[12] 霰:雪粒。这两句是说,想到还乡之期,无限惆怅,眼泪便如霰雪一般地纷纷落下。

[13] 鬒:黑发。这两句是说,凡是有情之人无不望乡而悲痛,有谁能够不白了头发呢?

✤ 评析

这首诗可能是谢朓出任宣城太守，离开建业，路上经过三山时所作。诗中抒发了登山眺望时的思乡之情。三山，在今南京市西南长江南岸，上有三峰，南北相连。京邑，指建业（今南京市）。

暂使下都夜发新林至京邑赠西府同僚

大江流日夜[1]，客心悲未央[2]。
徒念关山近[3]，终知返路长[4]。
秋河曙耿耿[5]，寒渚夜苍苍[6]。
引领见京室[7]，宫雉正相望[8]。
金波丽鳷鹊[9]，玉绳低建章[10]。
驱车鼎门外[11]，思见昭丘阳[12]。
驰晖不可接[13]，何况隔两乡[14]。
风烟有鸟路[15]，江汉限无梁[16]。
常恐鹰隼击[17]，时菊委严霜[18]。
寄言罻罗者[19]，寥廓已高翔[20]。

✤ 注释

[1] 大江：指长江。流日夜：是说江流日夜不停。

[2] 未央：不已，不止。这两句是说，自己心中的悲愤像江水那样日夜奔流不止。

[3] 关山：这里指建业的关山，也就是指建业的城郊。

[4] 返路：指回荆州的路。这两句说，虽然距离建业很近了，但是重返荆州的路却很遥远了。

[5] 河：银河。耿耿：天微明的样子。

[6] 苍苍：深青色。这两句说，秋天的夜空已经出现微明的曙色，水边陆地还笼罩在苍茫的夜色之中。

[7] 引领：伸颈，即抬头远望。京室：指建业。

[8] 宫雉：宫墙。雉：雉堞，即城上的短墙。这两句是说，在天色微明中遥看建业，宫墙已经在望了。

[9] 金波：指月光。丽：附丽，这里有“照在……之上”的意思。鳷鹊：汉代观名，这里借指齐都建业的台观。

[10] 玉绳：星宿名。位于斗柄北边。建章：汉代宫名，这里也是借指建业的宫殿。这两句是说，月光正照耀着建业的台观，而玉绳星已经斜挂在建业宫殿旁边的天空了。

[11] 鼎门：指建业的南门。《文选》李善注引《帝王世纪》：“成王定鼎于郏鄏，其南门名定鼎门。”因此，后代就用“鼎门”称“南门”。

[12] 昭丘：楚昭王的墓，在荆州。昭丘阳：昭丘的南面，这里用以代指荆州。这两句是说，乘车赶到了建业城门，心中却怀念着荆州。

[13] 驰晖：指日光。接：迎。

[14] 两乡：指荆州和建业两地。这两句是说，自己到了建业之后，连昭丘的日光都看不到，何况相隔两乡的人呢？

[15] 这句是说，天空虽有风烟，仍有鸟道可以飞过。

[16] 这句是说，人间有江水汉水，却无桥梁可以通行。这是比喻自己不如飞鸟那样自由，无法回到荆州。

[17] 隼：鹰类，比喻凶险的人。

[18] 委：委弃于……。严霜：比喻迫害者。这两句是说，自己平时常怕谗人陷害、就像鸟怕鹰隼、菊怕严霜一样。

[19] 罻罗者：张设罗网捕鸟的人，比喻设计害人者，指王秀之。

[20] 寥廓：空阔、高远。这两句是说，自己已经远走高飞，可以避祸了。

✤ 评 析

这首诗是作者自荆州随王府返回建业的路上写的。谢朓当时任随王府的文学。随王萧子隆爱好辞赋，谢朓很受他赏识。但由于长史王秀之向齐武帝进了谗言，谢朓便被迫还都，因此谢朓的心情是很不愉快的。他虽还京邑，却不忘西府，于是写了这首诗赠给西府的同僚，表示留恋不舍的情意。其中“常恐鹰隼击，时菊委严霜，寄言罻罗者，寥廓已高翔”几句，抒发了对王秀之一流的愤慨情绪。“暂使下都”，大概是指短期奉命做荆州随王府的文学。“下都”，是指荆州，荆州是藩国的都城，所以称“下都”。新林，在今南京市西南。

王孙游

绿草蔓如丝[1]，杂树红英发[2]。
无论君不归[3]，君归芳已歇[4]。

✤注释

[1] 蔓：蔓延。

[2] 英：花。这两句是说，地上长满了如丝的绿草，树上开满了各样的红花，已是暮春时节了。

[3] 无论：莫说。

[4] 歇：尽。这两句是说，莫说你不回来，即使回来，春天也过去了。

✤评析

这首诗是写一个女子在春光明媚的季节思念离乡远行的男人，希望他早日回来，但实际上不可能回来。诗中“君归芳已歇”一语，充分流露了“美人迟暮”的感情。

之宣城郡出新林浦向板桥

江路西南永，归流东北骛[1]。
天际识归舟，云中辨江树[2]。
旅思倦摇摇，孤游昔已屡[3]。
既欢怀禄情，复协沧州趣[4]。
嚣尘自兹隔，赏心于此遇[5]。
虽无玄豹姿，终隐南山雾[6]。

注释

[1] 永：长。归流：指归海的江水。骛：奔驰。这两句是说，自己向西南去的江路是漫长的，而江水向东北奔驰则是很快的。言外之意是：江水能够顺流归海，而自己却离乡远行，不免感叹。

[2] 这两句是说，遥望远处，可以望见归来的船只，而自己离别的江树却已渺茫难辨了。

[3] 摇摇：指心情不定。这是用《诗经·王风·黍离》“行迈靡靡，中心摇摇”的意思。这两句是说，自己多次独自旅行，很有倦意了。

[4] 怀禄：贪图俸禄，指做官。协：适合。沧州：也作苍州，滨水的地方，古时指隐者的住处。这两句是说，(这次去宣城)既满足了贪恋做官的欲望，又符合隐居的兴趣。

[5] 嚣尘：指充满着嘈杂声音和污浊烟尘的人世。赏心：游赏的乐趣。这两句是说，从此以后就可以离开人烟扰攘的地方去过悠闲自得的生活了。

[6] 这里用的是《列女传》中的一个故事。故事中说南山有玄豹，遇到雾雨便一连七日都不出来，以避免受害。两句的意思是，我自己虽然没南山的玄豹那样的才智，善于避害，但也终于隐遁起来了。

评析

这是一首旅途抒怀的诗。可能是作者出任宣城太守时在路上所作。诗中表达了自己倦于行旅的感情，同时也表示愿意远离嚣尘的都城去过隐居的生活。最后流露出远害避祸的思想。宣城郡：在今安徽省宣城市。板桥：即板桥浦，在今南京市西南。《文选》李善注引《水经注》：“江水经三山，又湘浦(一作幽浦)出焉。水上南北结浮桥渡水，故曰板桥浦，江又北经新林浦。”

游东田

戚戚苦无悰，携手共行乐[1]。
寻云陟累榭，随山望菌阁[2]。
远树暧阡阡，生烟纷漠漠[3]。

鱼戏新荷动，鸟散余花落[4]。
不对芳春酒，还望青山郭[5]。

✤注释

[1] 戚戚：愁闷不能排解的样子。悰：乐。这两句是说，因为平日情绪不好，便（与人）携手同游，寻求乐趣。

[2] 陟：升高，攀登。累：重叠。榭：台榭。菌阁：檐似菌形的楼阁。这两句是说，随着山势，依着行云，登上重重的台榭，望见菌形的楼阁。

[3] 暧：昏暗的样子。阡阡：同“芊芊”，树木茂盛的样子。漠漠：密布的样子。这两句写登高一望，看到远处的树木在一片烟雾中非常密茂，但不很清晰。

[4] 这两句写近处的景物。水中有荷叶飘浮，游鱼戏弋其间；树上花在飘落，鸟儿飞散归巢去了。这时已是傍晚。

[5] 芳春酒：芳香的春酒，即美酒。这两句《文选》李善注说：“言野外昭旷，取乐非一，若不对兹春酒，还则望彼青山。”今按，这两句可能是写作者出游归来之后仍然留恋东田的景物，所以连春酒都不想喝，而依然遥望东田一带的青山。

✤评析

这是一首记游的诗。作者写他平日生活很不愉快，便和友人携手出游。看到水中的鱼戏荷动、林间的鸟散花落，很有兴致，心中的苦闷也就得到了暂时的排遣。东田，《文选》李善注说：“朓有庄在钟山，东游还作。”这首诗就是他去别墅游览回来之后作的。东田在钟山下面。

新亭渚别范零陵云

洞庭张乐地，潇湘帝子游[1]。
云去苍梧野，水还江汉流[2]。

停骖我怅望，辍棹子夷犹[3]。
广平听方藉，茂陵将见求[4]。
心事俱已矣，江上徒离忧[5]。

注 释

[1] 洞庭张乐：传说古时黄帝曾在洞庭演奏咸池之乐。潇湘帝子：传说帝尧的二女娥皇女英曾随舜前往南方，没有赶上而死于湘水。这两句是说，洞庭是古代帝王奏乐的地方，潇湘是娥皇女英曾游的地方，而范云赴零陵正要经过这里。

[2] 苍梧：山名，即九嶷山。传说舜南行死于苍梧之野。这两句是说，行云正在远去，江水却在归来。比喻作者与范云一去零陵，一在建业。

[3] 停骖：即停车。骖：古代四马驾车，两旁的马叫骖。夷犹：犹豫不前。这两句是说，自己送范云，车子停在江边，怅望不返；而范云也停船江上，不忍离别。

[4] 广平：指广平太守郑袤，晋朝人，曾做广平太守，有政绩，为百姓所爱。听方藉：声望将高起来。藉：甚、盛。茂陵：指司马相如。相传司马相如作《子虚赋》，汉武帝读了，大为赞赏，经杨得意推荐，遂被召见。这两句是说，范云本想能像郑袤那样有声望，自己也想像司马相如那样被赞赏。

[5] 心事：指上面所说的两人的愿望。离：同“罹”。遭受。这两句是说，两人的这种心愿都没有实现，因此，江上分手之际，只有忧愁而已。

评 析

这是一首送别的诗。范云当时去做零陵郡的内史，可能内心并不愉快，所以作者在这诗中写出两人临别之际的无限忧愁。本来范云希望能够受到国家的重用，谢朓自己也希望能够施展才能，但范云这时竟远去零陵，自己也因病而待在家里，两人的心事都不能实现，因此，江上送别，十分惆怅。新亭，在今南京市南。零陵郡治在今湖南省永州市。

同王主簿《有所思》

佳期期未归，望望下鸣机[1]。
徘徊东陌上，月出行人稀[2]。

✤ 注释

[1] 佳期：这里指行人的归期。期未归：期望而没有归来。望望：心中怨望。鸣机：织机。这两句是说，男人不回来，心里难过，织不下去，便走下了织机。

[2] 这两句是说，出门等待，在田间徘徊，一直等到月亮出来、行人稀少的时候。

✤ 评析

这是写一个妇女怀念行人的诗。写她走下织机，徘徊于东陌之上，直到月亮出来，天已很晚的时候，还在盼望行人回来。通过这样的行动，表达了她那急切期待的心情。同，这里是“和”的意思。王主簿，王融。

直中书省

紫殿肃阴阴，彤庭赫弘敞[1]。
风动万年枝，日华承露掌[2]。
玲珑结绮钱，深沉映朱网[3]。
红药当阶翻，苍苔依砌上[4]。
兹言翔凤池，鸣珮多清响[5]。
信美非吾室，中园思偃仰[6]。
朋情以郁陶，春物方骀荡[7]。
安得凌风翰，聊恣山泉赏[8]。

✤注释

[1] 紫殿:即皇宫。肃阴阴:肃静深沉的样子。彤庭:即宫庭。赫:明朗。弘敞:广大。这两句是说,中书省这个地方的殿宇宫庭既深沉静穆,又广阔明亮。

[2] 万年枝:即万年树,汉时上林苑中有"万年长生树",或即冬青树。华:照。承露掌:即承露盘,汉武帝时曾造柏梁铜柱承露盘仙人掌。这两句是说,(从宫庭向外望去,)可以看到风在吹动着万年树,太阳也正照耀着承露盘,一片风和日暖的景色。

[3] 玲珑:形容门窗样式的精美。结绮钱:即结绮窗,用绫绮结成连钱的窗。朱网:也作珠网,是用绮制的网状帘幕。这两句是写精巧玲珑的结绮窗上垂着网状的帘子。

[4] 红药:即芍药。砌:台阶。这两句是写阶前的芍药枝叶正茂,层层的台阶上面长满了青苔,环境十分幽雅安静。

[5] 翔凤池:即凤凰池,也即是中书省。时人对于中书省的官职比较重视,晋荀勖"徙中书监,为尚书令"的时候,有人贺他,他气愤地说:"夺我凤凰池,卿诸人何贺我邪?"珮:官员身上的玉珮。这两句是说,在这号称"鸣凤池"的中书省中可以听到官员们的玉珮的声响,意思是这里有不少的达官要员。

[6] 信:诚然。中园:园中。偃仰:栖止,休息。这两句是说,这里诚然美好,但却不是适合我住的地方,我还是想到园林里去休息。

[7] 朋情:友情。郁陶:怡悦,喜爱。骀荡:同"澹荡",形容景物盛美。这两句是说,自己既想念着怡人的友情,也想望那动人的春天的景物。

[8] 翰:鸟的羽毛。恣:随意。这两句是说,我怎么能得到凌风而飞的羽毛、随心所欲地去欣赏山林泉水呢?这里有做官不得自由的意思。

✤评析

这首诗是作者在中书省中值班的时候有所感触而作。诗中抒发了自己虽然官居台省之职,却向往山泉游赏的生活。这表明他对官场生活是不满意的。像这样的诗在谢朓的咏怀诗中比较典型,也可以说是他的诗歌的一个基本情调。直,同"值",就是值班。中书省,官署名,魏晋始设,是帝王发布政令的行政机构。《文选》李善注说这首诗作于谢朓任中书郎的时候。

观朝雨

朔风吹飞雨，萧条江上来[1]。
既洒百常观，复集九成台[2]。
空濛如薄雾，散漫似轻埃[3]。
平明振衣坐，重门犹未开[4]。
耳目暂无扰，怀古信悠哉[5]。
戢翼希骧首，乘流畏曝鳃[6]。
动息无兼遂，歧路多徘徊[7]。
方同战胜者，去翦北山莱[8]。

✤注释

[1] 朔风：北风。萧条：冷落。这两句是说，连风带雨从江面上吹洒过来了。

[2] 百常观：本是汉代的台观名，这里代指眼前的一般的观。九成台：古台名，这里也是借指一般的台。这两句是说，风雨自远而近，台观都已淋在大雨之中。

[3] 空濛：雾气迷漫的样子。这两句是说，雨渐渐细了，看去就像薄雾轻埃，茫茫一片。

[4] 平明：清晨。振衣：抖衣，穿衣时抖掉尘垢。重门：指宫门。这两句是说，清晨起来整衣而坐（等待上朝），但宫门还没有开。

[5] 信：实在。悠哉：欣然自得的样子。这两句是说，（由于宫门未开）便可暂时避免耳目的烦扰，而悠然自得地像是离开现实世界。

[6] 戢翼：即敛翼不飞，比喻隐居。骧首：马首上举，比喻出仕。传说黄河里的大鱼游到龙门，如能溯游上去，便化而为龙；如不能上去，便曝鳃而止。比喻仕途艰难。这两句是说，隐居时想要出仕；而临到做官时又怕仕途艰险。

[7] 动息：即出处进退，做官和归隐。遂：如意。这两句是说，出处进退不能两全其美，出仕或归隐，徘徊不定。

[8] 战胜：指隐居的思想战胜出仕的念头。孔子的门人子夏说过："吾入见先王之义则荣之，出见富贵又荣之，二者战于胸臆，故臞也。今见先王之义战胜，故肥也。"北山莱：《诗经·小雅·南山有台》："北山有莱。"莱：草。这两句是说，归隐和做官两种思想交战于胸中，结果归隐的思想战胜了，还是到山里去耕地吧。

✤ 评析

这是一首借观雨而抒写怀抱的诗。由于平明飞雨，重门不开，暂时避开人世的烦扰，得到怀古的悠闲。一面做官，一面又想隐遁，心情是矛盾的，好像是徘徊在歧路上，情绪不定。但最后还是隐居的思想战胜了出仕的念头，下了退隐的决心。

同谢谘议铜雀台诗

穗帷飘井幹，樽酒若平生[1]。
郁郁西陵树，讵闻歌吹声[2]。
芳襟染泪迹，婵媛空复情[3]。
玉座犹寂寞，况乃妾身轻[4]。

✤ 注释

[1] 穗帷：即灵帐。帷，亦作"帏"。井幹：汉代楼台名，这里借指铜雀台。这两句是说，铜雀台上飘着灵帐，就像死者活着一样供给他酒食。

[2] 郁郁：形容树木茂盛。西陵：曹操的葬地。讵：岂。这两句是说，曹操墓地的树木都长得很茂盛了，他哪里还能听到妾伎唱歌奏乐的声音呢？

[3] 芳襟：指妾伎的衣襟。婵媛：情思牵连的样子。这两句是说，妾伎们落泪，空余感伤之情，死人也不知道。

[4] 玉座：帝位，这里指曹操的灵位。这两句是说，曹操这样的人物尚有

一死（灵位寂寞），妾伎又何足道呢！

✤评析

这是一首应和（同）谢谘议凭吊魏武帝曹操的诗。曹操临死时，在他的《遗令》中曾经嘱咐诸子将自己的遗体葬在邺的西岗，并令妾伎们住在铜雀台上，早晚供食，每月初一和十五还要在他的灵帐前面奏乐唱歌，并且让她们登台向西瞻望他的西陵墓田。作者认为这一切安排都是无益的，人死已久，墓地的树木都长得很茂盛了，供奉祭祀还有什么用处呢？作者对曹操的眷眷于身后之事有所批评，对他身后的寂寞也有所同情。谢谘议，名璟；谘议，官名。铜雀台，建安十五年曹操所建，在今河北省临漳县西南古邺城的西北隅。

玉阶怨

夕殿下珠帘，流萤飞复息[1]。
长夜缝罗衣，思君此何极[2]！

✤注释

[1] 这两句是说，遥望宫殿，见皇帝已经垂帘入寝，院中只有流萤飞来飞去。

[2] 此：如此，这样。这两句说，宫女长夜不眠，缝制罗衣，思君之情何时是了！

✤评析

玉阶怨，乐府曲调名，属《相和歌·楚调曲》。这是一首用乐府旧题写的宫怨诗，代宫女诉说长年不得见君王的怨情。

沈　约

沈约(441—513),字休文,吴兴武康(今浙江省德清县)人。祖父沈林子在宋为征虏将军。父亲沈璞为淮南太守,元嘉末被诛。沈约年幼孤贫,好学习,博览群书。历仕宋、齐、梁三朝,官至尚书令,封建昌侯。沈约与谢朓、王融同时,是当时文坛上的主要人物。他和谢朓等人开创了"永明体"的新体诗歌,比较讲求声韵格律。他还提出"四声八病"之说,这对于后来格律诗的形成有重要的影响,也影响了诗歌的形式主义的倾向。他曾著有《四声谱》,今已不存。现存的著作有《宋书》和辑本《沈隐侯集》。

别范安成

生平少年日,分手易前期[1]。
及尔同衰暮,非复别离时[2]。
勿言一樽酒,明日难重持[3]。
梦中不识路,何以慰相思[4]。

✤注 释

[1] 易:看得轻易。前期:来日重见之期。这两句是说,他和范岫年轻时离别,那时都把来日重逢看得很容易。

[2] 衰暮：衰老之年。这两句是说，我和你现在都已衰老，不应该再离别了。

[3] 这两句是说，你不要认为眼前这一樽离别之酒不算什么，恐怕明日离别之后就难得再有持杯共饮的机会了。

[4] 这是用战国时张敏和高惠的故事。张敏和高惠是好朋友，当别后相思之时，张敏做梦去寻高惠，但行至中途迷失了道路。这两句是说，我和你离别之后，即使也像古人那样梦中寻访，也将迷路，怎能安慰相思之情呢？

✣ 评 析

这是一首写朋友离别的诗。诗中着重表达的是老年朋友的离情别意。范安成，即范岫，字懋宾，仕齐为安成内史。他和沈约都因为有文才而被齐文惠太子引用。

伤谢朓

吏部佳才杰，文峰振奇响[1]。
调与金石谐，思逐风云上[2]。
岂言陵霜质，忽随人事往[3]。
尺璧尔何冤，一旦同丘壤[4]。

✣ 注 释

[1] 吏部：指谢朓。谢朓曾为尚书吏部郎。文峰：即词峰。峰，一作"锋"。这两句称赞谢朓是才华杰出之士，文章高超不同凡响。

[2] 金石：指钟磬等乐器。谐：和谐。思：才思。风云：形容高超。这两句是说，谢朓的作品音节铿锵，才思超群。

[3] 陵霜质：指谢朓不畏强暴的品质。人事：指新陈代谢、生死存亡的现象。这两句是说，哪里想到一个具有陵霜之质的人，很快便死去呢？

[4] 尺璧：径尺之璧。指谢朓是稀有的人才。这两句是说，谢朓你这样的人才，一旦埋没在丘壤之中多么冤枉呵！

✤ 评析

这是哀伤谢朓含冤而死的悼亡诗。诗中对谢朓的文才、人品都有很高的评价，是一篇有感情、有义愤、有见解的作品。

石塘濑听猿

嗷嗷夜猿鸣[1]，溶溶晨雾合[2]，
不知声远近，惟见山重沓[3]。
既欢东岭唱，复伫西岩答[4]。

✤ 注释

[1] 嗷嗷：猿鸣声。

[2] 溶溶：云雾弥漫的样子。

[3] 重沓：重叠。

[4] 这两句是说，既高兴地听着东岭的猿唱，又伫立静听着西岩的猿答。

✤ 评析

这是一首写景状物的诗。写夜里在野外听猿鸣，只闻其声，不见其形，山重雾绕，东唱西答，极有深趣。

江　淹

江淹（444—505），字文通，济阳考城（今河南省兰考县）人。年少孤贫，曾仰慕司马相如和梁鸿的为人，不搞章句之学而喜好文章。历仕宋齐梁三朝，做过镇军参军、郡丞、光禄大夫等官职，封醴陵侯。

江淹早有文名，但到晚年才思减退，时人谓之“才尽”。

江淹诗赋都有较高的成就。前人说他的诗“善于摹拟”，从他现在所存的诗歌来看，也很善于抒情。有《江醴陵集》。

效　古

岁暮怀感伤，中夕弄清琴[1]。
戾戾曙风急，团团明月阴[2]。
孤云出北山，宿鸟惊东林[3]。
谁谓人道广，忧慨自相寻[4]。
宁知霜雪后，独见松竹心[5]。

✤注释

[1] 中夕：即夜中。这两句诗与阮籍《咏怀》诗的“夜中不能寐，起坐弹鸣琴”句意相同。

[2] 戾戾：猛烈。这两句是说，黎明时候的风刮得很急，这时的明月变得

阴暗了。

[3] 这两句是说,云从山上出来,鸟从林中飞起。

[4] 人道:指为人处世之道。相寻:频仍,不断。这两句是说,谁说人生的道路宽广?灾难一个接着一个。

[5] 霜雪:等于说“岁寒”。松竹心:松柏后凋的特性,这里比喻忠心。这两句是说,(我现在进献忠言你不采纳,)你哪里知道,只有遇到灾难之后,才会看出我的忠贞之心呢?

✤评析

江淹的《效古》诗共十五首,这是其一。据《梁书》本传说,江淹曾随宋建平王镇守荆州,景素阴谋造反,江淹劝谏不听,于是作《效古》诗以讽。由此可见这诗虽命名《效古》,其实是讽今。

范　云

范云（451—503），字彦龙，南乡舞阴（今河南省泌阳县西北）人，初仕齐，为竟陵王府主簿，又历任零陵郡、始兴郡内史。仕梁，为黄门郎，迁散骑常侍，吏部尚书。他善于写山水，诗风宛转流利。

之零陵郡次新亭

江干远树浮[1]，天末孤烟起。
江天自如合，烟树还相似[2]。
沧流未可源，高飖去何已[3]！

✤注释

[1] 江干：江边。干：水边。

[2] 以上四句是说，江天一色，烟树一体。

[3] 沧流：即江流。未可源：看不到它的源头。飖："帆"的异体字。何已：不止。这两句写江路长远。

✤评析

这是作者赴零陵内史任，途中宿于新亭所作，全篇写景，篇末微有倦于游宦的心情。

吴　均

吴均(469—519),字叔庠,吴兴故鄣(今浙江省安吉县西北)人。史书上说他出身寒贱,好学,为文有俊才。沈约很称赞他的诗文。梁武帝天监初年,柳恽为吴兴守,召他作主簿。后官至奉朝请。他曾打算撰《齐书》,求借齐起居注及群臣行状,武帝不许。后来因为私撰《齐春秋》而被免职。晚年又奉诏撰通史,未成而卒。

吴均的诗文很有特点,当时被认为"清拔有古气",时人多效法他,谓之"吴均体"。现存诗歌多是乐府、赠答、咏物之作。有辑本《吴朝请集》。

答柳恽

清晨发陇西,日暮飞狐谷[1]。
秋月照层岭,寒风扫高木[2]。
雾露夜侵衣,关山晓催轴[3]。
君去欲何之,参差间原陆[4]。
一见终无缘,怀悲空满目[5]。

注释

[1] 陇西:郡名,战国时秦所设置。北魏时辖境约当今甘肃陇西县一带。

飞狐：古来的要塞关隘，在今河北省涞源县北、蔚县南，古称“飞狐之口”。柳赠吴诗有“夕宿飞狐关”句，即指此地。但两人的诗都是借用古代地名，并非亲历其地。

[2] 这两句说，昼夜兼行，不避风寒。

[3] 催轴：即催车上路。这两句也是说晓行露宿，饱尝风霜之苦。

[4] 原陆：高原和平陆。这两句是说，你这一去远隔高原和平陆，究竟去到哪里呢？

[5] 无缘：无由。这两句是说，今后会面恐不容易，面对临别之景，更觉满目凄然。

✤ 评析

这是一首朋友离合之际的赠答诗。可能是柳恽离职时，吴均送行所作。柳恽先有赠诗，吴均以诗作答。赠答诗有数首，这是其中之一。诗中描述离别之后，山川阻隔，风露凄凉，信笔写来，确有苍然“古气”。柳恽，字文畅，河东解（在今山西省运城市）人，梁天监中为吴兴太守，这时吴均曾应邀而往，但不很得意，曾经一度离开。过了一些时候，他又重返吴兴，而柳恽待他如故。

主人池前鹤

本自乘轩者，为君阶下禽[1]。
摧藏多好貌，清唳有奇音[2]。
稻粱惠既重，华池遇亦深[3]。
怀恩未忍去，非无江海心[4]。

✤ 注释

[1] 乘轩者：春秋时卫懿公喜养鹤，把鹤分成若干等级，上等鹤有乘轩者。轩：车。这两句是说，我本来是个应该受到“乘轩”待遇的鹤，但结果

却成了你阶下饲养的禽了。比喻自己对得到的一般待遇的不满心情。

[2] 摧藏：意义不详。古诗《焦仲卿妻》有"摧藏马悲哀"句，闻一多疑即"凄怆"之意。清唳：指鹤鸣声。唳，鹤鸣声。这两句说，鹤的长相好看，鸣声嘹亮。比喻自己有很好的品质、很高的才能。

[3] 稻粱：给鹤吃的饲料，比喻给人的俸禄。华池：给鹤栖止的地方，比喻给人的官位。这两句是说，自己得到的恩惠很重、受到的恩遇也很深了。

[4] 江海心：指远大的志向。从鹤来说，它并不是不想飞往大江大海之上，只是因为念及主人的恩情才不忍远去，比喻自己并非没有远大的志向，只因感激柳恽的恩情而不忍离去。

✤评 析

这是一首托物言志的诗，诗中通过对乘轩之鹤的遭遇的描述，说明自己虽然受到柳恽的优待，却仍是屈才小用。因此，有离去之志，又有不忍之心。这是吴均的言志诗的一个基本情调。主人，指柳恽。池前鹤，吴均自指。

赠王桂阳

松生数寸时，遂为草所没[1]。
未见笼云心，谁知负霜骨[2]。
弱干可摧残，纤茎易陵忽[3]。
何当数千尺，为君覆明月[4]。

✤注 释

[1] 这两句是说，松树虽是大材，但当它初生数寸之时，也会被草埋没而不被看重。

[2] 笼云心：指高远的志向。负霜骨：指坚贞的品质。这两句是说，当一个人高远的志向尚未表露的时候，谁能晓得他有坚贞的品质呢？

[3] 弱干、纤茎：都指松树幼小时的枝干。陵忽：欺陵、忽视，也即是摧残

的意思。

[4]何当：何日。覆明月：与前面“笼云”意思相似。笼云、覆月，都是指建大功立大业、能“遮天盖地”的意思。

✤评析

这是一首赠给别人以表明自己的志向的诗。诗中以松自比，说明自己地位虽低，但志气很高；虽被摧残，但不甘埋没；一朝得志高升，还要做一番事业。王桂阳：可能即桂阳郡太守王嵘。

山中杂诗

山际见来烟，竹中窥落日。
鸟向檐上飞，云从窗里出。

✤评析

本篇是《山中杂诗》的三首之一。是写山居环境的幽静，表现了闲适的心情。沈德潜说它“四句写景，自成一格”。

何 逊

何逊（？—518），字仲言，东海郯（今山东省郯城县西）人。史称八岁就能赋诗，二十岁举秀才。范云见到他的对策后，大加赏识，和他结为忘年之友。沈约也很欣赏他的诗，曾对他说："吾每读卿诗，一日三复，犹不能已。"

何逊曾任尚书水部郎、庐陵王记室等官职。梁天监年间，与吴均同受武帝信任，但后来又被疏远，不再任用。

何逊的诗写得不多，梁元帝说："诗多而能者沈约，少而能者谢朓、何逊。"颜之推说："何逊诗实为精巧，多形似之言。"就现存的何逊作品看来，他的诗工于写景抒情，又巧于对仗，音响也很美。有辑本《何记事集》。

咏早梅

兔园标物序，惊时最是梅[1]。
衔霜当路发，映雪拟寒开[2]。
枝横却月观，花绕凌风台[3]。
朝洒长门泣，夕驻临邛杯[4]。
应知早飘落，故逐上春来[5]。

✤ 注释

[1] 兔园：本是汉梁孝王的园名，这里借指扬州的林园。标：标志。物序：时序，时节变换。这两句是说，在花园里是容易看出时节的变化的，其中最使人惊异、最能标志时节变化的就是梅花。

[2] 拟：比，对着。这两句是说，梅花不怕霜雪、不畏风寒，在零霜下雪的时候，它就在路边开放了。

[3] 却月观、凌风台：可能都是扬州的台观名。这两句是说，梅花在台观周围开得很盛。

[4] 长门：汉宫名。汉武帝曾遗弃陈皇后于长门宫，司马相如为她写过一篇《长门赋》。临邛：汉县名，司马相如曾在临邛饮酒，结识了卓文君。这两句是说，梅花盛开的时候可以使被遗弃者见之有感而落泪，也可以使钟情的人触景兴怀而勃发。

[5] 上春：即孟春正月。这两句是说，梅花大概也知道自己飘落得早，所以赶在正月就开起花来了。

✤ 评析

这是一首咏物诗。诗中称赞梅花开得最早，不怕霜雪，敢抗风寒。通过对梅花这种坚贞品质的歌颂表达了作者自己的清高自负的思想。联系何逊的身世遭遇，诸如早露才华、受到时人称赞、得到皇帝信幸，但也比较早地被皇帝疏远等，可知这诗是有所寄托的。这诗又题“扬州法曹梅花盛开”。

与胡兴安夜别

居人行转轼，客子暂维舟[1]。
念此一筵笑，分为两地愁[2]。
露湿寒塘草，月映清淮流。
方抱新离恨，独守故园秋[3]。

✤注释

[1] 居人：指自己。行：将。转轼：回车。轼：车前横木，这里代指车。客子：指胡兴安。维舟：系船，停泊。这两句是说，自己送客行将回车之际，胡兴安的船也暂停不发。

[2] 这两句是说，临别宴饮，只是暂时欢乐，不久分为两地，将各自忧愁。

[3] 这两句是说，自己今后将怀着离愁别恨而独居故乡。

✤评析

这是一首送别诗。写的是寻常的聚散悲欢，极似唐人五律。胡兴安，不详。

陶弘景

陶弘景（452—536），字通明，丹阳秣陵（今江苏省南京市）人。年少时好读书，钻研道术。年长以后博览群书，传说他“一事不知，以为深耻”。有多方面的才能，善琴棋，工草隶，好著述。齐高帝作相，曾引他为诸王侍读，除奉朝请。永明十年辞官，隐于句曲山，自号“华阳陶隐居”。梁武帝即位后，屡次聘请他，他不肯出山。但国家每有大事，总要去向他求教，时人称他“山中宰相”。死后谥为“贞白先生”。

有辑本《陶隐居集》。

诏问山中何所有赋诗以答

山中何所有，岭上多白云。
只可自怡悦，不堪持赠君。

✣评 析

这是一首回答齐高帝萧道成的诏书的诗。作品通过回答天子的问题而表示自己的清高，说明自己所喜爱的东西与世俗不同。《南史》本传称弘景性爱山水，这首诗正表现了这样的性格。

王　籍

王籍，字文海，生卒年不详，琅琊临沂（今山东省临沂市北）人。史书上说他博览群书，有才气，曾经受到任昉和沈约的称赞。梁天监年间除安成王主簿，湘东王参军，还做过中散大夫。

入若耶溪

艅艎何泛泛，空水共悠悠[1]。
阴霞生远岫，阳景逐回流[2]。
蝉噪林逾静，鸟鸣山更幽[3]。
此地动归念，长年悲倦游[4]。

✣ 注 释

[1] 艅艎：同“余皇”，大舰名，这里指大船。泛泛：飘浮的样子。空水：天空和水，义同云水。这两句是说，乘着大船行于水上，天空和溪水接连一起，上下一色。

[2] 阴霞：晚霞。远岫：远山。阳景：日影。回流：曲折的溪流。这两句是说，到了傍晚，远山上生起一道晚霞，曲折的溪水上面流动着日影。

[3] 逾：通“愈”。这两句是说，因为林中的蝉叫、树上的鸟鸣，从而显得山中更加幽静。

[4] 这两句是说，长年倦于游宦生活，到这里更触动了归隐之心。

✤评析

这是一首山水诗，通过对于山川风景的描绘，抒发辞官归隐的情感。这首诗已经接近唐人的律体，命意措辞都对唐诗有明显的影响。若耶溪，在今浙江省绍兴南若耶山下。

朱　超

朱超，生平不详。

舟中望月

大江阔千里，孤舟无四邻。
唯余故楼月，远近必随人。
入风先绕晕，排雾急移轮[1]。
若教长似扇，堪拂艳歌尘[2]。

注释

[1] 入风先绕晕：即"月晕而风"的意思。轮：月轮。这两句是说，月亮将遇风时，就会先出现晕圈；当被云雾遮掩时，便急速移动，欲破雾而出。

[2] 扇：团扇。古时歌舞有时持扇。这两句是说，月若长圆似扇，则可为歌人拂尘。而歌者可能即是诗人所想念的"故楼"中的人物。

评析

这是一首望月怀人的诗。诗人写自己在孤舟上面，只有原来在楼中所见的月亮相随，倍觉亲切。这里虽是歌颂"故楼月"，实际有怀念"故楼人"的意思。

萧 悫

萧悫，生卒年代不详，字仁祖，梁上黄侯萧晔之子。后入北齐，做过太子洗马，待诏文林馆。到了隋朝后身世就不能详知了。《颜氏家训·文章篇》曾提到他这首“秋诗”，其他作品流传很少。

秋 思

清波收潦日，华林鸣籁初[1]。
芙蓉露下落，杨柳月中疏[2]。
燕帏缃绮被，赵带流黄裾[3]。
相思阻音息，结梦感离居[4]。

✣注 释

[1] 清波：指秋水。潦：过多的雨水。籁：自然界的音响，这里指林木之声。这两句是说，夏天的雨水已经收敛、秋水呈现了清波，秋风初起、林木发出了音响。

[2] 这两句是说，荷花在露水浸润之下已经零落，柳树在秋月照耀之下也显得稀疏了。

[3] 燕帏：燕地之帏。缃绮：浅黄的文缯。赵带：赵地之带。流黄：黄绢。裾：前襟或衣袖。这两句是说，秋天到了，衣服和床上的用品都带上了秋色。

[4] 这两句是说，两人离别，音信不通，面对秋天的景物，触动了相思的感情。

✤评 析

这是一首借写秋天的景物抒发相思之情的诗。这首诗在当时曾流传一时，很受称赞。《北齐书·古道子传》称这诗为"秋夜赋诗"，《颜氏家训》引为"秋诗"。

阴 铿

阴铿，字子坚，武威姑臧（今甘肃省武威市）人，生卒年代不详。在梁朝做过湘东王法曹参军，在陈朝做过始兴王中录事参军，累迁晋陵太守、员外散骑常侍。史书上说他博览史传，尤其擅长五言诗，与何逊并称。前人称他的诗善于“琢句抽思”，“穷态极妍”，对唐代诗人如李白、杜甫都有影响。

江津送别刘光禄不及

依然临江渚，长望倚河津[1]。
鼓声随听绝，帆势与云邻[2]。
泊处空余鸟，离亭已散人。
林寒正下叶，钓晚欲收纶[3]。
如何相背远，江汉与城闉[4]。

✤ 注 释

[1] 依然：依恋的意思。渚：水中小洲。河津：即江津。津，渡口。这两句是说，自己送刘光禄没有赶上，便面对着江中小洲，依依不忍离去，在渡口遥望（远去的船只）。

[2] 鼓声：旧注说古时开船打鼓为号，但这里是说开船之后“鼓声”不断，直到船行很远才逐渐听不到声音，可见这“鼓声”当是荡桨，即鼓枻之声。

[3] 下叶：落叶。纶：钓丝。这两句是说，傍晚风寒，林间叶落，钓鱼的人

也要收拾回去了。这说明自己在江边怅望已久。

[4] 闉：古时城门外层的曲城，这里即指城门。这两句是说，我和刘光禄一个去江汉、一个归城闉，为什么分离这么遥远呢？

✤评析

这是一首送别的诗，写送别没有赶上、独立江边的依恋之情。船声渐远，帆影渐淡，行人渐少，天色渐晚，写出了心情的无限惆怅。刘光禄：不详。

晚出新亭

大江一浩荡[1]，离悲足几重？
潮落犹如盖，云昏不作峰[2]。
远戍唯闻鼓，寒山但见松[3]。
九十方称半，归途讵有踪[4]？

✤注释

[1] 浩荡：形容江水广阔壮大。

[2] 这两句是说，傍晚潮水降落，但波涛仍然很大，有如车马张盖而来；天空已经昏暗，也看不清秋云的种种变化了。

[3] 戍：驻军的戍楼、戍所。鼓：军中夜晚报时的鼓角。这两句是说，在天色微茫中，只能听到远方的戍鼓声，看到山上的松树。

[4] 九十方称半：《战国策·秦策》："行百里者，半于九十。"这两句是说，一百里的路程，行了九十里，只算一半；现在才开始出发，去路正长，归途哪有一定的行踪呢？

✤评析

这是一首记行的诗，诗中抒发了离愁，有慨于行踪不定，有倦归之意。沈德潜说：这首诗格调"俊逸"、"高亮"，有唐人五律的气魄。

徐　陵

徐陵（507—582），字孝穆，东海郯（今山东省郯城县）人。父徐摛在梁朝为晋安王谘议。晋安王被立为太子后，以徐陵为东宫学士，后又迁为散骑侍郎。入陈，官至光禄大夫，中书监，领太子詹事。当时有些军书、诏策，多出自徐陵之手。史称“一代文宗”。

徐陵与其父徐摛，都是著名的宫体诗人。但自侯景乱后，他曾出使各地，经历既多，诗的内容和风格有所变化，这时也写出了一些描写边塞风光的作品。有辑本《徐孝穆集》，又编有《玉台新咏》。

关山月

关山三五月，客子忆秦川[1]。
思妇高楼上，当窗应未眠[2]。
星旗映疏勒，云阵上祁连[3]。
战气今如此，从军复几年[4]！

✤注释

[1] 关山：指征人所在的边塞之地。三五月：即每月十五的月亮。客子：即从军在外的征人。秦川：泛指今陕西、甘肃、秦岭以北的平原地带。

这两句是说，征人身在边塞，每逢月圆之夜，便想念家乡秦川一带地方。

[2] 思妇：指征人的妻子。这两句是征人的想象之辞。

[3] 星旗：即旗星，古人认为此星是战争的征象。疏勒：汉时西域诸国之一。疏勒城在今新疆维吾尔自治区疏勒县。云阵：即阵云，也是战争的征象。祁连：即新疆境内的天山。这两句是说，旗星照在疏勒城头，阵云布在祁连山上，都是战争的气氛。

[4] 战气：即战争的气氛。这两句是说，战争的气氛如此浓厚，从军的时间还要几年才能结束呢！

✤评析

《关山月》是汉乐府曲调名，属《横吹曲》。这首诗是用汉代乐府古题吟咏汉代故事，从征夫的角度表达了征夫与思妇的思念之情。完全是一种模拟之作，内容没什么可取，但在改变宫体诗方面有些作用。

别毛永嘉

愿子厉风规，归来振羽仪[1]。
嗟余今老病，此别空长离[2]。
白马君来哭，黄泉我讵知[3]。
徒劳脱宝剑，空挂陇头枝[4]。

✤注释

[1] 风规：风操，风范。羽仪：表率。这两句是说，我希望你砥砺名节，为人做表率。

[2] 这两句是说，可叹我既老且病，这次离别只恐是永诀了。

[3] 白马君来哭：这是用后汉范式与张劭的故事。范式和张劭是好朋友。张劭死，范式梦见他来告别，并告以葬埋的日期。范式于是乘素车白马前往奔丧。这两句是说，我死之后，即使你也像范式那样来哭吊我，

我在黄泉之下哪里知道呢？

[4] 脱宝剑：这是用延陵季子的故事。春秋时吴国的延陵季子（札）出使晋国，路经徐国。徐君很喜欢季子所佩的宝剑，季子心知其意，便暗自决定等到出使回来再经徐国时把剑送给他。但当季子再经徐国时，徐君已死。季子为了表示自己不忘信义，便将宝剑挂在徐君的墓树上面。这两句是说，你以后回来，即使要像季札对待徐君那样地加惠于我，可是我已死了，还有什么用呢？

✤ 评析

这是一首老年伤别的诗。友情写得很深厚，身世写得很悲凉。毛永嘉：毛喜，曾为永嘉太守。

江 总

江总（519—594），字总持，济阳考城（今河南省兰考县东）人。在梁朝任尚书殿中郎。在陈为尚书令，但不理政务，每天与后主及其他侍臣游玩宴饮，制作艳诗，号称“狎客”。入隋后，官至上开府。开皇中卒。有辑本《江令君集》。

哭鲁广达

黄泉虽抱恨，白日自留名[1]。
悲君感义死，不作负恩生[2]。

✤注释

[1] 这两句是说，鲁广达虽抱遗恨而死，但留名世上，自如白日经天。

[2] 这两句是说，鲁广达激于大义而死，不做负恩苟活之人，使人悲痛。

✤评析

这是一首悼亡诗。据《南史》记载，鲁广达是陈朝的一名良将。至德二年（584），为侍中中领军。贺若弼进攻钟山，广达力战。及韩擒虎攻破宫城，广达被执入隋，愤慨而死。江总当时抚柩而哭，并以诗题棺。这首诗是江总于陈朝灭亡之后所写的一篇很有血性的作品，和他早期的侍宴应令之作显然不同。

闺怨篇

寂寂青楼大道边，纷纷白雪绮窗前[1]。
池上鸳鸯不独自，帐中苏合还空然[2]。
屏风有意障明月，灯火无情照独眠。
辽西水冻春应少，蓟北鸿来路几千[3]。
愿君关山及早度，照妾桃李片时妍[4]。

✤注 释

[1] 青楼：原指贵妇所居，这里是泛指闺房。绮窗：即结绮窗，用绮罗编制为连钱形状的窗子。这两句是写少妇站在青楼上的绮窗前，顺着行人大道向外瞻望，只见纷纷白雪，不见行人到来。

[2] 苏合：苏合香。然：同“燃”。这两句是说，池上的鸳鸯是不分离的，而我却在帐中焚香独坐。

[3] 辽西：秦置郡名，郡治在今辽宁省锦州市西北，辖境包括今辽宁西部和河北省东北部一带地区。蓟：郡名，郡治在今北京市附近。鸿：雁，指信息。这两句是写少妇想象丈夫身在辽西蓟北一带，气候寒冷，道路遥远，音信传送很不容易到达。

[4] 桃李：指容色，青春。这两句是说，希望你早一点度过关山回到家里，和我共度这短暂的青春。

✤评 析

这是一首写闺中少妇思念远征丈夫的诗，表现了一种离别独处的哀怨之情。命意并不新鲜，只是出语自然，对仗工整，已接近七言律体。沈德潜说这诗“竟似唐律”。

韦 鼎

韦鼎，字超盛，杜陵（今陕西省西安东南）人，生卒年代不详。梁时，累官至中书侍郎。陈时，官为黄门郎。陈宣帝太建年间，为聘周主使，累官至太府卿。陈亡入隋，授任上仪同三司，除光州刺史。史称韦鼎博通经史，又通阴阳相术，善于逢迎，也有政绩，并不以诗文知名。

长安听百舌

万里风烟异[1]，一鸟忽相惊。
那能对远客[2]，还作故乡声[3]。

✤注 释

[1] 风烟：风光景物。

[2] 远客：作者自称。

[3] 故乡声：指这里的鸟叫和自己故乡（南方）的鸟叫声音相同。

✤评 析

这诗是作者为陈聘周、出使到长安时所作。表达了一种作客思乡之情。百舌，鸟名，又名乌鸫。

温子升

温子升(495—547),字鹏举,济阴冤句(今山东省菏泽市西南)人。北魏时曾任侍读兼舍人。东魏末年,高澄荐引他为谘议参军。后元瑾等作乱,高澄怀疑子升与他们同谋,下狱死。

子升在北朝有盛名,博览百家,学识渊博,文风也受南朝的影响。有辑本《温侍读集》。

捣　衣

长安城中秋夜长,佳人锦石捣流黄,
香杵纹砧知远近,传声递响何凄凉[1]。
七夕长河烂,中秋明月光[2],
蠮螉塞边逢候雁,鸳鸯楼上望天狼[3]。

✤注 释

[1] 锦石:即有锦纹的捣衣石。流黄:指黄色的绢,这里是泛指绢类。香杵纹砧:都是形容杵和砧的精美。这四句是说,长安的妇女在秋天夜里捣衣,声音闻于远近,使人感到凄凉。

[2] 七夕:旧历七月七日夜,是古代故事中牛郎和织女相会的日子。长河:银河。这两句是说,七夕和中秋都是团圆的节日,但征夫远行,不得会面,空对银河明月,更加伤感。

[3] 蠮螉:塞名,即今居庸关。逢:一作"绝"。候雁:雁是候鸟,故称候

雁。鸳鸯楼：这里泛指长安妇女的居处。天狼：天狼星，《史记·天官书》说天狼星主侵掠。这两句是说，征夫在边塞地方遇见候雁，盼望故乡的音信；妇女在长安的楼里遥望天狼星，也正关怀着边地的战争。

✤评析

这首捣衣诗，实际上也是一首闺怨诗。写妇女到了秋天为征夫准备寒衣，在捣衣时产生的相思之情。捣衣：也是古琴曲名。

王　褒

王褒(513—576),字子渊,琅琊临沂(今山东省临沂市)人。梁元帝时官至吏部尚书、左仆射。西魏攻破江陵,梁元帝投降,王褒也降魏而到魏都长安,官至车骑大将军仪同三司。到了北周时期,王褒与庾信都曾受到重用,官至少司空,宜州刺史。

王褒博涉史传,早有文名,在北朝与庾信齐名。现存作品主要是到北朝做官后的诗歌,多写羁旅之情、故国之思,和他在梁时的作品相比较,风格有所改变。有辑本《王司空集》。

渡河北

秋风吹木叶,还似洞庭波[1]。
常山临代郡,亭障绕黄河[2]。
心悲异方乐,肠断陇头歌[3]。
薄暮临征马,失道北山阿[4]。

✤注 释

[1] 这两句是说,渡过黄河,看到风吹叶落,便想到故国的秋天,想到《楚辞·九歌》中所写的"洞庭波兮木叶下"的情景。

[2] 常山:郡名,治所今河北正定县,辖境至唐县。代郡:汉代北部边郡,今河北蔚县东北和山西东北部。亭障:古代防守边境的堡垒。这两

句是说，到了常山代郡一带，看到黄河沿岸修筑着很多堡垒，（这里距离江陵已经很远了。）

[3] 异方：指北方。陇头歌：《乐府诗集》有《陇头歌辞》，其三："陇头流水，鸣声呜咽，遥望秦川，心肝断绝。"这两句是说，听到北方的音乐，令人心伤；听到陇头的歌曲，令人肠断。

[4] 临：面对。山阿：山之曲处。这两句是说，傍晚的时候，面对着征马，迷失了山路。这里有日暮途远、欲归不得的心情。

✤ 评析

这是一首旅途抒怀的诗。诗中写了作者北渡黄河时，触景思乡，产生了无限的羁旅之情。

庾信

庾信（513—581），字子山，南阳新野（今河南省新野县）人，梁朝宫廷文人庾肩吾之子。史称庾信早年博览群书，十五岁即任昭明太子萧统的“东宫讲读”；十九岁任梁简文帝萧纲的“东宫抄撰学士”。父子出入宫廷，深受宠信。他们同徐摛、徐陵父子都是“宫体诗”的提倡者。侯景叛乱时，庾信任建康令，未战先奔，逃往江陵。梁元帝萧绎时，庾信奉命出使西魏。这时西魏出兵南侵，陷江陵，杀萧绎。梁亡，庾信便被留在长安，不能南归。后来在西魏、北周都做过官，官至骠骑大将军、开府仪同三司。

庾信在梁时是个文学侍从之臣，也是个宫廷文人。他这时写的诗赋多半思想贫乏，内容空虚，“清新”之作不多。史称“当时后进，竞相模范，每有一文，京都莫不传诵”，其实当时所传诵的并不都是有价值的作品。庾信的好作品都是写于晚年羁留长安之后。他身为南朝的士族，阀阅观念十分浓厚，虽然在北朝“特蒙恩礼”，但他一直不忘故国旧家。他的“乡关之思”，不仅“寄于《哀江南》一赋”，很多诗篇都充满了国破家亡、感伤身世的情感。

由于早年积有较深的文学素养，晚年又遭遇生活的重大变化，庾信后期的作品就有了比较深广的社会内容，思想意义和艺术造诣都远远超过了前期。这些作品在文学史上有相当重要的影响，后代诗人往往能从中得到有益的借鉴。

有《庾子山集》。

拟咏怀（二十七首选六）

俎豆非所习，帷幄复无谋[1]，
不言班定远，应为万里侯[2]。
燕客思辽水，秦人望陇头[3]。
倡家遭强聘，质子值仍留[4]。
自怜才智尽，空伤年鬓秋[5]。

✤注释

[1] 俎豆：都是古代祭祀用的礼器。俎：古代祭祀时盛放牛羊的礼器。豆：古代高足食器。俎豆合言，代指朝廷的典礼。帷幄：军帐，一般用以代指古代军中的指挥部或谋略。这两句是说，自己既没有做使臣应酬于敌国庙堂的办法，也没有带兵打仗的谋略。

[2] 班定远：班超，汉班超出使西域，曾被封为定远侯。这两句是说，自己并不是像班超那样由于立功西域而封侯于万里之外。

[3] 辽水：即大辽水，今名辽河，在辽宁省西部，古代属燕国。陇头：即陇山，在陕西，古时属秦地。登山可望秦州（今甘肃南部一带）。这两句是说，自己思念家乡，就像燕客之思念辽水、秦人之瞻望秦州一样。

[4] 倡家：歌伎。质子：作抵押的诸侯国君之子。这两句是说，自己被羁留就如同歌伎被强聘、质子被扣留一样，并非心甘情愿。

[5] 这两句是说，自己才智已尽、年岁已老，抚今思昔，空自悲伤。

✤评析

《拟咏怀》是一组诗，共二十七首，是仿阮籍《咏怀》之作。阮籍有《咏怀》八十二首，写他生当改朝换代之际的内心痛苦，庾信的拟作，虽然寄寓的身世之感有所不同，但抒发内心的痛苦是相似的。这些诗大都是追述乱离、感叹身世，羁留北地、怀念故乡的作品。写得悲壮、苍凉，很有特色。

本篇原列第三首。诗中写自己既不通礼制，又不懂兵谋，带兵、出使，皆非所长。本是宫廷侍从之臣，打败仗，被羁留，年衰才尽，无计可施。这种慨叹，倒也切合他的实际情况，可以称作发自肺腑的作品。

其　二

惟忠亦惟孝，为子复为臣[1]。
一朝人事尽，身名不足亲[2]。
吴起尝辞魏，韩非遂入秦[3]。
壮情已消歇，雄图不复申[4]。
移住华阴下，终为关外人[5]。

✤注释

[1] 这两句是说，自己既为庾家之子、又为梁朝之臣，惟应尽忠尽孝，不应背弃家国。

[2] 这两句是说，自己的子道臣节都已亏损，人事已无可为，立身扬名都谈不到了。

[3] 吴起：战国魏人，初为鲁将，后为魏将，驻守西河。因受魏相公叔谮毁而离魏奔楚。韩非：战国韩之诸公子，奉命入秦，被害而死。这两句是用吴起辞魏、韩非入秦来比自己去梁到魏，乃是出于不得已。

[4] 壮情：豪情。雄图：指复兴梁朝的谋划。这两句是说，自己的豪情壮志已经被消磨完了，雄图大略也不可能施展了。

[5] 华阴：县名，在今陕西省东部。关：函谷关。关外人：汉武帝时楼船将军杨仆屡次建立边功，曾以长期做关外人为耻。这两句是说，自己无功于梁，被留在魏、周，等于做“关外人”，深以为耻。作者在《率尔成咏》一诗中曾说：“倘使如杨仆，宁为关外人。”意思是说，倘使我能

像杨仆那样为国立功的话，则长为“关外人”也是愿意的。

✤ 评 析

本篇原列第五首。

这首诗是说自己离家背国，不忠不孝；远事异朝，身败名灭。如今豪情壮志都已消磨净尽，再也没有什么雄图远略了。想到南归终于无望，不胜感叹。

其 三

榆关断音信，汉使绝经过[1]，
胡笳落泪曲，羌笛断肠歌[2]。
纤腰减束素，别泪损横波[3]。
恨心终不歇，红颜无复多[4]。
枯木期填海，青山望断河[5]。

✤ 注 释

[1] 榆关：或称榆塞，在今陕西省榆林市东。这里代指通往南方的关口。汉使：汉朝的使臣，这里代指南朝的使者。这两句是说，通往南朝的音信已经断绝了，使臣也没有来往了。

[2] 胡笳、羌笛：都是北方民族的乐器。这两句是说，自己听到胡笳之声而落泪，听到羌笛之声而悲伤。

[3] 纤腰：细腰。素：束腰的白绢。横波：指眼睛。这两句是说，腰围减细、身体已经消瘦，眼睛也哭坏了。

[4] 恨心：指离恨。红颜：指青春。这两句是说，自己有无穷无尽的离愁别恨，忧能伤人，青春的年华也没有多少了。

[5] 填海：相传炎帝的女儿溺死于东海之中，心恨不已，化为精卫鸟，口衔西山的木石，企图填平东海。故事见《山海经·北山经》。这两句是说，自己虽然回不去了，但仍然希望有一天能够实现这样的志愿：以

枯木填海，用青山断河。

✤ 评 析

本篇原列第七首。

这首诗是写自己羁留北方之后，梁朝的消息再也听不到了。寄居异地，无以为欢，身心俱病，抱恨无穷，但又仿佛仍然抱着一种朦胧的报国还乡的希望和幻想。

其 四

摇落秋为气，凄凉多怨情[1]。
啼枯湘水竹，哭坏杞梁城[2]。
天亡遭愤战，日蹙值愁兵[3]。
直虹朝映垒，长星夜落营[4]。
楚歌饶恨曲，南风多死声[5]。
眼前一杯酒，谁论身后名[6]。

✤ 注 释

[1] 摇落秋为气：宋玉《九辩》有“悲哉秋之为气也，萧瑟兮草木摇落而变衰”的句子，这两句就是取用其意，也就是说，秋天草木凋落，景象凄凉，使人产生悲怨之情。

[2] 啼枯湘水竹：相传舜之二妃，于舜死之后，在湘水一带啼哭，涕泣挥洒在竹上，便染上斑痕，后人名为湘妃竹，也即湘水竹。哭坏杞梁城：传说春秋时齐国大夫杞梁（又名殖）战死在外，他的妻子哭着说：“上则无父，中则无夫，下则无子，人生之苦至矣。”于是放声大哭。这一哭把城墙都哭倒了。这两句是说，江陵之败，全国上下，同声一哭。倪璠注说：“江陵之败，君臣被戮，杀伤者众，有夫妻离别之苦。”可供参考。

[3] 天亡：项羽说过：“天之亡我，非战之罪也。”即是说，自己灭亡是由于天意。愤战：指激烈的战斗。日蹙：指日色无光，也即是讲天时不利。

愁兵：指苦战的军队。这两句合起来的意思是说，天命注定梁要灭亡，尽管经过艰苦的战斗也终于失败了。

[4] 直虹：虹垂至地的现象。古时传说虹头尾至地，是流血的征兆。垒：营垒。长星：史书记载，蜀后主建兴十三年，诸葛亮帅兵伐魏，屯驻在渭南，这时有一长星自东北方向西南方流驶，落在诸葛亮的军营里。据说这是打败仗的征兆。这两句的意思是说，梁朝江陵之败是有预兆的。

[5] 楚歌：楚人之歌。项羽被围于垓下时，曾夜闻四面楚歌。南风：指南方楚地的歌曲。《左传》襄公二十八年记载有“南风不竞、多死声”的话。这两句也是说，江陵被围困时，大势已去，天命注定灭亡。

[6] 这两句是说，国破家亡由于天命，自己也无可奈何，姑且借酒消愁，身后之名也就不能顾及了。又倪璠注，以为这里有讽刺梁朝君臣当年苟且偷安而不顾长远之计的意思，可供参考。

✤ 评析

本篇原列第十一首。

这首诗是庾信面对秋天凄凉的景物，触动了自己的亡国之痛。梁朝的灭亡，本来是君臣不恤国事的必然结果，但庾信却委婉地归命于天，以为是命中注定。自己身为南人，心向南朝，羁留北方，是不得已。眼前只是苟且偷生，至于身后之名就谈不到了。这是很痛心的话。

其　五

寻思万户侯，中夜忽然愁[1]，
琴声遍屋里，书卷满床头[2]。
虽言梦蝴蝶，定自非庄周[3]。
残月如初月，新秋似旧秋[4]。
露泣连珠下，萤飘碎火流[5]。

乐天乃知命，何时能不忧[6]！

✤ 注 释

[1] 万户侯：汉制，有大功勋的人，封万户侯。这两句是说，一想起自己没有能够为梁朝建功立业，便感到遗憾，所以夜里忧愁而不能入睡。

[2] 这两句是说，自己每日只是弹琴读书，但琴书并不能消愁。陶潜有“乐琴书以消忧”的话。

[3]《庄子·齐物论》有庄周梦为蝴蝶的故事。这两句是引用《庄子》中的故事来说明，自己虽然也想像庄周梦蝶那样放达，但又实在做不到，因为自己不是庄周那样放达的人。

[4] 这两句是说，光阴变换而自己的处境依旧，无聊之至。

[5] 这两句写滴露飞萤，是写眼前之景，也有感叹人生短暂的意思。

[6] 这两句是说，如果我能够乐天知命，就可以不忧愁了，但何时能够做到呢？《易经·系辞》有“乐天乃知命，故不忧”的话。

✤ 评 析

本篇原列第十八首。

这首诗是说自己当年曾经想为梁朝建功立业，但自从被留之后，功业无成，年复一年，忧愁不已。

其 六

萧条亭障远，凄惨风尘多[1]。
关门临白狄，城影入黄河[2]。
秋风别苏武，寒水送荆轲[3]。
谁言气盖世，晨起帐中歌[4]。

✤ 注 释

[1] 亭障：古代边境上所筑的防守堡垒。这两句是写身临边塞，景物萧条，满目风尘，心中凄惨。

[2] 关门：泛指北方的关口。白狄：泛指北方的民族。这两句是说，自己身居边塞之地，黄河就在眼前，与北方民族共处。

[3] 别苏武：李陵送别苏武时，说："异域之人，一别长绝。"送荆轲：荆轲出使秦国，燕太子丹等于易水送别时，荆轲作歌："风萧萧兮易水寒，壮士一去兮不复还。"这两句是说，自己就如同李陵身陷匈奴、荆轲离开了燕国一样，永无归期。

[4] 项羽被围垓下之时，曾在帐中作歌，歌中有"力拔山兮气盖世"。这两句是说，项羽虽有盖世的气魄，当失败之时，帐中作歌，也无济于事，自己这样的人还有什么办法呢？

✤ 评 析

本篇原列第二十六首。

庾信羁留北方，常有身居塞外之感，缅怀古人，感伤身世，便把荆轲、李陵引为同调，聊以自慰。这也是屈身异地而自求解脱的愁苦之辞。

寄徐陵

故人倘思我，及此平生时[1]。
莫待山阳路，空闻吹笛悲[2]。

✤ 注 释

[1] 故人：老友。及：趁着。平生时：指在世之时。这两句是说，你倘若思念我，希望于有生之年得见一面。

[2] 山阳：县名，故城在今河南省修武县，嵇康、吕安生前曾在这里居住过。二人被司马氏所害后，他们的朋友向秀有一次路过山阳，听到吹笛的声音，便作了一篇《思旧赋》。这两句是说，你不要等到我死之后像向秀那样空自悲伤。

✤ 评 析

庾信和徐陵曾经一起在梁朝做官，两人的诗文也曾齐名。

梁亡之后，徐陵复仕于陈，庾信被留于魏。这诗是庾信遥寄徐陵，字数不多，但友情十分深厚。

和侃法师

秦关望楚路，灞岸想江潭[1]，
几人应落泪，看君马向南[2]。

✤注释

[1] 秦关：指函谷关，古函谷关在今河南灵宝市东北。楚路：指通向南方之路。灞岸：灞陵岸，在今陕西西安附近。江潭：指南方。这两句是说，自己身居北方，想望南国。

[2] 这两句是说，看到你乘马南行，不知有多少人因思念南方而流下眼泪！

✤评析

《和侃法师》共三首，这里选的是其中第一首。侃法师生平事迹不详，庾信这诗是奉和他的诗而写的。诗的内容主要是表达了因侃法师南行而引起自己对南朝的怀念。法师，对僧人的称谓。

秋夜望单飞雁

失群寒雁声可怜，夜半单飞在月边。
无奈人心复有忆[1]，今暝将渠俱不眠[2]。

✤注释

[1] 有忆：有所思念。

[2] 暝：夜。将：与。渠：它，指雁。连上句是说，自己望见飞雁，心有所思，以致和雁一样通夜不眠。

✤评 析

这是一首感物伤情的诗。雁是候鸟，一年之间，定时地南来北往，诗人望见，容易引起乡思。雁一般又是合群飞翔的，今见单飞之雁，更容易引起个人的身世之悲。时节又当秋夜，正是北雁南归之时，所以感时触景，倍增愁苦。

寄王琳

玉关道路远，金陵信使疏[1]。
独下千行泪，开君万里书[2]。

✤注 释

[1] 玉关：玉门关，在今甘肃省敦煌市西。这里代指自己所在之地。金陵：梁的故都，即南京。这两句是说，自己身在边远之地，故国的音信稀少。句意与“榆关断音信，汉使绝经过”相同。

[2] 这两句应是：开君万里书，独下千行泪。即是说：看到来信，无限伤心。

✤评 析

这是庾信接到王琳的信后写给他的一首诗。由于长久不见故国人来，又不闻故国信息，而今一见万里来书，不禁感动得流泪，这也是一篇表达了故国之思的作品。倪璠说：“王琳方志雪耻，故子山有是寄焉。”王琳，字子珩，梁将，平侯景之乱有功。元帝被杀后，魏立萧詧为傀儡，王琳曾举兵攻詧。其后陈霸先篡梁帝位，王琳又曾讨伐陈霸先，兵败被杀。庾信对这人是赞许的。

重别周尚书

阳关万里道，不见一人归[1]，

惟有河边雁，秋来南向飞[2]。

✣ 注释

[1] 阳关：在今甘肃省敦煌市西南。这里也是代指自己所住之地。这两句是说，自己羁留在万里之外，始终不得南归。

[2] 这两句是说，只有大雁一到秋天便向南方飞去，这是比喻周弘正来到北周、经年又得南返，心中不胜欣羡。

✣ 评析

这是一首因送别而引起故国之思的诗。周尚书，名弘正，字思行，梁元帝时为左户尚书。梁亡仕陈，陈武帝时自陈使于周。庾信先有《别周尚书弘正》一诗，所以这一篇题为《重别周尚书》。

乌夜啼

促柱繁弦非子夜，歌声舞态异前溪[1]。
御史府中何处宿，洛阳城头那得栖[2]？
弹琴蜀郡卓家女，织锦秦川窦氏妻。
讵不自惊长落泪，到头啼乌恒夜啼[3]。

✣ 注释

[1] 柱：琴瑟等乐器上绷弦的枕木，用于调弦。促柱：距离短促的调弦柱。柱促则弦紧，琴瑟必然音高且急。繁弦：指众多的弦。子夜：晋曲名。前溪：晋舞曲名。这两句是说，听到促柱繁弦所奏出的曲调不似“子夜”，也不似“前溪”，这就暗示所奏的乃是“乌夜啼”。

[2] 汉时御史府中有柏树，常有野乌栖宿其上。又后汉童谣有“城上乌，尾毕逋”之句。后汉都于洛阳。这两句是说，乌鸦曾在御史府中住宿，又在洛阳城上栖止，它们究竟住在哪里呢？这两句也是用乌鸦的典故暗示所奏之曲乃是“乌夜啼”。

[3] 卓家女：卓文君，汉卓王孙之女，临邛人，今属四川邛崃，所以称蜀郡。

文君寡居，因闻司马相如弹琴而私奔。窦家妻：前秦窦韬之妻苏蕙，窦韬曾为秦州刺史。窦韬徙沙漠，苏蕙曾织锦作回文诗寄给他。这里引用卓文君和苏蕙的故事，是说像她们这样的寡妇、思妇，听到乌鸦夜啼，岂不吃惊落泪？但不管人们听了怎样，乌鸦总是夜里啼叫的。

✤评析

乌夜啼，乐府曲调名，属《清商曲》。这是用乐府旧题写的一首闺怨诗。由“乌夜啼”的歌曲而想到乌鸦夜啼的故事，又由乌鸦夜啼而写到卓文君、窦氏妻之惊心落泪。刘熙载《艺概》说庾信的《乌夜啼》“开唐七律”。这诗的思想内容无甚可取，但在诗歌形式的发展上值得重视。

南朝乐府

南朝乐府主要是东晋、宋、齐时代的民歌。这些民歌经南朝的乐府机关搜集整理、配乐传习，有的还结合舞蹈去演唱，因而得以保留下来。

郭茂倩的《乐府诗集》将南朝入乐的民歌全归入《清商曲》中，并且又分为《神弦歌》、《吴声歌曲》和《西曲歌》三个部分。《神弦歌》是宗教祭歌，数量极少。《吴声歌曲》是产生于建业（今南京市）附近的民歌，它最初是“徒歌”，后来又配上了管弦的伴奏。《西曲歌》是产生于湖北境内长江中游和汉水两岸一些城市里的民歌。《吴声歌曲》和《西曲歌》合在一起约有四百余首。

南朝的乐府机构采集民歌主要是为了适应统治阶级奢侈享乐生活的需要，所以，经他们搜集整理而保存下来的多是描写男女爱情、离别相思的情歌，题材范围比较狭窄，思想格调也不够高。形式上一般是五言四句，多用双关隐语和形象的比喻，语言精巧活泼，风格清新秀丽。从艺术特色和对后世作家作品的影响上来说，南朝乐府在我国古代文学史上具有一定的地位。

子夜歌（四十二首选六）

始欲识郎时，两心望如一[1]。

理丝入残机[2]，何悟不成匹[3]！

✤注释

[1] 望如一：怀着相同的愿望。

[2] 丝：蚕丝，谐相思的“思”。残机：残破的织布机。

[3] 何悟：哪料到。匹：布匹，谐匹配的“匹”。这两句是说，他们的恋爱就像在残破的织机上织布一样，哪料到不能织成布匹，也就是说他们不能成为配偶。

✤评析

《子夜歌》属于《吴声歌曲》。《乐府诗集》收《子夜歌》晋、宋、齐辞共四十二首，都是情歌。据《唐书·乐志》记载：“子夜歌者，晋曲也。晋有女子名子夜造此声，声过哀苦。”说明作曲者名叫子夜，而歌词则是群众的创作。

这里选了其中的六首。第一首表达的是一对互相爱恋的青年不能结成婚姻的痛苦。第二、三首是写一个妇女对情人的思念和爱慕。第四首是对对方态度不明朗、不坚决表示不满。第五首和第六首是抒发女子在失恋后的怨恨。这几首诗运用巧妙有趣的双关隐语，或运用富有形象性的比喻来表达各种感情，写得生动活泼，充分体现了南朝民歌的特殊风格。

其　二

谁能思不歌？谁能饥不食？
日冥当户倚[1]，惆怅底不忆[2]？

✤注释

[1] 日冥：黄昏时候。

[2] 底：怎能。这二句是说，在黄昏时倚着屋门，怎能不因思念爱人而忧伤呢？

其　三

怜欢好情怀，移居作乡里[1]。
桐树生门前，出入见梧子[2]。

✤ 注 释

[1] 怜：爱。欢：指所爱的人。好情怀：指对方对自己的真诚情意。作乡里：当邻居。

[2] 梧子：梧桐树的子实。这里是双关隐语，即“吾子”，指男方。

其　四

我念欢的的[1]，子行由豫情[2]。
雾露隐芙蓉[3]，见莲不分明[4]。

✤ 注 释

[1] 的的：即“旳旳”，明显。

[2] 由豫：犹豫，动摇不定。这二句是说，我思恋你是真的，而你的行动和感情却总是犹豫不定。

[3] 芙蓉：水芙蓉，荷花。

[4] 莲：谐怜爱的“怜”。这是双关隐语，说你对我的爱情态度就像雾和露里面的荷花一样，使人看不分明。

其　五

常虑有贰意，欢今果不齐[1]。
枯鱼就浊水，长与清流乖[2]。

✤注释

[1] 不齐：不一，指爱情不能专一。

[2] 乖：背离。这二句中的枯鱼是比喻男子，浊水比喻其他女子，以清流比喻自己。意思是说，对方另有所爱，所以就和自己永远断绝了。

其　六

侬作北辰星[1]，千年无转移。
欢行白日心，朝东暮还西[2]。

✤注释

[1] 侬：吴地方言称自己为侬。北辰星：北斗星。

[2] 还：同“旋”，转。这二句是说，对方的感情不坚定，就像太阳一样早晨在东边，黄昏时又转到了西边。

子夜四时歌（七十五首选八）

春　歌

春林花多媚，春鸟意多哀[1]。
春风复多情，吹我罗裳开。

✤注释

[1] 春鸟意多哀：是说在春天鸟的啼声中多有一种哀婉的情调。

✤评析

《子夜四时歌》是《吴声歌曲·子夜歌》的变曲。《乐府诗集》收《子夜四时歌》晋、宋、齐辞共七十五首，都是写妇女在一年四季里的生活和思想感情的。这里共选了八首，春歌、夏歌、秋歌和冬歌各二首。或表现对爱人的思念，或写青年男女的互相爱慕和对于爱情的坚贞不渝。这些诗都能结合不同季节和景物的特点表达各种细腻的生活情感，语言清新秀丽。

其　二

朝日照北林，初花锦绣色[1]。
谁能不相思，独在机中织。

✤注释

[1] 朝日照北林：《乐府诗集》作“明月照桂林”，今据《玉台新咏》改。初花：春花。

夏　歌

田蚕事已毕，思妇犹苦身[1]。
当暑理絺服，持寄与行人[2]。

✤注释

[1] 思妇：出征人的妻子。犹苦身：即身犹苦，还很辛苦。

[2] 絺服：细葛布衣。理絺服，即缝制夏衣。这二句是说，思妇冒着酷暑裁制夏衣，托人带给征夫。

其　二

青荷盖渌水[1]，芙蓉葩红鲜[2]。
郎见欲采我，我心欲怀莲[3]。

✤注释

[1] 渌：清澈的水。

[2] 葩：花未开足叫葩，这里用作动词。

[3] 采：谐“睬”。莲：谐“怜”。这二句是双关隐语，以采莲、爱莲表达男女双方的互相爱慕、追求。

秋歌

白露朝夕生，秋风凄长夜[1]。
忆郎须寒服，乘月捣白素[2]。

✤注释

[1] 凄长夜：即长夜凄凄，是说秋风吹来夜显得特别漫长凄凉。

[2] 捣白素：将织成或洗净的白色衣料放在砧上，用杵捶平，准备裁制衣服。

其二

秋风入窗里[1]，罗帐起飘飏。
仰头看明月，寄情千里光[2]。

✤注释

[1] 风：《乐府诗集》作“夜”，今据《玉台新咏》改。

[2] 寄情千里光：是说希望月光把自己的相思之情传达给千里之外的征人。

冬歌

渊冰厚三尺[1]，素雪覆千里[2]。
我心如松柏，君情复何如？

✤注释

[1] 渊冰：深水结的冰。

[2] 素雪：白雪。

其二

果欲结金兰[1]，但看松柏林。
经霜不堕地，岁寒无异心[2]。

✤ 注 释

[1] 结金兰：即结同心之好。金和兰是比喻两情契合、坚定不移。本《易·系辞》："二人同心，其利断金，同心之言，其臭如兰。"

[2] 这二句是说，松柏经受冰霜叶子并不凋落，在严寒的冬天还是那样苍翠。用以比喻爱情的坚贞不渝。

大子夜歌（二首）

歌谣数百种，子夜最可怜[1]。
慷慨吐清音，明转出天然[2]。

✤ 注 释

[1] 可怜：可爱。

[2] 慷慨：意气激昂、感情充沛。明转：指其曲调的明快宛转。

✤ 评 析

《大子夜歌》属于《吴声歌曲》，是《子夜歌》的变曲。《乐府诗集》所收共二首，内容都是赞美《子夜歌》的善于表情达意和清新自然、宛转动听。

其 二

丝竹发歌响[1]，假器扬清音[2]。
不知歌谣妙，声势出口心[3]。

✤ 注 释

[1] 丝竹：琴弦和竹管，指弦乐器和管乐器。

[2] 假器：借着乐器。

[3] 声势：指声音和旋律。口：应作"由"。这二句是说，《子夜歌》的妙处是由于它能够直接表达内心情感。

读曲歌(八十九首选五)

折杨柳,百鸟园林啼,道欢不离口[1]。

✤注释

[1] 道欢不离口:是说因一心思念情人,所以听到园林间鸟雀的啼声,也像是在不停地呼叫着情人的名字。

✤评析

《读曲歌》属于《吴声歌曲》,《乐府诗集》共收八十九首,并引《古今乐录》说:"《读曲歌》者,元嘉十七年(440)袁后崩,百官不敢作声歌,或因酒宴止窃声读曲细吟而已,以此为名。"说明《读曲歌》流行于宋元嘉年间。读曲,低声吟唱。

《读曲歌》都是写恋爱相思的情歌,内容比较单调。句子有长有短,但以五言四句为多。这里选的五首构思巧妙、新颖,活泼有趣。

其　二

逋发不可料[1],顦顇为谁睹[2]?
欲知相忆时,但看裙带缓几许[3]!

✤注释

[1] 逋发:即"蓬发"。余冠英说:"'逋'字和'蓬'字声音形状都相近,蓬发连文是常见的,从《诗经》'首如飞蓬'来。"不可料:不好理。

[2] 顦顇:即"憔悴",脸色不好。为谁睹:有谁看见。

[3] 缓:松。几许:多少。

其　三

奈何许[1]？石阙生口中[2]，衔碑不得语[3]。

✤注释

[1] 奈何许：怎么办。许：语尾助词。

[2] 石阙：古人墓道外两旁所立的石头标志，上面刻着死者的姓名和所历官职。

[3] 碑：指墓前的石碑。这里是把石阙和石碑等同起来了。碑和“悲”同音双关。这二句是说，自己就像嘴里长出一块石阙一样，因口里衔碑（悲），而不能说出话来。

其　四

打杀长鸣鸡，弹去乌臼鸟[1]，
愿得连冥不复曙，一年都一晓[2]。

✤注释

[1] 弹：用弹弓射击。乌臼鸟：即“鸦舅”，俗称“黎雀”。

[2] 连冥：黑天连续下去。曙：天亮。晓：早晨。这二句是说，希望黑夜连续下去，天总也不亮，一年只有一个早晨。

其　五

种莲长江边，藕生黄蘗浦[1]。
必得莲子时，流离经辛苦[2]。

✤注释

[1] 黄蘗：“蘗”又作“檗”，即“黄柏”，树名，一种属于芸香科的落叶乔木，

树皮可做药，味甚苦。

[2] 莲子：谐“怜子”。得莲子，暗喻得以和对方相恋。流离：这里指路途艰难。这二句是说，要得到对方的爱情，就和去黄蘖浦采莲一样，需要经历许多艰难辛苦。

采桑度（七首选三）

蚕生春三月，春桑正含绿。
女儿采春桑，歌吹当初曲[1]。

注释

[1] 歌吹：歌唱和吹奏。当初曲：可能是开始曲。初，一作“春”，当春曲，即春之歌，亦通。

评析

《采桑度》又作《采桑》，属于“西曲歌”。按曲行歌叫度。这是产生在梁以前的一组舞曲歌词。诗共七首，这里选了三首。第一、二首是写阳春三月，桑叶繁茂，采桑女儿攀枝上树的劳动情况。第三首表现采桑女儿要自己养蚕来制做罗绣襦。诗歌格调比较明朗健康。

其　二

采桑盛阳月[1]，绿叶何翩翩[2]！
攀条上树表，牵坏紫罗裙[3]。

注释

[1] 盛阳月：阳光灿烂的春季，指二、三月。

[2] 何：多么。翩翩：摇曳飘拂的样子。

[3] 树表：树上。牵坏：撕破。这二句是说，拽着树枝攀登上树，紫罗裙竟被树枝撕破了。

其　三

春月采桑时，林下与欢俱[1]。
养蚕不满百，那得罗绣襦[2]？

✤ 注 释

[1] 俱：一同。这句是说，在桑林中和情人相遇而一同采桑。

[2] 罗绣襦：古代妇女穿的一种罗质绣花短袄。

莫愁乐

莫愁在何处？莫愁石城西[1]。
艇子打两桨[2]，催送莫愁来。

✤ 注 释

[1] 石城：地名，在今湖北省钟祥市。

[2] 艇子：划船人。艇：一种小船。

✤ 评 析

《莫愁乐》是舞曲，属于“西曲歌”。据《唐书·乐志》说：石城有个善歌谣的女子名叫莫愁。《莫愁乐》共二首，这里选的是第一首。

作蚕丝

春蚕不应老，昼夜常怀丝[1]。

何惜微躯尽，缠绵自有时[2]。

✤注 释

[1] 丝：谐“思”。怀丝：双关隐语，指对情人的怀恋思念。这二句是以春蚕本不应老，因不停吐丝而死去，说明自己由于怀念情人而憔悴。

[2] 缠绵：环绕不断。这里是用蚕自喻，表明自己对爱情的执着。

✤评 析

《作蚕丝》这首民歌收在《西曲歌》中，《乐府诗集》所引《古今乐录》说：《作蚕丝》是倚歌。倚歌无舞，是一种在乐器伴奏方面“悉用铃鼓，无弦有吹”的歌曲。诗共四首，这里选的是第二首。全诗以春蚕为喻，表明自己不惜为爱情舍弃性命。

长干曲

逆浪故相邀[1]，菱舟不怕摇[2]。
妾家扬子住[3]，便弄广陵潮[4]。

✤注 释

[1] 逆浪：迎面打来的浪头。邀：遮留、阻拦。这句话是说，逆水行舟时迎面打来的浪头好像是故意要挡住人的去路。

[2] 菱舟：小船。

[3] 妾：古时女子的自称。扬子：即扬子津，长江上的一个渡口，在今江苏省扬州市南。

[4] 便：便习，习惯。广陵：古郡名，广陵郡治在今江苏省扬州市东北。广陵潮：指这一带扬子江中的潮水。弄潮：即驾舟在浪潮中行驶。

✤评 析

《长干曲》属于“杂曲歌辞”，只有五言四句一首。

长干，是古代金陵（今南京市）的里巷名。从诗中所涉及的地点看,《长干曲》应是江都附近长江上的渔家歌曲。其所反映的生活具有鲜明的水乡特点,而且感情豪迈泼辣,语言生动,音节谐美,是南朝民歌中很出色的一篇作品。

西洲曲

忆梅下西洲,折梅寄江北[1]。
单衫杏子红,双鬓鸦雏色[2]。
西洲在何处?两桨桥头渡[3]。
日暮伯劳飞,风吹乌臼树[4]。
树下即门前,门中露翠钿[5]。
开门郎不至,出门采红莲[6]。
采莲南塘秋,莲花过人头。
低头弄莲子,莲子青如水。
置莲怀袖中,莲心彻底红。
忆郎郎不至,仰头望飞鸿[7]。
鸿飞满西洲,望郎上青楼[8]。
楼高望不见,尽日栏杆头。
栏杆十二曲,垂手明如玉[9]。
卷帘天自高,海水摇空绿[10]。
海水梦悠悠[11],君愁我亦愁。
南风知我意,吹梦到西洲[12]。

✤注释

[1] 下:飘落。这二句是说,因回忆起梅花飘落的时候他们曾在西洲聚会,所以当梅花开时便又折梅寄给已去江北的爱人。

[2] 杏子红:一本作“杏子黄”,即杏黄色。鸦雏色:是说妇女的头发像小

乌鸦羽毛那样又黑又亮。

[3] 两桨桥头渡：划动双桨即可到达桥头的渡口。指西洲的所在。

[4] 伯劳：一种鸣禽，亦名博劳，又名鵙。《诗经·七月》有“七月鸣鵙”，伯劳仲夏始鸣。乌臼树：亦名乌柏。一种高大的落叶乔木。

[5] 翠钿：用翠玉制做或镶嵌的首饰。

[6] 莲：以下几句的莲字，都有双关的意思。

[7] 望飞鸿：古人有鸿雁传书的说法，所以望飞鸿即盼望书信。

[8] 青楼：涂饰青漆的楼房，古时谓妇女之所居。

[9] 垂手：是说女子垂下扶着栏杆的手。

[10] 海水：即江水。一说指秋夜的蓝天。

[11] 海水梦悠悠：是说思梦如海水悠悠不断。

[12] 这二句是说，希望南风能理解她对爱人的思念之情，把她送到在西洲团聚的美梦中去，即希望在梦中相会。

✤评析

《乐府诗集》把《西洲曲》归在“杂曲歌辞”中，题作“古辞”。关于这首诗的时代和作者有许多不同的说法。从其格调及词句的工巧来看，它应是经过文人加工修润的南朝后期的民歌。

根据温庭筠写的《西洲曲》中“西洲风色好，遥见武昌楼”的句子推测，西洲应在武昌附近，可能是武昌市西南方长江中的鹦鹉洲。

《西洲曲》是一首情歌。由于它“声情摇曳而纡回”（《古诗归》），有些诗句不很连贯，意思不够明显，所以对其内容历来都有不同的解释。大致来说，这是一首作者的侧面描绘与人物的自我抒情相互结合的情歌。它表现一个居住在西洲附近的女子当爱人到江北去后，她思念和等待爱人回来的思想感情。作者很善于紧扣住节候和客观景物的变化来刻画女子细腻、缠绵的情感。诗中多用“接字”和“钩句”，以加强诗歌语言的音乐节奏感。这种婉约、细致的风格正体现了南朝民歌的特色，说明它可能是《吴歌》、《西曲》最成熟阶段的作品。

北朝乐府

北朝乐府民歌保存下来的数量不多，总共约有七十余首。主要收录在《乐府诗集》的《梁鼓角横吹曲》中，其余属于《杂歌谣辞》和《杂曲歌辞》。《鼓角横吹曲》是北方民族用鼓和角等乐器在马上演奏的一种军乐，其歌词的作者主要是东晋以后北方的鲜卑族和氐、羌等族的人民。其中虽然也有汉语歌词，但很多是用鲜卑语等语言歌唱的。后来到北魏太武帝以后，北方各族与汉族在文化上进行了大融合，于是这些民歌就经过翻译先后传入南朝的齐、梁，并由梁朝的乐府机关保存下来，所以称为《梁鼓角横吹曲》。《杂歌谣辞》和《杂曲歌辞》收录的则多是徒歌和谣谚。

北朝乐府民歌的题材范围比南朝的广阔，可以说是比较生动地反映了北朝丰富的社会生活、壮丽的山川景物和北方人民乐观、粗犷的精神面貌。有些作品具有明显的现实性、战斗性。在艺术上，北朝乐府体裁多样，语言质朴、生动，风格豪放、刚健。其思想和艺术上的成就都是南朝乐府民歌所不及的。

企喻歌（四首）

男儿欲作健[1]，结伴不须多。

鹞子经天飞，群雀两向波[2]。

✤注 释

[1] 作健：去行豪健之事。

[2] 鹞子：一种似鹰而小的猛禽。两向：向左右两边。波：即“播”，逃散。一说言左右飞逃像波涌。这二句是说，这一健儿来到时，人们都纷纷遁逃，就像鹞子在天空一飞，鸟群都向两旁飞散一样。

✤评 析

《企喻歌》属于《梁鼓角横吹曲》。郭茂倩说：“此歌是燕、魏之际鲜卑歌。”诗共四首，第一首通过生动的比喻赞扬了一个孤胆英雄的纵横驰骋、所向披靡，第二、三首写战马精良和队伍的齐整，第四首表现兵士们的哀怨。这些诗都具有一种勇敢、粗犷的精神，语言朴素、自然，充分体现了北朝民歌的共同特色。

其 二

放马大泽中[1]，草好马著膘[2]。
牌子铁裲裆，钰鉾鹳尾条[3]。

✤注 释

[1] 大泽：水多草盛的低洼地。

[2] 著膘：上膘，长肉。

[3] 牌子：番号、标志。裲裆：本作“两当”，即背心。牌子铁裲裆，可能是一种带有番号标志的铁甲。钰鉾：余冠英说可能是兜鍪（头盔）之类。鹳尾：即雉尾。钰鉾鹳尾条，可能是说头盔上插有长的雉尾。这两句是写士兵的衣着。

其　三

前行看后行[1]，齐著铁裲裆[2]。
前头看后头，齐著铁钮铧。

✤注释

[1] 前行看后行：与下文之“前头看后头”都是写行军时行列的整齐。

[2] 齐著：全都穿着。

其　四

男儿可怜虫，出门怀死忧[1]。
尸丧狭谷中，白骨无人收。

✤注释

[1] 怀死忧：怀着可能战死在外的忧惧。

陇头歌（三首）

陇头流水[1]，流离山下[2]。
念吾一身，飘然旷野。

✤注释

[1] 陇头：陇山头。陇山，亦名陇坂、陇首，在陕西省陇县西北，绵亘于陕西省的陇县和甘肃的清水、静宁等县。据《三秦记》说：“其坂（山坡）九回，上者七日乃越。上有清水四注下，所谓‘陇头水’也。”

[2] 流离：山水下泄的样子。

✤评析

《陇头歌辞》本属魏、晋乐府。《乐府诗集》归之为《梁鼓角横吹曲》。诗共三首，都是反映北方人民服兵役的艰苦生活和思恋故乡的感情，格调苍凉悲壮。

其　二

朝发欣城，暮宿陇头[1]。
寒不能语，舌卷入喉[2]。

✤注释

[1] 欣城：地名，具体地点不详。应距陇山不远，所以能朝发暮至。
[2] 这句是说：天气严寒，冻得舌头都卷缩到喉咙里了。

其　三

陇头流水，鸣声呜咽[1]。
遥望秦川[2]，心肝断绝。

✤注释

[1] 呜咽：哽咽，悲哀得说不出话来。这是说流水的声音就像哭泣一般。
[2] 望：一作“看”。秦川：指今陕西关中地带，是服役者的故乡所在。

敕勒歌

敕勒川，阴山下[1]。
天似穹庐[2]，笼盖四野。
天苍苍，野茫茫。

风吹草低见牛羊。

✤注 释

[1] 敕勒川：泛指敕勒族游牧的草原，或云即今内蒙古土默特旗一带。阴山：在今内蒙古自治区。

[2] 穹庐：毡帐，即蒙古包。

✤评 析

《乐府诗集》收《敕勒歌》在《杂歌谣辞》中。据《乐府广题》说是北齐人斛律金所唱，其歌本鲜卑语，后译成汉文。

敕勒，古种族名，亦称铁勒。是北朝时居住在今山西省北部和内蒙古南部的游牧民族。《敕勒歌》就是流传于敕勒族中的民歌。其主要内容是歌唱阴山脚下土地辽阔和牛羊肥壮、牧草丰茂的草原风光。风格雄浑奔放，是文学史上声誉很高的一首民歌。

折杨柳歌（五首选二）

遥看孟津河[1]，杨柳郁婆娑[2]。
我是虏家儿，不解汉儿歌[3]。

✤注 释

[1] 孟津河：孟津，又曰富平津，旧址在今河南省孟州市南，今名河阳渡。孟津河：指孟津一带的黄河岸边。

[2] 郁：树木茂密。婆娑：本义是指舞蹈的姿态，这里是指柳枝的随风摇曳。

[3] 虏家儿：胡人。汉儿：汉人。从这二句可知，此诗是从当时的少数民族语言译成汉语的。

✤ 评析

《折杨柳歌》属于《梁鼓角横吹曲》，共存五首。这里所选的是第四和第五首，反映了北方人民引吭高歌和放马奔驰的游牧生活。

其 二

健儿须快马，快马须健儿。
跸跋黄尘下[1]，然后别雄雌[2]。

✤ 注释

[1] 跸跋：象声词，马奔驰时马蹄踏地的声音。
[2] 别：分辨，区别。雄雌：胜负、强弱。

地驱乐歌（四首选一）

驱羊入谷，白羊在前。
老女不嫁，蹋地唤天[1]。

✤ 注释

[1] 蹋地唤天：顿着脚呼天哭号。

✤ 评析

《梁鼓角横吹曲》中收《地驱乐歌》共四首。这里选的是第二首，写一个天真的牧羊女急切求嫁的情绪。

折杨柳枝歌（四首选三）

门前一株枣，岁岁不知老。

阿婆不嫁女[1],那得孙儿抱。

✤注释

[1] 阿婆:母亲。女:女子自谓。

✤评析

《梁鼓角鼓吹曲》中收《折杨柳枝歌》四首。这里所选是第二、三、四首,都是以一个女子的口吻表达要早日出嫁的愿望,天真坦率,饶有风趣。

其二

敕敕何力力[1],女子临窗织。
不闻机杼声[2],只闻女叹息。

✤注释

[1] 敕敕、力力:都是叹息的声音。何:语气词,犹如"呵"。

[2] 机杼声:织布时织机发出的声响。杼:织布机上撑经线的柱。

其三

问女何所思,问女何所忆。
阿婆许嫁女,今年无消息。

李波小妹歌

李波小妹字雍容,褰裳逐马如卷蓬[1]。
左射右射必叠双[2]。

妇女尚如此，男子安可逢[3]。

✤注释

[1] 褰：通“攐”。褰裳：把衣服提起来。逐马：骑马奔驰。卷蓬：随风翻卷的蓬草。这二句是说李波小妹撩起衣服骑上马，跑得非常轻快、迅速，就像被风吹卷起来的蓬草一样。

[2] 叠双：成双，指一箭射中两个猎物。

[3] 安可逢：怎能敌当。

✤评析

这首诗出自《魏书·李安世传》，据记载：广平（今河北省邯郸市永年区）人李波，宗族强盛，无视封建社会秩序，大量收容为抗租拒税而逃亡的百姓，并用武力对抗官军的剿捕。对于他们，官府和地主豪绅引以为患，而百姓却作歌赞美李波小妹的骑射本领，从而颂扬了李波一伙的武艺高强，所向无敌。

木兰诗

唧唧复唧唧，木兰当户织[1]。
不闻机杼声，唯闻女叹息[2]。
问女何所思？问女何所忆[3]？
女亦无所思，女亦无所忆。
昨夜见军帖，可汗大点兵[4]，
军书十二卷，卷卷有爷名[5]。
阿爷无大儿，木兰无长兄，
愿为市鞍马[6]，从此替爷征。

东市买骏马，西市买鞍鞯，

南市买辔头，北市买长鞭[7]。
旦辞爷娘去[8]，暮宿黄河边。
不闻爷娘唤女声，但闻黄河流水鸣溅溅[9]。
旦辞黄河去，暮至黑山头[10]，
不闻爷娘唤女声，但闻燕山胡骑鸣啾啾[11]。

万里赴戎机，关山度若飞[12]。
朔气传金柝，寒光照铁衣[13]。
将军百战死，壮士十年归。

归来见天子，天子坐明堂[14]。
策勋十二转，赏赐百千强[15]。
可汗问所欲，木兰不用尚书郎[16]，
愿驰明驼千里足，送儿还故乡[17]。

爷娘闻女来，出郭相扶将[18]。
阿姊闻妹来，当户理红妆[19]。
小弟闻姊来，磨刀霍霍向猪羊[20]。
开我东阁门，坐我西间床[21]。
脱我战时袍，著我旧时裳。
当窗理云鬓，对镜帖花黄[22]。
出门看火伴，火伴皆惊惶[23]。
同行十二年，不知木兰是女郎。

雄兔脚扑朔，雌兔眼迷离。
双兔傍地走，安能辨我是雄雌[24]！

✤注释

[1] 唧唧：叹息声。此句又作“促织何唧唧”。当户：对着门户。

[2] 机杼声：指织机在织布时发出的声响。这二句是说，木兰忽然停止了织布，在那里叹息。

[3] 忆：思念。

[4] 军帖：征兵的文书。可汗：汉代以后西北地区少数民族政权对君主的称呼。点兵：征集兵士。

[5] 军书：即上文的“军帖”。十二卷：十二，在这里是表示多数，并非确实的数字。爷：父亲，当时北方呼父为“阿爷”。

[6] 市鞍马：购买马鞍和马匹。据《新唐书·兵志》记载：起自西魏的府兵制规定从军的人要自备武器、粮食和衣服。

[7] 鞯：马鞍下的垫子。辔头，马嚼子和缰绳。以上四句写分别到东西南北市去买出征用品，并非实写，而是民歌的铺叙手法。

[8] 旦：早晨。一作“朝”。

[9] 溅溅：水流声。

[10] 至：一作“宿”。黑山：或即今之杀虎山，在内蒙古自治区呼和浩特市东南百里。

[11] 燕山：一说是燕然山，即今蒙古人民共和国境内的杭爱山；一说是河北的燕山山脉。两说都未必是，从上文之“暮宿黄河边……但闻黄河流水鸣溅溅”来看，此句中之燕山应与黑山是同一个地方，至少极靠近。可能这个燕山就是阴山，由于声近而记录成燕山。胡骑：胡人的战马。鸣：一作“声”。啾啾：马鸣声。

[12] 戎机：军机，这里指战争。这二句是说，到万里之外从军作战，像飞一样迅速地度过了雄关大山。

[13] 朔气：北方的寒风冷气。朔：北方。金柝：即刁斗，一种用铜做成的器皿，容量相当于一斗，形状似带柄的锅。是古时军中用具，白天当锅做饭，晚上当梆子打更。这二句是说，在夜里北风传送着刁斗声，寒冷的月光照射着铠甲战袍。

[14] 明堂：古代皇帝听政、选士的地方，即殿堂。

[15] 策勋：记功授爵。十二转：古代依军功授爵，军功每加一等，官爵也随升一等，谓之一转。军功及勋位共分十二等，十二转是功勋和官爵

最高的一级。强：有余。百千强：是说赏赐千百金以上。

[16] 尚书郎：官名，魏、晋以后在尚书台（省）下分设若干曹（部），主持各曹事务的官通称尚书郎。这句是说，木兰不愿当尚书郎。以上二句又作“欲与木兰赏，不愿尚书郎”。

[17] 驰：一作“借”。明驼：一种精壮的骆驼。这二句是说，希望骑上一匹好骆驼回到家乡去。

[18] 郭：外城。相扶将：互相搀扶着。是说父母互相搀扶着到城外来迎接木兰。

[19] 理红妆：梳妆打扮。

[20] 霍霍：磨刀声。

[21] 西间：一作“西阁”。

[22] 云鬓：旧指青年女子柔美乌亮的鬓发。对镜：一作“挂镜”。帖：同“贴”。花黄：古代妇女在额头贴上或涂上黄色的山、月、花等形状的妆饰。

[23] 火伴：指同行的士兵。古代军队编制十人为一火，所以称同火者为火伴。皆惊惶：一作“始惊忙”。

[24] 脚扑朔：两脚乱爬搔。眼迷离：两眼眯缝着。双兔：一作“两兔”。傍地走：在地上跑。这几句是说，雄兔和雌兔的脚和眼虽有不同，但当它们在地上跑时却分别不出雌雄来。又，余冠英说：这二句是互文，雌兔的脚也扑朔；雄兔的眼也迷离。

✤ 评析

《木兰诗》最早著录于陈智匠所撰的《古今乐录》，原书已佚。《乐府诗集》把它归入《梁鼓角横吹曲》中。诗共二首，都是叙述木兰女扮男装代父从军的故事。这里所选的是第一首。

木兰从军的故事和诗歌可能都产生于北魏。公元 407 年至 493 年之间，北方的鲜卑族政权北魏与居住在今内蒙古自治区和蒙古人民共和国境内的柔然族，曾发生过多次大的战役。诗中提到的黑山、燕山等地，正是北魏与柔然交战的战场。而且当时北方女子亦多弓马娴熟。所以，《木兰诗》可能就是以北魏与柔然之间的战争为背景的北朝民歌。

关于木兰的姓氏和乡里，过去有过不少说法。其实，木兰从军本属民间传说，未必是真人真事。作为民歌《木兰诗》是经过了长期的流传，最后由文人加工修饰而保存下来的。但其最后写定应不晚于陈。

《木兰诗》是我国古代著名的叙事诗之一。它有头有尾地叙述了木兰女扮男装代父从军的故事，塑造了一个淳朴善良、刚毅果敢的女英雄形象。她对家乡的热爱，对利禄的鄙弃，都反映着劳动人民的思想感情。诗中对木兰的歌颂和那种“生女与男同”的观点，正是对封建阶级男尊女卑传统观念的有力批判。

《木兰诗》充满着乐观主义和浪漫主义的色彩。诗中有比较细致的心理刻画、具体的场景描写和严谨的结构安排。语言形象鲜明、生动活泼。在艺术方面有很卓越的成就。诗中虽然有被后世文人加工的痕迹，但从整体上来看还是保存着基本的民歌风调。这首诗从思想、题材到艺术技巧都对后世文学产生了很大的影响。

隋诗

卢思道

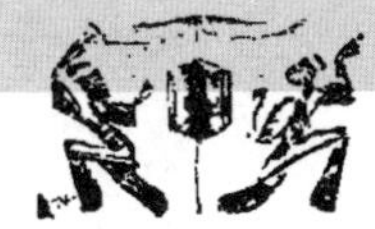

卢思道(535—586),字子行,范阳(今河北省涿州市)人。年少时曾做过邢邵的学生,北齐时做过给事黄门侍郎。北周时授仪同三司,任武阳太守。隋初官至散骑侍郎。

思道是北方人,但他的诗却学南朝,承袭齐梁的余风。有辑本《卢武阳集》。

从军行

朔方烽火照甘泉,长安飞将出祁连[1]。
犀渠玉剑良家子,白马金羁侠少年[2]。
平明偃月屯右地,薄暮鱼丽逐左贤[3]。
谷中石虎经衔箭,山上金人曾祭天[4]。
天涯一去无穷已,蓟门迢递三千里[5]。
朝见马岭黄沙合,夕望龙城阵云起[6]。

庭中奇树已堪攀,塞外征人殊未还[7],
白雪初下天山外,浮云直上五原间[8]。
关山万里不可越,谁能坐对芳菲月[9]?
流水本自断人肠,坚冰归来伤马骨。

边庭节物与华异，冬霰秋霜春不歇。
长风萧萧渡水来，归雁连连映天没[10]。
从军行，军行万里出龙庭，
单于渭桥今已拜，将军何处觅功名[11]！

✤注 释

[1] 朔方：北方。又古县名，汉置。治所在今内蒙古杭锦旗西北。甘泉：汉宫名，在今陕西省淳化县甘泉山上。《史记·匈奴列传》：汉文帝后元三年，“胡骑入代句注边，烽火通于甘泉长安”。飞将：飞将军，汉时李广号称飞将军，这里泛指汉将。祁连：祁连山，甘肃省西部和青海省东北部边境山地的总称。主峰之一是酒泉市南面的祁连山。这两句是说，北方燃起了烽火，于是汉将从长安出征。

[2] 犀渠：盾。良家子：汉时指清白人家子弟。羁：马络头。这两句是说，出征的战士都整装出发了。

[3] 偃月：半月形，这里指偃月阵。右地：西部地带，汉时曾屯田于此以备征战。鱼丽：车战的阵形。左贤：左贤王，这里泛指匈奴的军事统帅。这两句是说，军队早晨屯驻在右地，晚上便与匈奴军队接触，临阵得胜。

[4] 石虎：即虎形之石。汉李广射猎时，望见草中石，以为虎，一箭射去，矢入石中。金人：匈奴人祭天用的神像。汉霍去病曾经“收休屠祭天金人”。这两句是说带兵的大将才高功大，就像李广、霍去病那样。

[5] 蓟门：即蓟丘，在今北京市德胜门西北土城一带。这两句是说，出征直到三千里外的蓟门一带。

[6] 马岭：关名，在今山西省太谷县东南马岭山上。龙城：即龙庭，在今蒙古国鄂尔浑河上游，是匈奴大会各部落长祭祀天地、祖先、鬼神的地方。这两句是说，战争一直深入到匈奴的王庭所在。

[7] 奇树：美树，嘉树。古诗：“庭中有奇树，春来发华滋。攀条折其荣，将以遗所思。”这里是撮取其意。

[8] 天山：在今新疆维吾尔自治区中部。五原：塞名，在今内蒙古自治区。这两句是说，思妇遥想征人可能仍在天山之外、五原之间。

[9] 这两句是说，征人相隔万里，见面不易，谁能对月而不伤心呢？

[10] 以上六句都是想象边地的情景。

[11] 龙庭：即龙城。渭桥：汉唐时代建于长安渭水上面的桥。这四句是说，这次出征已经打到匈奴的王庭，单于已来长安朝拜，将军还想到哪里去求功名呢？意思是说不要再打仗了。

✣评析

这是一首用古题古事为征夫思妇诉说离情的诗。始叙闻警出征，中述久戍不归，最后说勿以功名为念。内容无甚可取，但七言转韵，音节自然，已近似唐人歌行之体。

薛道衡

薛道衡(540—609),字玄卿,河东汾阴(今山西省万荣县西)人。历仕北齐北周,隋时屡任要职,位至内史侍郎,加开府仪同三司。后因得罪炀帝,下狱缢死。

道衡诗文盛于周、隋两代,与卢思道齐名,史称“每有所作”,南人也“无不吟诵”。

有辑本《薛司隶集》。

昔昔盐

垂柳覆金堤,蘼芜叶复齐。
水溢芙蓉沼,花飞桃李蹊[1]。
采桑秦氏女,织锦窦家妻[2]。
关山别荡子,风月守空闺[3]。
恒敛千金笑,长垂双玉啼[4]。
盘龙随镜隐,彩凤逐帷低[5]。
飞魂同夜鹊,倦寝忆晨鸡[6]。
暗牖悬蛛网,空梁落燕泥[7]。
前年过代北,今岁往辽西[8]。
一去无消息,那能惜马蹄[9]。

✤注释

[1] 这四句写垂柳覆堤，蘼芜叶茂，芙蓉出水，桃李花飞，已是春末夏初的景物。

[2] 秦氏女：即罗敷，事见汉乐府《陌上桑》。窦家妻：即窦韬妻苏蕙。这两句是泛言有罗敷和苏蕙这样的妇女思念征夫。下面就写这样的妇女在闺中的怨情。

[3] 这两句是说，荡子远去关山之外，而罗敷、苏蕙这样的女子则当风清月朗之时独守空闺之中。

[4] 双玉：指双目流涕。这两句是说，再也没有笑容而终日啼泣。

[5] 盘龙：铜镜背面所刻的龙纹。彩凤：帷帐上面的装饰。这两句是说，无心打扮，不再对镜；慵懒不起，帷帐长垂。

[6] 飞魂：赵嘏用《昔昔盐》的每一句为题作诗，“飞魂”引作“惊魂”。这两句是说，夜里不眠，就像夜鹊容易受惊而起；也像晨鸡那样早起不睡。

[7] 牖：窗户。空梁：空室之屋梁。窗结蛛网，梁落燕泥，都是说人去室空的冷落景象。

[8] 这两句是说，征夫在外行踪不定。

[9] 那能：奈何这样。惜马蹄：指不回来。苏伯玉妻《盘中诗》：“何惜马蹄归不数(多次)。”这两句是怨征夫的话。

✤评析

《昔昔盐》，乐府《近代曲》名。昔昔，即夜夜。盐，即艳，曲的别名。这也是一首闺怨诗。诗中多用旧事，没有多少新意。惟有“空梁落燕泥”一语据说曾为隋炀帝所忌，遂传为名句。

人日思归

入春才七日[1]，离家已二年。
人归落雁后[2]，思发在花前。

✤注释

[1] 入春七日，花还未开，但自己思归之情却早在花开之前就有了。

[2] 雁到春天飞向北方，今春天已到，自己归期尚且未定，因而想到自己北归之时恐在雁归之后了。

✤评 析

这是一首思乡的诗。人日：旧时称阴历正月初七为人日。唐刘悚《隋唐嘉话》说这诗是薛聘陈时所作。按：薛道衡于隋初为内史舍人，兼散骑常侍，做过聘陈主使。这首诗可能即作于此时。

歌谣

炀帝时挽舟者歌

我兄征辽东，饿死青山下[1]。
今我挽龙舟，又困隋堤道[2]。
方今天下饥，路粮无些小[3]。
前去三千程[4]，此身安可保！
寒骨枕荒沙，幽魂泣烟草[5]。
悲损门内妻，望断吾家老[6]。
安得义男儿，焚此无主尸。
引其孤魂回，负其白骨归。

✤注释

[1] 辽东：古郡名，秦置辽东郡，即今辽宁省东南部辽河以东之地。征辽东：即出兵征讨高丽。炀帝在大业八、九、十年三次东征高丽。大业八年(612)的一次，分十二路发兵一百一十三万多人，战死的就有三十万以上。青山：地址不详，应在往辽东的途中。

[2] 龙舟：隋炀帝南下江都时特制的一种大船，据《通鉴・隋纪》记载：龙舟高四十五尺，长二百丈，共四层，上面有正殿、内殿、朝堂和许多其他房屋。挽龙舟，就是民伕们在岸上牵挽着龙舟前行。隋堤：又叫汴堤。隋炀帝前后发民工百余万修通通济渠和邗沟，两岸皆筑御道，并栽种柳树，世称隋堤。

[3] 些小：一点点。

[4] 三千程：三千里的路程。

[5] 这二句是挽舟人的想象，说自己死后尸体抛在野外不能埋葬，灵魂在烟雾荒草之间哭泣。

[6] 吾家老：指自己的父母。

✤ 评 析

一作《挽舟者歌》，见于《炀帝海山记》。隋炀帝杨广公元605年即位后，大力掠夺社会财富，役使百姓修建宫殿，增筑长城，开凿运河，并发动对吐谷浑和高丽的战争。他曾从洛阳坐船三下江都（今江苏省扬州市），驱使数万船工在岸上拉纤行进，给人民造成极大的苦难。

《挽舟者歌》是大业十二年（616）隋炀帝第三次下江都时，挽舟的民伕们所唱的歌谣。这首歌直接表达了人民的悲痛、愤恨，对当时的社会状况作了高度的艺术概括。语言质朴，情感真切动人。

再版小记

《汉魏南北朝诗选注》是我们北京师范大学中文系古典文学教研室在 1980 年给北京出版社编写的一本中国古代诗歌选，当时参加编写工作的老师与其各自所承担的任务是：辛志贤（汉诗）、韩兆琦（魏诗）、聂石樵（晋诗）、邓魁英（南北朝诗中的宋诗、南北朝乐府和《孔雀东南飞》）、郭预衡（南北朝诗中的齐、梁、陈诗与隋诗）。最后由邓魁英、韩兆琦统一整理，并撰写了《前言》。

此书于 1981 年 2 月正式出版，是“中国古典文学普及读物”丛书中的一本。

时至今日，已经过去三十多年了。2020 年 1 月，陈斐先生找到了我们，与我们协商，提议重新出版我们的这本小书。但我们这里却是时过境迁。当时参加编写工作的五位老师中，辛志贤、郭预衡、聂石樵三位已经仙逝，邓魁英、韩兆琦二位虽尚健在，也已年届或是年近九十。碍于编者的热心推荐，于是遂勉贾馀勇，又将书稿校阅了一遍。感谢东方出版中心热心编者的好意，感谢广大的读者朋友们。

邓魁英、韩兆琦谨志

2020 年 3 月